Un Pequeño Inconveniente

MARK HADDON
Un PEQUEÑO INCONVENIENTE

Traducción de **Patricia Antón**

ALFAGUARA

ALFAGUARA

Título original: A Spot of Bother
© 2006, Mark Haddon
© De la traducción: Patricia Antón
© De esta edición:
2007, Santillana Ediciones Generales, S. L.
Torrelaguna, 60. 28043 Madrid
Teléfono 91 744 90 60
Telefax 91 744 92 24
www.alfaguara.com
www.markhaddon.com

ISBN: 978-84-204-7211-9
Depósito legal: M. 43.438-2007
Impreso en España - Printed in Spain

© Imagen de cubierta:
Mark Boutavant

PRIMERA EDICIÓN: AGOSTO 2007
SEGUNDA EDICIÓN: OCTUBRE 2007

A mi «continuity girl»

Mi agradecimiento a Sos Eltis, Clare Alexander,
Dan Franklin y Bill Thomas.

1

Todo empezó cuando George se estaba probando un traje negro en Allders la semana anterior al funeral de Bob Green.

No era la perspectiva del funeral la que lo había inquietado. Ni que Bob se muriera. Para ser francos, siempre se le había hecho un poco pesada la camaradería de Bob en los vestuarios y lo dejó secretamente aliviado que no fuera a jugar más al squash. Además, la forma en que se había muerto Bob (un ataque al corazón mientras veía una regata de remo en la televisión) fue extrañamente tranquilizadora. Susan había vuelto de casa de su hermana y se lo había encontrado tumbado boca arriba en el centro de la habitación con una mano sobre los ojos; se lo veía tan relajado que al principio pensó que estaba echándose una siesta.

Le habría dolido, obviamente. Pero uno podía hacer frente al dolor. Y las endorfinas no habrían tardado en aparecer, seguidas por esa sensación de que la vida entera pasa a toda velocidad ante los ojos que el propio George había experimentado varios años antes cuando se había caído de una escalera de mano, para romperse el codo contra las rocas del jardín y desmayarse, una sensación que no recordaba que fuera desagradable (una vista desde el puente Tamar en Plymouth había destacado por alguna razón). Lo mismo pasaba probablemente con ese túnel de luz brillante que se veía cuando morían los ojos, dada la cantidad de gente que oía a los ángeles llamarles de vuelta y despertaban para encontrarse a un médico residente de pie junto a ellos con un desfibrilador.

Entonces... nada. Todo habría terminado.

Era demasiado pronto, por supuesto. Bob tenía sesenta y uno. E iba a ser duro para Susan y los chicos, incluso si Susan estaba radiante ahora que era capaz de acabar sus propias frases. Pero en general parecía una buena forma de irse.

No, era la lesión la que lo había desconcertado.

Se había quitado los pantalones y estaba poniéndose los del traje cuando advirtió un pequeño óvalo de carne hinchada en la cadera, más oscura que la piel que la rodeaba y ligeramente despellejada. Se le revolvió el estómago y se vio obligado a tragarse una pequeña cantidad de vómito que le subió hasta la boca.

Cáncer.

No se había sentido así desde que el *Fireball* de John Zinewski había volcado varios años antes y se había encontrado debajo del agua con el tobillo enredado en una lazada de cabo. Pero eso había durado tres o cuatro segundos como mucho. Y esta vez no había nadie para ayudarlo a enderezar el velero.

Tendría que suicidarse.

No era una idea reconfortante pero era algo que podía hacer, y eso le hizo sentir que controlaba un poco más la situación.

La única cuestión era cómo.

Saltar desde un edificio alto era una idea aterradora... Desplazar el centro de gravedad desde el borde del parapeto, la posibilidad de que cambiaras de opinión a medio camino. Y lo último que necesitaba en ese momento era pasar más miedo.

Ahorcarse requería cierta parafernalia y no tenía ningún arma.

Si bebía el whisky suficiente quizá podría reunir el valor necesario para estampar el coche. Había un gran arco de piedra en la A16 a ese lado de Stamford. Podía estrellarse contra él a ciento cincuenta por hora sin la menor dificultad.

Pero ¿y si le faltaban agallas? ¿Y si se emborrachaba demasiado para controlar el coche? ¿Y si se le cruzaba otro vehículo? ¿Y si mataba a sus ocupantes, acababa paralítico y moría de cáncer en una silla de ruedas en la cárcel?

—¿Señor...? ¿Le importaría acompañarme de vuelta a la tienda?

Un joven de unos dieciocho años miraba fijamente a George. Llevaba unas patillas pelirrojas y un uniforme azul marino que le quedaba varias tallas grande.

George se percató de que estaba agachado en el umbral embaldosado del exterior de la tienda.

—¿Señor...?

George se incorporó.

—Lo siento muchísimo.

—¿Le importaría acompañarme...?

George bajó la vista y comprobó que aún llevaba los pantalones del traje con la bragueta abierta. Se la abrochó rápidamente.

—Por supuesto.

Volvió a atravesar las puertas y se abrió paso entre bolsos y perfumes hacia el departamento de ropa de caballero con el guardia de seguridad a sus espaldas.

—Por lo visto he sufrido una especie de ataque.

—Me temo que va a tener que hablar eso con el director, señor.

Los sombríos pensamientos que le habían inundado la mente hacía sólo un momento parecían haber tenido lugar mucho tiempo atrás. Cierto que sus pasos eran un poco inseguros, como le pasa a uno después de rebanarse un pulgar con un formón, por ejemplo, pero se sentía sorprendentemente bien dadas las circunstancias.

El director del departamento de ropa de caballero estaba de pie junto a un estante de zapatillas con las manos cruzadas en la entrepierna.

—Gracias, John.

El guardia de seguridad hizo un pequeño ademán de deferencia con la cabeza, se dio la vuelta y se fue.

—Ahora, señor...

—Hall. George Hall. Le ruego que me disculpe por...

—Quizá podríamos hablar un momento en mi despacho —repuso el director.

Apareció una mujer con los pantalones de George.

—Se los ha dejado en el probador. En el bolsillo está su cartera.

George insistió.

—Creo que he sufrido alguna clase de ataque amnésico. No pretendía causarles ninguna molestia.

Qué estupendo era lo de estar hablándole a otra gente. Que ellos le dijeran algo. Que él les contestara. El rítmico tic-tac de la conversación. Podría haber seguido así toda la tarde.

—¿Se encuentra bien, señor?

La mujer lo agarró suavemente del codo y George se deslizó de lado hasta dejarse caer en una silla, que le pareció más sólida, más cómoda y firme de lo que recordaba haberle parecido nunca una silla.

Las cosas se volvieron un poco imprecisas durante unos minutos.

Entonces le tendieron una taza de té.

—Gracias —dio un sorbo. El té no era muy bueno pero estaba caliente, lo habían servido en una taza de loza como Dios manda y sostenerla en las manos suponía un consuelo.

—Quizá deberíamos pedirle un taxi.

Lo mejor probablemente sería, se dijo, volver al pueblo y comprarse el traje otro día.

2

Decidió no mencionarle el incidente a Jean. Tan sólo querría hablar de ello, y no era una idea que le hiciera mucha gracia.

En opinión de George, se sobrevaloraba la importancia de hablar. Últimamente uno no podía encender la televisión sin ver a alguien hablar de su adopción o explicar por qué había apuñalado a su marido. No es que fuera reacio a hablar. Hablar era uno de los placeres de la vida. Y todo el mundo necesitaba pontificar de cuando en cuando ante una pinta de Ruddles sobre colegas que no se duchaban lo suficiente, o hijos adolescentes que habían vuelto a casa borrachos de madrugada para vomitar en la cesta del perro. Pero eso no cambiaba nada.

El secreto de la satisfacción, le parecía a George, residía en ignorar por completo muchas cosas. No lograba comprender cómo podía alguien trabajar en la misma oficina durante diez años o criar niños sin relegar permanentemente ciertos pensamientos al fondo de su mente. Y en cuanto a esa última etapa nefasta en que llevabas un catéter y no tenías dientes, la pérdida de memoria parecía un regalo del cielo.

Le dijo a Jean que no había encontrado nada en Allders y que volvería a la ciudad el lunes, cuando no tuviese que compartir Peterborough con cuarenta mil personas más. Subió entonces al cuarto de baño y se pegó una tirita grande sobre la lesión para que ya no se viera.

Durmió profundamente la mayor parte de la noche y despertó sólo cuando Ronald Burrows, su profesor de Geografía muerto hacía mucho, le tapó la boca con una tira de cinta aislante y le abrió un agujero en la caja torácica con una larga púa metálica. Por raro que parezca, fue el olor lo que más lo perturbó, un olor como el de un lavabo público no muy limpio que acaba de utilizar una persona muy enferma, embriagador y denso como el curry; un olor, lo peor de todo, que parecía proceder de la herida en su propio cuerpo.

Fijó la vista en la pantalla de la lámpara sobre su cabeza y esperó a que el corazón le latiera más despacio, como un hombre al que han sacado de un edificio en llamas y aún no acaba de creer que está a salvo.

Las seis en punto.

Se levantó de la cama y bajó a la cocina. Metió dos rebanadas de pan en la tostadora y sacó la cafetera exprés que Jamie les había regalado por Navidad. Era un artilugio ridículo que sólo exhibían por motivos diplomáticos. Pero en ese momento le pareció buena idea, lo de llenar de agua el depósito, verter café en el embudo, encajar en su sitio la junta de goma y enroscar las secciones de aluminio. Le recordó vagamente a la máquina de vapor de Gareth con la que le habían permitido jugar durante aquella infame visita a Poole en 1953. Y era mucho mejor que sentarse a ver mecerse los árboles del fondo del jardín como monstruos mientras hervía el agua en la tetera.

La llama azul exhaló un suspiro bajo la base metálica de la cafetera. Camping de puertas adentro. Una pequeña aventura.

Las tostadas saltaron.

Ése fue el fin de semana, por supuesto, en que Gareth estiró la pata. Qué extraño lo de mirar atrás, que el transcurso de una vida entera pudiese explicarse con detalle en cinco minutos durante una tarde de agosto.

Untó mantequilla y mermelada en la tostada mientras oía burbujear el café. Se sirvió una taza y dio un sorbo. Estaba tan fuerte que te ponía los pelos de punta. Le añadió leche hasta que se volvió del color del chocolate oscuro y luego se sentó y cogió la revista de arquitectura que Jamie había dejado en su última visita.

La casa de los Azman Owen.

Madera de encofrado, puertas correderas de cristal, sillas de comedor Bauhaus, un jarrón solitario con azucenas sobre la mesa. Dios santo. A veces ansiaba ver un par de calzoncillos tirados por ahí en una fotografía de arquitectura.

«Se ha especificado el uso de vibradores eléctricos internos de alta frecuencia y amplitud constante para la compresión, para minimizar los orificios de ventilación y producir un esfuerzo uniforme de compresión...»

La casa parecía un búnker. ¿Qué pasaba con el cemento? ¿Iría la gente a plantarse bajo los puentes de la M6 a admirar las manchas dentro de quinientos años?

Dejó la revista y empezó el crucigrama del *Telegraph*. Nanosegundo. Bizancio. Copete.

Jean apareció a las siete y media con su albornoz morado.

—¿No podías dormir?

—Me he despertado a las seis. No conseguía dormirme del todo otra vez.

—Ya veo que has usado el trasto ese de Jamie.

—En realidad va bastante bien —repuso George, aunque lo cierto era que la cafeína le había producido un temblor en las manos y la desagradable sensación que uno tiene cuando espera malas noticias.

—¿Te traigo algo? ¿O ya estás servido?

—Un poco de zumo de manzana me iría bien. Gracias.

Algunas mañanas la miraba y sentía una leve repulsión ante esa mujer regordeta y avejentada con su pelo de bruja y su papada. Y luego, otras mañanas como ésa... «Amor» quizá no era la palabra adecuada, aunque un par de meses antes se habían sorprendido a sí mismos despertándose a la vez en aquel hotel en Blakeney y teniendo relaciones sexuales sin siquiera lavarse los dientes.

George le rodeó las caderas con un brazo y ella le acarició con despreocupación la cabeza como quien acaricia a un perro.

Había días en que ser un perro parecía algo envidiable.

—Se me olvidó decírtelo —se despegó de él—. Anoche llamó Katie. Vienen a comer.

—¿Vienen? ¿Quiénes?

—Ella y Jacob y Ray. Katie pensó que estaría bien pasar el día fuera de Londres.

Maldición. Sólo le faltaba eso.

Jean se inclinó ante la nevera.

—Sólo trato de ser civilizada.

3

Jean lavó las tazas de rayas y las dejó en el escurridor.

Unos minutos después reapareció George con su ropa de trabajo y se dirigió al jardín a poner ladrillos bajo la llovizna.

Jean estaba en el fondo orgullosa de él. El marido de Pauline había empezado a ir cuesta abajo en cuanto le habían dado el reloj grabado. Ocho semanas después estaba en medio del jardín a las tres de la mañana con una botella de whisky escocés entre pecho y espalda, ladrando como un perro.

Cuando George le enseñó los planos del estudio le recordaron a los planos de Jamie de aquella máquina para atrapar a Papá Noel. Pero ahí estaba, al fondo del jardín, con los cimientos en su sitio, cinco hileras de ladrillos, y marcos de ventana amontonados bajo una capa de plástico azul.

A los siete o a los cincuenta y siete, necesitaban sus proyectos. Traer algo muerto de vuelta a la cueva. Montar una franquicia en Wellingborough. Una buena comida, veinte minutos de recreo y estrellas de oro para que se viera que alguien les hacía caso.

Jean desenroscó la cafetera y una parte del poso empapado se desplomó sobre el escurridor y se desintegró.

—Mierda.

Sacó una bayeta del armario.

Tal como hablaban de la jubilación, cualquiera diría que volvían de Vietnam. Ni se les ocurría pensar en sus esposas. No importaba cuánto quisieras a alguien. La casa para ti sola treinta y cinco años, y entonces tenías que compartirla con... no exactamente con un extraño...

19

Aún podría seguir viendo a David. Con las mañanas en la escuela primaria y su trabajo de media jornada en Ottakar's, en el centro, era bastante simple pasar unas cuantas horas de más fuera de casa sin que George se diera cuenta. Pero el engaño le había parecido menor cuando él trabajaba. Ahora comía en casa siete días por semana y había ciertas cosas demasiado cerca unas de otras.

Por suerte a George le encantaba tener la casa para él solo y tenía más bien poco interés en lo que ella hiciera cuando andaba por ahí. Lo cual la hacía más llevadera. La culpa. O la ausencia de ella.

Lavó la bayeta, la estrujó para escurrirla y la colgó sobre el grifo.

Estaba siendo cruel. Probablemente ante la perspectiva de que Katie viniese a comer. Él y Ray haciéndose los educados cuando lo que deseaban era entrechocar las cornamentas y forcejear.

George era un hombre decente. No se emborrachaba. Nunca le pegaba, y a los niños tampoco. Casi nunca levantaba la voz. La semana anterior sin ir más lejos había visto cómo se le caía una llave inglesa en el pie. Se había limitado a cerrar los ojos y enderezar la espalda, concentrándose, como si tratara de oír a alguien que lo llamaba desde muy lejos. Y sólo le habían puesto una multa por exceso de velocidad.

Quizá era ése el problema.

Jean recordaba haber sentido celos de Katie cuando se juntó con Graham. Que fueran amigos. Que fueran iguales. La cara de George en aquella cena en que hablaban del parto. Graham utilizando la palabra «clítoris» y George con el jamón en el tenedor ante la boca abierta.

Pero ahí estaba el problema de ser amigos. Graham se larga un día, dejándola para que se ocupe de Jacob. Con un hombre como George eso no pasaría nunca.

George tenía razón con respecto a Ray, sin embargo. A ella esa comida le apetecía tan poco como a él. Gracias a Dios que Jamie no iba a venir. Un día de ésos iba a llamar a Ray

Mister Potato delante de Katie. O de Ray. Y ella iba a tener que llevar a alguien al hospital.

Con la mitad del coeficiente de inteligencia de Katie, Ray aún decía de ella que era «una mujercita maravillosa». Aunque en esa ocasión sí arregló el cortacésped. Lo cual no le granjeó precisamente el cariño de George. Era un tipo estable, al menos. Que era lo que Katie necesitaba en ese momento. Alguien que supiera que ella era especial. Alguien con un buen sueldo y la piel bien gruesa.

Siempre y cuando Katie no se casara con él.

4

George vertió cemento sobre el pedazo de contracha-
pado y comprobó que no tuviera grumos con el borde de la
paleta.

Era como el miedo a volar.

Cogió un ladrillo, untó de cemento la parte de abajo,
lo colocó y lo ladeó suavemente para que quedara bien alinea-
do respecto al nivel de burbuja en vertical.

No le habían preocupado al principio, los vuelos a
Palma y Lisboa en aquellos aviones de hélice que tanto se
movían. De lo que más se acordaba era del sudoroso queso
empaquetado y del rugido de la taza del váter al abrirse a la
estratosfera. Entonces, al avión de vuelta de Lyon en 1979
habían tenido que quitarle el hielo de las alas tres veces. Al
principio sólo había advertido que todo el mundo en la sala
de embarque lo sacaba de quicio (Katie haciendo el pino,
Jean yéndose a la tienda libre de impuestos después de que
hubiesen anunciado el número de su puerta, el joven de enfrente acariciándose el cabello demasiado largo como si fuese alguna clase de criatura domesticada...). Y cuando embarcaron,
algo en el aire enclaustrado y químico de la propia cabina le
había hecho sentir una presión en el pecho. Pero sólo cuando
rodaban hacia la pista de despegue se había dado cuenta de que
el avión iba a sufrir algún catastrófico fallo mecánico en pleno
vuelo y de que él iba a dar volteretas en dirección a la tierra durante varios minutos dentro de un gran tubo de acero junto a
doscientos extraños que chillaban y se hacían cosas encima, para
luego morir en una bola de fuego naranja de acero retorcido.

Recordaba a Katie diciendo: «Mami, creo que a papá
le pasa algo», pero parecía hablarle débilmente desde un mi-

núsculo disco solar en la boca del pozo profundísimo en que había caído.

Se obstinó en mirar fijamente el respaldo del asiento de delante, desesperado por imaginar que estaba sentado en su salita de estar. Pero cada pocos minutos oía un repique siniestro y veía una lucecita roja parpadear en el mamparo a su derecha, que informaban en secreto al personal de vuelo de que el piloto luchaba contra algún fatídico fallo en la cabina de mando.

No era que no pudiese hablar, sino más bien que hablar era algo que pasaba en otro mundo del que sólo tenía un recuerdo muy lejano.

En cierto momento Jamie miró por la ventanilla y dijo: «Creo que se está cayendo el ala». Jean siseó: «Por el amor de Dios, crece de una vez», y George sintió de hecho cómo saltaban los remaches y el fuselaje se desprendía como una tonelada de balasto.

Durante varias semanas después de aquello fue incapaz de ver sobrevolar un avión sin sentirse furioso.

Era una reacción natural. Los seres humanos no estaban hechos para que los metieran en latas y los lanzaran al espacio mediante cohetes asistidos por ventiladores.

Colocó otro ladrillo en el ángulo opuesto y luego extendió un cordel entre las partes superiores de los dos para que la hilada le quedara recta.

Por supuesto, se sentía fatal. Eso era lo que hacía la ansiedad, convencerlo a uno de salir bien rápido de las situaciones peligrosas. Leopardos, arañas enormes, hombres extraños cruzando el río con lanzas. Si alguien tenía un problema eran los demás, ahí sentados leyendo el *Daily Express* y chupando caramelos de fruta como si estuvieran en un gran autobús.

Pero a Jean le gustaba el sol. Y conducir hasta el sur de Francia echaría por tierra unas vacaciones antes de que hubiesen empezado siquiera. Así que necesitaba una estrategia para impedir que el horror hiciera presa en él en mayo y aumentara vertiginosamente hasta acabar en alguna clase de ataque en Heathrow en julio. Squash, largos paseos, cine. Tony Bennett a todo volumen, la primera copa de vino tinto a las seis, una nueva novela de *Flashman*.

Oyó voces y alzó la vista. Jean, Katie y Ray estaban de pie en el patio como dignatarios que esperasen que él atracara en algún muelle extranjero.

—¿George...?

—Ya voy —quitó el exceso de mortero alrededor del ladrillo recién puesto, para luego devolverlo a la gaveta raspando contra el borde con la paleta y poner la tapa. Se incorporó y cruzó el jardín, limpiándose las manos en un trapo.

—Katie tiene una noticia —explicó Jean con el tono de voz que utilizaba cuando ignoraba la artritis en su rodilla—. Pero no quería dármela hasta que estuvieses aquí.

—Ray y yo vamos a casarnos —dijo Katie.

George tuvo una breve experiencia extrasensorial. Estaba observando el patio desde una altura de cinco metros, viéndose darle un beso a Katie y estrechar la mano de Ray. Fue como caerse de aquella escalera de mano. La forma en que el tiempo transcurrió más despacio. La forma en que su cuerpo supo instintivamente cómo protegerse la cabeza con los brazos.

—Voy a meter champán en la nevera —dijo Jean trotando de vuelta a la casa.

George volvió a entrar en su cuerpo.

—A finales de septiembre —explicó Ray—. Aunque haremos algo sencillo. No queremos causaros muchos problemas a vosotros dos.

—Bien —repuso George—. Bien.

Tendría que pronunciar un discurso en el banquete, un discurso que dijera cosas agradables de Ray. Jamie se negaría a asistir a la boda, Jean se negaría a permitir que Jamie se negara a asistir a la boda. Ray iba a ser un miembro de la familia. Tendrían que verle constantemente. Hasta que se murieran. O emigraran.

¿Qué estaba haciendo Katie? Uno no podía controlar a sus hijos, eso lo sabía. Hacerles comer verdura ya era bastante duro. Pero ¿casarse con Ray? Katie tenía una mención de honor en Filosofía. Y estaba aquel tipo que se le había metido en el coche en Leeds. Su hija le había dado a la policía un trozo de su oreja.

Jacob apareció en el umbral blandiendo un cuchillo del pan.

—Soy un efelante y voy a coger el tren y... y... éstos son mis colmillos.

Katie enarcó las cejas.

—No estoy segura de que sea muy buena idea.

Jacob corrió de vuelta a la cocina chillando de alegría. Katie entró tras él.

—Ven aquí, mico.

Y George se quedó a solas con Ray.

El hermano de Ray estaba en la cárcel.

Ray trabajaba para una empresa de ingeniería que hacía fresadoras de levas altamente especializadas. George no tenía ni la más remota idea de qué era eso.

—Bueno.

—Bueno.

Ray cruzó los brazos.

—Bueno, ¿qué tal va el estudio?

—Aún no se ha venido abajo —George cruzó los brazos, se percató de que estaba copiando a Ray y los descruzó—. Aunque todavía no hay gran cosa para venirse abajo.

Permanecieron en silencio durante muchísimo rato. Ray colocó en su sitio tres guijarros de las losas del suelo con la punta del zapato derecho. El estómago de George hizo un ruido audible. Ray dijo:

—Ya sé qué estás pensando.

Durante un breve y horrorizado instante George pensó que Ray estaba diciendo la verdad.

—En lo de que esté divorciado y todo eso —hizo un mohín y asintió despacio con la cabeza—. Soy un tipo con suerte, George. Ya lo sé. Cuidaré de tu hija. De eso no tienes que preocuparte.

—Estupendo —repuso George.

—Nos gustaría correr nosotros con los gastos —continuó Ray—, a menos que tengáis algún inconveniente. Me refiero a que ya habéis tenido que hacerlo vosotros una vez.

—No. Tú no tendrías que pagar —repuso George, contento de hacer valer un poco sus privilegios—. Katie es nuestra hija. Debemos asegurarnos de que emprenda la partida con estilo —¿la partida? Eso hacía que Katie pareciera un barco.

—Eso es jugar limpio —dijo Ray.

No era simplemente que Ray fuese de clase obrera, o que hablara con un acento norteño bastante marcado. George no era un esnob, y fueran cuales fuesen sus orígenes, a Ray sin duda le había ido bien, a juzgar por el tamaño de su coche y las descripciones de Katie de la casa que compartían.

A George le daba la sensación de que el problema principal era el tamaño de Ray. Parecía una persona corriente a la que hubiesen ampliado. Se movía más despacio que el resto de la gente, de la forma en que lo hacen los animales grandes del zoo. Jirafas. Búfalos. Agachaba la cabeza al pasar por las puertas y tenía lo que Jamie describía, cruel pero acertadamente, como «manos de estrangulador».

Durante sus treinta y cinco años en el sector de la industria manufacturera, George había trabajado con hombres varoniles de toda clase. Hombres robustos, hombres que podían abrir cervezas con los dientes, hombres que habían matado gente durante el servicio militar activo, hombres que, en la encantadora descripción de Ted Monk, se follarían cualquier cosa que estuviese quieta el tiempo suficiente. Y aunque nunca se había sentido del todo cómodo en su compañía, rara vez se había sentido intimidado. Pero al visitarlos Ray, se acordaba de cuando estaba con los amigos de su hermano mayor a los catorce años, de la sospecha de que había un código de virilidad secreto del que él no tenía conocimiento.

—¿Y la luna de miel? —preguntó George.

—En Barcelona —contestó Ray.

—Qué bonito —repuso George, que por un breve instante fue incapaz de recordar en qué país estaba Barcelona—. Muy bonito.

—Eso espero —dijo Ray—. Debería hacer un poco más de fresco en esa época del año.

George preguntó qué tal le iba el trabajo y Ray explicó que habían absorbido una empresa en Cardiff que hacía centros de mecanizado horizontal.

No estaba mal. George podía marcarse el farol de embarcarse en una conversación sobre coches y deportes si le insistían. Pero era como hacer de oveja en el auto de Navidad. Por más que te aplaudieran no iban a conseguir que la cosa te pareciera digna o a impedir que desearas salir corriendo de vuelta a casa a leer un libro sobre fósiles.

—Tienen grandes clientes en Alemania. La empresa pretendía que me pasara el tiempo yendo y viniendo de Múnich. Pero me negué en redondo. Por razones obvias.

La primera vez que Katie lo había traído a casa, Ray había recorrido con un dedo el estante de discos compactos encima de la televisión y había dicho: «De manera que es usted un aficionado al jazz, señor Hall», y George se había sentido como si Ray hubiese encontrado un montón de revistas pornográficas.

Jean apareció en la puerta.

—¿Vas a lavarte y cambiarte antes de comer?

George se volvió hacia Ray.

—Te veo luego —y se alejó para cruzar la cocina y subir por las escaleras hacia la calma alicatada del baño, donde podía encerrarse.

5

La idea les horrorizó. Como era de esperar. Katie se dio cuenta.

Bueno, pues que se conformaran. Tiempo atrás habría perdido los estribos. De hecho, una parte de ella añoraba ser la persona que perdía los estribos. Como si sus estándares estuviesen bajando. Pero llegabas a una etapa en que advertías que era una pérdida de energía tratar de hacer que tus padres cambiaran de opinión sobre lo que fuera.

Ray no era ningún intelectual. No era el hombre más guapo que había conocido nunca. Pero el hombre más guapo que había conocido la había dejado pero que bien jodida. Y cuando Ray la rodeaba con sus brazos se sentía más segura de lo que se había sentido en mucho tiempo.

Se acordaba de aquella deprimente comida en casa de Lucy. Del tóxico goulash que había preparado Barry. Del amigo borracho que le había tocado el culo en la cocina y del ataque de asma de Lucy. De haber mirado por la ventana y visto a Ray con Jacob en los hombros, corriendo por el jardín y saltando sobre la carretilla volcada. Y de haber llorado ante la idea de volver a su minúsculo piso con el hedor a animal muerto.

Entonces Ray había aparecido ante su puerta con un ramo de claveles, lo que la había asustado un poco. No quería entrar. Pero ella había insistido. Por pura vergüenza, sobre todo. Porque no quería quedarse las flores y cerrarle la puerta en las narices. Le había preparado un café y él había dicho que no se le daba muy bien la charla y ella le había preguntado si quería saltársela para ir directamente al sexo. Pero le sonó más gracioso en la cabeza que al decirlo. Y la verdad es que de haber dicho él que de acuerdo, Katie bien podría

28

haber aceptado sólo porque a una le halagaba sentirse deseada, pese a las bolsas bajo los ojos y la camiseta del parque natural de Costwold con manchas de plátano. Pero él lo decía en serio, lo de charlar. Era bueno reparando el reproductor de cassettes y preparando desayunos y organizando excursiones a museos del ferrocarril, y prefería todas esas cosas a la charla intrascendente.

Ray tenía muy mal genio. Había atravesado una puerta de un puñetazo hacia el final de su primer matrimonio y se había roto dos tendones de la muñeca. Pero era uno de los hombres más dulces que conocía.

Un mes después él los llevó a Hartlepool a visitar a su padre y su madrastra. Vivían en una casa de una planta con un jardín que a Jacob le pareció maravilloso por los tres enanitos en torno al estanque ornamental y la glorieta en que uno podía esconderse.

Alan y Barbara la trataban como a la hija del señor feudal, lo cual la puso un poco nerviosa hasta que se dio cuenta de que probablemente trataban igual a todos los extraños. Alan había trabajado en una fábrica de caramelos la mayor parte de su vida. Cuando la madre de Ray murió de cáncer, había empezado a ir a la iglesia a la que acudiera de niño y había conocido a Barbara, que se había divorciado de su marido al volverse alcohólico («aficionarse a la bebida» era la frase que ella utilizaba y que lo hacía sonar a baile folclórico o poda de setos).

Para Katie tenían más aspecto de abuelos (aunque ninguno de sus propios abuelos llevaba tatuajes). Pertenecían a un mundo más antiguo de deferencia y deber. Habían cubierto la pared de su sala de estar con fotografías de Ray y Martin, el mismo número de cada uno pese al pecaminoso desastre en que Martin había convertido su vida. Había una pequeña vitrina con figuritas de porcelana en el comedor y una alfombra con forma de U alrededor del váter.

Barbara preparó un estofado, y luego le hizo unos palitos de pescado a Jacob cuando el niño se quejó de que tenía «grumos». Le preguntaron a Katie qué hacía en Londres y ella explicó que ayudaba a organizar un festival cultural, y sonó fantasioso y vicioso. De manera que les contó la historia del locutor borracho al que habían contratado el año anterior, y se acordó, demasiado tarde, del motivo del divorcio de Barbara y ni siquiera se las apañó para cambiar con elegancia de tema, sino que se interrumpió, avergonzada. Así que fue Barbara quien cambió de tema preguntándole a qué se dedicaban sus padres, y Katie dijo que su padre se había jubilado hacía poco de su puesto de gerente en una pequeña empresa. Iba a dejarlo ahí, pero Jacob dijo: «El abuelo hace columpios», de manera que tuvo que explicar que Shepherds se dedicaba a construir equipamiento para parques infantiles, lo cual sonó mejor que organizar un festival cultural, aunque no tan sólido como ella habría deseado.

Y quizá un par de años antes se habría sentido incómoda y habría querido volver a Londres cuanto antes, pero muchos de sus amigos sin hijos de Londres empezaban a parecerle fantasiosos y viciosos, y era agradable pasar un tiempo con gente que había criado por su cuenta a sus hijos y que escuchaba más de lo que hablaba y que pensaba que la jardinería era más importante que un corte de pelo.

Y quizá eran anticuados. Quizá Ray era anticuado. Quizá no le gustaba pasar la aspiradora. Quizá volvía a meter siempre la caja de tampones en el armario. Pero Graham hacía taichi y había resultado ser un gilipollas.

A Katie le importaba un bledo lo que pensaran sus padres. Además, su madre se estaba tirando a uno de los antiguos colegas de su padre, y su padre fingía que los pañuelos de seda y el aspecto radiante tenían que ver con el nuevo empleo de su madre en la librería. De manera que no estaban en posición de sermonear a nadie en lo que respectaba a las relaciones.

Por Dios, ni siquiera quería pensar en ello.

Todo lo que quería era llegar al final de la comida sin demasiadas fricciones y evitar una truculenta conversación de mujer a mujer mientras fregaban los platos.

6

La comida fue bastante bien, hasta que llegaron a los postres.

Hubo un pequeño tropiezo cuando George se estaba cambiando la ropa de trabajo. Estaba a punto de quitarse la camisa y los pantalones cuando recordó qué ocultaban, y sintió esa tremenda impresión que te llevas en una película de terror cuando la puerta de espejo del armario se cierra para revelar al zombi con la guadaña de pie detrás del héroe.

Apagó las luces, bajó las persianas y se duchó a oscuras cantando «Jerusalén».

Como resultado, bajó sintiéndose no sólo limpio sino orgulloso de haber reaccionado con tanta rapidez y eficacia. Cuando llegó al comedor había vino y conversación y Jacob fingía ser un helicóptero, y George fue finalmente capaz de relajarse un poco.

Su temor de que Jean, siendo como era, hiciera algún comentario bienintencionado pero inapropiado y Katie, siendo como era, mordiera el anzuelo y las dos acabaran peleándose como gatos resultó infundado. Katie habló sobre Barcelona (estaba en España, por supuesto, ahora se acordaba), Ray elogió la comida («Una sopa riquísima, señora Hall») y Jacob hizo una pista con los cubiertos para que su autobús pudiese despegar y se enfadó bastante cuando George le dijo que los autobuses no volaban.

Estaban dando cuenta del pastel de moras, sin embargo, cuando la lesión empezó a picarle como si fuera pie de atleta. La palabra *tumor* apareció en su mente y era una palabra fea que no quiso estar considerando, pero fue incapaz de quitársela de la cabeza.

Lo sintió crecer allí sentado a la mesa, demasiado despacio quizá para verse a simple vista, pero creciendo de todas formas, como el moho del pan que tenía de niño en un tarro de mermelada en el alféizar de la ventana de su dormitorio.

Estaban discutiendo los detalles de la boda: servicios de comidas, fotógrafos, invitaciones... George consiguió entender esa parte de la conversación. Entonces empezaron a hablar de si reservar en un hotel (la opción que preferían Katie y Ray) o alquilar una carpa para el jardín (la opción favorita de Jacob, a quien lo excitaba mucho el concepto de una tienda entera). En ese punto George empezó a perderse.

Katie se volvió hacia él y le preguntó algo del estilo de «¿Cuándo estará acabado el estudio?», pero bien podía haber estado hablando en húngaro. George vio moverse su boca pero fue incapaz de procesar el ruido que salía de ella.

El acelerador se estaba pisando hasta el fondo en su cabeza. El motor rugía, las ruedas giraban y de los neumáticos salía humo, pero no iba a ninguna parte.

No supo muy bien qué pasó entonces, pero no fue elegante, implicó daños a la vajilla y acabó con él saliendo velozmente por la puerta de atrás.

7

Hubo un entrechocar de platos y Jean se volvió para descubrir que George se había esfumado.

Al cabo de unos cinco segundos de atónito silencio Jacob alzó la vista de su autobús y preguntó:

—¿Dónde está el abuelito?

—En el jardín —repuso Ray.

—Exacto —dijo Katie apretando los dientes.

Jean trató de interceptarla.

—Katie...

Pero era demasiado tarde. Katie se levantó y salió a grandes zancadas de la habitación en busca de su padre. Hubo un segundo silencio breve.

—¿Está mami también en el jardín? —quiso saber Jacob.

Jean miró a Ray.

—Siento todo esto.

Ray miró a Jacob.

—A veces tu mami se exalta un poco.

—¿Qué es *exaltada*? —preguntó Jacob.

—Pues que se enfada, ¿no? —repuso Ray.

Jacob pensó unos instantes.

—¿Podemos sacar el submarino?

—Venga, vamos, capitán.

Cuando Ray y Jacob llegaron al rellano, Jean fue a la cocina y se acercó a la nevera, desde donde podía ver a Katie sin que la vieran a ella.

—Y del tubito sale agua —exclamó Jacob desde el piso de arriba.

—No me importa lo que pienses tú, papá —Katie caminaba de un lado a otro del patio haciendo aspavientos como una persona demente en una película—. Es mi vida. Voy a casarme con Ray te guste o no.

Resultaba difícil decir con precisión dónde estaba George, o qué estaba haciendo.

—No tienes ni idea. Ni remota idea. Ray es amable. Ray es dulce. Y tú puedes opinar lo que quieras, estás en tu derecho. Pero si tratas de impedir esto, sencillamente lo haremos por nuestra cuenta, ¿de acuerdo?

Katie parecía estar mirando al suelo. George no estaría tumbado, ¿no?

Cuando él salió corriendo de la habitación, Jean asumió que se había derramado crema en los pantalones o que olía a gas y que Katie simplemente se había precipitado en sus conclusiones. Lo cual era de lo más normal. Pero estaba claro que pasaba algo más serio, y le preocupaba.

—¿Y bien? —preguntó Katie al otro lado del cristal.

No hubo respuesta que Jean pudiese oír.

—Por Dios, me rindo.

Katie desapareció de la ventana y se oyeron pisadas en el lateral de la casa. Jean abrió de un tirón la puerta de la nevera y cogió un cartón de leche. Katie irrumpió a través de la puerta, siseó:

—¿Qué diantre le pasa a ese hombre? —y se alejó pasillo abajo.

Jean volvió a dejar la leche y esperó a que George reapareciera. Como no lo hizo, puso la tetera y salió al jardín.

Estaba sentado en el patio con la espalda contra la pared y apretándose los ojos con los dedos, con la misma pinta que aquel hombre escocés que bebía sidra y dormía en la hierba en el exterior del juzgado.

—¿George? —Jean se inclinó ante él.

George se apartó las manos de la cara.

—Oh, eres tú.

—¿Te ocurre algo? —preguntó Jean.

—Es sólo que... tenía dificultades para hablar —repuso George—. Y Katie gritaba mucho.

—¿Te encuentras bien?

—No me siento terriblemente bien, para serte since-ro —respondió George.

—¿En qué sentido? —Jean se preguntó si habría es-tado llorando, pero le pareció ridículo.

—Me cuesta un poco respirar. Necesitaba un poco de aire fresco. Lo siento.

—¿No ha tenido nada que ver con Ray, entonces?

—¿Ray? —preguntó George.

Parecía haber olvidado quién era Ray, y eso también era preocupante.

—No —dijo George—. No ha tenido nada que ver con Ray.

Jean le tocó la rodilla. La sensación fue extraña. A Geor-ge no le gustaba la compasión. Le gustaba el paracetamol y tener una manta y la habitación para él.

—¿Qué tal te encuentras ahora?

—Un poco mejor. Por hablar contigo.

—Llamaremos al médico y te pediremos hora para mañana —dijo Jean.

—No, el médico no —pidió George con cierta insis-tencia.

—No seas tonto, George.

Tendió la mano. Él la agarró y se puso lentamente en pie. Estaba temblando.

—Vamos a llevarte adentro.

Jean se sentía inquieta. Habían llegado a esa edad en que las cosas iban mal y no siempre mejoraban. El ataque al co-razón de Bob Green. El riñón de Moira Palmer. Pero al me-nos George le estaba dejando cuidar de él, lo cual suponía un cambio. No recordaba la última vez que habían caminado tomados del brazo de esa manera.

Cruzaron el umbral y se encontraron a Katie de pie en medio de la cocina comiendo hojaldre de fruta de un cuenco. Jean dijo:

—Tu padre no se encuentra muy bien.

Katie aguzó la mirada. Jean continuó:

—Esto no tiene nada que ver con que vayas a casarte con Ray.

Katie miró a George y habló con la boca llena de hojaldre.

—Bueno, y ¿por qué demonios no me lo has dicho?

Jean hizo salir a George al pasillo.

Él le soltó la mano.

—Me parece que voy a subir a echarme un rato.

Las dos mujeres esperaron a oír el chasquido de la puerta del dormitorio sobre sus cabezas. Entonces Katie dejó caer el cuenco vacío en el fregadero.

—Gracias por permitirme quedar como una absoluta imbécil.

—No creo que necesites mi ayuda en ese aspecto.

8

Estar solo en una habitación a oscuras no era tanto consuelo como George había esperado. Se tendió en la cama y observó una mosca describir giros al azar en el aire gris y lleno de motitas. Para su sorpresa echaba de menos que Katie le chillase. Lo ideal habría sido chillar un poco él también. Le parecía algo terapéutico. Pero lo de chillar nunca se le había dado muy bien. De manera que ser el receptor era probablemente lo más cerca que iba a llegar de conseguirlo.

La mosca se posó en las borlas de la pantalla de la lámpara.

Todo iba a salir bien. Jean no iba a hacerlo acudir al médico. Nadie podía obligarlo a hacer nada.

Sólo tenía que decir mentalmente la palabra *médico* y ya olía a tubos de goma y veía el resplandor fantasmal de las radiografías sobre las pantallas iluminadas, la masa oscura, los médicos en las salitas de color beige con tablillas en las manos y mostrándose diplomáticos.

Tenía que distraerse.

Los ocho estados norteamericanos que empezaban por la letra M.

Maine. Missouri. Maryland. Ése era del que siempre se olvidaba todo el mundo. Montana. Mississippi. ¿O ése era sólo un río?

Se abrió la puerta.

—¿Puedo entrar en tu cueva, abuelo?

Sin esperar respuesta, Jacob cruzó la habitación a toda prisa, se encaramó a la cama y metió las piernas bajo el edredón.

—Así el gran... el gran... monstruo amarillo comemonstruos no podrá pillarnos.

—Creo que estás a salvo —repuso George—. Por aquí no vienen muchos monstruos amarillos.

—Es el monstruo amarillo comemonstruos —puntualizó con firmeza Jacob.

—El monstruo amarillo comemonstruos —repitió George.

—¿Qué es un efalante? —preguntó Jacob.

—Bueno, un efalante en realidad no existe.

—¿Es peludo? —preguntó Jacob.

—No existe, o sea que... no, no es peludo.

—¿Tiene alas?

George siempre se había sentido incómodo en compañía de niños pequeños. Sabía que no eran muy listos. Ahí estaba la cuestión. Por eso era que iban al colegio. Pero sabían oler el miedo. Te miraban a los ojos y te pedían que fueses un conductor de autobús y se hacía difícil quitarse de encima la sospecha de que te estaban pidiendo que pasaras por alguna clase de prueba diabólica.

No había importado cuando Jamie y Katie eran pequeños. No se suponía que el padre tuviese que jugar a taparse los ojos con las manos y decir «¿Dónde está papá?» o a meter la mano en un calcetín y ser la Serpiente Serpentina (Jacob y Jean le tenían un cariño desmedido a la Serpiente Serpentina). Construías una cabaña en un árbol, administrabas justicia y asumías el control de la cometa cuando hacía mucho viento. Y eso era todo.

—¿Tiene un motor a reacción o una hélice? —quiso saber Jacob.

—¿Qué tiene un motor a reacción o una hélice? —preguntó George.

—Este avión, ¿tiene un motor a reacción o una hélice?

—Bueno, creo que vas a tener que decírmelo tú.

—¿Tú qué crees? —preguntó Jacob.

—Creo que es probable que tenga una hélice.

—No. Tiene un motor a reacción.

Estaban tumbados boca arriba, uno junto al otro, mirando el techo. La mosca había desaparecido. Se percibía un tufillo a pañal mojado. A algo entre caldo de pollo y leche hervida.

—¿Vamos a dormir ahora? —quiso saber Jacob.

—Para serte sincero, Jacob, creo que preferiría seguir hablando.

—¿Te gusta hablar, abuelito?

—A veces —repuso George—. La mayor parte del tiempo me gusta quedarme callado. Pero en este preciso momento creo que prefiero hablar.

—¿Qué es «este *precioso* momento»?

—Este preciso momento es ahora. Justo después de comer. Por la tarde. De un domingo.

—¿Eres divertido? —preguntó Jacob.

—Creo que la opinión general sería que no soy divertido.

Se abrió la puerta y Ray asomó la cabeza.

—Lo siento, George. Se me ha escapado el chaval.

—No pasa nada. Estábamos hablando, ¿verdad, Jacob?

No estaba nada mal lo de plantarle cara a su futuro yerno en una de las cosas en que Ray era más competente.

Pero de pronto ya no estuvo tan bien porque Ray entró en la habitación y se sentó a los pies de la cama. En la cama que era suya y de Jean.

—Me parece que habéis tenido una gran idea, chicos, con lo de no levantar cabeza.

Ray se tendió en la cama.

Y fue entonces cuando el problema con los niños coincidió con el problema con Ray. Uno tenía la impresión, a veces, de que había partes de su cerebro que simplemente faltaban, de que bien podía entrar en el cuarto de baño en busca de una toalla cuando tú estabas sentado en el váter y no tener la más mínima idea de por qué era eso inadecuado.

Jacob se puso en pie.

—Juguemos al corro de la patata.

Y ahí estaba. La prueba. Empezabas una conversación benigna sobre efalantes y antes de que te dieras cuenta te veías acorralado en alguna payasada bochornosa.

—Vale —dijo Ray poniéndose de rodillas.

Virgen santa, se dijo George. Seguro que eso no iba a incluirlo a él, ¿no?

—¿George?

Pues sí.

Se puso de rodillas, Jacob le agarró la mano izquierda y Ray le agarró la derecha. Confió sinceramente en que Jean o Katie no entraran en la habitación mientras tenía lugar esa escena.

Jacob empezó a dar botes.

—Al corro de la patata, comeremos ensalada...

Ray se unió a la canción.

—Como comen los señores, naranjitas y limones...

George movió los hombros de arriba abajo al ritmo de la melodía.

—Achupé, achupé. Sentadito me quedé.

Jacob dio un salto en el aire y cayó chillando sobre el edredón con Ray. George, que había abandonado toda esperanza de huir de aquello con alguna dignidad, se dejó caer hacia atrás sobre la almohada.

Jacob reía. Ray reía. Y a George se le ocurrió que si fuera capaz de encontrar el picaporte quizá podría abrir la puerta secreta y deslizarse por aquel largo tobogán de vuelta a la infancia, y que alguien se ocuparía de cuidarlo y estaría a salvo.

—Otra vez —exclamó Jacob poniéndose de nuevo en pie—. Otra vez, otra vez, otra vez...

9

Jamie dejó caer la chaqueta sobre el respaldo de la silla, se aflojó la corbata y, como nadie miraba, recorrió con una pequeña pirueta el suelo de la cocina hasta acabar delante de la nevera.

—Oh, sí.

Sacó una botella de Corona, cerró la nevera, cogió el paquete de Silk Cut del cajón bajo la tostadora, salió por la puerta acristalada, se sentó en el banco y encendió un cigarrillo.

Había sido un buen día. El contrato de compraventa se había suscrito. Y los Owen iban a morder el anzuelo. Se les veía en los ojos. Bueno, se le veía a ella en los ojos. Y era claramente ella quien llevaba los pantalones. Además, Carl seguía de baja por culpa de su tobillo roto, de manera que Jamie había estado tratando con los Cohen y estaba bien claro que no iba a cagarla. Al contrario que Carl.

El jardín se veía genial. Para empezar, no había mierda de gato. Quizá las bolitas de boñiga de león funcionaban. Había llovido de camino a casa, de manera que los guijarros del suelo estaban limpios, oscuros y relucientes. Y también las traviesas de tren que rodeaban los arriates elevados. Forsitia, laurel, llantén. Sólo Dios sabía por qué plantaba césped la gente. ¿No era acaso el objetivo de un jardín sentarse en él y no hacer nada?

Se oía una melodía reggae a lo lejos, unos jardines más allá. Lo bastante alto para transmitir esa perezosa sensación estival. Pero no lo bastante como para desear que la apagaran.

Tomó un sorbo de cerveza.

Una extraña burbuja naranja apareció sobre el tejado a dos aguas de la casa de enfrente. Se transformó lentamente en un globo de aire caliente y flotó hacia el oeste por detrás de las ramas del cerezo. Apareció un segundo globo, rojo esta vez, con la forma de un extintor gigantesco. Uno por uno, el cielo se llenó de globos.

Jamie exhaló una pequeña bocanada de humo y la observó alejarse hacia un lado, manteniendo su forma hasta derramarse sobre la parte superior de la barbacoa.

La vida era prácticamente perfecta. Tenía ese piso. Tenía el jardín. Con una dama anciana de precaria salud a la izquierda. Unos cristianos a la derecha (uno podía decir lo que quisiera de los cristianos, pero no cantaban al estilo tirolés cuando follaban como los alemanes que habían vivido ahí antes). Gimnasio martes y jueves, Tony tres noches por semana.

Le dio otra calada al cigarrillo.

Se oía cantar a un pájaro, además del reggae. A los diez habría reconocido de qué especie era. Ahora no tenía ni idea. Pero no importaba. Era un buen sonido. Natural. Relajante.

Tony estaría ahí en media hora. Irían a comer algo al Carpenter's. A la vuelta pararían en Blockbuster para coger un DVD. Si Tony no estaba muy reventado, quizá echarían un polvo.

En un jardín cercano un niño daba pelotazos contra una pared. *Chas. Chas. Chas.*

Todo parecía suspendido en alguna clase de equilibrio. Estaba claro que alguien iba a aparecer y fastidiarlo, porque eso era lo que hacía la gente. Pero de momento...

Sintió una punzada de hambre y se preguntó si quedarían Pringles. Se levantó y entró en la casa.

10

Katie se preguntaba a veces si su madre elegía sus opiniones sólo para hacerla enfadar.

Estaba claro que habría preferido que la boda no siguiera adelante. Pero si lo hacía, quería que fuese una celebración espléndida y pública. Katie señaló que eran unas segundas nupcias. Mamá dijo que no querían parecer chapuceros. Katie comentó que algunos restaurantes eran carísimos. Su madre sugirió que se casaran por la Iglesia. Katie preguntó por qué. Su madre contestó que sería bonito. Katie señaló que la religión no consistía en que las cosas quedaran bonitas. Su madre dijo que debería encargarse un vestido a medida. Katie repuso que a ella no le gustaba disfrazarse. Mamá le dijo que no fuera ridícula. Y Katie empezó a entender que deberían haberse dado el sí en Las Vegas y habérselo dicho a todo el mundo después.

Al día siguiente Katie estaba viendo *Brookside* mientras Ray y Jacob hacían alguna clase de refugio rudimentario con dos sillas del comedor y la manta de picnic. Les preguntó qué hacían y Jacob explicó que estaban construyendo una carpa, «para la boda». Y Katie se dijo: «A la mierda». Iba a casarse con Ray. Sus padres iban a celebrar una fiesta. Sencillamente iban a hacer esas dos cosas de forma simultánea.

Llamó a su madre y le sugirió llegar a un acuerdo. Su madre consiguió la carpa, las flores y la tarta. Katie consiguió la ceremonia civil, sin bendición eclesiástica, y que el vestido no se lo hicieran a medida.

El sábado siguiente, Ray y Jacob se fueron a instalar un tubo de escape mientras Katie se encontraba con Mona en la ciudad para comprar un vestido antes de que mamá cambiase de opinión.

Se compró un vestido largo y sin tirantes de seda azul celeste, en Whistles. No se podía correr con él puesto (Katie procuraba no comprar nunca ropa con la que no pudiese correr), pero consideró que si había un incendio en el registro civil Ray podría echársela al hombro. Compró un par de zapatos de ante de un azul un poco más oscuro y con un poquito de tacón en una tienda de Oxford Street, y fue divertido lo de hacer de niña ingenua durante unas horas con Mona, que podía hacer de niña ingenua hasta el día del Juicio.

Cuando llegó a casa se dio unas vueltas para que los chicos la vieran y Jacob comentó:

—Pareces una dama —lo que fue raro, pero dulce.

Katie se inclinó para besarlo (e inclinarse tampoco fue particularmente fácil).

—Deberíamos conseguirte un traje de marinerito para que vayas a juego conmigo.

—No seas tan dura con el chaval —dijo Ray.

Jacob la miró muy serio.

—Quiero llevar mi camiseta de Bob el Constructor.

—No sé muy bien qué va a pensar de eso la abuelita —repuso Katie.

—Pero yo quiero llevar mi camiseta de Bob el Constructor —insistió Jacob.

Cruzarían ese puente cuando llegaran a él.

44

11

George estaba sentado en el coche en el exterior de la consulta, aferrando el volante como quien conduce cuesta abajo en un puerto de montaña.

Sentía la lesión como una tapa de alcantarilla de carne podrida bajo la camisa.

Podía ver al médico, o podía largarse de allí. Se sintió un poco más tranquilo sólo con expresarlo de ese modo. Opción A u opción B.

Si veía al médico le dirían la verdad. No quería que le dijeran la verdad, pero la verdad podía no ser tan mala como se temía. La lesión podía ser benigna o de un tamaño tratable. El doctor Barghoutian, sin embargo, sólo era médico de cabecera. George bien podía verse enviado a un especialista y tener que vivir con la perspectiva de ese encuentro durante una semana, dos semanas, un mes (era del todo posible que después de siete días sin comer o dormir uno se volviera completamente chiflado, en cuyo caso el asunto se le iría de las manos).

Si se largaba, Jean le preguntaría dónde había estado. De la consulta llamarían a casa para preguntar por qué no había acudido a la cita. A lo mejor no llegaba a tiempo de contestar al teléfono él primero. Se moriría de cáncer. Jean descubriría que no había ido al médico y se pondría furiosa al saber que se estaba muriendo de cáncer y no había hecho nada al respecto.

Por otra parte, si la lesión era benigna o de tamaño tratable y se largaba, podía mutar más adelante para volverse un cáncer maligno e imposible de tratar; podían decirle que era así y tendría que vivir, por poco que fuera, sabiendo que se estaba muriendo como resultado directo de su propia cobardía.

Cuando finalmente se bajó del coche lo hizo porque ya no soportaba más su propia compañía en ese espacio tan cerrado.

La presencia de otras personas en la consulta lo tranquilizó un poco. Dio su nombre en el mostrador y consiguió un asiento.

¿Qué podía decir sobre Ray en el discurso de la boda? Ahí tenía un buen rompecabezas al que hincarle el diente.

A Ray se le daban bien los niños. Bueno, al menos se le daba bien Jacob. Sabía arreglar cosas. O creía saber hacerlo. El cortacésped había muerto una semana después de que él le metiera mano. Fuera como fuese, no parecía una recomendación suficiente para el matrimonio. Ray tenía dinero. Eso era una recomendación suficiente, desde luego, pero que sólo podía añadirse como acotación divertida una vez que hubieses establecido que el tipo en cuestión te gustaba.

Todo eso le estaba ocupando la cabeza.

Ray estaba enamorado de Katie, y Katie estaba enamorada de Ray.

¿Lo estaba su hija? Su mente siempre había sido un misterio para él. Aunque no era precisamente que Katie tuviese reparos en compartir sus opiniones. Sobre el papel pintado en su dormitorio. Sobre los hombres con vello en la espalda. Pero sus opiniones eran tan violentas (¿podía acaso ser tan importante el papel pintado?), tan cambiantes, y estaba tan claro que no formaban parte de una visión coherente del mundo, que George se había preguntado, a veces, en especial durante la adolescencia de su hija, si algo no marcharía bien hablando desde el punto de vista médico.

No. Lo estaba considerando todo al revés. No era tarea del padre de la novia que su yerno le gustara (sintió que recuperaba la cordura con sólo formular ese pensamiento). Quien se ocupaba de eso era el padrino. En lo que a eso respectaba, si el padrino de Ray mejoraba en algo al payaso de la última boda de Katie, el alivio de George bien podría compensar sus recelos ante el matrimonio en sí («Así que llamé por teléfono a todas las novias anteriores de Graham para averiguar qué le esperaba a Katie. Y he aquí lo que dijeron...»).

Alzó la vista y vio un cartel en la pared de enfrente. Consistía en dos grandes fotografías. La fotografía de la izquierda mostraba un pedazo de piel bronceada y un titular que rezaba «¿Qué te parece mi bronceado?». En la imagen de la derecha se leía «¿Qué te parece mi cáncer de piel?» y mostraba lo que parecía un gran furúnculo lleno de ceniza de cigarrillo.

Estuvo a punto de vomitar y se percató de que había recobrado la compostura agarrando del hombro a la minúscula mujer hindú que tenía a su derecha.

—Perdone —se puso en pie.

¿En qué diablos estaban pensando al poner un cartel como ése precisamente en ese sitio? Se dirigió hacia la salida.

—¿Señor Hall?

Estaba a medio camino de la puerta cuando oyó a la recepcionista repetirlo, con tono más severo esta vez. Se dio la vuelta.

—El doctor Barghoutian le recibirá ahora.

Fue demasiado débil para desobedecer y se encontró recorriendo el pasillo hasta donde el doctor Barghoutian se hallaba en pie junto a su puerta abierta, esbozando una amplia sonrisa.

—George —saludó el doctor Barghoutian.

Se estrecharon las manos.

El doctor Barghoutian hizo pasar a George al interior, cerró la puerta detrás de él, se sentó y se reclinó con el cabo de un lápiz embutido como un puro entre los dedos índice y medio de su mano derecha.

—Bueno, ¿qué puedo hacer por usted?

Había una figurita de plástico barata de la Torre Eiffel en un estante detrás de la cabeza del doctor Barghoutian y una fotografía enmarcada de su hija en un columpio.

Ése era el momento.

—Tuve un ataque —dijo George.

—¿Y de qué clase de ataque estamos hablando?

—A la hora de comer. Me encontré con que me costaba respirar. Tiré unas cuantas cosas, con las prisas por salir al exterior.

Un ataque. Sólo había sido eso. ¿Por qué se había puesto tan frenético?

—¿Dolor en el pecho? —preguntó el doctor Barghoutian.

—No.

—¿Se cayó?

—No.

El doctor Barghoutian se lo quedó mirando y asintió sabiamente con la cabeza. George no se sentía bien. Era como en esa escena cerca del final de la película, después del asesino ruso y el incendio sin explicación y el diputado aficionado a las prostitutas. Y todo se reducía a eso, a algún ex alumno de Eton en la biblioteca de un club londinense, que lo sabía todo y podía borrar a la gente del mapa con una simple llamada telefónica.

—¿De qué trataba de huir? —preguntó el doctor Barghoutian.

A George no se le ocurrió respuesta imaginable alguna.

—¿Tenía miedo de algo?

George asintió con la cabeza. Se sentía como un niño de cinco años.

—¿Y de qué tenía miedo? —quiso saber el doctor Barghoutian.

Todo iba bien. No tenía nada de malo ser un niño de cinco años. La gente se ocupaba de los niños de cinco años. El doctor Barghoutian se ocuparía de él. Lo único que tenía que hacer era contener las lágrimas.

George se levantó la camisa y se bajó la cremallera de los pantalones.

Con lentitud infinita, el doctor Barghoutian cogió las gafas del escritorio, se las puso y se inclinó para acercarse a la lesión.

—Muy interesante.

¿Interesante? Jesús. Iba a morirse de cáncer rodeado de estudiantes de medicina y profesores visitantes de dermatología.

Pareció transcurrir un año.

El doctor Barghoutian se quitó las gafas y volvió a reclinarse en la silla.

—Eczema discoidal, si no me equivoco. Una semana de pomada esteroide debería solucionarlo —hizo una pausa y dejó caer un poco de ceniza imaginaria del lápiz sobre la alfombra—. Ya puede subirse los pantalones.

George volvió a bajarse la camisa y se abrochó los pantalones.

—Le extenderé una receta.

Al cruzar la zona de recepción pasó a través de una columna de luz de sol que se derramaba desde una ventana alta sobre la moqueta moteada de verde. Una madre le estaba dando el pecho a un bebé. Junto a ella, un hombre mayor de mejillas rubicundas y con botas de lluvia se apoyaba sobre un bastón y parecía contemplar, más allá de los cochecitos de bebé y las revistas con las esquinas dobladas, los campos ondulantes en que sin duda había pasado la mayor parte de su vida laboral. Un teléfono repicó como las campanas de una iglesia.

George empujó la puerta de cristal de doble hoja y entró de nuevo al día.

Se oía cantar a los pájaros. En realidad no se oía cantar a los pájaros, pero se le antojó una mañana que merecía que cantasen los pájaros. En lo alto, un avión a reacción abría una cremallera blanca en medio de un cielo azul, transportando hombres y mujeres a Chicago y Sidney, a conferencias y universidades, a reuniones familiares y habitaciones de hotel con toallas mullidas y vistas del océano.

Se detuvo en los peldaños y aspiró los agradables olores del humo de hoguera y de la lluvia reciente.

A quince metros de distancia, al otro lado de un seto de alheña pulcramente recortado hasta la altura de la cintura, el Volkswagen Polo lo esperaba como un perro fiel.

Se iba a casa.

12

Jamie se comió una séptima Pringle, volvió a dejar el tubo en el armario, entró en la sala de estar, se dejó caer en el sofá y oprimió el botón del contestador automático.

—Jamie. Hola. Soy mamá. Pensaba que igual te encontraba en casa. Oh, bueno, no importa. Estoy segura de que ya sabes la noticia, pero Katie y Ray estuvieron aquí el domingo y van a casarse. Lo cual supuso cierta sorpresa, como puedes imaginar. Tu padre aún se está recuperando. Bueno. Será el tercer fin de semana de septiembre. Haremos el banquete aquí. En el jardín. Katie dijo que deberías traerte a alguien. Pero enviaremos las invitaciones propiamente dichas más adelante. Bueno, me encantaría hablar contigo cuando tengas la oportunidad. Te quiero mucho.

¿Iban a casarse? Jamie se tambaleó un poco. Volvió a escuchar el mensaje por si lo había oído mal. No.

Dios santo, su hermana había hecho unas cuantas estupideces en su vida, pero ésa se llevaba la palma. Se suponía que Ray era una etapa. Katie hablaba francés. Ray leía biografías de figuras del deporte. Invítalo a unas cuantas pintas y probablemente empezaría a parlotear sobre «nuestros hermanos de color».

Llevaban viviendo juntos... ¿cuánto tiempo? ¿Seis meses?

Escuchó el mensaje una tercera vez; luego se fue a la cocina y sacó un bombón helado del congelador.

No debería mosquearse tanto. Últimamente apenas veía a Katie. Y cuando lo hacía siempre llevaba a Ray a la zaga. ¿Qué diferencia suponía que estuviesen casados? Un pedazo de papel, eso era todo.

Entonces, ¿por qué sentía un nudo en el estómago?

Había un maldito gato en el jardín. Cogió un guijarro de los peldaños, apuntó y falló.

Joder. Se había manchado de helado la camisa en el retroceso.

Se la frotó suavemente con una esponja húmeda.

Enterarse de la noticia por terceros. Eso era lo que lo había mosqueado. Katie no se había atrevido a decírselo. Sabía qué habría dicho él. O qué habría pensado. De manera que le había dejado la tarea a su madre.

Eso era lo que hacían los demás, en una palabra. Aparecían y lo jodían todo. Estabas conduciendo por Streatham ocupándote de tus asuntos y se estrellaban contra tu puerta del pasajero mientras hablaban por el móvil. Te ibas a Edimburgo a pasar un largo fin de semana y te robaban el portátil y se cagaban en el sofá.

Miró hacia fuera. El maldito gato había vuelto. Dejó el bombón helado y le tiró otro guijarro, más fuerte esta vez. Rebotó en una traviesa, pasó volando sobre el muro del fondo hacia el jardín contiguo y golpeó algún objeto invisible con un fuerte chasquido.

Jamie cerró las puertas acristaladas, recuperó el bombón helado y desapareció de la vista.

Dos años atrás, Katie no le habría dado a Ray ni la hora.

Estaba agotada. Ése era el problema. No estaba pensando con claridad. Cuidando de Jacob y durmiendo sólo seis horas en esa mierda de piso durante dos años. Entonces aparece Ray con el dinero y la casa grande y el coche fardón.

Tenía que llamarla. Dejó el bombón helado en el alféizar de la ventana.

Quizá era Ray quien se lo había dicho a sus padres. Era bien posible. Y muy propio de Ray. Irrumpiendo en la casa con sus botas del cuarenta y cinco. Para luego aguantar el enfado de Katie de vuelta a casa por haberle quitado la primicia.

Marcó el número. El teléfono empezó a sonar.

Alguien descolgó, Jamie comprendió que podía tratarse de Ray y casi se le cayó el auricular.

—Mierda.

—¿Hola? —era Katie.

—Gracias a Dios —dijo Jamie—. Lo siento. No quería decir eso. Quiero decir... Soy Jamie.

—Jamie, qué tal.

—Mamá me acaba de dar la noticia —trató de que su tono fuera alegre y despreocupado, pero aún estaba bajo los efectos del pánico por pensar que era Ray.

—Sí, decidimos anunciarlo cuando íbamos de camino a Peterborough. Luego volvimos y desde entonces Jacob ha estado bastante difícil. Iba a llamarte esta noche.

—Bueno... Felicidades.

—Gracias —contestó Katie.

Entonces hubo una pausa incómoda. Jamie quería que Katie dijera: «Ayúdame, Jamie. Estoy cometiendo un terrible error», algo que claramente no iba a hacer. Y él deseaba decirle: «¿Qué coño estás haciendo?». Pero si hacía eso, Katie no volvería a hablarle nunca más.

Le preguntó qué tal estaba Jacob y Katie le contó que había dibujado un rinoceronte en la guardería y que ya hacía caca en el váter, de manera que cambió de tema y preguntó:

—¿Tony está invitado, entonces?

—Por supuesto.

Y de pronto se dio cuenta. Una invitación conjunta. No iba a llevar a Tony a Peterborough, ni de coña.

Después de colgar, volvió a coger el bombón helado, limpió las gotitas del alféizar y se dirigió de vuelta a la cocina para preparar un poco de té.

Tony en Peterborough. Por Dios. No sabía muy bien qué era peor. Que mamá y papá fingieran que Tony era uno de los colegas de Jamie, no fueran a enterarse los vecinos, o que les pareciera genial.

La combinación más probable, por supuesto, era que a mamá le pareciera genial y papá fingiera que Tony era uno de los colegas de Jamie. Y que mamá se enfadara con papá por fingir que Tony era uno de los colegas de Jamie. Y que papá se enfadara con mamá porque le pareciera genial.

Ni siquiera quería pensar en los amigos de Ray. Ya había conocido suficientes Rays en la universidad. Ocho pintas y estaban peligrosamente cerca de linchar al homosexual más cercano por diversión. Aparte del caso del armario. Siempre había uno que estaba en el armario. Y tarde o temprano se quedaba paralítico y se te acercaba rodando en el bar y te lo contaba todo, y entonces se sulfuraba cuando no te lo llevabas a tu habitación y se la meneabas.

Se preguntó qué andaría haciendo últimamente Jeff Weller. Un matrimonio sin sexo en Saffron Walden, probablemente, con unos cuantos ejemplares atrasados de *Zipper* ocultos tras el calentador de agua.

Jamie había invertido grandes cantidades de tiempo y energía en organizar su vida precisamente como quería. Trabajo. Casa. Familia. Amigos. Tony. Ejercicio. Relajación. Algunos compartimientos podían mezclarse. Katie y Tony. Amigos y ejercicio. Pero los compartimientos estaban ahí por una razón. Era como un zoológico. Podías mezclar chimpancés y loros. Pero si quitabas por completo las jaulas te encontrabas con un baño de sangre en las manos.

No le diría a Tony lo de la invitación. Ésa era la respuesta. Era simple.

Observó lo que quedaba del bombón helado. ¿Qué estaba haciendo? Los había comprado como consuelo después de la pelea por los prismáticos. Debería haberlos tirado al día siguiente.

Metió el bombón helado en el cubo de la basura, sacó los otros cuatro del congelador y los tiró a su vez.

Puso *Born to Run* en el reproductor de discos compactos y preparó una tetera. Lavó los platos y limpió el escurridor. Se sirvió una taza de té, añadió un poco de leche semidescremada y extendió un cheque para pagar la factura del gas.

Bruce Springsteen sonaba especialmente pagado de sí mismo esa tarde. Jamie lo quitó y leyó el *Telegraph*.

Justo pasadas las ocho, Tony apareció de muy buen humor, trotó hasta la salita, le dio un mordisco en la nuca a Jamie, se dejó caer cuan largo era en el sofá y empezó a liar un cigarrillo.

Jamie se preguntaba, a veces, si Tony habría sido un perro en una vida anterior y no había acabado de hacer del todo bien la transición. El apetito. La energía. La falta de dotes sociales. La obsesión por los olores (Tony hundía la nariz en el cabello de Jamie, inhalaba y decía: «Oh, ¿dónde has estado?»).

Jamie deslizó un cenicero hasta el lado de Tony de la mesa del café y se sentó. Se puso las piernas de Tony en el regazo y empezó a desabrocharle las botas.

A veces deseaba estrangular a Tony. En general por lo mal adiestrado que estaba. Entonces lo vislumbraba en el otro extremo de una habitación y veía esas piernas largas y sus andares musculosos de granjero y sentía exactamente lo que había sentido la primera vez. Algo en la boca del estómago, casi doloroso; la necesidad de que ese hombre lo abrazara. Y nadie más conseguía hacerle sentirse así.

—¿Has tenido un buen día en la oficina? —quiso saber Tony.

—La verdad es que sí.

—¿Por qué entonces las vibraciones de Mister Tristón?

—¿Qué vibraciones de Mister Tristón?

—La boquita de pez, la frente arrugada.

Jamie se dejó caer hacia atrás en el sofá y cerró los ojos.

—¿Te acuerdas de Ray?

—¿Ray...?

—El novio de Katie, Ray.

—Ajá.

—Va a casarse con él.

—Vale —Tony encendió el cigarrillo. Una brizna de tabaco ardiendo le cayó en los tejanos y se apagó—. Pues la metemos a empujones en un coche y nos la llevamos a un piso franco en algún lugar de Gloucestershire...

—Tony... —interrumpió Jamie.

—¿Qué?

—Intentémoslo otra vez, ¿de acuerdo?

Tony levantó las manos simulando rendirse.

—Lo siento.

—Katie va a casarse con Ray —dijo Jamie.

—Y eso no está bien.

—No.

—Así que vas a intentar detenerla —añadió Tony.

—No está enamorada de él —repuso Jamie—. Tan sólo quiere a alguien con un trabajo seguro y una casa grande que pueda ayudarla a cuidar de Jacob.

—Hay razones peores para casarse con alguien.

—Te horrorizaría ese tipo —explicó Jamie.

—¿Y? —preguntó Tony.

—Es mi hermana.

—Y tú vas a... ¿a qué? —quiso saber Tony.

—Quién sabe.

—Es su vida, Jamie. No puedes enfrentarte a Anne Bancroft con un crucifijo y arrastrarla hasta el siguiente autobús.

—No intento detenerla —Jamie empezaba a lamentar haber sacado el tema. Tony no sabía cómo era Katie. No conocía a Ray. La verdad era que Jamie sólo deseaba que dijera «Tienes toda la razón». Pero Tony nunca había dicho eso, a nadie, sobre nada. Ni siquiera cuando estaba borracho. En especial cuando estaba borracho—. Es asunto suyo, obviamente. Es sólo que...

—Es adulta —interrumpió Tony—. Tiene derecho a cagarla.

Ninguno de los dos dijo nada durante unos instantes.

—Bueno, ¿estoy invitado? —Tony exhaló una pequeña bocanada de humo en dirección al techo.

Jamie hizo una pausa demasiado larga por una fracción de segundo antes de responder, y Tony esbozó su clásica expresión de sospecha con las cejas. De manera que Jamie tuvo que cambiar de táctica para evitar la masacre.

—Confío sinceramente en que no ocurra.

—Pero ¿y si pasa?

No tenía sentido pelearse por eso. No en ese momento. Cuando los testigos de Jehová llamaban a la puerta, Tony los invitaba a tomar el té. Jamie inspiró profundamente.

—Mi madre ha mencionado que llevase a alguien.

—¿A alguien? —repuso Tony—. Qué encanto.

—En realidad tú no quieres venir, ¿no?

—¿Por qué no?

—Los colegas ingenieros de Ray, mi madre encima de ti todo el rato...

—No estás escuchando lo que te digo, ¿verdad? —Tony tomó a Jamie de la barbilla y se la apretó, como te hacían las tías de niño—. Sí me gustaría. Ir a la boda de tu hermana. Contigo.

Un coche de policía pasó hacia el final de la calle sin salida con la sirena a todo trapo. Tony seguía sujetándole la barbilla a Jamie.

—Hablemos más tarde del tema, ¿vale? —dijo Jamie.

Tony apretó más aún, atrajo a Jamie hacia sí y olisqueó.

—¿Qué has estado comiendo?

—Un bombón helado.

—Dios. Esto te ha deprimido de verdad, ¿no?

—He tirado el resto a la basura —repuso Jamie.

Tony apagó el cigarrillo.

—Ve a buscarme uno. Hace que no me como un bombón helado... Por Dios, desde Brighton, más o menos en 1987.

Jamie fue a la cocina, recuperó uno de los bombones helados de la basura, limpió el ketchup del envoltorio y se lo llevó de vuelta a la salita.

Con un poco de suerte, Katie le arrojaría una tostadora a Ray antes de septiembre y no habría boda.

13

George se aplicó una dosis generosa de crema esteroide en el eczema, se puso la ropa de trabajo y se dirigió al piso inferior, donde chocó contra Jean que volvía cargada de Sainsbury's.

—¿Qué tal ha ido el médico?

—Bien.

—¿Y? —preguntó Jean.

George decidió que era más simple mentir.

—Un golpe de calor, probablemente. Deshidratación. Por trabajar ahí fuera al sol sin un sombrero. Por no beber suficiente agua.

—Bueno, es un alivio.

—Y tanto —repuso George.

—He llamado a Jamie.

—¿Y?

—No estaba —dijo Jean—. Le he dejado un mensaje. Le he dicho que le mandaríamos una invitación. Y le he dicho que podía traerse a alguien si quería.

—Excelente.

Jean hizo una pausa.

—¿Te encuentras bien, George?

—Pues sí, la verdad —le dio un beso y salió al jardín.

Vertió el contenido de la gaveta en la minihormigonera, lo roció con agua y preparó un poco más de mortero para empezar a poner ladrillos. Un par de hileras más y podría pensar en poner el marco de la puerta en su sitio.

No tenía ningún problema con la homosexualidad en sí. Con que los hombres mantuvieran relaciones sexuales con otros hombres. Podías imaginar, si te dedicabas a imaginar esa clase de cosas, que había situaciones en las que podía ocurrir, situaciones en que a los tíos se les negaban las vías de escape normales. Campamentos militares. Largos viajes por mar. No hacía falta hacer hincapié en la fontanería, pero casi podía verse como una actividad deportiva. Un desahogo. Un levantarse el ánimo. Un apretón de manos y la ducha caliente de después.

Era pensar en hombres comprando muebles juntos lo que lo perturbaba. Hombres acurrucados. Le resultaba más desconcertante, de alguna manera, que unas travesuras en lavabos públicos. Le producía la desagradable sensación de que había un fallo en el tejido mismo del mundo. Era como ver a un hombre pegarle a una mujer en la calle. O no ser capaz de pronto de recordar el dormitorio que tenías de niño.

Aun así, las cosas cambiaban. Teléfonos móviles. Restaurantes thai. Tenías que ser flexible o te convertías en un fósil airado despotricando contra su camada. Además, Jamie era un joven sensato y si se traía a alguien sin duda sería otro joven bien sensato.

Sólo Dios sabía qué pensaría Ray al respecto.

Interesante. Así sería.

Puso otro ladrillo.

«Si no me equivoco», había dicho el doctor Barghoutian.

Sólo por cubrirse las espaldas, sin duda.

14

Jean se desvistió mientras David se duchaba y se puso la bata que él le había dejado. Se dirigió a la ventana en saliente y se sentó en el brazo de la butaca.

La hacía sentir atractiva, el mero hecho de estar en esa habitación. Las paredes color crema. El suelo de madera. El gran grabado de peces en su marco metálico. Era como una de esas habitaciones que una veía en las revistas y que le hacían pensar en llevar una vida distinta.

Miró hacia el jardín oval. Tres arbustos en grandes macetas a un lado. Tres al otro. Una tumbona de madera plegable.

Le gustaba mucho hacer el amor, pero también le gustaba eso. La forma en que ahí podía pensar, sin que el resto de su vida se precipitara hacia ella para acosarla.

Jean rara vez hablaba de sus padres. La gente sencillamente no lo comprendía. Eran adolescentes antes de que cayeran en la cuenta de que la tía Mary de la puerta de al lado era la novia de su padre. Todo el mundo se imaginaba alguna especie de tórrido culebrón. Pero no había intriga, ni violentas peleas. Su padre trabajó en el mismo banco durante cuarenta años y hacía casitas de madera para pájaros en el sótano. Y fueran cuales fuesen los sentimientos de su madre con respecto a aquel estrambótico acuerdo doméstico, nunca habló de él, ni siquiera después de que el padre de Jean muriese.

Jean sospechaba que tampoco hablaba de ello cuando él estaba vivo. Era algo que ocurría. Se guardaban las apariencias. Fin de la historia.

Jean se sentía avergonzada. Como lo haría cualquier persona sensata. Si no decías nada al respecto te sentías una mentirosa. Si contabas la historia te sentías como algo salido de un circo.

No era de extrañar que sus hijos huyeran tan rápido y en direcciones tan distintas. Eileen a su religión. Douglas a sus camiones articulados. Y Jean a George.

Se conocieron en la boda de Betty.

Había algo formal en George, casi militar. Era guapo en un sentido en que los jóvenes ya no lo eran por aquel entonces.

Todo el mundo se estaba comportando de forma bastante tonta (el hermano de Betty, el que murió en aquel espantoso accidente en la fábrica, había hecho un sombrero con una servilleta y estaba cantando «Tengo un precioso ramo de cocotero» para la gran hilaridad general). Jean advirtió que a George todo eso le resultaba tedioso. Quiso decirle que a ella también se le hacía tedioso, pero no parecía de esos a los que podía hablárseles así, como si nada.

Diez minutos después George estaba a su lado, ofreciéndole ir en busca de otra copa, y ella quedó como una tonta al pedirle una limonada, para demostrar que estaba sobria y era sensata, y luego pedirle vino porque no quería parecer infantil, y después cambiar de opinión por segunda vez porque George era realmente atractivo y se estaba poniendo un poquito nerviosa.

La invitó a cenar la semana siguiente y ella no quiso ir. Sabía qué ocurriría. George era honesto y absolutamente formal, y ella iba a enamorarse de él, y cuando George descubriese lo de su familia se desvanecería en una nube de humo. Como Roger Hamilton. Como Pat Lloyd.

Entonces él le contó lo de que su padre bebía hasta sumirse en un sopor etílico y dormirse boca abajo en el jardín. Y que su madre lloraba en el baño. Y que su tío se había vuelto loco y había acabado en algún hospital espantoso. En ese momento Jean sencillamente le tomó la cara y lo besó, que era algo que nunca le había hecho antes a un hombre.

Y no era que George hubiese cambiado con los años. Seguía siendo honesto. Seguía siendo formal. Pero el mundo había cambiado. Y ella también.

Si algo tuvo la culpa fueron aquellos cassettes franceses (¿fueron un regalo de Katie? No conseguía recordarlo). Iban hacia la Dordoña, y Jean tenía tiempo por delante.

Unos meses después estaba en una tienda en Bergerac comprando pan y queso y aquellas pequeñas tartaletas de espinacas, y la mujer se estaba disculpando por el tiempo que hacía, y Jean se encontró entablando una conversación mientras George se sentaba en un banco en la otra acera contándose las picaduras de mosquito. Y no pasó nada en ese momento preciso, pero cuando llegó a casa le pareció un poco fría, un poco pequeña, un poco inglesa.

A través de la pared le llegó el leve ruido de la mampara de la ducha al abrirse.

Que fuera David, precisamente, todavía la asombraba. Le había preparado espaguetis a la boloñesa en cierta ocasión. Había charlado con él sobre el nuevo conservatorio y se había sentido sosa pero agradablemente invisible. Él llevaba chaquetas de lino y jerséis de cuello alto de color melocotón y azul celeste y fumaba puritos. Había vivido tres años en Estocolmo y cuando él y Mina se separaron amigablemente no hizo sino incrementar la sensación de que David era un poco demasiado moderno para Peterborough.

Se jubiló pronto, George perdió el contacto con él y a Jean no volvió a pasársele por la cabeza hasta que alzó la vista de la caja registradora un día en Ottakar's y lo vio cargado con un ejemplar de *La cocina de Jamie Oliver* y una caja metálica de lápices Maisie Mouse.

Tomaron un café enfrente y cuando Jean le habló de irse a París con Ursula no se burló de ella, como solía hacer Bob Green. Ni se maravilló de que dos damas de mediana edad pudiesen sobrevivir a un fin de semana largo en una ciudad extranjera sin que las atracaran o estrangularan o vendieran en el mercado de trata de blancas, como había hecho George.

Y no era que se sintiese físicamente atraída por él (era más bajo que ella y de los puños de la camisa le asomaba un montón de vello negro). Pero nunca conocía a hombres de más de cincuenta que aún estuviesen interesados en el mundo que los rodeaba, en gente nueva, libros nuevos, países nuevos.

Fue como hablar con una amiga. Sólo que era un hombre. Y sólo se habían encontrado hacía unos quince minutos. Lo cual fue muy desconcertante.

A la semana siguiente estaban de pie en un puente peatonal sobre la calzada de dos direcciones, y en el interior de Jean había brotado aquel sentimiento. El que experimentaba a veces junto al mar. Desembarcos, gaviotas graznando en la estela, aquellas sirenas lastimeras. La repentina conciencia de que una podía zarpar hacia aquel azul infinito y empezar de nuevo en otro lugar.

David le agarró entonces la mano, y Jean se sintió decepcionada. Había encontrado un alma gemela y él estaba a punto de echarlo todo por tierra dando un paso torpe. Pero David le oprimió la mano y se la soltó y dijo:

—Vámonos. Llegarás tarde a casa —y Jean deseó volver a agarrarle la mano.

Más adelante sintió miedo. De decir sí. De decir no. De decir sí y darse cuenta entonces de que debería haber dicho no. De decir no y darse cuenta entonces de que debería haber dicho sí. De estar desnuda delante de otro hombre cuando su cuerpo le hacía sentir a veces ganas de llorar.

Así que se lo contó a George. Lo del encuentro con David en la tienda y lo del café de enfrente. Pero no le contó lo de las manos y el puente. Deseó que se enfadara. Deseó que hiciera que su vida volviera a ser simple. Pero George no hizo nada de eso. Jean mencionó el nombre de David un par de veces más en la conversación y no obtuvo reacción alguna. Empezó a parecerle que la falta de preocupación de George le infundía ánimos.

David había tenido otras aventuras. Jean lo sabía. Incluso antes de que se lo contara. Por la forma en que su mano le había aferrado la nuca aquella primera vez. Se sintió aliviada. No quería hacer eso con alguien que navegara en aguas desconocidas, en especial después de la horrible historia de Gloria sobre que había encontrado a aquel hombre de Derby aparcado ante su casa una mañana.

Y Jean tenía razón. En efecto era muy velludo. Casi como un mono. Lo que de algún modo lo había vuelto mejor. Porque demostraba que en realidad no tenía que ver con el sexo. Aunque durante los últimos meses había llegado a cogerle cariño a esa sedosa sensación bajo los dedos cuando le acariciaba la espalda.

La puerta del baño se abrió y Jean cerró los ojos. David cruzó la alfombra y la rodeó con sus brazos. Jean olió a jabón de brea y piel limpia. Sintió el aliento de David en la nuca.

—Parece que he encontrado a una mujer hermosa en mi habitación —dijo.

Jean rió ante la puerilidad de semejante comentario. Estaba muy lejos de ser una mujer hermosa. Pero estaba bien, lo de fingirlo. Casi era mejor que la realidad. Como volver a ser una niña. Estar tan cerca de otro ser humano. Trepar a los árboles y beberse el agua del baño. Saber qué sensaciones transmitían las cosas, qué sabor tenían.

David le dio la vuelta y la besó.

Quería hacerla sentir bien. Jean no recordaba la última vez que alguien había hecho eso.

David corrió las cortinas y la llevó hasta la cama, la hizo tenderse, volvió a besarla y le quitó la bata de los hombros, y Jean se fundió en la oscuridad de detrás de sus párpados, de la forma en que la mantequilla se funde en una sartén caliente, de la forma en que te fundes en el sueño después de haberte despertado en plena noche, tan sólo dejando que se te lleve.

Le rodeó el cuello con las manos y sintió los músculos bajo su piel y los pelitos minúsculos donde el barbero había apurado con la navaja. Y las manos de David bajaron con lentitud por su cuerpo y Jean los vio a los dos desde el otro extremo de la habitación, haciendo eso que en las películas sólo le veía hacer a la gente guapa. Y quizá sí creía ahora que era hermosa, que los dos eran hermosos.

Tenía la sensación de que el cuerpo se le mecía con el movimiento de los dedos de David, un viaje en el parque de atracciones que la llevaba más alto y más rápido a cada vaivén, de forma que no pesaba nada en cada extremo, tan alto que veía las atracciones y los ferries en la bahía y las colinas verdes al otro lado del agua. David dijo:

—Jesús, te quiero —y ella también lo quiso, por hacer eso, comprender una parte de ella cuya existencia ni siquiera conocía. Pero no pudo decirlo. No pudo decir nada. Tan sólo le oprimió el hombro como diciéndole: «Sigue».

Le rodeó el pene con la mano y la movió de arriba abajo y ya no le pareció extraño, ni siquiera una parte del cuerpo de David sino más bien del suyo, y las sensaciones fluyeron en un círculo ininterrumpido. Y se oyó jadear entonces, como un perro, pero no le importó.

Y se dio cuenta de lo que estaba a punto de pasar y se oyó decir «Sí, sí, sí», y ni siquiera el sonido de su propia voz rompió el hechizo. Y la recorrió en oleadas como una ola recorre la arena para luego retirarse y volver a lamerla y a retirarse de nuevo.

En su mente brotaban imágenes como pequeños fuegos de artificio. El olor a coco. Morillos de latón. La almohada cilíndrica y almidonada en la cama de sus padres. Un cucurucho caliente de briznas de hierba. Se estaba desintegrando en un millar de añicos, como la nieve, o las chispas de una hoguera, elevándose y girando en el aire para luego empezar a caer, tan despacio que ni siquiera parecía que cayera.

Agarró de la muñeca a David para detener su mano y se quedó ahí tumbada con los ojos cerrados, aturdida y sin aliento.

Estaba llorando.

Era como volver a descubrir tu cuerpo después de cincuenta años y darte cuenta de que erais viejos amigos y comprender de pronto por qué te habías sentido tan sola todo ese tiempo.

Abrió los ojos. David la miraba, y supo que no había necesidad de explicarle nada.

Él esperó un par de minutos.

—Y ahora —dijo—, creo que me toca a mí.

Se puso de rodillas y se movió entre sus piernas. La abrió con suavidad con los dedos y se deslizó en su interior. Y esa vez Jean lo observó inclinarse sobre ella hasta que estuvo llena de él.

Unas veces disfrutaba del hecho de que él le estuviera haciendo eso. Otras veces disfrutaba del hecho de que ella le estuviera haciendo eso a él. Ese día la distinción no parecía existir.

David empezó a moverse más rápido y sus ojos se entrecerraron de placer y finalmente se cerraron. De forma que ella cerró los suyos y se agarró a sus brazos y se dejó mecer adelante y atrás, y por fin él alcanzó el clímax y se quedó inmóvil dentro de ella y fue presa de ese pequeño estremecimiento animal. Y cuando abrió los ojos su respiración era entrecortada y sonreía.

Ella le devolvió la sonrisa.

Katie tenía razón. Te pasabas la vida dándoles todo a los demás, para que pudiesen marcharse, al colegio, a la universidad, a la oficina, a Hornsey, a Ealing. Y qué poco de ese amor volvía.

Se había ganado eso. Se merecía sentirse como alguien de una película.

David se dejó caer suavemente a su lado y atrajo la cabeza de Jean contra su hombro, de forma que ella vio minúsculas perlas de sudor en una hilera en el centro de su pecho y oyó latir su corazón.

Jean volvió a cerrar los ojos, y en la oscuridad sintió que el mundo entero giraba.

15

—Señor, hazme saber mi fin, y cuál es la medida de mis días.

Bob yacía bajo los peldaños del altar en un ataúd negro pulido que desde ese ángulo parecía un piano de cola.

—Como en tinieblas anda el hombre, y ciertamente en vano se afana.

Había ocasiones en que George le tenía envidia a esa gente (las cuarenta y ocho horas entre que se probara los pantalones en Alldewrs y visitara al doctor Barghoutian, por ejemplo). No a esa gente de manera específica, sino a los asiduos, a los que veías en primera fila durante los servicios religiosos navideños.

Pero o tenías fe o no la tenías. No había readmisiones ni devoluciones. Como cuando su padre le había contado cómo serraban los magos en dos a las señoras. No podías dejar de saberlo por mucho que quisieras.

Observó a su alrededor los corderos en las vidrieras y el modelo a escala del Cristo crucificado y pensó en lo ridículo que era todo eso, esa religión del desierto transportada en bloque a los condados rurales de Inglaterra. Directores de banco y profesores de educación física escuchando relatos sobre cítaras y castigos y pan de cebada como si fuera lo más natural del mundo.

—Aparta de mí tu mirada, para que pueda recobrar fuerzas; antes de que me vaya y ya no exista más.

El párroco se dirigió al púlpito y pronunció su panegírico.

—Un hombre de negocios, un deportista, un hombre de familia. «Trabaja duro, juega duro»: ése era su lema —estaba claro que no sabía nada sobre Bob.

Por otra parte, si nunca ponías los pies en una iglesia cuando estabas vivo, difícilmente podías esperar que hicieran uso de todos los recursos cuando estuvieses muerto. Y nadie quería saber la verdad («Era un hombre incapaz de ver a una mujer con las tetas grandes sin hacer algún comentario infantil. En sus últimos años le apestaba el aliento»).

—Robert y Susan habrían cumplido cuarenta años de casados el próximo septiembre. Eran novios desde que se conocieron cuando ambos asistían al instituto de secundaria en Saint Botolph...

George recordó su propio trigésimo aniversario de boda. A Bob tambaleándose en el jardín, rodeándole con un ebrio brazo los hombros y diciéndole: «Lo gracioso es que si la hubieses matado a estas alturas ya estarías libre».

—Voy a declararos un misterio: no todos dormiremos, pero todos seremos transformados, en un instante, en un abrir y cerrar de ojos...

La lectura terminó y se llevaron a Bob de la iglesia. George y Jean salieron al exterior con el resto de la congregación, que se reunió de nuevo en torno a la tumba bajo una luz bochornosa y grisácea que prometía una tormenta antes de la hora del té. Susan estaba de pie al otro lado de la fosa con la cara hinchada y aspecto de deshecha, con sus dos hijos a cada lado. Jack rodeaba con un brazo a su madre, pero no era lo bastante alto para que el gesto denotara aplomo. A Ben se lo veía extrañamente aburrido.

—El hombre nacido de mujer no vive más que un tiempo breve y está lleno de amargura.

Bajaron a Bob a su fosa mediante cuatro fuertes correas de arpillera. Susan, Jack y Ben arrojaron cada uno una rosa blanca sobre el ataúd y la paz se vio hecha añicos por algún payaso que pasó ante el cementerio con la radio del coche a tope.

—... nuestro Señor Jesucristo, que transformará nuestro humilde cuerpo conforme a su cuerpo glorioso...

George miró a los portadores del féretro y se dio cuenta de que nunca había visto a uno con barba. Se preguntó si sería una norma, como los pilotos, que así conseguían un cierre hermético cuando caían las máscaras de oxígeno. Quizá tenía que ver con la higiene.

¿Y cuando les llegaba la hora...? ¿Los volvía confiados trabajar con todos esos cadáveres? Por supuesto, sólo veían a la gente después. La de convertirse en cadáver, ésa era la parte dura. La hermana de Tim trabajó en una residencia de enfermos terminales durante quince años y decidió acabar en el garaje con el motor encendido cuando le encontraron aquel tumor en el cerebro.

El párroco les pidió entonces que rezaran todos juntos el padrenuestro. George pronunció en voz alta los pasajes con que estaba de acuerdo («el pan nuestro de cada día dánoslo hoy... no nos dejes caer en la tentación») y se limitó a murmurar en las referencias a Dios.

—Que la gracia de nuestro Señor Jesucristo, el amor del Padre y la bendición del Espíritu Santo estén con todos nosotros para siempre. Amén... Y ahora, damas y caballeros —la voz del párroco adoptó un tono animado y como de boy scout—, me gustaría, en nombre de Susan y el resto de la familia Green, invitarles a compartir un refrigerio en la sala comunal del pueblo que encontrarán justo enfrente del aparcamiento cruzando la carretera.

Jean se estremeció con dramatismo.

—Cómo odio estas cosas.

Avanzaron con la marea de gente vestida de oscuro, que ahora hablaba en voz baja, por el sendero de gravilla curvo para pasar bajo el arco de entrada y cruzar la carretera.

Jean le tocó el codo y dijo:

—Te alcanzo en unos minutos.

George se volvió para preguntarle adónde iba pero Jean ya dirigía sus pasos hacia la iglesia.

Se dio la vuelta otra vez y vio a David Symmonds caminar hacia él, sonriendo y con la mano tendida.

—George.

—David.

69

David había dejado Shepherds cuatro o cinco años atrás. Jean se había encontrado con él en un par de ocasiones, pero George apenas lo había visto. No era que le desagradase. De hecho, si en la oficina todo el mundo hubiese sido como David todo habría ido como la seda. No competía por ascender de puesto. No pasaba la pelota. Un tipo brillante, además. El cerebro detrás de todo aquel asunto de los bosques sostenibles que les hizo conseguir Cornualles y Essex.

Vestía un poco demasiado bien. Ésa era probablemente la mejor forma de expresarlo. Loción para después del afeitado bien cara. Cintas de ópera en el coche.

Cuando anunció que se jubilaba de forma anticipada todo el mundo se echó atrás. Un animal enfermo en la manada. Todos se sintieron un poco insultados. Como si hubiese estado haciendo aquello como hobby, eso a lo que ellos habían dedicado sus vidas. Y sin planes reales, además. Fotografía. Vacaciones en Francia. Insignia C de Oro de vuelo sin motor.

Todo parecía bastante distinto ahora que el propio George había recorrido la misma senda, y cuando se acordaba de John McLintock diciendo que David nunca había sido en realidad «uno de nosotros» se percataba de que era un caso de quiero y no puedo.

—Encantado de verte —David estrechó la mano de George—. Aunque las circunstancias no sean las más alegres.

—Susan no me ha parecido muy entera.

—Oh, yo creo que Susan estará bien.

Ese día, por ejemplo, David llevaba un traje negro y un jersey gris de cuello alto. Otras personas podían considerarlo una falta de respeto, pero George se percataba ahora de que era simplemente una forma distinta de hacer las cosas. De no formar ya parte de la multitud.

—¿Qué, andas muy ocupado? —preguntó George.

David rió.

—Pensaba que de lo que se trata cuando te jubilas es de que ya no tienes que estar ocupado.

George rió.

—Sí, supongo.

—Bueno, me imagino que más nos vale cumplir con nuestro deber —David se volvió hacia la puerta de la sala comunal.

George rara vez sentía la necesidad de prolongar una conversación con alguien, pero se dio cuenta de que David estaba en el mismo barco que él, y le pareció bien lo de charlar con alguien en el mismo barco. Mejor desde luego que comer rollitos de salchicha y hablar sobre la muerte.

—¿Conseguiste leerte la colección de las cien mejores novelas?

—Tienes una memoria terriblemente buena —David volvió a reír—. Abandoné en Proust. Demasiado duro para mí. Estoy en cambio con Dickens. Llevo siete y me faltan ocho.

George le habló del estudio. David habló de su reciente viaje a pie por los Pirineos («Tres mil metros por encima del nivel del mar y hay mariposas por todas partes»). Se felicitaron mutuamente por haber dejado Shepherds antes de que Jim Bowman subcontratara el mantenimiento y aquella chica de Stevenage perdiera el pie.

—Ven —dijo David guiando a George hacia la puerta de doble hoja—. Vamos a vernos en un aprieto si nos encuentran aquí fuera divirtiéndonos.

Se oyeron pisadas en la gravilla y George se volvió para ver acercarse a Jean.

—Me había dejado el bolso.

George dijo:

—Me he encontrado con David.

Jean pareció un poco aturullada.

—David. Hola.

—Jean —saludó David tendiendo la mano—. Es un placer verte.

—Estaba pensando —intervino George— que sería buena idea invitar a David a cenar en algún momento.

Jean y David se miraron un poco sorprendidos y George se percató de que lo de dar una palmada y sacar el tema tan alegremente quizá no resultaba apropiado en una ocasión tan solemne.

—Oh —repuso David—. No quiero que Jean trabaje como una negra en la cocina por mi culpa.

—Estoy seguro de que a Jean le gustará verse un poco aliviada de mi compañía —George se metió las manos en los bolsillos del pantalón—. Y si estás dispuesto a correr el riesgo, yo mismo sé preparar un risotto pasable.

—Bueno...

—¿Qué tal dentro de dos fines de semana? ¿La noche del sábado?

Jean le dirigió a George una mirada que le hizo preguntarse brevemente si habría algún hecho importante sobre David que había pasado por alto en su entusiasmo, que era vegetariano, por ejemplo, o que no había tirado de la cadena en una visita anterior.

Pero Jean inspiró profundamente y sonrió y dijo:

—De acuerdo.

—No estoy seguro de tener libre el sábado —repuso David—. Es una idea encantadora...

—El domingo, entonces —insistió George.

David frunció los labios y asintió con la cabeza.

—Sí, el domingo, entonces.

—Estupendo. Lo estaré deseando —George mantuvo abierta la puerta—. Vamos a ser sociables.

16

Katie llevó a Jacob con Max y los dejó a los dos jugando a espadachines con cucharas de madera en la cocina de June.

Luego ella y Ray fueron a la ciudad y tuvieron una pequeña discusión en la imprenta. Ray pensaba que el número de volutas de oro en una invitación daba idea de cuánto querías a alguien, lo cual resultaba extraño en un hombre que pensaba que los calcetines de colores eran de niña. Mientras que las que prefería Katie parecían invitaciones a un seminario de contabilidad.

Ray sostuvo en alto su diseño favorito y Katie dijo que parecía una invitación a la fiesta de presentación en sociedad del príncipe azul. En ese momento el hombre detrás del mostrador dijo:

—Bueno, no me gustaría andar cerca cuando ustedes dos escojan el menú.

Las cosas fueron mejor en el joyero. A Ray le gustaba la idea de que los dos llevasen el mismo anillo y no estaba dispuesto a ponerse nada que no fuera una simple alianza de oro. El joyero preguntó si querían alguna inscripción y Katie se quedó momentáneamente perpleja. ¿Llevaban inscripciones las alianzas de boda?

—Suelen llevarlas por dentro —explicó el hombre—. La fecha de la boda. O quizá alguna clase de expresión de cariño —estaba claro que era la clase de hombre que se planchaba la ropa interior.

—O una dirección de retorno —comentó Katie—. Como en un perro.

Ray rió, porque el tipo pareció incómodo y a Ray no le gustaban los hombres que se planchaban la ropa interior.

—Nos llevaremos dos.

Comieron en Covent Garden e hicieron listas de invitados ante la pizza.

La de Ray fue corta. En realidad no hacía amigos. Hablaba con extraños en el autobús y se iría a tomar una pinta con prácticamente cualquiera. Pero nunca mantenía relaciones a largo plazo. Cuando él y Diana rompieron, se mudó del piso, se despidió de los amigos mutuos y solicitó un nuevo empleo en Londres. No había visto a su padrino de boda en tres años. Un viejo amigo del rugby, al parecer, que a Katie no la hacía sentir muy tranquila.

—Una vez lo detuvo la policía en la M5 —explicó Ray—. Por fingir que volaba sobre el techo de un Volvo en marcha.

—¿Por fingir que volaba?

—No pasa nada —repuso Ray—. Ahora es dentista —lo cual era preocupante en otro sentido.

La lista de Katie era más compleja, a causa de su excesiva cantidad de amigos, todos los cuales tenían un derecho inviolable a una invitación (Mona estaba ahí cuando Jacob nació; Sandra los alojó durante un mes al marcharse Graham; Jenny tenía un doctorado, lo que significaba que siempre te sentías fatal si no la invitabas a las cosas, incluso si en realidad era una mujer bien difícil...). Para acomodarlos a todos haría falta un hangar de aviación, y cada vez que añadía o tachaba un nombre se imaginaba un aquelarre en que las participantes comparaban notas.

—Exceso de pasaje —declaró Ray—, como en las compañías aéreas. Se asume que el quince por ciento no aparecerá. Se guardan unos cuantos asientos por si acaso.

—¿Quince por ciento? —preguntó Katie—. ¿Es ésa la tasa estándar de abandonos en las bodas?

—No —repuso Ray—. Sólo que me gusta que parezca que sé de qué hablo.

Ella le agarró un pequeño michelín justo encima del cinturón.

—Al menos hay una persona en tu vida capaz de pillarte cuando dices gilipolleces.

Ray le robó una aceituna de la pizza.

—Eso es un cumplido, ¿no?

Hablaron sobre despedidas de solteros. La última vez a él lo habían arrojado desnudo al canal de Leeds y Liverpool, y a ella le había metido mano un bombero en tanga, y ambos habían acabado vomitando en los lavabos de un restaurante hindú. Decidieron optar por una cena a la luz de las velas. Los dos solos.

Se estaba haciendo tarde y el padrino y la madrina de boda llegarían a cenar a las ocho. De manera que se fueron a casa, recogiendo a Jacob por el camino. Tenía un corte en la frente, donde Max lo había golpeado con un triturador de ajos. Pero Jacob le había destrozado a Max su camiseta de la tarántula. Estaba claro que seguían siendo amigos, de forma que Katie decidió no sonsacarles más.

De vuelta en casa Katie dispuso las pechugas de pollo en una bandeja del horno y vertió la salsa sobre ellas y se preguntó si Sarah habría supuesto una elección sensata. Para ser escrupulosamente franca, elegirla a ella había sido un acto de represalia. Una abogada mediadora que podía darle su buena faena a un jugador de rugby.

Pero Katie empezaba a comprender que la represalia bien podía no ser el mejor motivo para seleccionar una madrina de boda.

Sin embargo, cuando Ed llegó, pareció sobre todo nervioso. Un hombre grandote de mejillas rubicundas, más granjero que dentista. Había ganado peso desde que posara para la fotografía del equipo en el despacho de Ray y se hacía difícil imaginarlo encaramándose al techo de un Volvo aparcado, no digamos ya de uno en marcha.

Pareció incómodo con Jacob, lo que hizo a Katie sentirse superior. Entonces explicó que su esposa había pasado por cuatro ciclos de fertilización in vitro. De forma que Katie se sintió en cambio una estúpida.

75

Cuando apareció Sarah, no hizo sino frotarse las manos y decir:

—Bueno. Aquí está mi competencia —y Katie se tomó de un trago una copa entera de vino, por si acaso.

El vino fue una táctica acertada.

Ed era encantador y algo anticuado. Eso no le granjeó el cariño de Sarah. Ella le contó lo del dentista que le había cosido la encía al guante de goma de su ayudante. Él le contó lo del abogado que había envenenado al perro de su tía. El pollo no quedó bueno. Ed y Sarah no estaban de acuerdo con respecto a los gitanos. En concreto, sobre si había que hacer una redada para meterlos en campamentos o no. Sarah quería que mandaran a Ed a un campamento. Ed, a quien las opiniones de las mujeres le parecían en general decorativas, decidió que Sarah era una pelandusca.

Ray trató de llevar el tema a terreno más seguro recordando sus tiempos de rugby, y los dos se enfrascaron en una sarta de historias supuestamente divertidas, todas las cuales entrañaban alcohol por un tubo, pequeños actos de vandalismo y quitarle los pantalones a alguien.

Katie se tomó otras dos copas de vino.

Ed dijo que iba a empezar su discurso diciendo: «Damas y caballeros, esta tarea se parece a que le pidan a uno que se acueste con la reina. Es un honor, obviamente, pero no es algo que uno esté deseando entusiasmado».

Ray lo encontró pero que muy divertido. Katie se preguntó si no debería casarse con otro, y Sarah, a quien nunca le había gustado que los hombres acaparasen la atención, les contó que se había emborrachado tanto en la boda de Katrina que se desmayó y se hizo pis encima en el vestíbulo de un hotel en Derby.

Una hora después, Katie y Ray yacían uno junto al otro en la cama observando girar lentamente el techo, oyendo a Ed forcejear sin éxito con el sofá cama al otro lado de la pared.

Ray le agarró la mano.

—Lo siento.

—¿El qué?

—Lo de abajo.

—Pensaba que te estabas divirtiendo —dijo Katie.

—Así es. Más o menos.

Ninguno de los dos dijo nada.

—Creo que Ed estaba un poco nervioso —dijo Ray al fin—. Creo que todos estábamos un poco nerviosos. Bueno, aparte de Sarah. No me parece que ella se ponga nerviosa.

Se oyó un leve gemido al otro lado de la puerta cuando Ed se atrapó alguna parte de sí en el mecanismo.

—Hablaré con Ed —dijo Ray—. Sobre el discurso.

—Hablaré con Sarah —dijo Katie.

17

La cosa explotó el sábado por la mañana.

Tony se despertó temprano y se dirigió a la cocina a preparar el desayuno. Cuando Jamie bajó tranquilamente veinte minutos después, Tony estaba sentado a la mesa emanando malas vibraciones.

Estaba claro que Jamie había hecho algo malo.

—¿Qué pasa?

Tony se mordió el interior del carrillo y dio golpecitos en la mesa con una cuchara.

—Esa boda —dijo.

—Mira —empezó Jamie—, yo mismo no tengo especiales deseos de ir —le echó un vistazo al reloj. Tony tenía que irse en veinte minutos. Jamie se dio cuenta de que debería haberse quedado en la cama.

—Pero vas a ir —insistió Tony.

—En realidad no tengo elección.

—Bueno, y ¿por qué no quieres que vaya contigo?

—Porque vas a pasarlo de puta pena —explicó Jamie—, y yo voy a pasarlo de puta pena. Y no importa que yo lo pase de puta pena porque es mi familia, para bien o para mal. Así que de vez en cuando tengo que apretar los dientes y conformarme con pasarlo de puta pena por el bien de todos. Pero preferiría no ser responsable de que tú lo pases de puta pena, encima de todo.

—No es más que una jodida boda —repuso Tony—. No es cruzar a vela el Atlántico. ¿Hasta qué punto puede ser de puta pena?

—No es sólo una jodida boda —dijo Jamie—. Es que mi hermana va a casarse con la persona equivocada. Por segunda vez en su vida. Sólo que en esta ocasión lo sabemos de antemano. Difícilmente es motivo de celebración.

—A mí no me importa una mierda con quién se case —soltó Tony.

—Bueno, pues a mí sí —repuso Jamie.

—La cuestión no es con quién se casa —dijo Tony.

Jamie acusó a Tony de capullo incomprensivo. Tony acusó a Jamie de hijo de puta egocéntrico. Jamie se negó a seguir discutiendo sobre el tema. Tony se fue, furioso.

Jamie se fumó tres cigarrillos y se frió dos rebanadas de pan rebozadas en huevo y se percató de que no iba a hacer nada constructivo, de manera que bien podía conducir hasta Peterborough y oír el relato de la boda de primera mano por boca de sus padres.

18

George estaba colocando los marcos de las ventanas. Había ya seis hileras de ladrillos sobre los alféizares a cada lado. Suficientes para que quedaran firmes. Extendió el mortero y colocó el primero en su sitio.

La verdad es que no era sólo lo de volar. Las vacaciones en sí no estaban mucho más arriba en su lista de ocupaciones favoritas. Visitar anfiteatros, pasear por la costa de Pembrokeshire, aprender a esquiar. Era capaz de verles sentido a esas actividades. Dos sombrías semanas en Sicilia casi habían merecido la pena por los mosaicos en la Piazza Armerina. Lo que no conseguía entender era lo de despacharse hacia un país extranjero para holgazanear en piscinas y consumir comida sencilla y vino barato que la vista de una fuente y un camarero que chapurreaba inglés volvían de algún modo gloriosos.

En la Edad Media sabían lo que hacían. Días de precepto. Peregrinajes. Canterbury y Santiago de Compostela. Treinta duros kilómetros al día, posadas sencillas y un objetivo.

Noruega podría haber estado bien. Montañas, tundra, costas escarpadas. Pero tenía que ser Rodas o Córcega. Y encima en verano, de forma que los pecosos ingleses tenían que sentarse bajo toldos a leer el *Sunday Times* de la semana anterior mientras el sudor les corría por la espalda.

Ahora que lo pensaba, había sufrido un golpe de calor durante su visita a la Piazza Armerina y casi todo lo que recordaba de los mosaicos era de las postales que había comprado en la tienda antes de retirarse al coche de alquiler con una botella de agua y una caja de Nurofen.

La mente humana no estaba diseñada para los baños de sol y las novelas ligeras. No en días consecutivos, en cualquier caso. La mente humana estaba diseñada para hacer cosas. Fabricar lanzas, cazar antílopes...

Lo de la Dordoña en 1984 fue el nadir. Diarrea, polillas como hámsters voladores, el calor como de soplete. Despierto a las tres de la mañana sobre un colchón húmedo y lleno de bultos. Y la tormenta. Como alguien que diera martillazos en hojalata. Relámpagos tan brillantes que atravesaban la almohada. Por la mañana, sesenta, setenta ranas muertas girando despacio en la piscina. Y en el otro extremo algo más grande y peludo, un gato quizá, o el perro de los Franzettis, al que Katie daba golpecitos con el tubo de bucear.

Necesitaba una copa. Volvió a través del jardín y se estaba quitando las botas cuando vio a Jamie en la cocina, dejando caer la mochila y poniendo la tetera.

Se detuvo y miró, de la misma forma en que se detendría y miraría de haber un ciervo en el jardín, algo que a veces pasaba.

El propio Jamie era una criatura sigilosa. No era que anduviese escondiendo cosas. Pero sí era reservado. Más bien anticuado, ahora que lo pensaba. Si le cambiabas la ropa y el peinado bien podías verlo encendiendo un cigarrillo en un callejón de Berlín, o medio oculto por el vapor en el andén de una estación.

Al contrario que Katie, que no conocía el significado de la palabra *reserva*. Era la única persona que conocía capaz de sacar el tema de la menstruación durante la comida. Y aun así sabías que te estaba ocultando cosas, cosas que iba a dejar caer a intervalos aleatorios. Como la boda. A la semana siguiente anunciaría sin duda que estaba embarazada.

Dios santo. La boda. Jamie debía de haber venido por la boda.

Podía hacerlo. Si Jamie quería una cama de matrimonio diría que el dormitorio de invitados iba a ocuparlo alguien, y le reservaría habitación en alguna pensión de categoría por ahí. Siempre y cuando George no tuviese que utilizar la palabra *novio*.

Volvió de sus ensoñaciones y se percató de que Jamie lo saludaba con la mano desde la cocina y parecía un poco preocupado por la falta de respuesta de George.

Le devolvió el saludo, se quitó la otra bota y entró.

—¿Qué te trae por estos pagos?

—Oh, sólo se me ha ocurrido acercarme.

—Tu madre no ha mencionado nada.

—No he llamado.

—No importa. Seguro que hay bastante comida para los tres.

—No te preocupes. No tenía planeado quedarme. ¿Té?

—Gracias —George sacó las galletas integrales mientras Jamie ponía una bolsita en una segunda taza.

—Bueno. Esa boda —empezó Jamie.

—¿Qué pasa con ella? —preguntó George tratando de que pareciera que el tema no se le había pasado aún por la cabeza.

—¿Qué opinas tú?

—Opino... —George se sentó y ajustó la silla para que estuviera a la distancia precisa de la mesa—. Opino que deberías traerte a alguien.

Ahí estaba. Eso sonaba bastante neutral, por lo que a él le parecía.

—No, papá —repuso Jamie con tono de cansancio—. Me refiero a Katie y Ray. ¿Qué opinas de que se casen?

Era verdad. Realmente las formas en que podías equivocarte al hablarles a tus hijos no tenían límite. Les ofrecías una rama de olivo y era la rama de olivo equivocada en el momento equivocado.

—¿Y bien? —insistió Jamie.

—Para serte franco, estoy tratando de mantener un distanciamiento budista con respecto a todo el asunto para impedir que me quite diez años de vida.

—Pero Katie va en serio, ¿verdad?

—Tu hermana siempre va en serio con todo. Vete tú a saber si irá en serio dentro de dos semanas.

—Pero ¿qué dijo?

—Sólo que iban a casarse. Tu madre puede ponerte al día en el aspecto emocional de la cosa. Me temo que a mí me dejaron hablando con Ray.

Jamie dejó una taza de té delante de George y arqueó las cejas.

—Apuesto a que fue una experiencia escalofriante.

Y ahí estaba, aquella puertecita que se abría un resquicio.

Nunca habían tenido una estrecha relación padre-hijo. Un par de tardes de sábado en el circuito de Silverstone. Habían armado juntos el cobertizo del jardín. Eso era más o menos todo.

Por otra parte, tenía amigos que sí mantenían una estrecha relación padre-hijo y por lo que él veía equivalía a ocupar asientos contiguos en los partidos de rugby y a compartir chistes vulgares. Madres e hijas, eso sí tenía sentido. Ropa. Cotilleos. En general, no tener una relación estrecha padre-hijo probablemente podía considerarse una huida afortunada.

Y sin embargo había momentos como ése en que veía cuánto se parecían él y Jamie.

—Confieso que Ray es un tipo difícil —dijo George—. Según mi larga y lastimosa experiencia —remojó una galleta—, tratar de cambiar la mente de tu hermana es un ejercicio inútil. Supongo que la estrategia es tratarla como a una adulta. Apretar los labios. Ser agradable con Ray. Si todo va como es de prever, en un par de años..., bueno, ya tenemos un poco de práctica en ese terreno. Lo último que quiero es dejar que tu hermana sepa que no nos parece bien, y luego tener a Ray de yerno contrariado durante los próximos treinta años.

Jamie tomó un poco de té.

—Yo sólo...

—¿Qué?

—Nada. Probablemente tienes razón. Debemos dejar que se salga con la suya.

Jean apareció en el umbral con un cesto de ropa sucia.

—Hola, Jamie. Qué agradable sorpresa.

—Hola, mamá.

—Bueno, he aquí tu segunda opinión —dijo George.

Jean dejó el cesto sobre la lavadora.

—¿Sobre qué?

—Jamie se estaba preguntando si no deberíamos salvar a Katie de un matrimonio insensato y desaconsejable.

—Papá... —dijo Jamie entre dientes.

Y era en eso en lo que Jamie y George se diferenciaban. Jamie era incapaz de hablar en broma, no a sus expensas. Era, para ser francos, un poco delicado.

—George —Jean le dirigió una mirada acusadora—. ¿De qué habéis estado hablando?

George se negó a morder el anzuelo.

—Es sólo que estoy preocupado por Katie —explicó Jamie.

—Todos estamos preocupados por Katie —repuso Jean empezando a cargar la lavadora—. Ray tampoco es mi candidato ideal. Pero es lo que hay. Tu hermana es una mujer que sabe lo que hace.

Jamie se levantó.

—Será mejor que me vaya.

Jean dejó de cargar la lavadora.

—Si acabas de llegar.

—Ya lo sé. Debería haber llamado, en realidad. Sólo quería saber qué había dicho Katie. Mejor me voy.

Y se fue.

Jean se volvió hacia George.

—¿Por qué tienes que sacarlo de quicio siempre?

George se mordió la lengua. Otra vez.

—¿Jamie? —Jean salió al pasillo.

George se acordaba demasiado bien de lo mucho que había odiado a su padre. Un ogro amistoso que te encontraba monedas en las orejas y hacía ardillas de papiroflexia y que con los años se fue encogiendo lentamente para convertirse en un hombrecillo airado y ebrio que pensaba que alabar a los niños los volvía débiles y que nunca admitió que su propio hermano era esquizofrénico, y que siguió encogiéndose de forma que, para cuando George y Judy y Brian fueron lo bastante mayores para pedirle cuentas, había hecho el truco más impresionante de todos al volverse una figura artrítica y autocompasiva, demasiado frágil para ser el blanco de la rabia de nadie.

Quizá lo mejor que uno podía esperar era no hacerles lo mismo a sus hijos.

Jamie era buen chaval. No era el más robusto de los chavales. Pero se llevaban bastante bien.

Jean volvió a la cocina.

—Se ha ido. ¿De qué iba todo esto?

—Dios sabe —George se levantó y dejó la taza vacía en el fregadero—. El misterio de los hijos de uno es interminable.

19

Jamie aparcó en un área de descanso a la salida del pueblo.

«Opino que deberías traerte a alguien.»

Por Dios. Evitabas el tema durante veinte años y te pasaba ante las narices a cien por hora para desvanecerse en una nube de humo.

¿Se habría equivocado con respecto a su padre desde el principio? ¿Era posible que pudiese haber salido del armario a los dieciséis sin que lo molieran a palos? «Totalmente comprensible. Un chaval en el colegio. Le gustaban otros chavales. Acabó jugando al críquet para Leicestershire.»

Jamie estaba enfadado. Aunque se hacía difícil precisar con quién estaba enfadado. O por qué.

Era la misma sensación que tenía cada vez que visitaba Peterborough. Cada vez que veía fotografías suyas de niño. Cada vez que olía plastilina o probaba palitos de pescado. Volvía a tener nueve años. O doce. O quince. Y no se trataba de lo que sentía por Ivan Dunne. O de lo que no sentía por las bailarinas de Pan's People. Sino del escalofriante hecho de comprender que había nacido en el planeta equivocado. O en la familia equivocada. O en el cuerpo equivocado. El hecho de comprender que no le quedaba otra opción que esperar el momento oportuno para marcharse y construir un pequeño mundo propio en que sentirse seguro.

Fue Katie quien lo ayudó a pasar por todo eso. Diciéndole que ignorase a la pandilla de Greg Pattershall. Explicándole que el graffiti sólo contaba si estaba escrito con corrección. Y tenía razón. Realmente acabaron llevando unas vidas de mierda inyectándose heroína en alguna urbanización en Walton.

Era probablemente el único chico del colegio que había aprendido defensa personal de su hermana. La puso en práctica una vez, con Mark Rice, que se desplomó contra un matorral y sangró terriblemente, asustando tanto a Jamie que nunca volvió a pegarle a nadie.

Ahora había perdido a su hermana. Y nadie lo entendía. Ni siquiera Katie.

Quiso sentarse en su cocina y hacer muecas divertidas para Jacob y tomar té y comer demasiado pastel de dátiles y nueces de Marks & Spencer y... ni siquiera hablar. Ni siquiera tener que hablar.

A la mierda. Si pronunciaba la palabra «hogar» iba a echarse a llorar.

Quizá si se hubiera mantenido más en contacto. Quizá si hubiese comido un poco más de pastel de dátiles y nueces. Si los hubiese invitado a ella y a Jacob más a menudo...

Eso no servía de nada.

Giró la llave en el contacto, salió del área de descanso y casi lo mató una furgoneta Transit verde.

20

La lluvia resbalaba en los cristales de la ventana de la salita. Jean se había marchado a la ciudad hacía una hora y George estaba a punto de salir al jardín cuando una masa de nubes negras apareció desde Stamford y convirtió la extensión de césped en una laguna.

No importaba. Dibujaría un poco.

No formaba parte del plan. El plan era acabar el estudio y luego resucitar sus dotes artísticas aletargadas. Pero no hacía ningún daño practicar un poco de antemano.

Rebuscó en el armario del dormitorio de Jamie y desenterró un cuaderno de papel de acuarela de debajo de la bicicleta estática. Encontró dos lápices servibles en el cajón de la cocina y les sacó punta de forma rudimentaria con el cuchillo de la carne.

Se preparó una taza de té, se instaló en la mesa del comedor y se preguntó, al instante, por qué habría postergado eso tanto tiempo. El aroma de la madera raspada, la textura de bronce batido del papel color crema. Se recordó sentado en un rincón de su habitación a los siete u ocho años con un cuaderno en las rodillas, dibujando enrevesados castillos góticos con pasadizos secretos y mecanismos para verter aceite hirviendo sobre los invasores. Veía las enredaderas del papel pintado y recordaba la paliza que recibió por colorearlas con un bolígrafo. Sentía el trocito en la pana verde de sus pantalones que se había vuelto liso por el roce y que sus dedos seguirían buscando en las reuniones estresantes veinte, treinta años después.

Empezó a dibujar grandes espirales negras en la primera página. «Soltar la mano», lo había llamado el señor Gledhill.

¿Con cuánta frecuencia experimentaba ahora esa reclusión maravillosa y furtiva? En el baño a veces, quizá. Aunque Jean no conseguía comprender su necesidad de aislamiento periódico y lo arrastraba a menudo de vuelta a la tierra medio empapada al aporrear la puerta cerrada en busca de lejía o seda dental.

Empezó a dibujar el ficus.

Se le hacía raro pensar que antaño fuera a eso a lo que quería dedicar su vida. No a ficus como ése. Sino al arte en general. Paisajes urbanos. Cuencos de fruta. Mujeres desnudas. Aquellos enormes estudios blancos con claraboyas y taburetes. Ahora daba risa, por supuesto. Aunque en aquel tiempo poseía todo el poder de un mundo al que su padre no tenía acceso.

No era un dibujo muy bueno de un ficus. Era, en realidad, el dibujo de un niño de un ficus. Algo en las líneas casi paralelas, pero no del todo, de los tallos que se iban afilando levemente lo había confundido.

Pasó a la página siguiente y empezó a bosquejar la televisión.

Su padre tenía razón, por supuesto. La de pintor no era una profesión sensata. No si querías un sueldo decente y un matrimonio sin problemas. Hasta los que tenían éxito, esos de quienes leías en los periódicos del fin de semana, bebían como esponjas y se enfrascaban en las relaciones más indecorosas.

Dibujar el televisor planteaba precisamente el problema contrario. Las líneas eran todas rectas. Traza una curva y probablemente te la encontrarás en algún sitio de un ficus. Traza una línea recta y... a decir verdad, varias de sus líneas habrían encajado mejor en el dibujo del ficus. ¿Era aceptable utilizar una regla? Bueno, el señor Gledhill llevaba mucho tiempo muerto. Quizá podía trazar líneas muy suaves con regla y luego repasarlas para imprimirles carácter.

Podía utilizar el borde del *Radio Times*.

Su madre lo creía Rembrandt y con frecuencia le daba blocs de dibujo baratos que había traído con la compra, con la condición de que no se lo dijera a su padre. George lo había dibujado una vez, dormido en una butaca un domingo después de comer. Se había despertado de improviso para arrancarle la hoja de papel, examinarla, romperla en pedazos y tirarla al fuego.

Al menos él y Brian habían escapado. Pero pobre Judy. Su padre se muere y seis meses después va y se casa con otro alcohólico de mal genio y estrecho de miras.

A quién habría que invitar a la boda. Se había olvidado de eso. Oh, bueno. Con un poco de suerte, el infame Kenneth entraría rápidamente en coma, al igual que en la primera, y podrían dejarlo en el trastero con un cubo.

Los botones de la televisión estaban mal. Había sido un error tratar de dibujar el cordoncillo que los rodeaba. Demasiados trazos en un espacio demasiado pequeño. El aparato entero, de hecho, transmitía una leve sensación de embriaguez, que se derivaba sin duda de su escaso recuerdo de las reglas de la perspectiva y de la flexibilidad del *Radio Times*.

En ese punto un hombre con menos aplomo habría permitido que entraran en su mente ideas negativas, dado que se estaba gastando ocho mil libras en construir un edificio en que planeaba dibujar y pintar objetos mucho más complejos que ficus o televisores. Pero ahí estaba la cuestión. En educarse a sí mismo. En mantener la mente viva. Y la Insignia C de Oro de vuelo sin motor no iba con él en realidad.

Alzó la vista y miró hacia el jardín a través de la ventana. La burbuja estalló y se dio cuenta de que, en su ausencia, había parado de llover, había salido el sol y el mundo estaba limpio y radiante.

Arrancó el dibujo del cuaderno, lo rompió cuidadosamente en pedacitos y los empujó hasta el fondo del cubo de la basura. Dejó el cuaderno y los lápices fuera de la vista en lo alto del aparador, se puso las botas y salió al jardín.

21

Jean se encontró con Ursula en la cafetería de Marks & Spencer.

Ursula partió la galletita encima del capuchino para que las migas no cayeran sobre la mesa.

—En realidad yo no tendría que saber nada sobre eso.

—Ya lo sé —repuso Jean—, pero sí lo sabes. Y necesito consejo.

En realidad no necesitaba consejo. No de Ursula. Ursula era de las que sólo decían sí o no (había recorrido el Museo Picasso diciendo exactamente eso: «Sí... no... no... sí», como si decidiera cuáles quedarse para su sala de estar). Pero Jean tenía que hablar con alguien.

—Adelante, pues —dijo Ursula comiéndose la mitad de la galleta.

—David viene a cenar. George lo invitó. Nos lo encontramos en el funeral de Bob Green. David no pudo negarse, en realidad.

—Bueno... —Ursula extendió las manos sobre la mesa como si desplegara un mapa enorme.

Y eso era lo que a Jean le gustaba de Ursula. Nada la hacía inmutarse. Se había fumado un cigarrillo de marihuana con su hija («me mareé y luego vomité»). Y, de hecho, un hombre había tratado de atracarlas en París. Ursula lo regañó como si fuese un perro malo y el tipo se batió en retirada a toda velocidad. Aunque al pensarlo después, a Jean le pareció posible que estuviese simplemente mendigando o preguntando cómo ir a algún sitio.

—En realidad no veo el problema —repuso Ursula.

—Oh, vamos —dijo Jean.

—No planeas ponerte muy acaramelada con los dos, ¿no? —Ursula se comió la segunda mitad de la galleta—. Es obvio que te sentirías violenta. Pero, francamente, si no puedes vivir con pequeñas situaciones violentas no deberías haberte embarcado en realidad en esa clase de aventura.

Ursula tenía razón. Pero Jean volvió al coche sintiéndose inquieta. Por supuesto que la cena iría bien. Habían sobrevivido a cenas mucho más violentas. Aquella espantosa velada con los Ferguson, por ejemplo, cuando descubrió que George estaba en el baño oyendo el críquet por la radio.

Lo que a Jean no le gustaba era la forma en que todo se estaba volviendo más impreciso y enrevesado, y que se le estuviera yendo lentamente de las manos.

Detuvo el coche en la esquina de la casa de David sabiendo que tenía que disculparse con él por la invitación de George, o regañarlo por haberla aceptado, o hacer alguna tercera cosa que no acababa de tener clara.

Pero David acababa de hablar por teléfono con su hija.

Su nieto iba a ser ingresado en el hospital para someterse a una operación. David quería ir a Manchester para ayudar. Pero Mina había llegado primero. De manera que lo más amable que podía hacer era mantener las distancias. Lo que Mina aportaría sin duda como una prueba más de que como padre era un desastre.

Y Jean se percató de que todo el mundo tenía una vida complicada. Excepto Ursula, quizá. Y George. Y si ibas a tener alguna clase de aventura iba a resultarte violenta de cuando en cuando.

De manera que rodeó a David y se abrazaron y se dio cuenta entonces de que ésa era la tercera cosa que no había acabado de tener clara. Eso era lo que hacía que todo estuviese bien.

22

—Esa historia del hotel en Derby —dijo Katie—. En realidad no es cierta, ¿no?

—Por supuesto que no —repuso Sarah—. Aunque vomité tanto que me salió por la nariz. Algo que no recomiendo, en serio.

—Ray no suele ser así —explicó Katie.

—Me alegra oírlo.

—Venga ya —a Katie le fastidiaba un poco que Sarah no estuviese haciendo gala del requerido apoyo fraternal—. Tú tampoco sueles ser así... Espera un momento.

Katie se levantó y se dirigió hacia la caja de juguetes para resolver una disputa entre Jacob y otro niño sobre un Action Man con una sola pierna.

Regresó y volvió a sentarse.

—Lo siento —dijo Sarah—. Estuvo fuera de lugar —lamió la cucharilla—. Y esto probablemente también estará fuera de lugar; pero a la mierda, voy a preguntártelo de todas formas... Esto va en serio, ¿no? ¿No es sólo una relación por despecho?

—Por Dios, Sarah, se supone que eres mi madrina de boda, no mi madre.

—O sea que a tu madre él no le gusta —aventuró Sarah.

—No.

—Bueno, no es aquel especialista en pediatría con el Daimler.

—Oh, creo que perdieron las esperanzas con ése hace mucho tiempo —repuso Katie.

Sarah trató de equilibrar la cucharilla en el borde de la taza.

—Es buena persona —explicó Katie—. Jacob le quiere. Y yo le quiero —le pareció que el orden no era el correcto, de algún modo. Pero cambiarlo habría hecho parecer que estaba a la defensiva—. También le hizo prometer a Ed que le enseñaría el discurso de antemano.

—Me alegro —dijo Sarah.

—¿Por Ray? ¿O por Ed? —quiso saber Katie.

—Por Ray —explicó Sarah—. Y por ti.

Sarah dejó la cucharilla y esperaron a que la atmósfera volviese a ser cálida.

—Por cierto —dijo Sarah—. ¿Qué tal le va últimamente a tu hermanito? Hace siglos que no lo veo.

—Bien. Se compró una casa en Hornsey. Yo tampoco lo veo mucho, para serte franca. Tiene un novio como Dios manda, además. Me refiero a que es un ser humano agradable y bien amoldado. Los verás a ambos en la boda, por supuesto.

Permanecieron sentadas un rato observando a Jacob dirigir alguna clase de combate aéreo entre el Action Man discapacitado y un pulpo de fieltro azul.

—Estoy haciendo lo correcto —dijo Katie.

—Bien —repuso Sarah.

Jean volvió a las cuatro. Su prolongado almuerzo con Ursula había obrado la magia habitual. El desastre con Jamie estaba olvidado y George se sentía agradecido por la cena a base de estofado irlandés ante la cual fueron capaces de compadecerse mutuamente por la unión venidera.

—¿Le gustan a alguien acaso las mujeres y maridos de sus hijos? —George rebañó del cuenco el líquido que quedaba con un pedazo triangular de pan.

—El marido de Jane Riley me pareció agradable.

—¿Jane Riley? —George siempre se asombraba ante la capacidad de las mujeres para recordar a la gente. Entraban en una habitación atestada y lo captaban todo. Nombres. Caras. Niños. Empleos.

—La fiesta de John y Marilyn —explicó Jean—. Aquel chico alto que había perdido un dedo con no sé qué máquina.

—Oh, sí —el recuerdo volvió, borroso. Quizá era el sistema de recuperación lo que perdían los hombres—. El contable.

—Perito.

Después de lavar los platos, George se retiró a la salita con *Sharpe y su peor enemigo* y leyó las últimas veinte páginas («Dos cuerpos señalaron ese invierno. Aquel cuyo cabello se había desparramado en las nieves de las Puertas de Dios, y ahora éste: Obadiah Hakeswill, a quien metían en su ataúd, muerto...»). Se sintió tentado de empezar otro de sus regalos de Navidad todavía por leer. Pero había que dejar que la atmósfera de una novela se desvaneciera antes de embarcarse en la siguiente, de manera que encendió el televisor y se encontró en medio de un documental médico sobre el último año de vida de un hombre que moría de alguna clase de cáncer abdominal.

Jean hizo algún comentario cáustico sobre sus macabros gustos y se retiró a otra parte a escribir cartas.

Habría podido elegir otro programa de haber alguno disponible. Pero un documental al menos resultaba edificante. Y cualquier cosa era mejor que algún melodrama hortera en una peluquería.

En la pantalla, el tipo se entretenía en el jardín, fumaba cigarrillos y se pasaba un montón de tiempo bajo una manta escocesa en el sofá conectado a distintos tubos. Si algo resultaba era ligeramente aburrido. Un mensaje bastante tranquilizador, puestos a pensarlo.

El tipo salió al exterior y tuvo algunas dificultades al inclinarse para dar de comer a los pollos.

Jean era impresionable, ahí estaba la cuestión. *Cómo morimos* bien podía no ser la lectura favorita de todo el mundo a la hora de acostarse. Pero Jean leía libros sobre gente a la que habían raptado en Beirut o que había sobrevivido ocho semanas en una balsa. Y mientras que todo el mundo se moría tarde o temprano muy poca gente necesitaba saber cómo espantar a los tiburones.

La mayoría de los hombres de la edad de George pensaban que iban a vivir para siempre. Por la forma en que lo había llevado Bob estaba claro que no tenía concepto de qué podía pasar al cabo de cinco segundos, no digamos ya cinco años.

Al tipo de la televisión lo llevaban a la orilla del mar. Se sentó en una silla de playa sobre los guijarros hasta que cogió frío y tuvo que volver a la caravana.

Obviamente sería agradable irte mientras dormías. Pero la de irte mientras dormías era una idea amañada por los padres para hacer que las muertes de abuelos y hámsters resultaran menos traumáticas. Y sin duda había gente que se iba tranquilamente mientras dormía pero la mayoría lo hacía sólo tras muchos hirientes asaltos con la de la guadaña.

Sus salidas de escena preferidas eran rápidas y decisivas. Otros bien podían querer tiempo para enterrar el hacha de guerra con sus hijos y explicarle a su mujer dónde estaba la llave de paso. Por su parte, George quería que las luces se apagaran sin previo aviso y con las mínimas responsabilidades que atender. Morirse ya era bastante malo sin tener que ponérselo fácil a los demás.

Se fue a la cocina durante los anuncios y volvió con una taza de café para encontrarse al tipo entrando en sus últimas dos semanas, casi permanentemente abandonado en el sofá y llorando un poquito de madrugada. Y de haber apagado George en ese momento el televisor la velada bien podía haber continuado de forma agradable y sin incidentes.

Pero no apagó el televisor, y cuando el gato del tipo se encaramó a la manta escocesa en su regazo para que lo acariciase alguien desatornilló un panel en un lado de la cabeza de George, metió la mano y arrancó un puñado de cables muy importantes.

Se sintió violentamente enfermo. El sudor le caía de debajo del cabello y del dorso de las manos.

Iba a morirse.

Quizá no ese mes. Quizá no ese año. Pero de algún modo, en algún momento, y de una forma y a una velocidad que no eran en absoluto decisión suya.

El suelo pareció haber desaparecido para revelar un enorme pozo bajo la salita de estar.

Con cegadora claridad, se percató de que todos los demás retozaban en una pradera estival rodeados por un bosque oscuro e impenetrable, esperando ese día aciago en que se verían arrastrados a la penumbra más allá de los árboles para verse individualmente masacrados.

En nombre de Dios, ¿cómo no se había dado cuenta antes? Y ¿cómo no se habían dado cuenta los otros? ¿Por qué no te los encontrabas hechos un ovillo en la acera, aullando? ¿Cómo vivían día a día despreocupadamente, sin ser conscientes de aquel hecho imposible de digerir? ¿Y cómo, una vez que uno se percataba de la verdad, era posible olvidarlo?

Inexplicablemente, estaba ahora a cuatro patas entre la butaca y el televisor, meciéndose de adelante atrás, tratando de consolarse profiriendo el sonido de una vaca.

Consideró coger el toro por los cuernos y levantarse la camisa y desabrocharse los pantalones para examinar la lesión. Una parte de su mente sabía que podía quedarse tranquilo porque no habría cambiado. Otra parte de su mente sabía con igual certeza que estaría bullendo como un puñado de cebos vivos. Y una tercera parte de su mente sabía que la naturaleza precisa de lo que iba a encontrar era irrelevante ante aquel nuevo problema que era mayor y bastante menos solucionable que la salud de su piel.

No estaba acostumbrado a tener la mente ocupada por tres voces distintas. Había tanta presión en el interior de su cabeza que parecía posible que se le reventaran los ojos.

Trató de volver a la butaca, por el bien de las apariencias al menos, pero no pudo hacerlo, como si los terroríficos pensamientos que lo acosaban ahora los arrastrara algún viento feroz que se veía bloqueado en parte por los muebles.

Continuó meciéndose adelante y atrás y se resignó a mugir lo más bajito que pudo.

24

Jamie aparcó en la esquina de casa de Katie y trató de serenarse.

Uno nunca escapaba del todo, por supuesto.

El colegio bien podía haber sido una mierda, pero al menos era simple. Si conseguías acordarte de la tabla del nueve, mantenerte alejado de Greg Pattershall y dibujar caricaturas de la señora Cox con colmillos y alas de murciélago lo tenías todo más o menos resuelto.

Aunque ninguna de esas cosas te llevaba muy lejos a los treinta y tres.

Lo que no conseguían enseñarte en el colegio era que todo el asunto de ser un humano se volvía más lioso y complicado a medida que te hacías mayor.

Podías decir la verdad, ser educado, tener en consideración los sentimientos de todo el mundo y sin embargo tener que lidiar con la mierda de los demás. A los nueve o a los noventa.

Conoció a Daniel en la universidad. Y al principio fue un alivio encontrar a alguien que no estuviera follándose cualquier cosa a la vista ahora que estaban lejos de casa. Después, cuando la emoción de tener un novio estable se desvaneció, se dio cuenta de que estaba viviendo con un observador de pájaros fan de los Black Sabbath y se le ocurrió la espantosa idea de que él podía estar cortado por el mismo patrón, de que ni siquiera ser un paria sexual a los ojos de los buenos burgueses de Peterborough había conseguido volverle interesante o molón.

Había probado con el celibato. El único problema era la falta de sexo. Al cabo de un par de meses te conformabas con cualquier cosa y te encontrabas con que te la chupaban detrás de un gran arbusto en lo alto del brezal, lo cual estaba bien hasta que te corrías, y el polvo de cuento de hadas se evaporaba y te dabas cuenta de que el príncipe azul ceceaba y tenía un lunar raro en la oreja. Y había noches de domingo en que leer un libro era como arrancarte los dientes, de manera que te comías una lata de leche condensada azucarada con una cucharita delante de *French y Saunders* y algo tóxico se colaba bajo la ventana de guillotina y empezabas a preguntarte qué sentido tendría todo.

No quería gran cosa. Compañía. Intereses compartidos. Un poco de espacio.

El problema era que no había nadie más que supiera qué quería.

Se las había apañado para establecer tres relaciones medio decentes después de Daniel. Pero siempre cambiaba algo pasados seis meses, o un año. Querían más. O menos. Nicholas pensaba que deberían darle sabor a su vida amorosa acostándose con otras personas. Steven pensaba que debería mudarse a su casa. Con sus gatos. Y Olly se sumió en una depresión profunda después de la muerte de su padre, de manera que Jamie pasó de compañero a alguna especie de asistente social.

Avanza seis años y Shona y él estaban en el pub después del trabajo cuando ella le dijo que iba a tratar de emparejarlo con un constructor muy mono que estaba decorando los pisos de Princes Avenue. Pero estaba borracha y Jamie no consiguió imaginar que Shona, nada menos, hubiese podido determinar la orientación sexual de una persona de clase obrera. De manera que olvidó por completo la conversación hasta que estaban ya en Muswell Hill, y Jamie estaba haciendo pruebas y borrando las mediciones en el interior y teniendo una vaga fantasía sexual con el tipo que pintaba la cocina cuando Shona entró y dijo: «Tony, éste es Jamie. Jamie, éste es Tony», y Tony se volvió y sonrió y Jamie se dio cuenta de que Shona, en realidad, era una pájara mucho más lista de lo que él creía.

Shona se escabulló y él y Tony hablaron sobre promotoras inmobiliarias y ciclismo y Túnez, refiriéndose de refilón a las lagunas en el brezal para asegurarse del todo de que cantaban de la misma partitura, y Tony se sacó una tarjeta de visita del bolsillo de atrás y dijo:

—Si alguna vez necesitas algo... —y Jamie lo necesitaba, mucho.

Esperó un par de noches para no parecer desesperado y entonces quedó con él para tomar una copa en Highgate. Tony le contó una historia sobre que se había bañado desnudo con unos amigos a las afueras de Studland y cómo habían tenido que vaciar cubos de basura y transformar las bolsas negras en faldas rudimentarias para volver andando a Poole después de que les robaran la ropa. Y Jamie explicó que releía *El señor de los anillos* cada año. Pero ya estaba bien. La diferencia. Como dos piezas de un rompecabezas que encajaran.

Tras una cena hindú, fueron al piso de Jamie y Tony le hizo al menos dos cosas en el sofá que nadie le había hecho nunca, y luego volvió a hacérselas la noche siguiente, y de pronto la vida se volvió pero que muy buena.

Le hacía sentirse incómodo que lo arrastraran a partidos del Chelsea. Le hacía sentirse incómodo llamar para decir que estaba enfermo y que así pudiesen volar a Edimburgo a pasar un largo fin de semana. Pero Jamie necesitaba a alguien que le hiciese sentirse incómodo. Porque sentirse demasiado cómodo era la punta de una cuña cuya base entrañaba que se volviera como su padre.

Y, por supuesto, si se rompía un balaustre o la cocina precisaba una nueva capa de pintura..., bueno, eso compensaba lo de The Clash a todo volumen y las botas de trabajo en el fregadero.

Discutían. No podías pasarte un día en compañía de Tony sin una discusión. Pero Tony pensaba que todo eso formaba parte de la diversión de las relaciones humanas. A Tony también le gustaba el sexo como una forma de compensación después. De hecho, Jamie se preguntaba a veces si

Tony no iniciaría las discusiones sólo para poder compensarlas después. Pero el sexo era demasiado bueno para quejarse.

Y ahora estaban como el perro y el gato por una boda. Una boda que no tenía una mierda que ver con Tony y, para ser francos, no tenía gran cosa que ver con Jamie.

Tenía un calambre en el cuello.

Levantó la cabeza y se percató de que llevaba los últimos cinco minutos con la frente apoyada contra el volante.

Salió del coche. Tony tenía razón. No podía hacer que Katie cambiara de opinión. Se sentía culpable, en realidad. Por no haber estado ahí para escucharla.

Ahora no tenía sentido preocuparse por eso. Tenía que reparar el daño. Así podría dejar de sentirse culpable.

Joder. Debería haber comprado un pastel.

No importaba. En realidad el pastel no era la cuestión.

Las dos y media. Tendrían el resto de la tarde hasta que Ray llegara a casa. Té. Charla. Llevaría a caballo a Jacob y jugarían a los aviones. Con un poco de suerte el niño dormiría la siesta y podrían tener una conversación decente.

Recorrió el sendero y llamó al timbre.

La puerta se abrió y se encontró el pasillo obstaculizado por Ray, que llevaba un mono salpicado de pintura y sujetaba alguna clase de taladro eléctrico.

—Bueno, parece que los dos nos hemos cogido el día libre —comentó Ray—. Ha habido un escape de gas en la oficina —sostuvo en alto el taladro y oprimió el botón de forma que zumbó un poco—. O sea que has sabido la noticia.

—Así es —Jamie asintió con la cabeza—. Felicidades.

¿Cómo que felicidades?

Ray tendió una tremenda manaza y Jamie se encontró con que su mano se veía absorbida por su campo gravitatorio.

—Es un alivio —dijo Ray—. Pensaba que igual venías a partirme la cara.

Jamie se las apañó para reír.

—Me parece que no sería una gran pelea.

—No —Ray rió más alto y con mayor alivio—. ¿Vas a pasar?

—Claro. ¿Está Katie?

—Está en Sainsbury's. Con Jacob. Estoy arreglando un par de cosas. Debería estar aquí en media hora.

Antes de que Jamie pudiese pensar en alguna cita a la que iba de camino, Ray cerró la puerta detrás de él.

—Tómate una taza de café mientras vuelvo a pegar la puerta a su armario.

—Preferiría un té, si te va bien —repuso Jamie. La palabra *té* no le sonó varonil.

—Supongo que podemos preparar té.

Jamie se sentó a la mesa de la cocina con una sensación no muy distinta a la que había experimentado en aquel Cessna antes del desventurado salto en paracaídas.

—Me alegra que hayas venido —Ray dejó el taladro y se lavó las manos—. Hay algo que quiero preguntarte.

A Jamie le vino a la cabeza la espantosa imagen de Ray avivando pacientemente las llamas del odio de los últimos ocho meses, esperando el momento en que él y Jamie estuviesen por fin a solas.

Ray puso la tetera, se apoyó contra el fregadero, hundió las manos en los bolsillos de los pantalones y miró fijamente el suelo.

—¿Te parece que debo casarme con Katie?

Jamie no estuvo seguro de haberlo oído bien. Y había ciertas preguntas a las que simplemente no contestabas por si la cagabas bien cagada (como con Neil Turley en las duchas después del fútbol ese verano, por ejemplo).

—Tú la conoces mejor que yo —Ray tenía esa expresión en la cara que Katie ponía a los ocho años cuando trataba de doblar cucharas con el poder de su mente—. ¿Crees tú que...? Quiero decir, ya sé que va a parecerte una maldita estupidez, pero ¿crees tú que me quiere realmente?

Esa pregunta Jamie la oyó con espantosa claridad. Estaba ahora sentado en la puerta del Cessna con mil doscientos metros de nada entre sus pies y Hertfordshire. En cinco segundos estaría cayendo como una piedra, desmayándose y llenándose el casco de vómito.

Ray alzó la vista. Había un silencio en la cocina como el silencio en un granero aislado en una película de terror.

Inspira profundamente. Dile la verdad. Sé educado. Ten en cuenta los sentimientos de Ray. Enfréntate a esta mierda.

—No sé. De verdad que no lo sé. Katie y yo no hemos hablado mucho durante este último año. He estado ocupado y ella pasaba el tiempo contigo... —se interrumpió.

Ray parecía haberse encogido hasta el tamaño de un ser humano completamente normal.

—Se enfada mucho, joder.

Jamie deseaba desesperadamente el té, aunque sólo fuera por sujetar algo.

—Quiero decir... Yo también me enfado —dijo Ray. Puso bolsitas de té en dos tazas y vertió el agua—. Que me lo digan a mí. Pero Katie...

—Ya lo sé —repuso Jamie.

¿Estaba escuchando Ray? Se hacía difícil decirlo. Quizá sólo necesitaba alguien a quien dirigir sus palabras.

—Es como una nube negra —explicó Ray.

¿Cómo lo hacía Ray? Un instante predominaba en una habitación como lo haría un camión. Y al instante siguiente estaba en un agujero y pidiéndote ayuda. ¿Por qué no podía sufrir de forma que todos pudiesen disfrutarlo desde una distancia segura?

—No se trata de ti —dijo Jamie.

Ray alzó la vista.

—¿De veras?

—Bueno, quizá sí se trata de ti —Jamie hizo una pausa—. Pero con nosotros también se enfada mucho.

—Vale —Ray se inclinó y deslizó tacos de plástico en cuatro agujeros que había taladrado dentro del armario—. Vale —se incorporó y sacó las bolsitas de té. La atmósfera se volvió un poco menos tensa y Jamie empezó a desear mantener una conversación sobre fútbol o aislamiento de desvanes. Pero cuando Ray le puso delante la taza de té, le preguntó—: Bueno, ¿y qué me dices de ti y de Tony?

—¿A qué te refieres?

—Me refiero a qué tal tú y Tony.

—No estoy seguro de entenderte —repuso Jamie.

—Tú le quieres, ¿no?

Jesús, María y José. Si Ray tenía la costumbre de hacer preguntas como ésa, no era de extrañar que Katie se enfadara.

Ray deslizó un par de tacos más en la puerta del armario.

—Lo que quiero decir es que Katie me contó que te sentías solo. Y que entonces conociste a ese tipo y... ya sabes... Bingo.

¿Era humanamente posible sentirse más incómodo de lo que Jamie se sentía en ese momento? Le temblaban las manos y había ondas en el té como en *Parque Jurásico* cuando se acercaba el tiranosaurio.

—Katie dice que es un tío decente.

—¿Por qué estamos hablando de mí y de Tony?

—Vosotros discutís, ¿no? —dijo Ray.

—Ray, no es asunto tuyo si discutimos o no.

Dios santo. Le estaba diciendo a Ray que se retractara. Jamie nunca le decía a la gente que se retractara. Se sentía como cuando Robbie North tiró aquella lata de gasolina a la hoguera, sabiendo que estaba a punto de pasar algo malo.

—Lo siento —Ray levantó las manos—. Todo este rollo gay me es un poco ajeno.

—No tiene absolutamente nada que ver con... Dios santo —Jamie dejó la taza de té, no fuera a derramarlo. Se sentía un poco mareado. Inspiró profundamente y habló despacio—: Sí. Tony y yo discutimos. Sí, quiero a Tony. Y...

Quiero a Tony.

Había dicho que quería a Tony. Se lo había dicho a Ray. Ni siquiera se lo había dicho a sí mismo.

¿Quería a Tony?

Virgen santa.

Ray dijo:

—Mira...

—No. Espera —Jamie agachó la cabeza entre las manos.

Era otra vez lo de siempre, lo que le pasaba siempre en la vida, en el colegio, con los demás. Te plantabas en casa de tu hermana con la mejor de las intenciones, te encontrabas hablando con alguien que no era capaz de entender las reglas más básicas de la conversación humana y de pronto había un choque en cadena de autopista en tu cabeza.

Se recompuso.

—Quizá deberíamos simplemente hablar de fútbol.

—¿De fútbol? —preguntó Ray.

—De cosas de hombres —se le ocurrió la estrafalaria idea de que podían ser amigos. Quizá amigos no. Pero sí gente capaz de tratarse. Navidad en las trincheras y todo eso.

—¿Me estás tomando el pelo? —preguntó Ray.

Jamie inspiró profundamente.

—Katie es un encanto. Pero es dura de pelar. No podrías ni darle una galleta en contra de su voluntad. Si va a casarse contigo es porque quiere casarse contigo.

El taladro se escurrió de la encimera y cayó contra las baldosas de piedra del suelo y sonó como una bomba de mortero al hacer explosión.

25

Algo le había pasado a George.

Todo empezó aquella noche en que ella volvió a la salita para encontrárselo hurgando bajo la butaca en busca del mando a distancia del televisor. George se incorporó y le preguntó qué había estado haciendo.

—Escribiendo una carta.

—¿A quién?

—A Anna. En Melbourne.

—Bueno, y ¿qué le has contado? —quiso saber George.

—Lo de la boda. Lo de tu estudio. Lo del anexo que los Khan han añadido a su vieja casa.

George no solía hablar de la familia de Jean, o de los libros que ella leía, o de si deberían comprar un sofá nuevo. Pero durante el resto de la velada había querido saber qué pensaba ella sobre todas esas cosas. Cuando por fin se quedó dormido fue probablemente a causa del agotamiento. No había mantenido una conversación tan larga en veinte años.

Al día siguiente la cosa siguió más o menos igual. Cuando no estaba trabajando al fondo del jardín o escuchando a Tony Bennett al doble del volumen habitual, George la seguía de una habitación a otra.

Cuando ella le preguntó si se encontraba bien él insistió en que era bueno hablar y no lo hacían lo suficiente. Tenía razón, por supuesto. Y quizá ella debería haber apreciado un poco más sus atenciones. Pero daba miedo.

Dios santo, hubo ocasiones en que había rezado por que George se mostrara un poquito más abierto. Pero no de la noche a la mañana. No como si le hubiesen dado un golpe en la cabeza.

Había un problema práctico, además. Ver a David cuando George no tenía interés en lo que ella hiciera era una cosa. Ver a David cuando seguía cada uno de sus movimientos era otra.

Sólo que a George no se le daba muy bien. Lo de escuchar, lo de mostrar interés. Le recordaba a Jamie a los cuatro años. «La ranita quiere hablar contigo por teléfono... ¡Súbete al tren del sofá, que va a arrancar!» Cualquier cosa con tal de llamar su atención.

Justo antes de que se metieran en la cama George había salido del baño sosteniendo un bastoncillo sucio para preguntarle si le parecía normal tener tanta cera en un oído.

David sabía hacerlo. Lo de escuchar, lo de mostrar interés.

La tarde siguiente estaban sentados en su salita con las ventanas acristaladas abiertas. David hablaba de sellos.

—Los emitidos en Jersey durante la ocupación de la Segunda Guerra Mundial. El verde mate de un chelín de Zululandia de 1888. Perforados. Sin perforar. Con las filigranas invertidas... Dios sabe qué pretendía conseguir con eso. Supongo que era más fácil que hacerse mayor. Aún los guardo por algún sitio.

La mayoría de los hombres querían contarle a una qué sabían. La ruta hasta Wisbech. Cómo encender una hoguera. David la hacía sentir como si sólo ella supiese cosas.

David encendió un puro y permanecieron sentados observando tranquilamente los gorriones sobre la mesa del jardín y el cielo aborregado moverse despacio de derecha a izquierda detrás de los álamos. Y fue una sensación agradable. Porque David también sabía estar en silencio. Y sabía por experiencia que había muy pocos hombres capaces de estar en silencio.

Se marchó tarde y se encontró en un atasco por las obras a la salida de B&Q. Estaba preocupándose por cómo explicarle a George el retraso cuando se le ocurrió que él sabía lo de David. Que sus atenciones para con ella eran un modo de desagravio, o de competición, o de hacerla sentir culpable.

Pero cuando llevó a pulso las bolsas hasta la cocina George estaba sentado a la mesa con dos tazas de café caliente y blandía un periódico doblado.

—Me hablabas de esos chicos Underwood. Bueno, pues por lo visto unos científicos de California han estado estudiando a los gemelos idénticos...

La semana siguiente la tienda estuvo inusualmente tranquila. Como resultado su paranoia empezó a crecer. Y como Ursula estaba en Dublín no había nadie con quien pudiese discutir sus temores.

Las mañanas en el colegio Saint John eran su único respiro, sentada en el Rincón de la Jungla con Megan, Callum y Sunil leyendo *La bruja Winnie* y *Mister Gumpy se va de excursión*. En especial con Callum, que no era capaz de estarse sentado mirando en la misma dirección ni cinco segundos (por desgracia, no le estaba permitido sobornarlo con galletas como hacía con Jacob). Pero en cuanto salía por las puertas hacia el aparcamiento la cosa volvía a obsesionarla.

El jueves George anunció que había hecho una reserva en la empresa de carpas y que había quedado en reunirse con dos servicios de comidas para fiestas. Eso viniendo de un hombre que olvidaba los cumpleaños de sus hijos. Jean estaba tan sorprendida que ni siquiera se quejó por que no le hubiese consultado a ella.

Esa misma noche una voz siniestra en su cabeza empezó a preguntar si George no la estaría convirtiendo en alguien prescindible. Preparándose para cuando ella se fuera. O el momento en que él le dijera que se fuera.

Y sin embargo, cuando por fin llegó el día de la cena con David, George estaba inesperadamente alegre. Se pasó el día yendo a la compra y preparando el risotto de esa forma tradicional en los hombres: sacando todos los utensilios de los cajones y disponiéndolos como si de instrumentos quirúrgicos se tratara, para luego verter todos los ingredientes en pequeños cuencos y así maximizar la tarea de fregar los platos.

Jean no conseguía quitarse de la cabeza la idea de que planeaba alguna clase de confrontación, y a medida que la tensión fue aumentando durante la tarde consideró la idea de verse presa de alguna enfermedad. Cuando el timbre sonó finalmente, justo pasadas las siete y media, corrió escaleras abajo para llegar primero a la puerta y tropezó con la moqueta suelta, torciéndose el tobillo.

Para cuando llegó al final de los peldaños, George estaba de pie en el recibidor enjugándose las manos en un delantal de rayas y David le tendía una botella de vino y un ramo de flores.

David advirtió que cojeaba un poco.

—¿Te encuentras bien? —instintivamente, se dirigió hacia ella para consolarla; entonces se contuvo y retrocedió.

Jean apoyó la mano en el brazo de George y se inclinó para frotarse el tobillo. No le dolía gran cosa, pero quiso evitar la mirada de David, y el temor de que él pudiese haber delatado algo en esa fracción de segundo la hizo sentirse mareada.

—¿Te duele? —preguntó George. Gracias a Dios, no parecía haber notado nada.

—No, no mucho —repuso Jean.

—Deberías sentarte y poner el pie en alto —recomendó David—. Para impedir que se hinche —volvió a coger las flores y el vino para que George pudiese ayudarla.

—Aún estoy preparando la cena —dijo George—. ¿Por qué no os sentáis los dos con una copa de vino en la salita?

—No —repuso Jean con demasiada firmeza. Hizo una pausa para calmarse—. Iremos a la cocina contigo.

George los instaló en la mesa, sacó una tercera silla para el tobillo de Jean, que en realidad no la necesitaba, llenó dos copas de vino y volvió a dedicarse a rallar parmesano.

Iba a tratarse siempre de una ocasión extraña, fuera quien fuese el invitado. A George no le gustaba que entrase otra gente en su guarida. De manera que Jean asumió que la conversación sería forzada. Siempre que se lo llevaba a rastras a una fiesta se encontraba invariablemente con que se quedaba plantado y desconsolado en un círculo de hombres, en tanto que ellos hablaban de rugby y devoluciones de impuestos, con una expresión afligida en el rostro, como si le doliera la cabeza. Confió, al menos, en que David fuera capaz de llenar los silencios.

Pero para su sorpresa, fue George quien más habló. Parecía excitado de verdad ante el hecho de tener compañía. Los dos hombres se felicitaron mutuamente por el declive de Shepherds desde su partida. Hablaron de vacaciones haciendo senderismo en Francia. David habló de sus prácticas de vuelo sin motor. George habló de su miedo a volar. David sugirió que aprender vuelo sin motor podía solucionar ese problema. George dijo que estaba claro que David subestimaba su miedo a volar. David confesó tenerles fobia a las serpientes. George le pidió que imaginara tener una anaconda en el regazo durante un par de horas. David rió y dijo que lo había dejado muy claro.

El miedo de Jean se evaporó para verse reemplazado por algo más extraño pero igualmente incómodo. Era ridículo, pero no quería que se llevaran tan bien. George estaba más simpático y gracioso que cuando estaban los dos solos. Y David parecía más corriente.

¿Era de esa forma como se habían comportado en el trabajo? Y de ser así, ¿por qué George no había mencionado una sola vez a David desde que dejara la compañía? Empezó a sentirse culpable por haberle transmitido a David una imagen tan sombría de su vida doméstica.

Para cuando trasladaron el campamento al comedor, George y David parecían tener más en común entre sí de lo que ella tenía con cualquiera de los dos. Era como volver a estar en el colegio. Viendo cómo tu mejor amiga entablaba una relación con otra niña y te dejaba a ti en la estacada.

Intervenía de vez en cuando en la conversación, tratando de recuperar un poco de atención. Pero todo el rato le salía mal. Pareció demasiado interesada en *Grandes esperan-*

zas cuando sólo había visto la serie de televisión. Fue demasiado grosera con los desastres culinarios anteriores de George cuando en realidad el risotto le quedó muy bueno. Era agotador. Y al final le pareció más fácil ocupar el asiento de atrás y dejarlos a ellos dos llevar la conversación y dar su opinión cuando se la pedían.

Sólo en un momento pareció George quedarse sin palabras. David estaba hablando de que la esposa de Martin Donnelly había tenido que ir al hospital a hacerse unas pruebas. Jean se dio la vuelta y vio a George sentado con la cabeza entre las rodillas. Lo primero que pensó fue que los había envenenado a todos con el risotto y estaba a punto de vomitar. Pero entonces se incorporó, con una mueca y frotándose la pierna, se disculpó por la interrupción y luego se levantó a hacer un circuito por la cocina para relajar un espasmo muscular.

Para cuando la cena acabó se había bebido una botella entera de vino tinto y se había convertido en una especie de cómico.

—A riesgo de aburrir a Jean con una vieja historia, un par de semanas después nos dieron las fotos reveladas. Sólo que no eran nuestras fotos. Eran las fotos de un joven y su novia. En cueros. Jamie sugirió que escribiéramos «¿Quieres una ampliación?» en el dorso antes de devolverlas.

A la hora del café, David habló sobre Mina y los chicos, y cuando esperaban en los peldaños de entrada viéndolo alejarse en su coche entre una nubecilla de humo rosado, George dijo:

—Tú nunca me dejarías, ¿verdad?

—Por supuesto que no —repuso Jean.

Esperaba que la rodeara entonces con un brazo, por lo menos. Pero George tan sólo dio una palmada, dijo:

—Vale. A lavar los platos —y volvió al interior como si aquello no fuera más que la siguiente parte de la diversión.

26

Katie tuvo una semana de mierda.

Los programas del festival llegaron el lunes y Patsy, que aún era incapaz de pronunciar *programa,* dejó a todo el mundo patidifuso al reconocer un hecho: que la foto de Terry Jones en la página siete era en realidad una foto de Terry Gilliam. Aidan le echó una buena bronca a Katie porque admitir que la había cagado no era una de las aptitudes que había aprendido en su máster de administración de empresas. Katie dimitió. Él se negó a aceptar su dimisión. Y Patsy se echó a llorar porque la gente estaba gritando.

Salió temprano para recoger a Jacob de la guardería y Jackie dijo que había mordido a otros dos niños. Se lo llevó a un lado y le echó un sermón por comportarse como el cocodrilo malo en *A Kiss Like This.* Pero Jacob no estaba para reproches ese día. De manera que Katie cortó por lo sano y se lo llevó a casa, donde le retuvo el yogur hasta que tuviera una conversación con ella sobre mordiscos, que generó la misma clase de frustración que sentía probablemente el doctor Benson cuando estudiaban a Kant en la universidad.

—Era mi tractor —dijo Jacob.

—En realidad es el tractor de todos —puntualizó Katie.

—Yo estaba jugando con él.

—Y Ben no debería habértelo quitado. Pero eso no te da derecho a morderlo.

—Estaba jugando con él.

—Si estás jugando con algo y alguien trata de quitártelo deberías gritar y decírselo a Jackie o Bella o Susie.

—Tú dijiste que no estaba bien gritar.

—Está bien gritar si estás muy, muy enfadado. Pero no te está permitido morder. O pegarle a alguien. Porque tú no quieres que los demás te muerdan o te peguen, ¿verdad?

—Ben muerde a la gente —dijo Jacob.

—Pero tú no quieres ser como Ben.

—¿Puedo tomarme ahora el yogur?

—No hasta que entiendas que morder a la gente es algo que está mal.

—Lo entiendo —repuso Jacob.

—Decir que lo entiendes no es lo mismo que entenderlo.

—Pero él ha intentado quitarme el tractor.

Ray intervino en ese momento e hizo la sugerencia técnicamente correcta de que no servía de nada abrazar a Jacob mientras lo estaba regañando, y Katie fue capaz de demostrar de inmediato una situación en que a una se le permitía gritarle a alguien si estaba muy, muy enfadada.

Ray permaneció exasperantemente tranquilo hasta que Jacob le dijo que no hiciera enfadar a mamá porque «Tú no eres mi papá de verdad», punto en el cual entró en la cocina y partió en dos la tabla del pan.

Jacob le dirigió a Katie una mirada de treinta y cinco años y le dijo con aspereza:

—Ahora voy a comerme mi yogur —y se fue entonces a tomárselo delante de *Thomas el tren*.

A la mañana siguiente Katie anuló la visita al dentista y se pasó el día libre llevándose a Jacob a la oficina, donde se comportó como un chimpancé demente mientras ella y Patsy introducían cinco mil erratas. Para cuando llegó la hora de comer el niño le había quitado la cadena a la bici de Aidan, había vaciado el archivo de un fichero y se había derramado chocolate caliente en los zapatos.

Cuando llegó el viernes, por primera vez en dos años se sintió genuinamente aliviada al llegar Graham para quitárselo de las manos durante cuarenta y ocho horas.

Ray se fue a jugar al fútbol sala el sábado por la mañana y Katie cometió el error de tratar de limpiar la casa. Estaba moviendo a pulso el sofá para llegar a la pelusa, la porquería y las partes de juguetes que había debajo cuando algo se le desgarró en la parte baja de la espalda. De pronto sintió un dolor tremendo y empezó a caminar como el mayordomo en una película de vampiros.

Ray calentó algo de cenar en el microondas y trataron de echar un polvo ortopédico y de bajo impacto pero por lo visto el ibuprofeno la había dejado entumecida en todos los sitios inútiles.

El domingo Katie se rindió y se retiró al sofá para mantener a raya la culpa por ser una madre desastrosa con vídeos de Cary Grant.

A las seis apareció Graham con Jacob.

Ray estaba en la ducha, de manera que los hizo pasar ella y se tambaleó de vuelta a la silla de la cocina.

Graham le preguntó qué le pasaba pero Jacob estaba demasiado ocupado contándole que lo habían pasado de maravilla en el Museo de Historia Natural.

—Y había... había esquelentos de elefantes y rinocerontes y... y... los dinosaurios eran dinosaurios fantasmas.

—Estaban pintando una de las salas —explicó Graham—. Todo estaba cubierto con sábanas.

—Y papi dijo que podía quedarme levantado hasta tarde. Y comimos... comimos... huevos. Y tostada. Y yo ayudé. Y conseguí un estegosaurio de chocolate. En el museo. Y había una ardilla muerta. En el jardín... de papi. Tenía gusanos. En los ojos.

Katie abrió los brazos.

—¿Vas a darle a tu mami un buen abrazo?

Pero Jacob estaba lanzado.

—Y... y... y hemos ido en un autobús de dos pisos y me he quedado con los billetes.

Graham se agachó.

—Espera un segundo, hombrecito; creo que tu mami se ha hecho daño —le puso un dedo a Jacob en los labios y se volvió hacia Katie—. ¿Estás bien?

—Me he cascado la espalda. Moviendo el sofá.

Graham miró a Jacob muy serio.

—Vas a ser bueno con tu mami, ¿de acuerdo? No vayas a hacerla correr por ahí. ¿Me lo prometes?

Jacob miró a Katie.

—¿No está cómoda tu espalda?

—No mucho. Pero un abrazo de mi monito me hará sentir mucho mejor.

Jacob no se movió.

Graham se incorporó.

—Bueno, se está haciendo tarde.

Jacob se echó a llorar.

—No quiero que papi se vaya.

Graham le revolvió el pelo.

—Lo siento, macho. Me temo que no puede evitarse.

—Vamos, Jacob —Katie volvió a abrir los brazos—. Déjame darte un achuchón.

Pero Jacob estaba en pleno proceso de llegar a un estado de auténtico desespero operístico, dando puñetazos al aire y patadas a la silla más cercana.

—No te vayas. No te vayas.

Graham trató de sujetarlo, aunque sólo fuera para que no se hiciese daño.

—Eh, eh...

Normalmente se habría marchado. Habían aprendido a las malas. Pero normalmente Katie habría tomado a Jacob en brazos y lo habría agarrado bien fuerte mientras Graham se batía en retirada.

Jacob pateó el suelo.

—Nadie... nadie me escucha... Yo quiero... Yo odio...

Al cabo de tres o cuatro minutos Ray apareció en el umbral con una toalla en torno a la cintura. A Katie ya no le importaba qué pudiese decir o cómo podía reaccionar Gra-

116

ham. Se dirigió hacia Jacob, se lo echó al hombro y desapareció.

No hubo tiempo para reaccionar. Tan sólo se quedaron mirando el umbral vacío y oyendo volverse más débiles los gritos a medida que Ray y Jacob subían las escaleras.

Graham se puso en pie. Katie pensó por un instante que iba a hacer algún comentario cáustico y no estuvo segura de poder soportarlo. Pero él dijo en cambio:

—Prepararé un poco de té —y fue lo más amable que le había dicho en mucho tiempo.

—Gracias.

Graham puso la tetera.

—Me estás mirando raro.

—La camisa. Es la que te regalé por Navidad.

—Sí. Mierda. Lo siento. No pretendía...

—No. No trataba de... —Katie estaba llorando.

—¿Te encuentras bien? —Graham tendió una mano para tocarla pero se contuvo.

—Estoy bien. Lo siento.

—¿Van bien las cosas? —quiso saber Graham.

—Vamos a casarnos —ahora Katie lloraba a moco tendido—. Oh, mierda. No debería estar...

Él le dio un pañuelo de papel.

—Es una noticia estupenda.

—Ya lo sé —se sonó ruidosamente la nariz—. ¿Y tú? ¿Qué tal te va?

—Oh, no hay mucho que contar.

—Cuéntame —pidió Katie.

—Estaba saliendo con alguien del trabajo —cogió el pañuelo empapado y le dio otro—. La cosa no funcionó. Quiero decir... era estupenda, pero... llevaba un gorro de natación para no mojarse el pelo en la bañera.

Sacó unas galletitas de higo y hablaron de cosas que no entrañaban riesgo. De que Ray había metido la pata con Jamie. De que la abuela de Graham hacía de modelo para un catálogo de prendas de punto.

Al cabo de diez minutos Graham se excusó. Katie se sintió triste. Eso la sorprendió, y él hizo una pausa lo bastante larga como para sugerir que sentía lo mismo. Hubo un breve instante durante el cual uno de los dos bien podría haber dicho algo inapropiado. Graham lo cortó en seco.

—Haz el favor de cuidarte, ¿vale? —la besó suavemente en la coronilla y se fue.

Katie permaneció sentada en silencio unos minutos más. Jacob había dejado de llorar. Se percató de que no había notado dolor mientras ella y Graham hablaban. Ahora había vuelto y con ganas. Se zampó otros dos ibuprofenos con un vaso de agua y se dirigió al piso de arriba arrastrando los pies. Estaban en la habitación de Jacob. Se detuvo en el exterior y asomó la cabeza por la puerta.

Jacob estaba tumbado en la cama, boca abajo, mirando la pared. Ray estaba sentado cerca de él, dándole palmaditas en el trasero y cantando «Doce botellas» en voz muy baja y desafinando totalmente.

Katie estaba llorando otra vez. Y no quería que Jacob la viera. O Ray, ya puestos. De manera que se dio la vuelta y se alejó en silencio de regreso a la cocina.

27

Por encima de todo parecía profundamente injusto.

George no era un ingenuo. A la gente buena le pasaban cosas malas. Eso lo sabía. Y viceversa. Pero cuando a los Benn les robó el novio de su hija, o cuando a la primera esposa de Brian tuvieron que quitarle los implantes de los pechos, no podías evitar pensar que se estaba impartiendo alguna clase de justicia rudimentaria.

Sabía de hombres que habían tenido amantes durante toda su vida de casados. Sabía de hombres que acababan en bancarrota y registraban entonces la misma empresa bajo un nombre distinto al mes siguiente. Sabía de un hombre que le había roto la pierna a su hijo con una pala. ¿Por qué no estaban ellos pasando por eso?

Se había pasado treinta años fabricando e instalando columpios y toboganes. Columpios y toboganes buenos. No trastos baratos como los de Wicksteed o Abbey Leisure, sino equipamiento de calidad.

Había cometido errores. Debería haber despedido a Alex Bamford cuando se lo encontró medio inconsciente en el suelo de los lavabos de la oficina. Y debería haber pedido pruebas por escrito de los problemas de espalda de Jane Fuller y no esperar a que apareciera en el periódico local corriendo aquel maratón popular.

Había despedido a diecisiete personas por reducción de plantilla, pero consiguieron un buen finiquito y las mejores referencias que pudo redactar sin cometer perjurio. No se trataba de cirugía del corazón, pero tampoco de fabricación de armas. De una forma modesta había incrementado la felicidad de una pequeña parte de la población humana.

Y ahora le había caído aquello en el plato.

Aun así, no tenía sentido quejarse. Se había pasado la vida resolviendo problemas. Ahora tenía que resolver uno más.

Su mente estaba funcionando mal. Tenía que asumir el control. Lo había hecho antes. Había compartido una casa con su hija durante dieciocho años sin llegar a las manos, para empezar. Cuando su madre murió, él acudió a la oficina a la mañana siguiente para asegurarse de que el acuerdo de Glasgow no se viniera abajo.

Necesitaba una estrategia, al igual que la necesitaría de haber reservado Jean unas vacaciones para dos en Australia.

Consiguió una hoja de papel rígido de cartas de color crema, redactó una lista de normas y la ocultó entonces en la caja a prueba de incendios al fondo del armario en que guardaba la partida de nacimiento y la escritura de la casa:

1. Mantenerse ocupado
2. Dar largos paseos
3. Dormir bien
4. Ducharse y cambiarse a oscuras
5. Beber vino tinto
6. Pensar en otra cosa
7. Hablar

En cuanto a mantenerse ocupado, la boda era un regalo del cielo. La vez anterior le había dejado la organización a Jean. Ahora que disponía de tiempo libre podía ocuparse del asunto y por si fuera poco hacer méritos.

Lo de caminar era un genuino placer. En especial por los senderos peatonales alrededor de Nassington y Fotheringay. Lo mantenía en forma y lo ayudaba a dormir. Cierto que había momentos difíciles. Una tarde, en la presa en el extremo oriental de Rutland Water, había oído dispararse una sirena industrial, e imágenes de desastres en refinerías y ataques nucleares le habían hecho sentirse de pronto muy lejos de la civilización. Pero fue capaz de volver a grandes zancadas hasta el coche cantando en voz alta, y luego poner bien alto *Ella Fitzgerald en vivo...* para alegrarse un poco de camino a casa.

Apagar las luces para ducharse y cambiarse era puro sentido común. Y con la excepción de la noche en que Jean había entrado con decisión en el baño, encendido la luz y chillado al verlo secándose a oscuras, era bastante fácil de hacer.

El vino tinto iba sin duda en contra de todo consejo médico pero dos o tres copas de aquel Ridgemont Cabernet obraban maravillas con su equilibrio mental.

Pensar en otra cosa era la tarea más difícil de la lista. Estaba cortándose las uñas de los pies, o lubricando unas tijeras de podar, y eso salía de pronto de la penumbra como una oscura silueta en una película de tiburones. Cuando estaba en la ciudad le era posible distraerse mirando de reojo a alguna atractiva jovencita para imaginársela desnuda. Pero se encontraba con pocas jovencitas atractivas en el transcurso de un día corriente. Si hubiese sido más descarado y viviera solo podría haber comprado revistas pornográficas. Pero no era descarado y Jean limpiaba escrupulosamente en los rincones. De manera que se decantó por los crucigramas.

Era lo de hablar, sin embargo, lo que suponía una revelación. Lo que menos se imaginaba era que poniendo en orden sus pensamientos le imprimiría nueva vida a su matrimonio. No era que fuese aburrido o estuviese falto de amor. Ni mucho menos. Se llevaban muchísimo mejor que muchas parejas conocidas que se conformaban con una vida de críticas de bajo nivel y huraños silencios simplemente porque era más fácil que separarse. Él y Jean se peleaban muy rara vez, gracias en gran medida a su propia capacidad de autocontrol. Pero sí había silencios entre ellos.

De manera que supuso una agradable sorpresa descubrir que podía decir lo que tenía en la cabeza y que Jean le respondía con comentarios con frecuencia interesantes. De hecho había veladas en que esa clase de conversación le producía un alivio tan profundo que se sentía como si estuviese enamorándose de ella otra vez.

Un par de semanas después de embarcarse en ese régimen autoimpuesto, George recibió una llamada telefónica de Brian.

—La madre de Gail ha venido a pasar dos semanas. De manera que pensaba irme a la cabaña. Para asegurarme de que el constructor haya hecho su trabajo. Me preguntaba si te apetecería acompañarme. Será un poco primitivo. Camas de campaña, sacos de dormir. Pero tú eres un tipo duro.

Normalmente no habría querido pasar más de un par de días en compañía de su hermano. Pero había algo infantil y un dejo de excitación en su voz. Parecía un niño de nueve años deseoso de enseñarle su nueva cabaña en un árbol. Y se dijo que el largo viaje en tren, los paseos por el Helford bajo el viento y las pintas en torno al fuego en el pub local le atraían bastante.

Podía llevarse un cuaderno de bocetos. Y aquel libraco de Peter Ackroyd que Jean le había regalado por Navidad.

—Iré contigo.

28

Jamie aspiró las alfombras y limpió el baño. Pensó por un momento en lavar las fundas de los cojines pero, a decir verdad, Tony no se daría cuenta si estuvieran cubiertas de barro.

La tarde siguiente cortó en seco la visita a los pisos de Creighton Avenue, llamó a la oficina para decir que estaría localizable en el móvil y luego se fue a casa pasando por Tesco.

Salmón y después fresas. Lo suficiente para demostrar que había hecho un esfuerzo pero no lo bastante para que se sintiera demasiado lleno para el sexo. Metió una botella de Pouilly Fumé en la nevera y puso un jarrón con tulipanes sobre la mesa del comedor.

Se sentía estúpido. Estaba nervioso por perder a Katie y no hacía nada por tratar de conservar a la persona más importante en su vida.

Él y Tony deberían vivir juntos. Debería encontrarse las luces encendidas y el sonido de una música familiar al llegar a casa. Debería quedarse en la cama los sábados por la mañana, oliendo a bacon y oyendo tintinear la vajilla a través de la pared.

Iba a llevar a Tony a la boda. Ya bastaba de gilipolleces sobre intolerancia provincial. Era de sí mismo de quien tenía miedo. De envejecer. De tener que elegir. De comprometerse.

Sería espantoso. Por supuesto que sería espantoso. Pero no importaba lo que pensaran los vecinos. No importaba que mamá estuviera encima de Tony como si fuera un hijo perdido. No importaba que su padre se hiciera un verdadero lío con la distribución de dormitorios. No importaba que Tony insistiera en un lento besuqueo al son de *Three Times a Lady* de Lionel Richie.

Quería compartir su vida con Tony. Lo bueno y la mierda.

Inspiró profundamente y sintió, durante varios segundos, que estaba de pie pero no sobre el suelo de madera de pino de la cocina sino en algún desierto acantilado escocés, con el retumbar de las olas y el viento en el cabello. Noble. Más alto.

Subió a ducharse y sintió que los restos de algo sucio se limpiaban para acabar girando en el desagüe.

Estaba en plena crisis de selección de camisa cuando sonó el timbre. Se decidió por la de tela tejana de un naranja desvaído y corrió escaleras abajo.

Cuando abrió la puerta, lo primero que pensó fue que Tony había recibido malas noticias. Sobre su padre, quizá.

—¿Qué pasa?

Tony inspiró profundamente.

—Eh. Entra —dijo Jamie.

Tony no se movió.

—Tenemos que hablar.

—Entra y hablaremos.

Tony no quería entrar. Sugirió que caminaran hasta el parque al final de la calle. Jamie cogió las llaves.

Todo pasó junto al pequeño cubo rojo para la mierda de perro. Tony dijo:

—Se acabó.

—¿Qué?

—Lo nuestro. Se acabó.

—Pero...

—En realidad tú no quieres estar conmigo —explicó Tony.

—Sí que quiero —dijo Jamie.

—Vale. Quizá quieres estar conmigo. Pero no lo quieres lo suficiente. Esa estúpida boda. Me ha hecho comprender... Jesús, Jamie. ¿Es que no soy lo bastante bueno para tus padres? ¿O no soy bastante bueno para ti?

—Te quiero —¿por qué pasaba eso ahora? Era tan injusto, tan idiota.

Tony lo miró.

—Tú no sabes qué es el amor.

—Sí que lo sé —sonó parecido a Jacob.

La expresión de Tony no cambió.

—Querer a alguien significa asumir el riesgo de que puedan joderte esa vida perfectamente ordenada e insignificante que llevas. Y tú no quieres que te jodan tu vida perfectamente ordenada e insignificante, ¿no?

—¿Has conocido a otro?

—No estás escuchando una palabra de lo que te digo.

Jamie pensó que debería habérselo explicado. El salmón. La aspiradora. Las palabras estaban en su cabeza. Simplemente no consiguió hacerlas salir. Le dolía demasiado. Y había algo enfermizo y consolador en la idea de volver a la casa solo, darles un manotazo a los tulipanes de la mesa y luego sentarse en el sofá para beberse él solo la botella de vino.

—Lo siento, Jamie. De verdad. Eres un buen tipo —Tony se metió las manos en los bolsillos para mostrar que no habría abrazo final—. Confío en que encuentres a alguien que te haga sentir así.

Se dio la vuelta y se alejó.

Jamie permaneció de pie en el parque varios minutos; luego volvió a su casa, tiró los tulipanes de la mesa de un manotazo, descorchó el vino, se lo llevó al sofá y lloró.

29

Ray se volvió hacia Katie en la cama y dijo:

—¿Estás segura de que quieres casarte conmigo?

—Por supuesto que quiero casarme contigo.

—Me lo dirías si cambiaras de opinión, ¿eh?

—Por Dios, Ray —repuso Katie—. ¿De qué va todo esto?

—No seguirías adelante sólo porque se lo hemos dicho ya a todo el mundo, ¿no?

—Ray...

—¿Me quieres? —preguntó él.

—¿Por qué estamos hablando de esto así, de repente?

—¿Me quieres como querías a Graham?

—No, la verdad es que no —contestó Katie.

Durante un segundo vio verdadero dolor en el rostro de Ray.

—Estaba encaprichada de Graham. Pensé que era un regalo del cielo. No conseguía ver con claridad. Y cuando descubrí cómo era en realidad... —tendió una mano para apoyarla en la mejilla de Ray—. A ti te conozco. Conozco todas esas cosas que son maravillosas de ti. Conozco tus defectos. Y sigo queriendo casarme contigo.

—Bueno, y ¿cuáles son mis defectos?

Eso no era tarea de ella. Se suponía que era Ray quien la consolaba a ella.

—Ven —atrajo la cabeza de Ray contra su pecho.

—Te quiero muchísimo —Ray sonó diminuto.

—No te preocupes. No voy a plantarte en el altar.

—Lo siento. Estoy siendo un estúpido.

—Son los nervios por la boda —recorrió con la mano el vello en su brazo—. ¿Te acuerdas de Emily?

—¿Eh?

—Vomitó en la sacristía.

—Mierda.

—Tuvieron que mandarla pasillo abajo con un ramo gigante de flores para ocultar la mancha. El padre de Barry asumió que el que olía mal era Roddy. Ya sabes, por la despedida de soltero.

Se durmieron y los despertaron a las cuatro los lloros de Jacob:

—Mami, mami, mami...

Ray se dispuso a salir de la cama pero Katie insistió en ir ella.

Cuando llegó a su habitación Jacob estaba aún medio dormido, tratando de hacerse un ovillo para apartarse de una gran mancha naranja de diarrea en el centro de la cama.

—Ven aquí, ardilla —Katie lo puso en pie y la cabeza del niño le cayó contra el hombro.

—Está todo... está todo... mojado.

—Ya lo sé. Ya lo sé —le quitó con cuidado los pantalones del pijama, enrollándolos para que la caca quedara por dentro, y luego los arrojó al pasillo—. Vamos a limpiarte un poco, mi galletita —cogió una bolsa para pañales sucios, un pañal limpio y un paquete de toallitas húmedas del cajón y le limpió con suavidad el culo.

Le puso el pañal, sacó unos pantalones de pijama limpios de la cesta y guió los torpes pies de Jacob para metérselos en las perneras.

—Ya está. A que te sientes mejor.

Sacudió el edredón de Winnie the Pooh para comprobar que estuviese limpio, y lo extendió entonces sobre la alfombra.

—Túmbate ahí un segundo mientras me ocupo de la cama.

Jacob lloró cuando Katie lo dejó en el suelo.

—No quiero... Déjame... —pero cuando su madre le apoyó la cabeza en el edredón, se embutió el pulgar en la boca y volvió a cerrar los ojos.

Ató la bolsa con el pañal sucio y la tiró a la papelera. Deshizo la cama, arrojó las sábanas sucias al pasillo y le dio la vuelta al colchón. Cogió un juego limpio de sábanas del armario y se las llevó a la cara. Dios, qué adorable era, el tacto afelpado del algodón grueso y el olor a jabón de lavar. Hizo la cama, remetiendo bien los bordes para que quedara bien lisa.

Ahuecó la almohada, se inclinó y levantó a Jacob.

—Me duele la tripa.

Katie lo sostuvo en el regazo.

—Te daremos un poco de Calpol dentro de un segundo.

—La medicina rosa —dijo Jacob.

Katie lo rodeó con sus brazos. Nunca se dejaba lo suficiente. No cuando estaba consciente. Treinta segundos como mucho. Luego estaban los helicópteros y los saltos en el sofá. Cierto que le hacía sentirse orgullosa observarlo en un círculo escuchando a Bella leer un libro en la guardería, o verlo hablar con otros niños en el parque. Pero añoraba la forma en que una vez formara parte de su cuerpo, la forma en que podía conseguir que todo fuese mejor sólo con hacerse un ovillo en torno a él. Hasta en ese momento pudo imaginarlo marchándose de casa, la distancia que aumentaba entre ambos, su bebé convertido en una personita.

—Echo de menos a papi.

—Está arriba, dormido.

—Mi papi real —puntualizó Jacob.

Katie le rodeó la cabeza con la mano y le dio un beso en el pelo.

—Yo también lo echo de menos, a veces.

—Pero no va a volver.

—No. No va a volver.

Jacob estaba llorando débilmente.

—Pero yo nunca te abandonaré. Eso lo sabes, ¿verdad? —le limpió los mocos con la manga de la camiseta y lo acunó.

Alzó la vista hacia el medidor de altura de Bob el Constructor y el móvil del velero que daba vueltas en silencio en la semipenumbra. De algún sitio debajo del suelo le llegó el chasquido metálico de una tubería.

Jacob dejó de llorar.

—¿Puedo tomarme mañana una bebida del oso polar?

Katie le apartó el cabello de los ojos.

—No estoy segura de que estés bien para ir a la guardería mañana —se le humedecieron los ojos—. Pero si lo estás, conseguiremos una de esas bebidas del oso polar a la vuelta, ¿vale?

—Muy bien.

—Pero si te tomas la bebida del oso polar, no podrás comer pudin con la cena. ¿Trato hecho?

—Trato hecho.

—Ahora vamos a darte un poco de Calpol.

Lo dejó sobre las sábanas limpias y cogió del baño el frasco y la jeringa.

—Abre bien grande.

Jacob estaba ya casi dormido. Katie le metió la medicina en la boca a chorritos, le enjugó unas gotas de la barbilla con la yema del dedo y se lo lamió.

Lo besó en la mejilla.

—Ahora tengo que volverme a la cama, mi niñito.

Pero Jacob no quiso soltarle la mano. Y ella no quiso que se la soltara. Se sentó a verlo dormir durante unos minutos, y luego se tumbó a su lado.

Eso lo compensaba todo: el cansancio, los berrinches, el hecho de que no hubiese leído una novela en seis meses. Así era como Ray le hacía sentirse.

Así era como se suponía que Ray tenía que hacerle sentir.

Acarició la cabeza de Jacob. Estaba a un millón de kilómetros de distancia, soñando con helado de frambuesa y tractores y el período cretáceo.

De lo siguiente que se percató fue de que era por la mañana y Jacob entraba y salía corriendo de la habitación con su disfraz de Spiderman.

—Ven, cariño —Ray le apartó el pelo de la cara—. Abajo te espera un buen desayuno.

Después de la guardería ella y Jacob volvieron tarde a casa porque se habían parado a comprar la bebida del oso polar, y Ray ya estaba de vuelta de la oficina.

—Ha llamado Graham —dijo.

—¿Para qué?

—No me lo ha dicho.

—¿Algo importante? —quiso saber Katie.

—No se lo he preguntado. Ha dicho que volvería a llamar.

Una misteriosa llamada de Graham al día se acercaba bastante al límite de Ray. De manera que, después de acostar a Jacob, Katie utilizó el teléfono del dormitorio.

—Soy Katie.

—Eh, me has devuelto la llamada.

—Bueno, y ¿cuál es el gran secreto?

—No hay ningún secreto, es sólo que estoy preocupado por ti. Y no me pareció la clase de mensaje que dejarle a Ray.

—Lo siento. No estaba en muy buena forma que digamos cuando apareciste la otra noche, con lo de la espalda y todo eso.

—¿Estás hablando con alguien? —preguntó Graham.

—¿Te refieres a un profesional o algo así?

—No, me refiero simplemente a hablar.

—Por supuesto que hablo —repuso Katie.

—Ya sabes qué quiero decir.

—Graham, mira...

130

—Si no quieres que me meta en tus asuntos —dijo Graham—, no me meteré. Y no quiero poner a Ray en entredicho. De veras que no. Sólo me preguntaba si querías quedar para un café y charlar un rato. Seguimos siendo amigos, ¿no? Vale, quizá no somos amigos. Pero me pareció que te haría bien sacar lo que llevas dentro. Y no quiero decir que sea necesariamente nada malo —hizo una pausa—. Además, me gustó de verdad hablar contigo la otra noche.

Sólo Dios sabía qué le había pasado a Graham. No lo había oído mostrarse tan solícito en años. Si eran celos, no sonaba como si lo fuesen. Quizá la mujer del gorro de natación le había roto el corazón.

Katie se contuvo. Pensar eso era cruel. La gente cambiaba. Estaba siendo amable. Y tenía razón. Ella no estaba hablando lo suficiente.

—El miércoles acabo temprano. Puedo verte durante una hora antes de recoger a Jacob.

—Genial.

30

Pasta de dientes. Pantalón de franela. Afeitadora. Jersey de lana.

George empezó a hacer la maleta, y luego decidió que no era lo bastante apropiada para la intemperie. Sacó la vieja mochila de Jamie del fondo del altillo. Estaba un poco gastada, pero se suponía que las mochilas tenían que estar gastadas.

Tres pares de calzoncillos. Dos camisetas interiores. El Ackroyd. Pantalones de jardinería.

Ésas eran las vacaciones que le gustaban.

Lo habían intentado una vez. En Snowdonia, en 1980. Un intento desesperado por su parte de seguir con los pies bien pegados a la tierra tras los horrores del vuelo a Lyon el año anterior. Y quizá de haber tenido unos niños más robustos o una mujer menos adicta a las comodidades habría funcionado. La lluvia no tenía nada de malo. Formaba parte de la idea de recuperar el contacto con la naturaleza. Y había parado la mayoría de las noches, de manera que pudieron sentarse sobre esterillas de camping a la entrada de las tiendas y preparar la cena en el hornillo de queroseno. Pero cualquier sugerencia que hiciera en los años posteriores de ir a Skye o a los Alpes se había encontrado con la réplica «¿Por qué no vamos de camping al norte de Gales?» y con estallidos de risotadas nada comprensivas.

Jean lo dejó en el centro de la ciudad justo pasadas las nueve y fue derecho a Ottakar's, donde compró el mapa número 204 para guardas forestales del servicio oficial de cartografía: *Truro, Falmouth y zonas circundantes*. Luego se pasó por Smith's y se compró una selección de lápices (2B, 4B y 6B), un cuaderno de bocetos y una buena goma. Iba a comprar un sacapuntas cuando se acordó de que la tienda para aficionados a la vida al aire libre estaba a un par de manzanas. Entró y se concedió una navaja del ejército suizo. Podía sacar punta a los lápices con ella, y estar preparado para afilar palos y quitarles piedras de los cascos a los caballos de ser necesario.

Llegó a la estación con quince minutos de antelación, sacó el billete y se sentó en el andén.

Una hora hasta King's Cross. La línea de Hammersmith y la City hasta Paddington. Cuatro horas y media hasta Truro. Veinte minutos hasta Falmouth. Luego un taxi. Asumiendo que la reserva de asiento funcionara entre Paddington y Truro y no tuviera que encontrarse sentado sobre la mochila en la puerta del lavabo, podía leerse unas doscientas páginas.

Poco antes de que llegara el tren se acordó de que no había metido la pomada esteroide.

No era que importase. Era un tratamiento para el eczema. El eczema era algo trivial. Podía tener el cuerpo cubierto de ellos y no sería un problema.

No debería haber permitido que la expresión *cubierto de ellos* y la imagen del médico le pasaran por la cabeza.

Alzó la vista hacia el monitor para ver cuánto faltaba para que llegara su tren pero vio en cambio a un vagabundo desfigurado sentado en el banco de enfrente. Prácticamente todo un perfil de su cara estaba compuesto por costras, como si alguien lo hubiese agredido recientemente con una botella rota o como si alguna clase de bulto lo estuviese devorando desde el costado de la cabeza.

Trató de apartar la vista. No pudo. Era como el vértigo. La forma en que el vacío parecía estar llamándolo a uno.

Piensa en otra cosa.

Bajó la cabeza y se obligó a concentrarse en cinco óvalos grises de chicle aplastados contra el asfalto entre sus pies.

—«Hice un viaje en tren y pensé en ti» —entonó las palabras por lo bajo—. «Pasé por un callejón oscuro y pensé en ti.»

El vagabundo desfigurado se puso en pie.

Jesús, María y José, iba hacia él.

George mantuvo la cabeza gacha.

—«Dos o tres coches aparcados bajo las estrellas, un arroyo tortuoso, la luna que arroja su luz...»

El vagabundo pasó de largo junto a George y anduvo en lento zigzag por el andén.

Estaba muy borracho. Lo suficientemente borracho para zigzaguear hasta la vía. Demasiado borracho para volver de la vía. George alzó la vista. El tren llegaría al cabo de un minuto. Imaginó al vagabundo arrodillado sobre el borde de hormigón, el chillido de los frenos, el húmedo topetazo y el cuerpo zarandeado por las vías, con las ruedas cortándolo como si fuera jamón.

Tenía que detener al vagabundo. Pero detener al vagabundo significaría tocar al vagabundo, y George no quería tocar al vagabundo. La herida. El olor.

No. Él no tenía que detener al vagabundo. Había más gente en el andén. Había empleados del ferrocarril. El vagabundo era responsabilidad suya.

Si rodeaba el edificio de la estación hasta el otro andén no tendría que ver morir al vagabundo. Pero si se iba al otro andén podía perder el tren. Por otra parte, si el vagabundo moría debajo del tren, éste llevaría retraso. George perdería entonces la conexión a Truro y tendría que sentarse en la puerta del lavabo durante cuatro horas y media.

El doctor Barghoutian había cometido un error de diagnóstico con la apendicitis de Katie. Dijo que era dolor de estómago. Tres horas después entraban a toda prisa en urgencias y Katie acababa en una mesa de operaciones.

¿Cómo diantre lo había olvidado George?

El doctor Barghoutian era un tarado.

Se estaba aplicando una crema con un compuesto químico inapropiado en un cáncer. Una crema esteroide. Los esteroides hacían crecer más rápido y más fuerte los tejidos. Estaba aplicándose una crema que hacía crecer más rápido y más fuerte los tejidos directamente en un tumor.

El bulto en la cara del vagabundo. George iba a tener ese aspecto. Por todas partes.

El tren entró en la estación.

Recogió la mochila y se lanzó hacia la puerta abierta del vagón más cercano. Si conseguía que el viaje se iniciara lo bastante rápido quizá fuera capaz de dejar los pensamientos sobre el vagabundo en el andén.

Se derrumbó en un asiento. El corazón le latía como si hubiese llegado allí corriendo desde casa. Se le hacía muy difícil permanecer sentado y quieto. Había una mujer con una gabardina malva sentada frente a él. Ya no le importaba lo que pudiese pensar.

El tren empezó a moverse.

Miró por la ventanilla y se imaginó volando en un pequeño avión paralelo al tren, como hacía de niño, moviendo hacia atrás la palanca de mando para rebasar vallas y puentes, haciendo oscilar el avión hacia la derecha o la izquierda para evitar cobertizos y postes de telégrafos.

El tren cobró velocidad. Pasó sobre el río. Sobre la A605.

Estaba mareado.

Estaba en el camarote boca abajo de un barco que se hundía y que se iba llenando de agua. La oscuridad era total. La puerta estaba ahora en algún sitio debajo de él. No importaba dónde. Sólo llevaba a otros sitios en que morir.

Pataleaba como un loco, tratando de mantener la cabeza en la pirámide de aire rancio en que dos paredes se unían al techo.

El agua le subía hasta la boca.

Tenía agua aceitosa en la tráquea.

Agachó la cabeza entre las piernas.

Iba a vomitar.

Se incorporó.

El cuerpo se le quedó frío y la sangre le bajó de la cabeza.

Volvió a poner la cabeza entre las piernas.

Se sentía como si estuviera en una sauna.

Se incorporó y abrió la ventanilla.

La mujer de la gabardina malva lo miró furiosa.

La costra lo ahogaría con malévola lentitud, un apéndice maligno y ulceroso alimentándose de su propio cuerpo.

—«Miré a través de la rendija, vi la vía, la que regresaba...»

¿Camas de campaña? ¿Paseos por el Helford? ¿Pintas junto al fuego con Brian? ¿En qué diablos había estado pensando? Sería un auténtico infierno.

Se bajó en Huntingdon, se tambaleó hasta el banco más cercano, se sentó y trató de rehacer el crucigrama del *Telegraph* de esa mañana en la cabeza. Genuflexión. Jarras. Arnés de latón...

Le palpitaba un poco.

Se estaba muriendo de cáncer. Era una idea espantosa. Pero si tan sólo pudiese dejarla ahí, en el departamento de «Ideas sobre morirse de cáncer», quizá estaría bien.

Gacela. Avaro. Papaya...

Tenía que coger el siguiente tren en dirección a casa. Charlar con Jean. Tomarse una taza de té. Poner un poco de música. Bien alta. Su propia casa. Su propio jardín. Todo exactamente donde se suponía que debía estar. Sin Brian. Sin vagabundos.

Había un monitor a su derecha. Se levantó con cuidado y se movió hasta ponerse delante para poder verlo.

Andén 2. Doce minutos.

Echó a andar hacia las escaleras.

Estaría en casa en una hora.

31

Jean dejó a George, se pasó al asiento del conductor y volvió al pueblo.

No había pasado cuatro días sola en toda su vida. El día anterior había estado deseándolo. Pero ahora que estaba pasando tenía miedo.

Se encontró calculando el número preciso de horas que pasaría sola entre el trabajo en Ottakar's y salir para el Saint John.

El domingo pasaría la noche con David. Pero de pronto la noche del domingo le pareció muy lejos.

Fue en ese momento cuando aparcó delante de la casa, alzó la vista y vio a David en persona en el sendero hablando con la señora Walker, la vecina de al lado.

¿Qué diantre estaba haciendo? La señora Walker se había dado cuenta cuando le empezaron a encargar zumo de naranja al lechero. Dios sabía qué estaría pensando ahora esa mujer.

Se bajó del coche.

—Ah, Jean. He tenido suerte, después de todo —David le sonrió—. No sabía si llegaba a tiempo de pescar a George. Me olvidé las gafas de leer la otra noche cuando vine a cenar.

¿Las gafas de leer? Dios santo, aquel hombre podía mentirle a toda Inglaterra. Jean no estuvo segura de si sentirse impresionada o aterrorizada. Miró a la señora Walker. Si algo parecía era entusiasmada.

—El señor Symmonds y yo estábamos charlando un poco —dijo—. Me ha contado que George hace un risotto muy bueno. Pensaba que me tomaba el pelo.

—Extraño pero cierto —repuso Jean—. George cocina, en efecto. Más o menos una vez cada cinco años —se volvió hacia David—. Va a ser una desilusión para él. Acabo de dejarlo en la ciudad. Va a visitar a su hermano. En Cornualles.

—Vaya, qué pena —dijo David.

Parecía tan relajado que Jean empezó a preguntarse si realmente se había dejado unas gafas de leer.

—Bueno, será mejor que entres, supongo.

David se volvió hacia la señora Walker.

—Encantado de conocerla.

—Lo mismo digo.

Entraron en la casa.

—Lo siento —dijo David—. He llegado un poco temprano.

—¿Temprano?

—Pensaba que habrías vuelto de la estación. Tropezarme con esa vecina entrometida no formaba parte del plan —se quitó la chaqueta y la colgó en una silla.

—¿El plan? David, ésta es nuestra casa. No puedes aparecer aquí cuando te apetezca.

—Escúchame —la agarró de la mano y la llevó hasta la mesa de la cocina—. Hay algo de lo que quiero hablarte —la sentó, sacó las gafas de leer del bolsillo y las dejó sobre la mesa—. Para blandirlas ante tu vecina cuando me vaya.

—Ya habías hecho esto antes.

—¿Esto? —David no sonrió—. Esto es algo que no había hecho nunca.

Jean se sintió de pronto muy incómoda. Se moría por preparar un té, por fregar los platos, por lo que fuera. Pero él le había agarrado la mano derecha y puesto su otra mano sobre ella, como si tuviese atrapado un animal minúsculo que no quisiera dejar escapar.

—Necesito decirte algo. Necesito decírtelo cara a cara. Y necesito decírtelo cuando dispongas de tiempo para pensar en ello —hizo una pausa—. Soy un hombre viejo...

—Tú no eres viejo.

—Por favor, Jean. Llevo ensayando esto varias semanas. Tan sólo déjame decírtelo de una tirada sin sentirme ridículo.

Ella nunca lo había visto tan nervioso.

—Lo siento.

—Cuando uno llega a mi edad ya no dispone de segundas oportunidades. Bueno, quizá sí tengas una segunda oportunidad. Quizá ésta es mi segunda oportunidad. Pero... —bajó la vista hacia las manos de los dos—. Te quiero. Quiero vivir contigo. Me haces muy feliz. Y sé que es egoísta, pero quiero más. Quiero irme a la cama contigo por las noches y quiero despertarme contigo por las mañanas. Por favor, déjame acabar. Esto es fácil para mí. Vivo solo. No tengo que tener en consideración a otras personas. Puedo hacer lo que quiera. Pero es distinto para ti. Ya lo sé. Respeto a George. George me gusta. Pero te he oído hablar de él y os he visto a los dos juntos y... Probablemente vas a decir que no. Y si lo haces lo entenderé. Pero si no te lo pedía iba a lamentarlo durante el resto de mi vida.

Jean estaba temblando.

—Por favor. Sólo quiero que lo pienses. Si dices que sí haré cuanto esté en mi mano por hacerlo lo menos doloroso y lo más fácil posible para ti... Pero si es imposible, fingiré que esta conversación nunca tuvo lugar. Lo último que quiero es asustarte y alejarte de mí —alzó la vista y volvió a mirarla a los ojos—. Dime que no acabo de estropearlo todo.

Ella puso su mano encima de la de él, de forma que las cuatro manos formaron un montoncito sobre la mesa.

—¿Sabes...?

—¿Qué? —David pareció verdaderamente preocupado.

—Esto es lo más dulce que me han dicho.

David exhaló.

—No tienes que darme una respuesta ahora.

—No voy a hacerlo.

—Tan sólo piénsalo.

—Voy a tener problemas para pensar en cualquier otra cosa —Jean rió un poco—. Estás sonriendo. No te he visto sonreír desde que has entrado por esa puerta.

—De alivio —él le oprimió la mano.

Jean apartó la silla, rodeó la mesa, se sentó en su regazo y lo besó.

32

Katie y Graham no hablaron sobre Ray. Ni siquiera hablaron sobre la boda. Hablaron sobre *Bridget Jones* y el camión cisterna con gasolina colgando de la autopista en las noticias de esa mañana en televisión y del cabello verdaderamente estrambótico de la mujer en el otro extremo de la cafetería.

Era justo lo que Katie necesitaba. Era como ponerse un jersey viejo. Lo bien que sentaba. El olor reconfortante.

Acababa de pedirle la cuenta a la camarera, sin embargo, cuando alzó la vista y vio a Ray entrar en la cafetería y dirigirse hacia ellos. Durante medio segundo se preguntó si habría habido alguna clase de urgencia. Entonces le vio la expresión en la cara y se quedó lívida.

Ray se detuvo junto a la mesa y bajó la vista hacia Graham.

—¿De qué va esto? —preguntó Katie.

Ray no dijo nada.

Graham dejó tranquilamente siete libras en monedas sobre el platillo de acero inoxidable y deslizó los brazos en las mangas de la chaqueta.

—Será mejor que me vaya —se levantó—. Gracias por la charla.

—Siento muchísimo esto —Katie se volvió hacia Ray—. Por el amor de Dios, Ray. Crece de una vez.

Durante un terrible instante pensó que Ray iba a pegarle a Graham. Pero no lo hizo. Tan sólo observó cómo Graham se dirigía despacio hacia la puerta.

—Bueno, eso ha sido adorable, Ray. Sencillamente adorable. ¿Cuántos años tienes?

Ray se la quedó mirando.

—¿Vas a decir algo o piensas quedarte ahí con esa cara de imbécil?

Ray se dio la vuelta y salió de la cafetería.

La camarera volvió para recoger el platillo de acero inoxidable y Ray apareció en la acera al otro lado de la ventana. Levantó una papelera por encima de la cabeza como un vagabundo desquiciado y luego la arrojó contra la acera.

33

Para cuando George llegó a casa se sentía bastante más tranquilo.

El coche estaba aparcado fuera. Por eso se sorprendió y sintió una pequeña decepción al encontrar la casa vacía. Por otra parte, estar en su recibidor era un consuelo. El bloc con forma de cerdito en la mesita del teléfono. El leve aroma a tostadas. Esa cosa de pino que Jean utilizaba para limpiar las alfombras. Dejó la mochila y se dirigió a la cocina.

Iba a llenar la tetera cuando advirtió que una de las sillas estaba volcada en el suelo. Se inclinó y la puso de nuevo en pie.

Se encontró pensando un momento en barcos fantasma, con todo precisamente como estaba antes del desastre: comidas a medio comer, entradas de diario sin acabar.

Entonces se detuvo. No era más que una silla. Llenó la tetera, la puso al fuego, apoyó las palmas de las manos sobre la encimera de formica, exhaló lentamente y dejó salir todas aquellas ideas de chiflado.

Y fue entonces cuando oyó el ruido, desde algún sitio encima de su cabeza, como si alguien estuviese moviendo muebles pesados. Al principio asumió que se trataba de Jean. Pero era un ruido que nunca había oído antes en casa, un golpeteo rítmico, casi mecánico.

Estuvo a punto de llamar a gritos. Entonces decidió no hacerlo. Quiso saber qué estaba pasando antes de anunciar su presencia. Quizá necesitara el elemento sorpresa.

Salió al pasillo y empezó a subir por las escaleras. Cuando llegó arriba se percató de que el ruido procedía de uno de los dormitorios.

Recorrió el rellano. La puerta de la antigua habitación de Katie estaba cerrada, pero la suya y de Jean estaba levemente entreabierta. Era de ahí de donde salía el ruido.

Al mirar abajo vio los cuatro grandes huevos de mármol en el frutero sobre la cómoda. Cogió el negro y lo acunó en la mano. No era gran cosa como arma pero era muy compacto y se sintió más seguro al sostenerlo. Lo lanzó un par de veces al aire para volver a dejarlo caer pesadamente en la palma de la mano.

Era muy probable que estuviera a punto de enfrentarse a un drogadicto hurgando en sus cajones. Debería haber tenido miedo, pero las actividades de la mañana parecían haber vaciado ese depósito en particular.

Se acercó a la puerta y la empujó con suavidad para abrirla.

Había dos personas haciendo el acto sexual en la cama.

Nunca había visto a dos personas hacer el acto sexual, no en la vida real. No le pareció atractivo. Su primer impulso fue alejarse de allí con rapidez para ahorrarse la vergüenza. Pero entonces se acordó de que era su habitación. Y su cama.

Estaba a punto de preguntarles en voz alta a aquellos dos a qué diantre se creían que jugaban cuando advirtió que eran dos viejos. Entonces la mujer hizo aquel ruido que había oído desde abajo. Y no era sólo una mujer. Era Jean.

El hombre la estaba violando.

Levantó el puño en que tenía el huevo de mármol y dio otro paso adelante, pero ella dijo «Sí, sí, sí», y George advirtió entonces que el hombre desnudo entre sus piernas era David Symmonds.

Sin previo aviso la casa se inclinó hacia un lado. Retrocedió y apoyó la mano contra el marco de la puerta para no caerse.

Pasó el tiempo. Precisamente cuánto tiempo no supo decirlo. Algo entre cinco segundos y dos minutos.

No se sentía muy bien.

Cerró la puerta hasta su posición original y se apoyó en la barandilla para recobrar el equilibrio. Volvió a dejar en silencio el huevo de mármol en el frutero y esperó a que la casa recuperara su ángulo normal, como un barco grande en una ola muy larga.

Cuando lo hubo hecho bajó por las escaleras, recogió la mochila, salió por la puerta principal y la cerró detrás de sí.

Había un sonido en su cabeza como el que habría oído de estar tumbado sobre una vía de ferrocarril con un tren expreso pasándole por encima.

Echó a andar. Andar era bueno. Andar te despejaba la cabeza.

Un coche familiar azul pasó de largo.

En esa ocasión fue la acera lo que se inclinó hacia un lado. George se detuvo, se agachó y vomitó a los pies de una farola.

Manteniendo la postura para no mancharse los pantalones, hurgó en el bolsillo en busca de un pañuelo de papel usado y se enjugó la boca. Le pareció mal, de algún modo, tirar el pañuelo en la calle, y estaba a punto de volver a guardárselo en el bolsillo cuando el peso de la mochila cambió inesperadamente de lado; tendió la mano para agarrarse a la farola, falló y cayó dentro de un seto.

Estaba comprándose un pastel de carne y una ensalada de frutas en Knutsford South Services en la M6 cuando lo despertó el ladrido de un perro y abrió los ojos para encontrarse mirando hacia un gran pedazo de cielo nublado bordeado por hojas y ramitas.

Contempló el cielo nublado durante un rato.

Olía muy fuerte a vómito.

Fue lentamente consciente de que estaba tumbado en un seto. Llevaba una mochila a la espalda. Ahora se acordaba. Había vomitado en la calle y su esposa tenía relaciones sexuales con otro hombre a cien o doscientos metros de allí.

Le llevó varios segundos recordar con precisión cómo impartía uno órdenes a sus miembros. Cuando lo hizo, se quitó una rama del pelo, deslizó los brazos para sacarlos de la mochila y se puso en pie con cuidado.

Una mujer estaba de pie al otro lado de la calle observándolo con leve interés, como si fuera un animal en un safari-park. George contó hasta cinco, inspiró profundamente y se cargó la mochila sobre los hombros.

Dio un paso vacilante.

Dio otro paso un poco menos vacilante.

Podía hacerlo.

Echó a andar hacia la carretera principal.

34

Katie iba a tener que disculparse el lunes.

Estaba de pie en medio de la clase de dos a tres años con Jacob colgado de la bufanda mientras Ellen intentaba contarle lo del Día de la Conciencia Mundial la semana siguiente. Pero en la cabeza de Katie había tantas estupideces relacionadas con Ray que no estaba asimilando nada. Y la imagen que no paraba de acudir a su mente era la de una película de zombis, con un tablón que le cortaba la cabeza a Ellen y hacía manar la sangre de su cuello cercenado.

Cuando llegaron al autobús trató de quitarse a Ray de la cabeza preguntándole a Jacob qué había hecho en la guardería. Pero estaba demasiado cansado para hablar. Se embutió un pulgar en la boca y le deslizó una mano dentro de la chaqueta para masajear el forro afelpado.

El conductor del autobús trataba de batir algún récord de velocidad terrestre. Estaba lloviendo y Katie olía el sudor de la mujer sentada a su derecha.

Deseó romper algo. O hacerle daño a alguien.

Rodeó a Jacob con un brazo y trató de absorber un poco de su calma.

Por Dios, podría haberse llevado a Graham al hotel más cercano y follárselo hasta matarlo, con toda la mierda que le estaba cayendo encima.

El autobús se paró. Violentamente.

Se bajaron. Cuando lo hicieron Katie le dijo al conductor que era un capullo. Por desgracia Jacob estaba recogiendo un trocito interesante de barro en ese momento, de manera que Katie tropezó con él, lo que disminuyó en cierto sentido el efecto.

Cuando abrieron la puerta de casa Ray ya estaba allí. Katie lo supo. Las luces del recibidor estaban apagadas pero había algo sombrío y crispado en el aire, como cuando entras en una cueva y sabes que el ogro está a la vuelta de la esquina royendo una tibia.

Entraron en la cocina. Ray estaba sentado a la mesa. Jacob dijo:

—Hemos ido en autobús. Mami ha dicho una palabra fea. Al conductor.

Ray no contestó.

Katie se inclinó y le habló a Jacob.

—Ve arriba a jugar un poco, ¿vale? Ray y yo tenemos que hablar.

—Quiero jugar aquí abajo.

—Puedes bajar a jugar aquí dentro de un ratito —dijo Katie—. ¿Por qué no sacas el camión de Playmobil, eh? —necesitaba que se mostrara cooperativo durante los próximos cinco segundos o iba a reventar una junta.

—No quiero —contestó Jacob—. Es aburrido.

—Lo digo en serio. Sube ahora mismo. Yo no tardaré en subir. Dame, deja que te quite el abrigo.

—Quiero el abrigo puesto. Quiero una bebida gigante.

—Por el amor de Dios, Jacob —gritó Katie—. Sube. Ahora mismo.

Por un instante pensó que Ray iba a hacer su famoso número viril y diplomático y convencer a Jacob de que subiera tranquilamente utilizando sus poderes mentales, y a ella iba a darle un ataque ante la maldita hipocresía de todo aquello.

Pero Jacob tan sólo pataleó y dijo:

—Te odio —y salió enfurruñado con la capucha del abrigo todavía puesta, como un gnomo muy enfadado.

Katie se volvió hacia Ray.

—Estábamos tomando una taza de café juntos. Es el padre de mi hijo. Yo quería charlar. Y si piensas que voy a casarme con alguien que me trate de la forma en que tú me has tratado hoy ya puedes ir pensando en otra cosa.

Ray se la quedó mirando sin decir una palabra. Entonces se levantó, se dirigió con expresión hosca al recibidor, cogió la chaqueta y salió de la casa dando un portazo.

Jesús.

Katie entró en la cocina, se acercó al fregadero y se agarró muy fuerte a él durante cinco minutos para no asustar a Jacob gritando o destrozando algo.

Echó un trago de leche de la nevera y subió por las escaleras. Jacob estaba sentado en un lado de su cama, aún llevaba el abrigo, con la capucha puesta, y tenía un aspecto tenso, como hacía después de las discusiones de sus padres, como si esperase el taxi para ir al orfanato.

Katie se sentó en la cama y lo atrajo hacia su regazo.

—Lamento haberme enfadado —lo sintió relajarse cuando la rodeó con sus bracitos—. Tú también te enfadas a veces, ¿no?

—Sí —repuso Jacob—. Me enfado contigo.

—Pero yo te sigo queriendo.

—Yo también te quiero, mami.

Se abrazaron durante unos segundos.

—¿Adónde ha ido papi Ray? —quiso saber Jacob.

—Ha salido. No le gustan mucho las peleas.

—A mí no me gustan las peleas.

—Ya lo sé —dijo Katie.

Le bajó la capucha, le quitó unas cuantas briznas de relleno del pelo y luego le dio un beso.

—Te quiero, ardilla. Te quiero más que a nada en el mundo entero.

Jacob se retorció hasta liberarse.

—Quiero jugar con mi camión.

35

George cogió un autobús hasta la ciudad y se registró en el hotel Cathedral.

Nunca le habían gustado los hoteles caros. Por las propinas, sobre todo. ¿A quién había que darle propina, en qué ocasiones, y de cuánto? La gente rica o lo sabía instintivamente o no le importaba un comino si ofendía a las clases bajas. La gente corriente como George no lo entendía bien y sin duda acababa con escupitajos en los huevos revueltos.

En esa ocasión, sin embargo, no sentía para nada esa insistente ansiedad. Estaba bajo los efectos del shock. Lo desagradable vendría después. Eso no lo dudaba. Pero, por el momento, era bastante reconfortante estar bajo los efectos del shock.

—Su tarjeta de crédito, señor.

George recogió la tarjeta y la metió en la cartera.

—Y la llave de su habitación —el recepcionista se volvió hacia un botones que esperaba—. John, ¿puede acompañar al señor Hall a su habitación?

—Creo que puedo encontrar el camino —dijo George.

—Tercer piso. Gire a la izquierda.

Una vez arriba, deshizo la mochila sobre la cama. Colgó las camisas, los jerséis y los pantalones en el armario y dejó la ropa interior doblada en el cajón de debajo. Sacó los objetos más pequeños y los dispuso con pulcritud sobre la mesa.

Orinó, se lavó las manos, se las secó con una toalla ridículamente esponjosa que volvió a colgar a lo ancho sobre el toallero caliente.

Estaba arreglándoselas muy bien dadas las circunstancias.

Sacó un vaso de plástico de su bolsita higiénica y lo llenó de whisky de una botellita del minibar. Sacó una bolsa de cacahuetes KP y consumió ambas cosas de pie ante la ventana contemplando la mezcolanza de tejados grises.

No podía ser más simple. Unos cuantos días en un hotel. Entonces alquilaría algo en algún sitio. Un piso en la ciudad, quizá, o una pequeña casa de pueblo.

Apuró el whisky y se metió seis cacahuetes más en la boca.

Después de eso su vida le pertenecería. Sería capaz de decidir qué hacer, a quién ver, cómo pasar el tiempo.

Mirándolo objetivamente, podía considerarse algo positivo.

Dobló la parte superior de la bolsa de cacahuetes a medio comer y la dejó sobre la mesa; luego lavó el vaso, lo secó utilizando uno de los pañuelos de papel cortesía del hotel y lo volvió a dejar junto al lavabo.

Las doce y cincuenta y dos.

Algo de almorzar y luego un paseo.

36

Cuando David se hubo marchado Jean bajó a la cocina en bata.

Todo resplandecía un poco. Las flores en el papel pintado. Las nubes que se apilaban en el cielo al fondo del jardín como nieve acumulada en una ventisca.

Preparó café y un sándwich de jamón y se tomó un par de paracetamoles para la rodilla.

Y el resplandor empezó a desvanecerse un poco.

Arriba, cuando David la abrazaba, parecía posible. Dejar todo aquello atrás. Empezar una nueva vida. Pero ahora que se había ido parecía absurdo. Una idea malévola. Algo que la gente hacía en la televisión.

Miró el reloj de pared. Miró las facturas en el estante de la tostadora y el plato del queso con el dibujo de hiedra.

De pronto vio su vida entera desplegada, como las fotografías de un álbum. Ella y George de pie en el exterior de la iglesia de Daventry, con el viento que agitaba las hojas de los árboles como confeti naranja, y con la celebración verdadera que empezó tan sólo cuando dejaron a sus familias atrás a la mañana siguiente y condujeron hasta Devon en el Austin verde botella de George.

Ingresada en el hospital durante un mes después de que Katie naciera. George que acudía a diario con pescado frito con patatas. Jamie en su triciclo rojo. La casa en Clarendon Lane. Hielo en las ventanas aquel primer invierno y pantalones de franela tan congelados que parecían de cartón. Todo parecía tan sólido, tan normal, tan bueno.

Una contemplaba la vida de otra de esa manera y nunca veía qué era lo que faltaba.

Lavó el plato del sándwich y lo dejó en el escurridor. La casa parecía de pronto más bien sosa. El óxido en torno a la base de los grifos. Las grietas en el jabón. El cactus tristón.

Quizá deseaba demasiado. Quizá todo el mundo deseaba demasiado últimamente. La secadora. Una figura de biquini. Los sentimientos que tenías a los veintiuno.

Se dirigió al piso de arriba y, al vestirse, sintió que volvía a ocupar su antiguo ser.

«Quiero irme a la cama contigo por las noches y quiero despertarme contigo por las mañanas.»

David no lo comprendía. Podías decir que no. Pero no podías tener esa clase de conversación y fingir que nunca había tenido lugar.

Echaba de menos a George.

37

George leyó el libro de Peter Ackroyd durante un largo almuerzo en una pizzería atestada y no muy buena en Westgate.

Siempre había pensado que los comensales solitarios resultaban tristes. Pero ahora que él era el comensal solitario se sentía más bien superior. A causa del libro, sobre todo. Estaba aprendiendo algo mientras todos los demás perdían el tiempo. Era como trabajar por la noche.

Después de comer dio una vuelta. El centro de la ciudad no era el mejor sitio para pasear y parecía un poco absurdo coger un taxi para que lo dejara en medio de ninguna parte, así que echó a andar por Eastfield hacia la carretera de circunvalación.

Tendría que recoger el coche en algún momento. Por la noche, quizá, para minimizar el riesgo de toparse con Jean. Pero ¿era suyo el coche? Lo último que deseaba era una pelea indecorosa. O aún peor, que lo acusaran de robo. Quizá, en definitiva, sería mejor comprar un coche nuevo.

Estaba caminando en la dirección equivocada. Debería haberse dirigido al oeste. Pero dirigirse al oeste lo habría llevado hacia Jean. Y no quería que lo llevaran hacia Jean, por pintoresco que fuera el paisaje cerca de ella.

Cruzó la carretera de circunvalación, bordeó los polígonos industriales y se encontró caminando, por fin, entre campos verdes.

Por un tiempo se sintió tonificado por el aire frío y el cielo abierto y le pareció que estaba obteniendo todos los beneficios de una buena caminata a lo largo del Helford, pero sin la compañía de Brian y seis horas de tren.

Entonces apareció ante su vista una vieja fábrica, del lado izquierdo. Chimeneas oxidadas. Tuberías y juntas. Tolvas manchadas. No era precisamente algo hermoso. Y tampoco lo era la nevera rota que habían tirado en el área de descanso más adelante.

El tono grisáceo del cielo y la implacable monotonía de los campos circundantes empezaron a afectarle.

Deseó estar trabajando en el estudio.

Se percató de que ya no podría volver a trabajar en el estudio.

Tendría que embarcarse en algún otro proyecto. Un proyecto más pequeño. Un proyecto más barato. El vuelo sin motor le pasó por la cabeza sin que lo pretendiera y tuvo que descartarlo con rapidez.

Ajedrez. Footing. Natación. Obras de caridad.

Aún podía dibujar, por supuesto. Y dibujar podía hacerse en cualquier sitio con muy poco gasto.

Se le ocurrió entonces que quizá Jean quisiera irse de casa. Para vivir en otro sitio. Con David. En cuyo caso aún sería capaz de trabajar en el estudio.

Y ése fue el alegre pensamiento que le permitió dar la vuelta y echar a andar con energía de vuelta a la ciudad.

Para cuando llegó al centro ya oscurecía. Pero no le pareció lo bastante tarde para volver al hotel y cenar en el restaurante. Por suerte, pasaba por delante de un cine y se dio cuenta de que no había visto una película en la pantalla grande desde hacía un buen puñado de años.

Training Day parecía alguna clase de sórdido thriller policíaco. *Spy Kids* era claramente para espectadores jóvenes y se acordó de que *Una mente maravillosa* era sobre alguien que se volvía loco y que por tanto más valía evitarla.

Sacó una entrada para *El señor de los anillos: la comunidad del anillo*. Las críticas habían sido favorables y recordaba haber disfrutado con el libro en algún momento del pasado borroso y distante. Le taladraron la entrada y buscó un asiento en el centro de la sala.

Una adolescente sentada con un grupo de más adolescentes en la fila de delante se volvió para ver quién se había sentado detrás. George miró alrededor y se percató de que era un hombre solitario y más bien anciano sentado en un cine lleno de jóvenes. No era exactamente lo mismo que acechar en un parque infantil, pero le hizo sentir incómodo.

Se levantó, volvió a salir al pasillo y encontró un asiento en el centro de la primera fila, donde la película se vería más grande y nadie podría acusarlo de nada indecoroso.

La película era bastante buena.

Unos cuarenta minutos después de que empezara, sin embargo, la cámara mostró un primer plano de Christopher Lee, que interpretaba al malvado Saruman, y George advirtió una pequeña zona oscura en su mejilla. Podría no haberle dado importancia, pero recordó haber leído un artículo en la prensa sobre que Christopher Lee había muerto recientemente. ¿De qué había muerto? George no se acordaba. No era probable que hubiese sido de cáncer de piel. Pero podría haberlo sido. Y si era cáncer de piel, estaba viendo morirse a Christopher Lee delante de sus narices.

O quizá era en Anthony Quinn en quien estaba pensando.

Se estrujó el cerebro tratando de recordar las necrológicas que había leído en los últimos meses. Auberon Waugh, Donald Bradman, Dame Ninette de Valois, Robert Ludlum, Harry Secombe, Perry Como... Los vio a todos en una hilera como los guerreros adláteres de la película, la prescindible infantería en alguna vasta guerra entre fuerzas elementales absolutamente fuera de su control, con cada uno de ellos empujado de forma imparable hacia el borde de un imponente barranco en un cruel juego cósmico del tejo, para precipitarse hilera tras hilera desde el borde y caer gritando al abismo.

Cuando volvió a mirar la pantalla se encontró viendo primer plano tras primer plano de rostros terriblemente ampliados, cada uno de ellos con algún bulto o zona de pigmentación anormal, cada uno de ellos un melanoma en ciernes.

No se sentía bien.

Entonces reaparecieron los orcos y ahora los vio tal como eran: criaturas infrahumanas de cabezas despellejadas de forma que no tenían ya labios o ventanillas de la nariz, rostros compuestos por entero de carne viva y cruda. Y ya fuera porque su aspecto parecía la consecuencia de alguna enfermedad maligna de la piel, o porque no tenían piel y eran inmunes por tanto al cáncer de piel, o porque eso los volvía propensos a él de una forma nada natural y, como niños albinos en el Sahara, se estaban muriendo de cáncer desde el instante en que venían al mundo; no supo por qué, pero fue más de lo que pudo soportar.

Sin importarle ya lo que pensaran de él otros miembros del público, se levantó y trazó una senda en zigzag de vuelta por el empinado pasillo hasta la puerta, irrumpió en el vestíbulo sorprendentemente brillante y desierto, pasó tambaleándose a través de las grandes puertas de vaivén y se encontró en la relativa oscuridad de la calle.

38

Jean se estaba instalando con una copa de vino a ver las noticias de la noche cuando Brian llamó para decir que George no había llegado. Llegaron a la conclusión de que probablemente estaría sentado en una vía muerta cerca de Exeter maldiciendo a la compañía de trenes Virgin. Jean colgó el teléfono y olvidó la conversación.

Sacó una hamburguesa de pavo del fondo del congelador, enchufó la vaporera y empezó a pelar zanahorias.

Cenó viendo una tontería romántica en que salía Tom Hanks. Estaban pasando los rótulos de crédito cuando Brian volvió a llamar para decir que George seguía sin llegar. Dijo que la llamaría otra vez al cabo de una hora si no había sabido nada.

La casa pareció de pronto muy vacía.

Abrió otra botella de vino y se tomó una copa demasiado rápido.

Estaba siendo una tonta. Los accidentes no le ocurrían a la gente como George. Y si lo hacían (como cuando se le metió aquel trozo de cristal en el ojo en Norwich) llamaba a casa de inmediato. Si acababa en un hospital llevaría un pedazo de papel en el bolsillo de la chaqueta con el número de Brian y las indicaciones para llegar a la cabaña y muy posiblemente un mapa trazado a mano.

¿Por qué pensaba siquiera en esas cosas? Demasiados años preocupándose de hijos adolescentes que acudían a fiestas y tomaban drogas. Demasiados años recordando cumpleaños y desenchufando tenacillas para rizar el pelo dejadas sobre la moqueta del dormitorio.

Se sirvió otra copa de vino y trató de ver de nuevo la televisión, pero no consiguió permanecer sentada. Lavó los platos. Luego vació la nevera. Quitó la porquería del pequeño desagüe del fondo, lavó los estantes con agua caliente y jabón, limpió los laterales y los secó con un trapo.

Cerró la bolsa de basura y la sacó al jardín. De pie junto al cubo oyó el traqueteo de un helicóptero de la policía. Alzó la mirada y vio la silueta negra en lo alto de un largo cono de luz en el cielo naranja sucio sobre el centro de la ciudad. Y no pudo reprimir la estúpida idea de que andaban buscando a George.

Entró en la casa y cerró la puerta con llave y se dio cuenta de que si no sabía nada más durante la hora siguiente iba a tener que llamar a la policía.

39

Jamie pasó los días siguientes tambaleándose como un zombi y John D. Wood le quitó una mansión en Dartmouth Park por andar soñando despierto con Tony y compadeciéndose en lugar de hacerles la pelota a los ancianos propietarios.

El tercer día se convirtió en el hazmerreír de la oficina al hacer un perezoso cortar y pegar y anunciar un estudio en un tercer piso con una piscina en un enclave excelente.

En ese momento decidió salir adelante sin ayuda de nadie. Encontró un CD de The Clash en la guantera del coche, lo puso bien alto e hizo una lista mental de todas las cosas de Tony que lo ponían de los nervios (fumar en la cama, carencia de dotes culinarias, tirarse pedos sin vergüenza, los golpecitos con la cuchara, la capacidad de hablar durante media hora sobre las complejidades de instalar una ventana Velux...).

De vuelta en casa, partió ritualmente en dos el CD y lo tiró a la basura.

Si Tony quería volver que diera él el primer paso. Jamie no iba a arrastrarse. Iba a estar soltero. E iba a disfrutarlo.

40

La atmósfera en el centro de la ciudad se estaba volviendo palpablemente más bulliciosa a medida que la gente joven empezaba a reunirse para una noche de beber a lo bestia. De manera que George bajó por Bridge Street en dirección al río en busca de paz y tranquilidad y de una explicación para el helicóptero suspendido en el aire.

Cuando llegó al muelle se percató de que fuera lo que fuese lo que pasaba era más grave y más interesante de lo que había imaginado. En la calle había aparcada una ambulancia y un coche de policía se detuvo detrás, con la luz azul girando en el aire frío.

Normalmente se habría alejado de allí, para que no pensaran que era morboso. Pero nada era normal ese día.

El helicóptero estaba tan bajo que sentía el ruido como una vibración en la cabeza y los hombros. Se situó ante la pequeña alambrada junto al restaurante chino, calentándose las manos en los bolsillos del pantalón. Un reflector se movía en zigzag desde la base del helicóptero sobre la superficie del agua.

Alguien se había caído al río.

Una ráfaga de viento le trajo un breve restallido de walkie-talkie y luego volvió a llevárselo.

A su modo un poco macabro, era maravilloso. Como una película. La vida rara vez era así. El pequeño óvalo amarillo de la ventanilla de la ambulancia, las nubes que se deslizaban, el agua picada bajo las bocanadas arrojadas por el helicóptero, todo más brillante y más intenso de lo habitual.

Río abajo, dos enfermeros con chaquetas amarillas fosforescentes recorrían metódicamente el camino de sirga, enfocando el agua con las linternas y asestando golpes a los objetos sumergidos con una pértiga. En busca de un cuerpo, presumiblemente.

Una sirena aulló y fue apagada de inmediato. Se oyó cerrarse la puerta de un coche.

George observó el agua ante él.

En realidad nunca había visto el río desde tan cerca. Por la noche al menos. Ni cuando estaba tan crecido. Siempre había asumido que no tendría ningún problema si se caía al agua, la que fuera. Era un nadador decente. Cuarenta largos cada mañana siempre que se alojaban en un hotel con piscina. Y cuando el *Fireball* de John Zinewski había volcado había tenido miedo, brevemente, pero nunca se le había ocurrido que pudiera ahogarse.

Eso de ahora era distinto. Ni siquiera parecía agua. Se movía tan rápido, enroscándose y arremolinándose y rodando sobre sí como un animal enorme. En el lado de la corriente del puente se amontonaba contra los montantes como lava que salvara una roca. Debajo de los montantes desaparecía en un agujero negro.

Advirtió de pronto lo pesada que podía ser el agua cuando se movía en masa, como alquitrán o melaza. Te arrastraría o te aplastaría contra un muro de hormigón y no podrías hacer nada por buen nadador que fueras.

Alguien se había caído al río. Comprendió de pronto qué significaba eso.

Imaginó la primera impresión del frío violento, y luego los desesperados aspavientos en busca de un asidero en la ribera, las piedras resbaladizas de musgo, las uñas rompiéndose, la ropa empapada cada vez más pesada.

Pero quizá era eso lo que había querido. Quizá se había arrojado al río. Quizá no había tratado de trepar y la única lucha era la lucha por dejarse ir, por silenciar el ansia de luz y de vida.

Se lo imaginó tratando de bucear hacia las profundidades en la oscuridad. Recordó el pasaje sobre ahogarse en

Cómo morimos. Lo vio tratando de respirar agua, con la tráquea cerrándose en espasmos para proteger el suave tejido de
los pulmones. Con la tráquea cerrada habría sido incapaz
de respirar. Y cuanto más tiempo pasara sin respirar más débil estaría. Empezaría a tragar agua y aire. El agua y el aire se
revolverían hasta formar espuma y todo el truculento proceso adquiriría un impulso imparable. La espuma le haría dar
arcadas (los detalles habían quedado grabados con viveza en
su memoria). Vomitaría. El vómito le llenaría la boca y en ese
jadeo terminal en que la falta de oxígeno en el flujo sanguí-
neo relajaría por fin el espasmo en la tráquea, no le quedaría
otra opción que tragárselo todo, agua, aire, espuma, vómito:
el lote completo.

Llevaba en la ribera cinco minutos. Había visto el helicóptero hacía diez minutos. Dios sabía cuánto tiempo se
habría tardado en dar la alarma, o en que llegara el helicóptero. Quienquiera que fuese era casi seguro que estaba muerto para entonces.

Experimentó un poco del mismo horror que sintiera
en el tren, pero en esta ocasión no lo abrumó. De hecho, se
vio equilibrado por una especie de consuelo. Podía imaginarse haciendo eso. El drama que suponía. De la forma en
que podías imaginarte muriendo pacíficamente con sólo que
sonara la pieza de música adecuada. Como ese adagio de Bar-
ber que siempre parecían emitir por Clásica FM cuando iba
en el coche.

Parecía tan violento, lo del suicidio. Pero ahí, ahora,
visto de cerca, parecía distinto, más bien un caso de ejercer la
violencia contra un cuerpo que te mantenía atado a una vida
imposible de vivir. Corta amarras y sé libre.

Volvió a mirar abajo. Quince centímetros más allá de
los dedos de sus pies el agua subía y bajaba, ahora azul, ahora negra a la luz giratoria del coche de policía.

41

Jean llamó a Jamie y no contestó nadie. Llamó a Katie, pero Katie estaba claramente ocupada y no quiso decirle que estaba paranoica, de manera que colgó antes de que se pelearan.

Llamó al hospital. Llamó a la compañía Virgin. Llamó a Trenes de Wessex y a la GNER. Llamó a la policía y le dijeron que volviese a llamar por la mañana si George seguía desaparecido.

Ella misma se había buscado eso. Al pensar en abandonarlo.

Intentó dormir, pero cada vez que estaba a punto de hacerlo imaginaba que llamaban a la puerta y a un policía joven de pie en el umbral con expresión seria, y se sentía mareada y aterrorizada, como si alguien estuviera a punto de cercenarle un miembro a machetazos.

Finalmente consiguió dormirse a las cinco de la mañana.

42

George no estaba de humor para sentarse en un restaurante. De manera que entró en un quiosco y se compró un sándwich mustio, una naranja y un plátano un poco ennegrecido.

Volvió a su habitación de hotel, se preparó un café instantáneo y se tomó el tentempié. Una vez hecho esto, se dio cuenta de que no le quedaba nada que hacer y que sólo era cuestión de tiempo que su mente soltara el ancla y empezara a navegar a la deriva.

Abrió el minibar y estaba a punto de sacar una lata de Carlsberg cuando se detuvo. Si despertaba de madrugada y tenía que mantener a raya a las fuerzas de la oscuridad iba a necesitar estar despabilado. Cambió la Carlsberg por una barrita Mars y encontró el canal Eurosport en la televisión.

Aparecieron cinco jóvenes de pie sobre un afloramiento montañoso ataviados con cascos y mochilas de los obligatorios colores estridentes Day-Glo que llevaban ahora los jóvenes al aire libre.

George estaba averiguando cómo subir el volumen con el mando a distancia cuando uno de los jóvenes se volvió de forma inesperada, echó a correr hacia el precipicio que tenía detrás y se lanzó al vacío.

George se abalanzó hacia el televisor en un intento de agarrar al joven.

El plano cambió y George vio al tipo caer ante una inmensa pared rocosa. Uno, dos, tres segundos. Entonces se le abrió el paracaídas.

A George aún le latía con fuerza el corazón. Cambió de canal.

En el canal 45 un científico recibió una descarga eléctrica, se le puso el pelo de punta y su esqueleto fue brevemente visible. En el 46 un grupo de mujeres de pechos neumáticos y en biquini giraba al son de una música pop. En el 47 la cámara mostraba una panorámica de las repercusiones de un atentado terrorista en un país de habla incomprensible. En el 48 había un anuncio de joyas baratas. En el 49 daban un programa sobre elefantes. En el 50 había algo en blanco y negro y salían alienígenas.

Si hubiese habido sólo cuatro canales quizá se habría sentido obligado a ver uno de ellos, pero que hubiese tantísimos resultaba adictivo y fue de principio a fin varias veces, deteniéndose unos segundos en cada imagen hasta que sintió un poco de náuseas.

Abrió el Ackroyd, pero leer le pareció una tarea pesada en ese punto de la noche, de manera que se dirigió a la puerta de al lado y empezó a llenar la bañera.

Se estaba desvistiendo cuando se acordó de que había partes de su cuerpo que no deseaba ver. Apagó las luces del baño y se quedó en camiseta y calzoncillos, con la intención de quitárselos justo antes de meterse en la bañera.

Pero cuando estaba sentado en el borde de la cama quitándose los calcetines se vio, en el bíceps izquierdo, una constelación de minúsculos puntos rojos. Seis o siete, quizá. Se los frotó, pensando que podía tratarse de alguna clase de manchas, o de pelusa de la ropa, pero no eran ninguna de las dos cosas. Tampoco eran pequeñas costras. Y frotarlas no hizo que se fueran.

Cuando el suelo se abrió sobre un pozo enorme de esa forma que ya le resultaba familiar, se consoló brevemente con la idea de que pasaría un rato sin pensar en Jean y David.

El cáncer se estaba extendiendo. O era eso o que una nueva variedad de cáncer había arraigado ahora que el primero había debilitado su sistema inmunológico.

No tenía ni idea de cuánto tiempo llevaban ahí las manchas. No recordaba haberse examinado antes los bíceps con detalle. Había una voz en su cabeza que le decía que probablemente llevaban años ahí. Había otra voz en su cabeza que le decía que significaba que eran síntomas de un proceso que había hecho ya su mortífero trabajo bajo la superficie.

La postura lo estaba volviendo incómodamente consciente del sándwich, la naranja, el plátano y, en particular, de la barrita Mars. No quería volver a vomitar, y encima en un hotel. Así pues, manteniendo los ojos cerrados, se obligó a ponerse en pie y anduvo de aquí para allá entre la ventana y la puerta, con la esperanza de repetir el efecto calmante del paseo de la tarde. Para cuando hubo hecho esto doscientas veces, el ritmo estaba consiguiendo en cierta medida aliviar el pánico.

Ése, sin embargo, fue el momento en que oyó derramarse agua sobre un suelo alicatado. Le llevó varios segundos resolver qué podía estar provocando el sonido del agua al derramarse sobre un suelo alicatado. Cuando lo hizo abrió los ojos y echó a correr hacia el baño, para tropezar contra la esquina de la cama y golpearse la cabeza contra el marco de la puerta.

Consiguió ponerse en pie y trastabillar a través de la penumbra del baño, más despacio ahora para evitar resbalar de nuevo en el suelo inundado. Cerró los grifos, tiró todas las toallas disponibles al suelo, quitó con suavidad el tapón y se sentó entonces en la taza del váter para recuperar el aliento.

El dolor en la cabeza era considerable, pero le produjo cierto alivio al tratarse de un dolor más cotidiano que aumentaba y palpitaba de forma previsible.

Se llevó una mano a la frente. Estaba caliente y húmeda. En realidad no quería abrir los ojos para averiguar si era por culpa de la sangre o del agua del baño.

Cerró la puerta tras él con el pie de forma que la oscuridad se volvió más intensa.

Unas luces confusas de color rosa pendían detrás de sus párpados como una lejana aldea de duendes.

No necesitaba eso. Hoy no, precisamente hoy.

Cuando hubo recuperado el aliento se puso lentamente en pie y fue hasta el dormitorio, manteniendo los ojos cerrados con fuerza. Apagó las luces y volvió a ponerse la ropa. Abriendo los ojos, sacó una selección de latas, botellas y aperitivos del minibar y volvió a la silla ante el televisor. Abrió una lata de Carlsberg, encontró el canal de vídeos musicales y aguardó a que salieran más rubias de pechos neumáticos dando vueltas con la esperanza de que estimularan una fantasía sexual que lo atrapara lo suficiente para hacerle olvidar dónde estaba, y quién era, y qué le había pasado durante las últimas doce horas.

Se comió una Snickers.

Se sentía como un niño pequeño tras un día muy, muy largo. Deseaba que alguien más grande y más fuerte lo llevara hasta una cama calentita en que pudiera sumirse en un sueño profundo y verse transportado rápidamente a una nueva mañana en que todo volvería a ser bueno y pulcro y simple.

La mujer que cantaba en la televisión parecía tener doce años. No tenía pechos dignos de mención y llevaba unos tejanos y una camiseta rota. Observarla le habría resultado un poco desagradable de no haber estado tan terriblemente enfadada, saltando hacia la cámara cada pocos compases para gritar en la lente. A George le recordó a una Katie más joven en uno de sus más imprevisibles ataques de mal genio.

La música era estentórea y simplona, pero al empezar a hacer efecto la bebida comprendió que los jóvenes, posiblemente borrachos a su vez, o bajo la influencia de drogas que alteraban la mente, pudieran encontrarla entretenida. El ritmo machacón, la sencilla melodía. Era como observar una tormenta eléctrica a salvo en la salita de estar de uno. La idea de que estaba pasando algo incluso más violento fuera de la cabeza de uno.

La joven fue seguida de dos hombres negros canturreando sobre un insistente ritmo disco. Llevaban pantalones sueltos y caídos y gorras de béisbol y utilizaban alguna clase de argot de gueto impenetrable. A primera vista parecían mucho menos enfadados que la joven del vídeo anterior, pero transmitían la muy definida impresión de que, a diferencia de la joven enfadada, no se pensarían dos veces entrar a robarte en casa.

Contaban con un coro de tres mujeres que desde luego llevaban muy poca ropa.

Abrió una botellita de vodka.

Para cuando llegó medianoche se había sumido en un sopor etílico y se estaba preguntando por qué no lo habría hecho antes. Se sentía muy relajado y no paraba de olvidar dónde estaba. Lo cual le gustaba.

Fue hasta el baño, orinó, volvió tambaleándose al dormitorio y se derrumbó sobre el edredón. Sentía el cerebro más vacío que en cualquier momento de los últimos meses. Se le ocurrió la idea de que podía convertirse en un alcohólico. Y en ese preciso momento no le pareció una solución poco razonable para sus problemas.

Entonces se sumió en la inconsciencia.

En medio de la noche se encontró realizando un descenso final hacia un aeropuerto. Heathrow, posiblemente. O Charles de Gaulle. Estaba en un avión que resultaba ser también un helicóptero y la mujer sentada a su lado llevaba un perro faldero, algo que no pasaba en los aviones reales.

Se sentía extrañamente sereno. De hecho el avión, o el helicóptero, le daba la sensación de que fueran los brazos de esa persona más grande y más fuerte que antes imaginara llevándolo a su cama.

Miró por la ventanilla hacia la oscuridad. La vista era tan hermosa que te dejaba sin aliento, con el tráfico allá abajo latiendo como lava en las grietas de una gigantesca piedra negra.

Se oía música, ya fuera en su cabeza o en los auriculares gratuitos de a bordo, algo exuberante y orquestal e infinitamente calmante. Y el estampado de cuadros de la funda tejida del asiento de delante se movía levemente, pequeñas ondas que rebotaban contra un malecón y se cruzaban entre sí formando una reluciente rejilla de húmeda luz de sol.

Entonces el avión, o el helicóptero, chocó contra algo.

Hubo un estrépito tremendo y todo se movió varios metros hacia un lado. Siguió un segundo de atónito silencio. Luego el avión viró bruscamente hacia abajo y a la derecha y la gente empezó a chillar y el aire se llenó de pronto de comida y equipajes de mano y el perrito despegó, como un globo, hasta llegar al final de su correa.

George trató desesperadamente de desabrocharse el cinturón de seguridad pero tenía los dedos entumecidos y torpes, como si llevase manoplas, y se negaban a obedecer sus órdenes, y se encontró mirando a través de la ventanilla de plexiglás cómo ardía la gasolina del avión y un humo denso y negro que brotaba de la parte inferior del ala derecha.

De pronto el techo del avión se abrió de delante atrás como la tapa de una lata de sardinas y un viento monstruoso empezó a llevarse a niños pequeños y personal de cabina dando volteretas hacia la oscuridad.

Un carrito de bebidas apareció bailando pasillo abajo y le arrancó la cabeza a un hombre sentado a la izquierda de George.

De repente ya no estaba en el avión. Estaba bajando en trineo por Lunn Hill con Brian. Estaba ayudando a Jean a sacar el tacón del zapato de una rejilla en Florencia. Estaba de pie en la clase de la señora Amery tratando de deletrear *paralela* una y otra vez con todo el mundo riéndose de él.

De repente estaba de vuelta en el avión y simultáneamente de pie en su propio jardín de atrás en plena noche, alzando la vista hacia el dormitorio y preguntándose qué provocaría esos extraños resoplidos que le llegaban del interior, cuando el exterior de la casa se vio iluminado por una intensa luz naranja, y se volvió y lo vio venir, como un maremoto de restos siniestrados pero aerotransportado, iluminado por el meteoro de gasolina en su centro.

La tierra se estremeció. El escaparate de una tienda se vio salpicado por litros y litros de plástico negro y caliente. Un asiento reclinable recorrió dando brincos una calle residencial con una cola de pavo real de chispas blancas. Una mano humana cayó en el tiovivo de un parque infantil.

El morro se estrelló contra un aparcamiento de varios pisos y George despertó para encontrarse con la ropa empapada sobre una cama grande en una habitación que no reconoció, con el sabor a vómito en la boca, un dolor que era como una púa metálica clavada en el costado de la cabeza y la certeza de que el sueño no había terminado, de que aún estaba ahí fuera, cayendo a través de la noche, desesperado por que llegara ese impacto final que apagaría las luces para siempre.

43

Jean se despertó a las nueve al oír sonar el teléfono. Bajó de un salto de la cama, corrió hasta el pasillo y lo descolgó.

—Jean. Soy yo —era David.

—Lo siento, pensaba que eras...

—¿Te encuentras bien? —preguntó David.

Así pues, le contó lo de George.

—Yo no me preocuparía —dijo David—. Ese hombre ha llevado un negocio. Si necesita ayuda sabrá cómo conseguirla. Si no se ha puesto en contacto contigo es porque no quiere preocuparte. Tiene que haber alguna explicación perfectamente racional.

Jean se dio cuenta de que tendría que haber llamado a David la noche anterior.

—Además —continuó él—, estás sola en la casa. Y cuando Mina y yo nos separamos no dormí bien en un mes. Mira, ¿por qué no te quedas aquí el domingo por la noche? Deja que cuide de ti.

—Gracias. Eso me gustaría mucho.

—No hace falta que me des las gracias —repuso David—. Por nada.

44

Cuando Jamie llegó a casa del trabajo al día siguiente, su soltería le pareció por fin una oportunidad más que un desafío. Puso algo de U2, subió el volumen, se preparó una taza de té para calmarse y se planchó los pantalones.

Una vez listos los pantalones, entró en el cuarto de baño y se duchó, deteniéndose después de haberse lavado el pelo a hacerse una rápida paja, imaginándose a un tío canadiense alto, de bíceps llenos de venitas y con vello rubio rematado por una V en la parte baja de la espalda, que entró como si tal cosa en el baño del refugio de esquí, dejó caer la esponjosa toalla blanca, entró en la cabina de ducha, se agachó, se metió la polla de Jamie en la boca y le deslizó un dedo en el culo.

Cuando se estaba quedando dormido al cabo de una hora más o menos, después de haber leído un artículo sobre la epilepsia en el *Observer,* se sintió como si estuviera embarcándose en una nueva vida.

45

Katie no sabía muy bien qué sentía.

Ray no había vuelto. Estaba recorriendo las calles, o durmiendo en el sofá de alguien. Iba a aparecer por la mañana con un ramo de flores o una caja de bombones de mierda de alguna estación de servicio y ella iba a tener que rendirse por lo torturado que se le vería. Y no conseguía encontrar palabras para expresar cuánto iba a mosquearla eso.

Por otra parte, ella y Jacob tenían la casa para los dos.

Vieron *Ivor el tren* y leyeron *La bruja Winnie* y encontraron la historieta que había hecho Jamie en una esquina del cuaderno de dibujo de Jacob, de un perro que meneaba la cola y hacía caca y la caca se levantaba y se convertía en un hombrecito que salía corriendo. Jacob insistió en que hicieran una ellos y Katie se las apañó para dibujar una breve historieta de un perro no muy bien trazado bajo un viento muy fuerte, de la que Jacob coloreó tres viñetas.

A la hora del baño mantuvo los ojos cerrados durante seis segundos enteros mientras ella le enjuagaba el champú, y tuvieron una discusión sobre la altura de un rascacielos y sobre el hecho de que aún cupiese en el mundo aunque fuese diez veces más alto porque el mundo era verdaderamente enorme y no era sólo la Tierra, sino la Luna y el Sol y los planetas y todo el espacio.

Tomaron pasta rellena y pesto a la hora del té y Jacob preguntó:

—¿Aún vamos a ir a Barcelona?

Y Katie respondió:

—Por supuesto —y fue sólo después, cuando Jacob ya se había acostado, cuando empezó a preguntárselo. ¿Era cierto lo que le había dicho a Ray? ¿Se negaría a casarse con alguien que la tratara de esa manera?

Ella perdería la casa. Jacob perdería a otro padre. Tendrían que mudarse a algún pisito cutre. Pan blanco con alubias. Faltar al trabajo cada vez que Jacob estuviese enfermo. Pelearse con Aidan por conservar un empleo que detestaba. Sin coche. Sin vacaciones.

Pero ¿y si seguía adelante? ¿Se pelearían como sus padres y se distanciarían? ¿Acabaría por tener una aventura poco entusiasta con el primer tío que se lo propusiera?

Y no era tanto la idea de vivir así lo que la deprimía. Unos cuantos años de madre soltera en Londres y una podía soportar prácticamente cualquier cosa. Era el compromiso lo que dolía, la perspectiva de tirar por la borda todos los principios que una vez tuviera. Que todavía tenía. La idea de escuchar los pequeños y petulantes sermones de su madre sobre mujeres jóvenes que lo querían todo y ya no ser capaz de responderle.

Iba a tener que ser una caja pero que bien grande de bombones.

46

La resaca le quitó los demás problemas de la cabeza a George casi con la misma eficacia con que lo había hecho el alcohol.

Había bebido en ocasiones hasta el exceso cuando tenía poco más de veinte años, pero no recordaba nada como eso. Parecía haber granos de genuina arena entre sus globos oculares y la cuenca circundante. Se tomó dos Nurofen, vomitó y se dio cuenta de que tendría que esperar a que el dolor remitiera por su cuenta.

Habría preferido no ducharse, pero se había orinado encima mientras dormía. También se había hecho un corte en la cabeza con el marco de la puerta y su cara en el espejo no le pareció muy distinta a la del vagabundo del día anterior en el andén.

Corrió las cortinas, giró el mando hacia el agua caliente, cerró los ojos, se quitó la ropa, maniobró para meterse bajo el chorro de agua, se masajeó con cuidado el cuero cabelludo con champú y luego giró despacio como un kebab para enjuagarse.

Sólo cuando hubo salido de la ducha se acordó del empapado estado de las toallas. Salió andando a tientas al dormitorio, sacó la suya de la mochila, se secó con suavidad e introdujo entonces cuidadosamente el cuerpo en un juego de prendas limpias.

Una parte de él deseaba sentarse en el borde de la cama durante un par de horas sin moverse. Pero necesitaba aire fresco, y necesitaba alejarse de todo aquel desastre.

Metió las toallas mojadas en la bañera y se enjuagó la boca con un poquito de pasta de dientes y agua fría.

Guardó las cosas en la mochila y entonces descubrió que no le era posible inclinarse y se vio obligado a tenderse sobre la moqueta para atarse los cordones.

Consideró rehacer la cama, pero ocultar las manchas le pareció peor que dejarlas visibles. Lo que sí hizo, sin embargo, fue enjugar la sangre en la pared al salir del baño con un montón de papel higiénico humedecido.

Jamás podría volver a ese hotel.

Se puso la chaqueta, comprobó que no hubiese perdido la cartera y se sentó entonces unos minutos a hacer acopio de fuerzas antes de echarse la mochila a la espalda. Pareció contener verdaderos ladrillos y a medio camino del ascensor tuvo que apoyarse contra la pared del pasillo y esperar a que la sangre le volviera a la cabeza.

En el vestíbulo, el hombre al otro lado del mostrador lo saludó con un alegre «Buenos días, señor Hall». Siguió caminando. Tenían los detalles de su tarjeta de crédito. No quería decirles qué había hecho en la habitación, o evitar decirles qué había hecho en la habitación. No quería plantarse ante el mostrador balanceándose un poco con una misteriosa herida en la cabeza.

Un botones le abrió la puerta y salió al ruido y al resplandor de la mañana y echó a andar.

El aire pareció lleno de olores diseñados específicamente para poner a prueba su estómago hasta el límite mismo: gases de los coches, desayunos calientes, humo de cigarrillos, lejía... Respiró por la boca.

Se iba a casa. Necesitaba hablar con alguien. Y Jean era la única persona con la que podía hablar. En cuanto a la escena del dormitorio, se ocuparían de eso más adelante.

De hecho, en ese momento, ocuparse de la escena del dormitorio parecía un problema menor que coger el autobús. El trayecto de cinco minutos andando hasta la estación fue como cruzar los Alpes, y cuando su autobús llegó se vio comprimido en un espacio reducido con treinta personas sin lavar y agitado con vigor durante veinticinco minutos.

Una vez desembarcó en el pueblo se sentó unos minutos en el banco junto a la parada del autobús para poner las ideas en orden y permitir que el dolor rechinante en su cabeza disminuyera un poco.

¿Qué iba a decir? En circunstancias normales jamás le habría confesado a Jean que se estaba volviendo loco. Pero en circunstancias normales no estaría volviéndose loco. Con un poco de suerte su desaliñado estado engendraría compasión sin tener que dar demasiadas explicaciones.

Se puso en pie, levantó la mochila, inspiró profundamente y anduvo hacia la casa.

Cuando entró por la puerta principal ella estaba de pie en la cocina.

—George.

Depositó la mochila junto a las escaleras y esperó a que ella entrara al recibidor. Habló en voz muy baja para mantener el dolor al mínimo.

—Creo que me estoy volviendo loco.

—¿Dónde has estado? —Jean preguntó eso con voz bastante alta. O quizá tan sólo le sonó alta—. Nos has tenido preocupadísimos.

—Me quedé en un hotel —repuso George.

—¿En un hotel? —repitió Jean—. Pero tienes aspecto de...

—Me sentía... Bueno, como te decía creo que me estoy...

—¿Qué es eso que tienes en la cabeza? —quiso saber Jean.

—¿Dónde?

—Ahí.

—Oh, eso.

—Sí, eso —repuso Jean.

—Me caí y me di un golpe contra el marco de una puerta —explicó George.

—¿El marco de una puerta?

—En el hotel.

Jean preguntó si había estado bebiendo.

—Sí. Pero no cuando me golpeé en la cabeza. Lo siento. ¿Podrías hablar un poquito más bajo?

—¿Por qué demonios te quedaste en un hotel? —preguntó Jean.

No se suponía que tuviera que ocurrir así. Era él quien estaba dejando elegantemente de lado ciertas cuestiones. Era él quien merecía el beneficio de la duda.

Le dolía muchísimo la cabeza.

—¿Por qué no fuiste a Cornualles? —quiso saber Jean—. Brian estuvo llamando, preguntándose qué había pasado.

—Necesito sentarme —George fue hasta la cocina y encontró una silla que chirrió horriblemente contra las baldosas. Se sentó y se llevó una mano a la frente.

Jean lo siguió.

—¿Por qué no me llamaste, George?

—Estabas... —casi lo dijo. Por puro rencor, sobre todo. Por suerte no tenía palabras para decirlo. El acto sexual era como ir al lavabo. No era algo de lo que uno hablase, y mucho menos en su cocina y a las nueve y media de la mañana.

Y mientras se esforzaba en encontrar las palabras y no lo conseguía, la imagen acudió de nuevo a su mente: el escroto de aquel hombre, los muslos caídos de Jean, las nalgas de él, el calor en el aire, los gruñidos. Y sintió algo parecido a un puñetazo en el estómago, una profunda sensación de que todo estaba mal, que era en parte miedo, en parte indignación, en parte algo que iba mucho más allá de cualquiera de esas cosas, una sensación tan inquietante como la que habría sentido de haber mirado por la ventana y visto que la casa estaba rodeada por mar.

No quería encontrar las palabras. Si se lo describía a otro ser humano nunca se vería libre de la imagen. Y al comprender eso experimentó una especie de alivio.

No hacía falta describírselo a otro ser humano. Podía olvidarlo. Podía relegarlo al fondo de su mente. Si se quedaba allí el tiempo suficiente se iría apagando y perdería su poder.

—George, ¿qué estabas haciendo en un hotel?

Jean estaba enfadada con él. Se había enfadado con él otras veces. Ésa era su antigua vida. Suponía un consuelo. Era algo a lo que podía enfrentarse.

—Me da miedo morirme —ya estaba. Lo había dicho.

—Eso es absurdo.

—Ya sé que es absurdo, pero es verdad —se sintió de pronto radiante, algo que no esperaba sentir, sobre todo esa mañana. Le estaba hablando a Jean con más franqueza que nunca.

—¿Por qué? —preguntó ella—. No te estás muriendo —hizo una pausa—. ¿O sí?

Jean estaba asustada. Bueno, a lo mejor estaba bien que se asustara un poco. Empezó a sacarse los faldones de la camisa, al igual que hiciera en la consulta del doctor Barghoutian.

—¿George...? —Jean apoyó una mano en el respaldo de la silla.

Él se subió la camiseta y se bajó la cinturilla de los pantalones.

—¿Qué es eso? —preguntó Jean.

—Eczema.

—No lo entiendo, George.

—Yo creo que es cáncer.

—Pero no es cáncer.

—El doctor Barghoutian dijo que era un eczema.

—Entonces, ¿por qué te preocupa?

—Y tengo unas manchitas rojas en el brazo.

Sonó el teléfono. Ninguno de los dos se movió durante un par de segundos. Entonces Jean cruzó la habitación a una velocidad sorprendente y diciendo:

—No te preocupes, ya lo cojo yo —aunque George no había dado muestras de tener intención de moverse.

Jean levantó el auricular.

—Hola... Sí. Hola... Ahora mismo no puedo hablar... No, no pasa nada... Está aquí ahora... Sí. Luego te llamo —colgó—. Era... Jamie. Lo llamé anoche. Cuando me preguntaba dónde estarías.

—¿Te queda alguna de esas pastillas de codeína? —quiso saber George.

—Creo que sí.

—Tengo una resaca espantosa.

—¿George?

—¿Qué? —preguntó él.

—¿Te parece que sería buena idea meterte en la cama? A ver si te sientes un poco mejor en un par de horas.

—Sí. Sí, sería muy buena idea.

—Te acompaño arriba —dijo Jean.

—Y la codeína. Creo que necesito de verdad la codeína.

—Ahora la busco.

—Y quizá no en la cama. Sólo me tumbaré en el sofá.

47

Ray no apareció a la mañana siguiente. Ni la noche siguiente. Katie estaba demasiado enfadada para llamar a la oficina. Era Ray quien tenía que hacer una oferta de paz.

Pero cuando al día siguiente tampoco apareció, Katie se rindió y llamó, aunque fuera para quedarse tranquila. Estaba en una reunión. Llamó una hora después. Había salido de la oficina. Le preguntaron si quería dejar un mensaje, pero las cosas que quería decir no eran cosas que quisiera compartir con una secretaria. Llamó una tercera vez, él no estaba en su mesa, y empezó a preguntarse si no habría dejado instrucciones de que no quería hablar con ella. No llamó más.

Además, estaba disfrutando de tener la casa para ella sola y no estaba de humor para rendirse antes de tener que hacerlo.

El jueves por la noche ella y Jacob montaron el tren Brio sobre la alfombra de la sala de estar. El puente, el túnel, la grúa, las vías macizas con sus extremos que encajaban como un rompecabezas. Jacob dispuso una fila de vagones detrás de Thomas y luego los estampó contra un desprendimiento de tierra de Lego. Katie puso los árboles y la estación e hizo un fondo montañoso con el edredón de Jacob.

Ella había querido una niña. Ahora parecía ridículo. La idea de que eso importara. Además, no acababa de imaginarse arrodillada en la alfombra tratando de parecer entusiasmada por la visita de Barbie a la peluquería.

—Toma... Pum. Va y le corta al conductor... Le corta... le corta el brazo —dijo Jacob—. *Niinooo, niinooo...*

Katie no sabía nada de motores de gasolina o del espacio exterior (Jacob quería ser piloto de carreras de mayor, preferiblemente en Plutón), pero al cabo de doce años preferiría la perspectiva del olor corporal y música *death metal* a las expediciones de compras y los trastornos alimenticios.

Cuando Jacob se hubo ido a la cama se preparó un gin-tonic y estuvo más o menos mirando el último Margaret Atwood sin llegar de hecho a leerlo.

Ocupaban mucho espacio. Ése era el problema de los hombres. No se trataba tan sólo de las piernas espatarradas y de pisar fuerte al bajar las escaleras. Era la exigencia constante de atención. Sentarse con otra mujer en una habitación significaba que podías pensar. Los hombres tenían esa lucecita parpadeante en la coronilla. «Hola. Soy yo. Sigo aquí.»

¿Y si Ray no volvía nunca?

Le pareció estar de pie a un lado, viendo desplegarse su vida. Como si le estuviera pasando a otra persona.

Quizá era la edad. A los veinte la vida era como luchar contra un pulpo. Cada momento importaba. A los treinta era un paseo por el campo. La mayor parte del tiempo tu mente estaba en otra parte. Para cuando tenías setenta era probablemente como ver jugar al billar en la tele.

El viernes llegó y se fue sin rastro alguno de Ray.

Jacob dijo que quería ir a ver a la abuelita, y pareció tan buen plan como cualquier otro. Katie podría poner los pies encima de la mesa mientras su madre se ocupaba un poco de su nieto. Su padre y Jacob podían hacer unas cuantas cosas de chicos en el aeródromo. Mamá preguntaría por Ray, pero Katie sabía por experiencia que no le gustaba hablar mucho rato del tema.

Llamó a casa y su madre pareció anormalmente excitada ante la perspectiva.

—Además, tenemos algunas decisiones que tomar sobre el menú y cómo sentar a la gente. Sólo nos quedan seis semanas.

A Katie se le cayó el alma a los pies.

Al menos Jacob estaría contento.

48

Jean llamó a Brian. Le dijo que George no se había encontrado muy bien y había vuelto a casa. Él preguntó si era algo serio. Ella le dijo que creía que no. Y Brian se quedó tan aliviado que no hizo más preguntas, algo que Jean agradeció muchísimo.

Llevaba las últimas cinco horas profundamente dormido en el sofá.

¿Era algo serio? No tenía ni idea de qué pensar.

Había aparecido a las nueve y media de la mañana con un tajo en la frente y el aspecto de haber dormido en una cuneta.

Jean asumió que le había ocurrido algo terrible. Pero la única explicación que ofrecía era que se había alojado en un hotel. Le preguntó por qué no la había llamado para que dejara de preocuparse, pero él se negaba a contestar. Era obvio que había estado bebiendo. Olía a alcohol. En ese momento Jean se enfadó bastante.

Entonces George dijo que se estaba muriendo y ella se dio cuenta de que no estaba bien.

Explicó que tenía cáncer. Sólo que no era cáncer. Era un eczema. Insistió en enseñarle una erupción en la cadera. De hecho Jean empezaba a preguntarse si no estaría volviéndose loco.

Ella quiso llamar al médico, pero George se opuso con firmeza a que hiciera nada por el estilo. Explicó que ya había acudido al médico. El médico no podía decirle nada más.

Jean llamó a Ottakar's y a la oficina del colegio y dijo que faltaría al trabajo unos días.

Llamó a David desde el teléfono de arriba. Él escuchó toda la historia y comentó:

—A lo mejor no es tan raro. ¿Tú no piensas a veces en la muerte? ¿Esas noches en que te despiertas a las tres y no consigues volver a dormirte? Y jubilarse le provoca a uno cosas raras. Todo ese tiempo disponible de pronto...

George empezó a moverse más o menos a la hora del té. Le preparó un poco de leche con cacao y unas tostadas y pareció un poco más humano. Jean trató de hacerlo hablar, pero lo que dijo no tuvo más sentido que lo de esa mañana. Ella advirtió que le resultaba doloroso hablar del tema así que al cabo de un rato lo dejó estar.

Le dijo que se quedara donde estaba y le llevó sus libros y su música favoritos. Parecía cansado, sobre todo. Alrededor de una hora más tarde ya tenía la cena lista y la llevó a la salita para que pudiesen tomársela juntos sobre la mesita delante de la televisión. George se lo comió todo y pidió otra pastilla de codeína y vieron el programa sobre monos de David Attenborough.

El pánico de Jean empezó a remitir.

Fue como atrasar el reloj treinta años. Jamie con su fiebre glandular. Katie con el tobillo roto. Sopa de tomate y soldaditos de pan tostado. Viendo *Crown Court* juntos. *El doctor Dolittle* y *Los robinsones suizos*.

Al día siguiente George anunció que iba a retirarse al dormitorio. Se llevó el televisor arriba y se instaló en la cama, y para ser franca eso puso un poco triste a Jean.

Aparecía cada media hora o así para comprobar que estuviese bien, pero George parecía bastante autosuficiente. Que era una de las cosas que siempre había admirado en él. Nunca se quejaba de estar enfermo. Nunca pensaba que debiera ser el centro de atención. Tan sólo se batía en retirada a su cesta, como un perro pachucho, y se hacía un ovillo hasta estar listo para correr de nuevo en busca de un palo.

Para cuando anocheció George le dijo que estaría bien si lo dejaba solo, de manera que Jean se fue a la ciudad a la mañana siguiente y vendió libros durante cuatro horas y quedó con Ursula para comer. Empezó a contarle lo que pasaba, pero entonces se dio cuenta de que no podía explicárselo en realidad sin hablar del cáncer y el eczema y el miedo a morirse y el alcohol y el tajo en la cabeza, y no quería hacerlo parecer loco, de forma que dijo que había suspendido el viaje a Cornualles por culpa de un desagradable parásito de barriga, y Ursula le habló de los placeres de quedarse en Dublín con su hija y sus cuatro nietos mientras su marido el constructor destrozaba el cuarto de baño.

49

Como es lógico, era una sorpresa descubrir que eras un demente. Pero lo que más sorprendía a George era que doliese tanto.

Nunca se le había ocurrido. Su tío, esas personas que no se lavaban y les gritaban a los autobuses, Alex Bamford aquella Navidad... *Loco* era la palabra que él siempre había utilizado. Como en *locomotora,* por ejemplo. Algo que traqueteaba y echaba humo y resultaba bastante divertido.

Ahora le parecía menos divertido. De hecho, cuando pensaba en su tío aparcado en Saint Edward durante diez años sin recibir una visita de su familia, o en aquel tipo desmelenado que bailaba claqué en Church Street para que le echaran calderilla, sentía un escozor en las comisuras de los ojos.

Si le dieran a elegir preferiría que alguien le hubiese roto la pierna. Uno no tenía que ir explicando qué tenía de malo una pierna rota. Como tampoco se esperaba de ti que soldaras el hueso por pura fuerza de voluntad.

El terror iba y venía en oleadas. Cuando una oleada se le echaba encima se sentía de forma muy parecida a como se sintiera varios años antes cuando vio a un niño pequeño echar a correr hacia la carretera delante de Jacksons para esquivar por los pelos el capó de un coche que frenaba.

Entre oleadas hacía acopio de fuerzas para la siguiente y trataba desesperadamente de no pensar en ella, no fuera a hacerla llegar más rápido.

Lo que sentía sobre todo era un terror implacable y agotador que retumbaba y bramaba y que volvía oscuro el mundo, como esas naves espaciales de las películas de ciencia ficción cuyos fuselajes abrasados en batallas se deslizaban en la pantalla y no paraban de deslizarse en la pantalla porque eran, en realidad, varios miles de veces más grandes de lo que esperabas cuando lo único que veías era el morro.

La idea de tener verdaderamente cáncer empezaba a parecerle casi un alivio, la idea de ir al hospital, que te metieran tubos por el brazo, que médicos y enfermeras te dijesen qué tenías que hacer, y no tener ya que lidiar con el problema de cómo superar los cinco minutos siguientes.

Había renunciado a intentar hablar con Jean. Ella insistía en hacerlo, pero George parecía incapaz de hacérselo entender.

No era culpa de ella. De haberle venido alguien con problemas similares un año antes, él habría reaccionado de la misma manera.

Parte del problema era que Jean no se deprimía. Se preocupaba. Se enfadaba. Se ponía triste. Y sentía todas esas cosas con mayor intensidad de la que había sentido él nunca (cuando despejó el sótano, por ejemplo, y tiró aquella vieja casita para pájaros al fuego, Jean había llegado a darle un puñetazo). Pero siempre se extinguían en un par de días.

Jean le hacía compañía, sin embargo; le hacía la comida y le lavaba la ropa, y estaba muy agradecido por todas esas cosas.

También se sentía agradecido por la codeína. La caja estaba casi llena. Una vez se hubiese sacudido de encima el horror del despertar podría concentrar la mente en esas dos pastillas de la hora de comer sabiendo que lo envolverían en una suave bruma hasta que pudiese abrir una botella de vino en la cena.

Había intentado pasar aquella primera noche en el sofá, pero era incómodo y Jean era de la opinión de que la conducta chiflada fomentaba las ideas chifladas. De manera que se había reinstalado arriba. Resultó que no era tan malo como había esperado, lo de estar en la cama en que había visto ocurrir aquello. Pensándolo bien, las cosas malas pasaban más o menos en todas partes: asesinatos, violaciones, accidentes fatales. Sabía, por ejemplo, que una dama anciana había muerto quemada en casa de los Farmer en 1952, pero no era algo que pudieras captar cuando ibas por allí a tomar una copa.

No tardó en darse cuenta de que estar arriba tenía sus ventajas. No tenías que abrir la puerta si estabas en la cama, no había visitas inesperadas y podías echar las cortinas sin iniciar una discusión. De manera que trasladó el televisor y el aparato de vídeo al dormitorio y se preparó para lo peor.

Al cabo de unos días se armó de valor y se aventuró hasta la tienda a alquilar unos vídeos.

Y si se despertaba en plena noche y los orcos de caras llenas de furúnculos y sin piel lo esperaban a silenciosos centenares en el jardín iluminado por la luna, descubrió que podía conseguir un alivio temporal yendo al cuarto de baño, apretujándose entre el váter y la bañera y cantándose en voz muy baja las canciones que recordaba haber cantado de pequeñito.

50

Katie y Jacob entraron tambaleándose y dejaron caer las bolsas.

Mamá los besó a los dos y dijo:

—Tu padre está en cama. No anda muy fino.

—¿Qué le pasa?

—No estoy segura, para serte franca. Creo que podrían no ser más que imaginaciones —esbozó una leve mueca al decir *imaginaciones,* como si acabara de abrir un envase de algo en mal estado.

—¿O sea que en realidad no está enfermo? —preguntó Katie.

—Tiene un eczema.

—¿Puedo ver mi vídeo de *Bob el Constructor*? —intervino Jacob.

—Lo siento, pero el abuelo se ha llevado el vídeo arriba —contestó mamá.

—Uno no tiene que meterse en cama porque tenga un eczema —dijo Katie. Tenía esa sensación que con frecuencia le transmitían sus padres, la de que le estaban ocultando algo, una sensación que no hacía sino volverse más siniestra a medida que envejecían.

—¿Puedo ver mi vídeo con el abuelo? —preguntó Jacob tirándole de los pantalones.

—Déjame acabar de hablar con la abuelita —repuso Katie.

—Dice que le preocupa morirse —añadió mamá llevándola un poco aparte.

—Pero yo quiero verlo ahora —insistió Jacob.

—Dos minutos —pidió Katie.

—Ya sabes cómo es tu padre —dijo mamá—. No tengo ni idea de qué le pasa por esa cabeza.

—¿Se está muriendo el abuelito? —quiso saber Jacob.

—El abuelito está perfectamente bien —respondió mamá.

—Sólo que no lo está —añadió Katie.

—Quiero una galleta —dijo Jacob.

—Bueno, resulta que he comprado unas galletas de chocolate buenísimas esta mañana —le dijo Jean a Jacob—. Vaya coincidencia.

—Mamá, no me estás escuchando —dijo Katie.

—¿Puedo comerme dos? —preguntó Jacob.

—Estás muy impertinente esta mañana —comentó Jean.

—Por favor, ¿puedo comerme dos galletas? —preguntó Jacob volviéndose hacia Katie.

—Mamá... —Katie se contuvo. No quería pelearse antes de haberse quitado el abrigo. Ni siquiera estaba segura de por qué estaba enfadada—. Mira, tú te llevas a Jacob a la cocina. Le das una galleta. Una sola galleta. Yo subiré a hablar con papá.

—Vale —canturreó mamá alegremente—. ¿Quieres un poco de zumo de naranja con la galleta?

—Hemos ido en tren —dijo Jacob.

—No me digas —repuso Jean—. ¿Qué clase de tren era?

—Un tren monstruo.

—Bueno, parece una clase de tren muy interesante. ¿Quieres decir que parecía un monstruo o que estaba lleno de monstruos?

Los dos desaparecieron en la cocina y Katie empezó a subir por las escaleras.

Le parecía raro, lo de acudir a la cabecera de su padre. A su padre no le iban las enfermedades. Ni las suyas ni las de los demás. A él le iba seguir adelante y distraerse para no pensar en las cosas. Que papá tuviese una crisis estaba en la misma categoría que papá dedicándose a la peluquería.

191

Llamó a la puerta y entró.

Estaba acostado en el centro de la cama con el edredón hasta la barbilla, como una dama anciana asustada en un cuento de hadas. Apagó la televisión casi de inmediato, pero por lo que Katie oyó parecía estar viendo... ¿De veras era *Arma letal*?

—Hola, damisela —parecía más pequeño de lo que ella recordaba. El pijama no ayudaba.

—Mamá ha dicho que no te encontrabas muy bien —no se le ocurría dónde instalarse. Sentarse en la cama era demasiado íntimo, quedarse de pie era demasiado médico y utilizar la butaca significaría tocar su camiseta usada.

—No mucho, no.

Permanecieron callados unos instantes, ambos mirando hacia el rectángulo verde pizarra de la pantalla del televisor con su franja sesgada de ventana reflejada.

—¿Quieres hablar de ello? —no podía creer que estuviese diciéndole esas palabras a su padre.

—En realidad no.

Jamás lo había oído hablar con tanta franqueza. Tuvo la extraña e inquietante sensación de que conversaban como era debido por primera vez. Era como encontrar una nueva puerta en la pared de la sala de estar. No era del todo agradable.

—Me temo que tu madre no lo entiende en realidad —comentó su padre.

Katie no tenía ni idea de qué decir.

—Ella no sabe mucho de estas cosas.

Por Dios. Se suponía que los padres tenían que resolver esas cosas por sí mismos.

Katie no quería ocuparse de eso. Ahora no. Pero él necesitaba a alguien con quien hablar, y claramente a su madre no le entusiasmaba la tarea.

—¿De qué cosas no sabe mucho mamá?

Su padre inspiró profundamente.

—Tengo miedo —tenía la vista fija en el televisor.

—¿De qué?

—De morirme... Tengo miedo de morirme.

—¿Hay algo que no le estés contando a mamá? —vio un montón de vídeos junto a la cama. *Volcano, Independence Day, Godzilla, Conspiración...*

—Creo que... —hizo una pausa y apretó los labios—. Creo que tengo cáncer.

Katie se sintió mareada y un poco desfallecida.

—¿De verdad?

—El doctor Barghoutian dice que es un eczema.

—Y tú no le crees.

—No —repuso él—. Sí —lo pensó un poco—. No. En realidad no.

—Quizá deberías pedir que te vea un especialista.

Su padre frunció el entrecejo.

—No puedo hacer eso.

Katie estuvo a punto de decir «Déjame echar un vistazo», pero la idea era burda en demasiados sentidos.

—¿Estás seguro de que el problema es el cáncer? ¿O se trata de otra cosa?

Su padre frotó inútilmente una manchita de mermelada en el edredón.

—Creo que me estoy volviendo loco.

Abajo Jacob chillaba mientras Jean lo perseguía por la cocina.

—Quizá deberías hablar con alguien.

—Tu madre cree que estoy siendo un tonto. Lo cual es cierto, por supuesto.

—Alguna clase de consejero —añadió Katie.

Su padre la miró con rostro inexpresivo.

—Estoy segura de que el doctor Barghoutian podría mandarte.

Su padre siguió con rostro inexpresivo. Katie se lo imaginó sentado en una habitación pequeña con una caja de pañuelos de papel sobre la mesa y algún joven vivaracho con un cárdigan, y entendió su postura. Pero no quería ser el único blanco de aquello.

—Necesitas ayuda.

Se oyó un golpetazo en la cocina. Luego un gemido. Su padre no reaccionó ante ninguno de los dos ruidos.

Katie dijo:

—Tengo que irme.

Ante eso tampoco reaccionó. Dijo en voz muy baja:

—He desperdiciado mi vida.

—No has desperdiciado tu vida —le dijo Katie con una voz que normalmente reservaba para Jacob.

—Tu madre no me quiere. Me pasé treinta años haciendo un trabajo que no significaba nada para mí. Y ahora... —estaba llorando—. Me duele tanto...

—Papá, por favor.

—Tengo unas manchitas rojas en el brazo —reveló su padre.

—¿Qué?

—Ni siquiera me atrevo a mirarlas.

—Papá, escúchame —Katie se llevó las manos a la cabeza para concentrarse mejor—. Estás preocupado. Estás deprimido. Estás... lo que sea. No tiene nada que ver con mamá. No tiene nada que ver con tu trabajo. Está pasando dentro de tu cabeza.

—Lo siento —repuso su padre—. No debería haber dicho nada.

—Por Dios, papá. Tienes una casa bonita. Tienes dinero. Tienes un coche. Tienes a alguien que cuide de ti —Katie estaba enfadada. Era la ira que había estado guardando para Ray. Pero en realidad no podía hacer nada al respecto, ahora que ya se había destapado—. No has desperdiciado tu vida. Eso son gilipolleces.

No le había dicho la palabra *gilipolleces* a su padre en diez años. Necesitaba salir de la habitación antes de que las cosas empezaran a ir cuesta abajo de verdad.

—A veces no puedo respirar —no hizo intento alguno de enjugarse las lágrimas de la cara—. Empiezo a sudar, y sé que está a punto de ocurrir algo espantoso, pero no tengo ni idea de qué es.

Katie se acordó entonces. Aquella comida. Lo de salir corriendo y sentarse en el patio.

Abajo, Jacob había dejado de gimotear.

—Se llama ataque de pánico —explicó Katie—. Todo el mundo los tiene. Vale, quizá no todo el mundo. Pero sí montones de personas. No eres extraño. O especial. O diferente —se sintió ligeramente alarmada por el tono de su propia voz—. Hay medicinas. Hay formas de solucionar esas cosas. Tienes que ir a ver a alguien. Esto no te incumbe sólo a ti. Tienes que hacer algo. Tienes que dejar de ser egoísta.

Parecía haberse desviado del rumbo en algún punto intermedio.

Su padre dijo:

—Quizá tengas razón.

—En esto no hay ningún quizá —esperó a que el pulso no le latiera tan rápido—. Hablaré con mamá. Haré que busque alguna solución.

—De acuerdo.

Volvía a ser la escena del patio. Eso le dio miedo, la forma en que lo absorbía todo y no respondía. Le hizo pensar en aquellos viejos que arrastraban los pies en hospitales con una sombra de barba en la cara y bolsas de orina colgando de percheros con ruedas.

—Ahora voy a irme abajo —dijo.

—Vale.

Durante un breve instante pensó en abrazarlo. Pero ya habían hecho suficientes cosas nuevas para una mañana.

—¿Quieres que te traiga un café?

—No te preocupes. Tengo un termo aquí arriba.

Katie dijo:

—No hagas nada que yo no haría —con un acento humorístico escocés totalmente inapropiado, fruto sobre todo del alivio. Luego cerró la puerta tras ella.

Cuando llegó a la cocina, Jacob estaba sentado en las rodillas de Jean, que lo alimentaba con helado de chocolate directamente del envase. Como anestésico, sin duda. Además de la galleta de chocolate, como cabía presumir.

Su madre alzó la vista y dijo con tono desenfadado:

—Bueno, ¿cómo te ha parecido que está tu padre?

La capacidad de las personas mayores de fracasar totalmente a la hora de comunicarse entre sí nunca dejaba de asombrarla.

—Necesita ver a alguien.

—Prueba a decírselo a él.

—Ya lo he hecho —repuso Katie.

—Me he dado un golpe —intervino Jacob.

Katie se inclinó y lo abrazó. Tenía helado en las cejas.

—Bueno, como sin duda habrás averiguado —dijo su madre—, es inútil intentar que tu padre haga algo.

Jacob se retorció para liberarse y empezó a hurgar en su mochila de Batman.

—No hables de ello —dijo Katie—, tan sólo hazlo. Habla con el doctor Barghoutian. Lleva a papá a la consulta. Haz que el doctor Barghoutian venga aquí. Lo que sea.

Vio a su madre torcer el gesto. También vio a Jacob marchar hacia el pasillo con *Una Navidad para el recuerdo* en las pegajosas zarpas.

—¿Adónde vas, monito?

—Voy a ver *Bob el Constructor* con el abuelito.

—No sé si es buena idea.

Jacob pareció alicaído.

Quizá debía dejarlo ir. Papá estaba deprimido. No estaba comiéndose las bombillas. Hasta podía sentarle bien la distracción.

—De acuerdo, sube. Pero sé bueno con él. Se siente muy cansado.

—Vale —repuso Jacob.

—Y Jacob...

—¿Qué?

—No le preguntes si se está muriendo.

—¿Por qué no? —quiso saber Jacob.

—Es una grosería.

—Vale —Jacob se alejó con paso torpe.

Katie esperó, y luego se volvió hacia su madre.

—Hablo en serio. Sobre papá —supuso que ella diría «Mira, jovencita...», pero no lo hizo—. Tiene una depresión.

—Ya me he dado cuenta —repuso su madre con aspereza.

—Sólo digo que... —Katie hizo una pausa y bajó la voz. Necesitaba ganar en esa discusión—. Por favor. Llévalo al médico. O haz que el médico venga aquí. O ve tú a la consulta. Esto no va a solucionarse por sí solo. Falta poco para la boda y...

Su madre exhaló un suspiro y negó con la cabeza.

—Tienes razón, no queremos que haga el ridículo delante de todo el mundo, ¿no?

51

Mel Gibson colgaba de una cadena en una ducha rudimentaria y un tipo oriental lo torturaba con un par de cables de arranque.

George estaba tan absorto que cuando oyó llamar a la puerta lo primero que pensó fue que Katie había concertado una visita inmediata del doctor Barghoutian.

Cuando la puerta se abrió, sin embargo, era Jacob.

—Quiero ver mi vídeo —dijo Jacob.

George hurgó en busca del mando a distancia.

—¿Y cuál es tu vídeo?

Mel Gibson chilló y luego desapareció.

—*Bob el Constructor* —respondió Jacob.

—Bueno —George se acordó de pronto de la última vez que Jacob había aparecido en su habitación—. ¿Está tu papi contigo?

—¿Qué papi? —preguntó Jacob.

George se sintió un poco mareado.

—¿Está aquí Graham? —parecía un día en que era posible cualquier cosa.

—No. Y papi Ray no está. Se fue... Se fue y no volvió.

—Bueno —repuso George. Se preguntó qué querría decir Jacob. Probablemente más valía no preguntar—. Ese vídeo...

—¿Puedo verlo?

—Sí. Puedes verlo —dijo George.

Jacob sacó *Arma letal,* insertó *Bob el Constructor* y lo rebobinó con la pericia despreocupada de un técnico en el centro de control.

Ésa era la forma en que los jóvenes se apoderaban del mundo. Todo ese juguetear con las nuevas tecnologías. Uno se despertaba un día y se percataba de que todas sus habilidades daban risa. Carpintería. Aritmética mental.

Jacob pasó rápido los anuncios, detuvo la cinta y se encaramó a la cama junto a George. Olía mejor esta vez, a galleta y dulce.

A George se le ocurrió que Jacob no iba a hablarle de ataques de pánico o sugerirle que viera a un consejero. Y fue una idea tranquilizadora.

¿Se volvían locos los niños alguna vez? ¿Locos de verdad, no sólo disminuidos como la niña de los Henderson? No estaba muy seguro. Quizá no tenían suficiente cerebro para que les funcionara mal hasta que llegaban a la universidad.

Jacob estaba mirándolo.

—Tienes que darle al botón.

—Perdona —George le dio al botón.

Se oyó una música alegre y salieron los créditos sobre la maqueta de un paisaje nevado iluminado por las estrellas. Dos renos de plástico se alejaron trotando para meterse entre los pinos y un hombre de juguete apareció en escena en su ruidosa motonieve.

La motonieve tenía cara.

Jacob se metió el pulgar en la boca y se agarró al índice de George con la mano libre.

Tom, el hombre de juguete de antes, entró en su Base Polar y cogió el teléfono que estaba sonando. La pantalla se dividió para mostrar a su hermano, Bob, en el otro extremo de la línea, que llamaba desde un almacén de materiales para la construcción en Inglaterra.

En el exterior de la oficina se veían una apisonadora, una excavadora y una grúa.

La apisonadora, la excavadora y la grúa también tenían caras.

George se acordó de Dick Barton y los Goons, de Lord Snooty y Biffo el Oso. En los años transcurridos todo parecía haberse vuelto más estridente, brillante, rápido y simple. Al cabo de otros cincuenta años los niños podrían mantener la atención el mismo tiempo que los gorriones y no tendrían la más mínima imaginación.

Bob estaba bailando por el almacén cantando: «¡Tom viene a pasar la Navidad! ¡Tom viene a pasar la Navidad!».

Quizá George se estaba engañando. Quizá los viejos siempre se engañaban, fingiendo que el mundo iba a convertirse en un pequeño infierno porque era más fácil que admitir que los estaban dejando atrás, que el futuro estaba zarpando de la orilla y ellos estaban de pie en su islita deseándole buena travesía, sabiendo en el fondo que no les quedaba otra cosa que hacer que sentarse en los guijarros a esperar que las grandes enfermedades salieran de entre la maleza.

George se concentró en la pantalla.

Arma letal resultaba también bastante trillada, puestos a pensarlo.

Bob estaba ayudando a preparar la plaza del pueblo para el concierto anual de Nochebuena de Lenny y los Lasers.

Jacob se revolvió para acercarse un poco más y le agarró la mano a George.

Mientras Bob trabajaba día y noche para que todo fuera como la seda en el concierto, Tom se detenía a rescatar un reno de una grieta en el glaciar de camino al ferry y perdía el barco. El encuentro navideño se había ido al traste.

Bob estaba muy triste.

Inexplicablemente, George también se sintió triste. En especial durante la escena retrospectiva de la infancia de ambos en que a Tom le traían un elefante de juguete por Navidad y se le rompía y lloraba, y Bob se lo arreglaba.

Poco después Lenny (de los Lasers) se enteraba de las dificultades de Bob y volaba al Polo Norte en su jet privado para traerse a Tom a tiempo para Nochebuena, y cuando Tom y Bob se reunieron en el concierto a George le caían lágrimas por las mejillas.

—¿Estás triste, abuelito? —preguntó Jacob.

—Sí —contestó George—. Sí, estoy triste.

—¿Es porque te vas a morir? —quiso saber Jacob.

—Sí —respondió George—. Sí, es por eso —rodeó con un brazo a Jacob y lo atrajo hacia él.

Al cabo de un par de minutos Jacob se retorció para liberarse.

—Tengo caca —se bajó de la cama y salió de la habitación.

La cinta llegó al final y la pantalla se llenó de ruido.

52

Katie acercó una silla.

—Vamos a alquilar la carpa grande —su madre se puso las gafas y abrió el catálogo—. Cabrá. Por los pelos. Pero las estaquillas tendrán que colocarse en el arriate de flores. Vamos a ver... —sacó una hoja din A4 que mostraba la planta de la carpa—. La mesa principal podemos elegirla redonda o rectangular. Caben ocho por mesa y un máximo de doce mesas, lo que nos da...

—Noventa y seis —dijo Katie.

—... incluida la mesa principal. ¿Has traído la lista de invitados?

Katie no la había traído.

—Francamente, Katie. No puedo hacer esto yo sola.

—Estos últimos días han sido un poco ajetreados.

Debería haberle contado a su madre lo de Ray. Pero no podía soportar que le saliera con alguna petulancia. Manejar a papá ya era bastante difícil. Y para cuando discutían sobre si mousse de chocolate o tiramisú ya era demasiado tarde.

Escribió una lista de invitados de memoria. Si se dejaba a alguna tía, que Ray se lo explicara, joder. Asumiendo que hubiese boda. Oh, bueno, se ocuparía de esa posibilidad en otro momento.

—Ya te dije que Jamie igual se traía a alguien, ¿no? —dijo su madre.

—Se llama Tony, mamá.

—Lo siento. Es sólo que... Ya sabes, no quería sacar conclusiones precipitadas.

—Llevan juntos más tiempo que Ray y yo.

—Y tú lo conoces —dijo su madre.

—¿Te refieres a si papá será capaz de comportarse?

—Me refiero a si es un chico agradable.

—Sólo lo he visto una vez.

—¿Y...? —preguntó su madre.

—Bueno, si no tienes en cuenta los shorts de cuero y la ridícula peluca rubia...

—Me tomas el pelo, ¿verdad?

—Sí.

Su madre se puso seria de pronto.

—Yo sólo quiero que seáis felices. Los dos. Todavía sois mis niños.

Katie le agarró la mano.

—Jamie es sensato. Probablemente elegirá a un hombre mejor que cualquiera de nosotras.

Su madre se puso más seria aún y Katie se preguntó si se habría pasado un pelo de la raya.

—Eres feliz con Ray, ¿no?

—Sí, mamá, soy feliz con Ray.

—Bien —su madre se ajustó las gafas—. Vamos a ver. Las flores.

Al cabo de más o menos una hora oyeron pisadas y Katie se volvió para ver a Jacob sonriendo en el umbral con los pantalones y el pañal colgándole de una pierna.

—He hecho caca. La he hecho... la he hecho en el váter. Yo solito.

Katie recorrió con la mirada la impecable moqueta beige en busca de pedazos marrones.

—Bien hecho —se levantó y se acercó a él—. Pero de verdad que primero deberías haberme llamado.

—El abuelito ha dicho que no quería limpiarme el culo.

Después de haber acostado a Jacob Katie bajó para encontrarse a su madre sirviendo dos copas de vino y diciéndole:

—Necesito hablar contigo de una cosa.

Katie cogió el vino, confió en que fuera algo trivial y las dos se dirigieron a la sala de estar.

—Ya sé que tienes mucho que pensar en este momento y que no debería contarte esto a ti —su madre se sentó y dio un trago al vino mucho más largo de lo normal—. Pero tú eres la única persona que me entiende de verdad.

—Vaya... —dijo Katie con cautela.

—Estos últimos seis meses... —su madre juntó las manos como si fuera a rezar—. Estos últimos seis meses he estado viendo a alguien.

Su madre dijo *viendo a alguien* con mucho cuidado, como si lo dijera en francés.

—Ya lo sé —repuso Katie, quien no quería en absoluto estar hablando de eso.

—No, no creo que lo sepas —dijo su madre—. Quiero decir... que he estado viendo a otro hombre —hizo una pausa y añadió—: Un hombre que no es tu padre —sólo para que quedara perfectamente claro.

—Ya lo sé —repitió Katie—. Es David Symmonds, ¿no? Aquel tipo que trabajaba antes con papá.

—¿Cómo diantre sabes tú...? —su madre se agarró al brazo del sofá.

Fue brevemente divertido, lo de tener a mamá en situación de desventaja. Y luego ya no lo fue porque su madre pareció aterrorizada.

—Bueno... —Katie hizo memoria—. Dijiste que te lo habías encontrado en la tienda. Está separado de su mujer. Es un hombre atractivo. Para su edad. Dijiste que habías vuelto a encontrártelo. Empezaste a comprar ropa cara. Y estabas... Te comportabas de manera distinta. Me pareció bastante claro que estabas... —dejó la frase en suspenso.

Su madre seguía aferrada al brazo del sofá.

—¿Tú crees que tu padre lo sabe?

—¿Te ha dicho algo?

—No.

—Entonces creo que estás a salvo —concluyó Katie.

—Pero si tú te has dado cuenta...

—Radar femenino —explicó Katie.

¿Radar femenino? Sonó fatal en cuanto hubo salido de su boca. Pero su madre se estaba relajando visiblemente.

—No pasa nada, mamá —dijo Katie—. No voy a hacerte pasar un mal rato.

¿No pasaba nada? Katie no estaba segura. Se veía un poco distinto ahora que había salido a la luz. Siempre y cuando su madre no quisiera consejos sexuales.

—Sólo que sí pasa —dijo su madre, obstinada.

Por un breve y confuso instante Katie se preguntó si su madre estaría embarazada.

—¿Por qué?

Se examinó el esmalte de uñas.

—David me ha pedido que deje a tu padre.

—Ah —Katie se quedó mirando la luz naranja y vacilante que despedía el fuego de carbón falso y se acordó de Jamie, años atrás, desmontándolo para examinar las pequeñas hélices metálicas que hacía girar el aire caliente que irradiaban las bombillas.

—En realidad —añadió su madre—, no estoy siendo justa con David. Dijo que quiere que me vaya a vivir con él, pero comprende que quizá no quiera hacerlo. Que quizá no sea posible.

Ahora era Katie la que estaba en situación de desventaja.

—No quiere presionarme. Y está satisfecho con que las cosas sigan como están. Sólo quiere... Quiere pasar más tiempo conmigo. Y yo quiero pasar más tiempo con él. Pero es muy, muy difícil. Como puedes imaginar.

—Dios santo, fumaba esos extraños puritos de señora, ¿verdad? ¿Qué pasa con papá?

—Bueno, sí, también está ese tema —admitió su madre.

—Está en plena crisis nerviosa.

—Desde luego no está bien.

—No puede salir del dormitorio.

—En realidad, baja de vez en cuando —explicó su madre—. Para preparar té e ir al videoclub.

Katie dijo sin alzar la voz pero con tono firme:

—No puedes dejar a papá. En este momento, no. Mientras está así, no.

Katie nunca había defendido antes a su padre. Se sintió extrañamente noble y adulta, dejando a un lado sus prejuicios.

—No tengo previsto dejar a tu padre —repuso mamá—. Sólo quería... sólo quería contártelo —se inclinó y le agarró la mano a Katie unos instantes—. Gracias. Me siento mejor por haberme desahogado.

Permanecieron en silencio. La luz naranja parpadeó bajo los carbones de plástico y Katie oyó un distante disparo de Hollywood procedente del piso de arriba.

Mamá se levantó del sofá.

—Será mejor que vaya a ver si necesita algo.

Katie se quedó sentada unos minutos más mirando el grabado de caza del zorro en la pared del fondo. La tormenta sobre la colina. El perro asimétrico. El jinete caído que, según veía ahora, estaba a punto de ser aplastado por los cascos de los caballos que saltaban el seto tras él.

Lo había visto todos los días durante dieciocho años y en realidad no lo había mirado nunca.

Se sirvió otra copa de vino.

Lo aterrador era que fuesen tan parecidas. Ella y su madre. Dejando la cuestión de David aparte por el momento. Dejando la cuestión de Ray aparte por el momento.

Mamá estaba enamorada.

Repitió esas palabras en su cabeza y supo que debería sentirse conmovida. Pero ¿qué sentía? Sólo tristeza por el jinete caído cuya muerte inminente no había visto antes.

Estaba llorando.

Dios, echaba de menos a Ray.

53

Jamie pasó el fin de semana siguiente en Bristol con Geoff y Andrew. Una cosa más que podía hacer ahora que volvía a estar soltero. Él y Geoff se habían visto prácticamente cada mes desde la universidad. Entonces Jamie cometió el error de llevar a Tony.

Jesús, su última visita quedaría grabada en su memoria para siempre. Andrew hablando sobre números imaginarios y Tony asumiendo que trataba de ponerse de algún modo por encima de los demás. Pese a que Andrew enseñaba de hecho matemáticas en la universidad, Tony se había vengado con su historia de la pasta de dientes KY y unos eructos más bien teatrales. De manera que Jamie había tenido que mandarles flores y una larga carta cuando volvieron a Londres.

Geoff había engordado un poco desde su último encuentro y volvía a llevar gafas. Parecía el búho sabio de algún cuento para niños. También tenía un nuevo empleo: llevaba las finanzas de una empresa de software que hacía algo totalmente incomprensible. Él y Andrew se habían mudado a una casa magnífica en Clifton y adoptado un highland terrier llamado *Jock* que se subió al regazo de Jamie cuando se sentaron en el jardín a tomar té y fumar.

Entonces llegó Andrew, y Jamie se impresionó. La diferencia de edad nunca había parecido relevante. Andrew siempre había sido un hombre esbelto y en forma. Pero ahora se veía viejo. No era sólo por el bastón. Uno podía romperse el tobillo a los dieciocho. Era la forma de moverse. Como si esperara caerse.

Estrechó la mano de Jamie.

—Perdona que llegue tarde. Me ha retrasado un estúpido comité. Tienes buen aspecto.

—Gracias —dijo Jamie, deseando devolverle el cumplido pero sintiéndose incapaz.

Jamie y Geoff fueron en bici hasta uno de esos pubs campestres de guía turística mientras Andrew y *Jock* iban en el coche.

Le pareció triste, al principio, la forma en que la vida de Geoff parecía limitada por la enfermedad de Andrew. Pero a Geoff se lo veía tan unido a él como siempre y deseoso de hacer lo que fuera por ayudarlo. Y esto puso triste a Jamie de una manera diferente.

Simplemente no lo entendía. Porque de pronto veía lo que había visto Tony. Andrew era un hombre generoso. Pero no le iba la charla y no hacía preguntas. Cuando la conversación se alejaba de su esfera desconectaba y esperaba a que volviera a acercarse.

Andrew se fue a la cama temprano y Jamie y Geoff se sentaron en el jardín a acabarse una botella de vino.

Jamie habló de Katie y Ray y trató de explicar por qué su relación le inquietaba. La forma en que Ray le cortaba las alas a su hermana. El abismo entre ellos. Y sólo cuando lo estaba contando se percató de que mucho de lo que decía podía aplicarse a Geoff y Andrew. Trató de cambiar de tema.

Geoff leyó en él como en un libro. Quizá todas las conversaciones acababan siempre en ese tema.

—Andrew y yo tenemos una buena vida juntos. Nos queremos. Cuidamos el uno del otro. No hay tanto sexo entre nosotros como antes. Para serte franco, en realidad no hay sexo en absoluto. Pero, hablando en plata, hay formas de solucionar eso.

—¿Lo sabe Andrew?

Geoff no contestó a la pregunta.

—Estaré aquí para él. Siempre. Hasta el final. Eso es lo que sabe.

Una hora después Jamie estaba tumbado en la cama supletoria mirando la alfombra enrollada, la máquina de esquiar en desuso y el estuche del violoncelo, y sintió ese dolor desarraigado que siempre sentía en hoteles y habitaciones de invitados, la insignificancia de la vida de uno cuando se quitaban los accesorios.

Lo inquietaban, Geoff y Andrew. Y no sabía muy bien por qué. ¿Estaba teniendo Geoff relaciones sexuales con otros hombres y Andrew lo sabía y no lo sabía? ¿Era acaso por la idea de Geoff viendo a su amante hacerse viejo? ¿Era porque Jamie deseaba ese amor incondicional que se tenían? ¿O porque ese amor incondicional parecía tan poco atractivo?

La semana siguiente pasó tres días llevando a cabo entrevistas para encontrar una nueva secretaria y organizando todo el papeleo pendiente. Acudió a la despedida de Johnny. Vio *Una mente maravillosa* con Charlie. Fue a nadar por primera vez en dos meses. Tomó comida china en la bañera con *The Dark Side of the Moon* a todo volumen en el piso de abajo. Leyó *La sinfonía del adiós,* y el hecho de haberlo acabado en tres días casi compensó que fuera tan increíblemente deprimente.

Necesitaba a alguien.

No por el sexo. Todavía no. Sabía por experiencia que eso venía un par de semanas después. Empezabas a encontrar atractivos a tipos feos. Después empezabas a encontrar atractivos a los heterosexuales. Después tenías que hacer algo al respecto con rapidez porque para cuando empezabas a pensar que te acostarías con una de tus amigas ibas de cabeza a un montón de problemas.

Necesitaba un... La palabra *compañero* siempre le hacía pensar en dramaturgos muy mayores con batines de seda refugiados en la costa italiana con sus guapos secretarios. Como Geoff, pero con más glamour.

Quería... Eso que sentías cuando abrazabas a alguien, o cuando alguien te abrazaba a ti. La forma en que tu cuerpo se relajaba. Como tener un perro en el regazo.

Necesitaba intimidad con alguien. ¿No era eso lo que quería todo el mundo?

Estaba un poco mayor para andar de caza por ahí y las discotecas siempre le recordaban a las despedidas de soltero, con las hormonas fluyendo en dirección contraria. Hombres que hacían lo que habían hecho desde que bajaran de los árboles: reunirse en manadas para emborracharse y hablar de gilipolleces, cualquier cosa para evitar las pesadillas de ser un tipo serio o no tener nada que hacer.

Además, el historial de Jamie no era bueno. Simon el sacerdote católico. Garry y su colección de objetos nazis. Por Dios, lo lógico sería pensar que la gente confesaría esas cosas de entrada o bien evitaría mencionarlas siquiera, en lugar de anunciarlas en el desayuno.

Cuando había recorrido medio Tesco metió una lata de leche condensada en la cesta, pero en la caja recobró el juicio y la dejó a hurtadillas en un lado de la cinta transportadora cuando nadie miraba.

De vuelta en casa, estaba en el sofá haciendo zapping entre una subasta ambulante de antigüedades y un programa sobre la Gran Muralla China cuando se dio cuenta de que podía llamar a Ryan.

Fue en busca de la libreta de teléfonos.

54

A las cuatro de la tarde siguiente Katie cometió el error de decirle a Jacob:

—Bueno, colega, media hora más y nos volvemos a Londres.

Siguieron lágrimas y gimoteos a todo volumen.

—Te odio.

—Jacob...

Katie trató de calmarlo pero la cosa tenía pinta de acabar en pataleta de las gordas. Así que lo llevó a la salita y cerró la puerta y le dijo que podría salir cuando se hubiese calmado.

Su madre cedió casi de inmediato y entró diciéndole:

—No seas mala con él —dos minutos después Jacob estaba comiendo Maltesers en la cocina.

¿De qué iban los abuelos? Treinta años antes todo eran bofetadas y a la cama sin té. Ahora eran segundas raciones de pudin y juguetes en la mesa del comedor.

Katie metió las cosas en el coche y se despidió de su padre. Cuando le dijo que mamá iba a llamar al médico se quedó petrificado, pero la compasión de Katie se había agotado varias horas antes. Le dio un beso en la frente y cerró la puerta sin hacer ruido detrás de ella.

Metió a la fuerza en el coche a Jacob, que no paraba de retorcerse, y abracadabra: en cuanto vio que toda resistencia era inútil se dejó caer hacia atrás, callado y agotado.

Dos horas y media más tarde aparcaron delante de la casa. La luz de la entrada estaba encendida y las cortinas estaban echadas. Ray estaba ahí. O había estado.

Jacob estaba en coma, de manera que lo tomó en brazos y lo llevó hasta la puerta. El recibidor estaba en silencio.

Lo subió a su cuarto y lo dejó en la cama. Quizá dormiría hasta la mañana siguiente. Si Ray merodeaba por ahí no quería pelearse mientras se ocupaba de un niño despierto. Le quitó los zapatos y los pantalones y lo tapó con el edredón.

Oyó un ruido y volvió al piso de abajo.

Ray apareció en el recibidor cargado con la bolsa azul de viaje y la mochila de Batman de Jacob que había sacado del coche. Hizo una breve pausa, alzó la vista, dijo «Lo siento» y se lo llevó todo a la cocina.

Lo decía en serio. Katie se dio cuenta. Se le veía deshecho. Se percató de que muy pocas veces oía a alguien decir lo siento en serio.

Lo siguió a la cocina y se sentó al otro lado de la mesa.

—No debería haber hecho eso —Ray le daba vueltas a un bolígrafo entre los dedos—. Lo de largarme. Fue una estupidez. Deberías poder ir a tomar un café con quien te dé la gana. No es asunto mío.

—Es asunto tuyo —repuso Katie—. Y yo te habría explicado...

—Pero me habría puesto celoso, lo sé. Mira..., no te culpo de nada...

La ira de Katie había desaparecido. Se dio cuenta de que era más franca y consciente de sí que cualquier miembro de su familia. ¿Cómo no lo había visto antes?

Le tocó la mano a Ray. Él no reaccionó.

—Dijiste que no podías casarte con alguien que te tratara así.

—Estaba furiosa —dijo Katie.

—Sí, pero tenías razón —repuso Ray—. No puedes casarte con alguien que te trate así.

—Ray...

—Escúchame. He estado pensando mucho estos últimos días —hizo una breve pausa—. No deberías casarte conmigo.

Katie trató de interrumpir pero él levantó una mano.

—No soy la persona adecuada para ti. No les gusto a tus padres. No le gusto a tu hermano...

—Ellos no te conocen —en esos tres días sola en la casa había agradecido el espacio y la tranquilidad. Ahora lo veía marchándose por segunda vez y eso la aterraba—. Además, no tiene nada que ver con ellos.

Ray entrecerró los ojos mientras ella hablaba como quien trata de alejar un dolor de cabeza.

—Yo no soy tan listo como tú. No se me da bien la gente. No nos gusta la misma música. No nos gustan los mismos libros. No nos gustan las mismas películas.

Era cierto. Pero se equivocaba del todo.

—Te enfadas y yo no sé qué decir. Y sí, claro, nos llevamos bastante bien. Y me gusta ocuparme de Jacob. Pero... no sé... Dentro de un año, o de dos, o de tres...

—Ray, esto es ridículo.

—¿Lo es?

—Sí —contestó Katie.

Él la miró directamente.

—En realidad no me quieres, ¿verdad?

Katie no dijo nada.

Él siguió mirándola.

—Vamos, dilo. Di «te quiero».

Ella no pudo hacerlo.

—Ya ves, yo sí te quiero. Y ése es el problema.

La calefacción central se conectó con un chasquido.

Ray se puso en pie.

—Necesito irme a la cama.

—Sólo son las ocho.

—No he dormido estos últimos días. No como es debido... Lo siento.

Se fue al piso de arriba.

Katie observó la habitación. Por primera vez desde que ella y Jacob se mudaran la vio tal como era. La cocina de otro con unas cuantas de sus pertenencias añadidas. El microondas. La panera esmaltada. El tren alfabeto de Jacob.

Ray tenía razón. No podía decirlo. Hacía mucho tiempo que no lo decía.

Sólo que no estaba bien expresarlo de esa forma.

Había una respuesta, en algún sitio. Una respuesta a todo lo que había dicho Ray que no la hacía sentir egoísta y estúpida y mezquina. Estaba ahí, en alguna parte. Ojalá pudiese verla.

Cogió el bolígrafo con que había estado jugueteando Ray y lo colocó en la misma dirección que las vetas de la mesa. A lo mejor si lo ponía con absoluta precisión su vida no se haría pedazos.

Tenía que hacer algo. Pero ¿qué? ¿Deshacer las mochilas? ¿Cenar? De pronto nada parecía tener sentido.

Se acercó al aparador. Había tres billetes de avión a Barcelona en el estante de la tostadora. Abrió el cajón y sacó las invitaciones y los sobres, la lista de invitados y la lista de regalos. Sacó los mapas fotocopiados y las recomendaciones de hoteles y los libritos de sellos. Lo llevó todo a la mesa. Escribió nombres en la parte superior de todas las invitaciones y las metió en los sobres con las hojas din A4 dobladas. Los cerró, les puso sellos y los dispuso en tres pulcras pagodas blancas.

Cuando estuvo todo listo cogió las llaves de casa, llevó los sobres al final de la calle y los echó al buzón, sin saber si trataba de hacer que todo saliera bien pensando en positivo o si se estaba castigando por no querer lo suficiente a Ray.

55

Jean pidió hora y llevó a George a la consulta después del colegio.

No era algo que estuviera deseando hacer. Pero Katie tenía razón. Más valía coger el toro por los cuernos.

Al final George se mostró sorprendentemente dócil.

Lo puso a prueba en el coche. Tenía que decirle la verdad al doctor Barghoutian. Nada de esos disparates sobre la insolación o que se sentía aturdido. No debía marcharse hasta que el doctor Barghoutian le hubiese prometido hacer algo. Y luego tenía que contarle a ella qué había dicho exactamente el doctor Barghoutian.

Le recordó que faltaba poco para la boda de Katie y que si no iba a estar allí para entregar a su hija y pronunciar un discurso iba a tener que dar explicaciones.

George pareció disfrutar del acoso de alguna forma perversa y prometió hacer cuanto le había dicho.

Se sentaron uno al lado del otro en la sala de espera. Jean trató de charlar. Sobre aquel arquitecto hindú que se había mudado enfrente. Sobre podar la glicina antes de que se metiera bajo el tejado. Pero él estaba más interesado en un ejemplar atrasado de la revista *OK*.

Cuando lo llamaron Jean le dio unas suaves palmaditas en la pierna para desearle suerte. Cruzó la sala un poco encorvado y con la mirada fija en la moqueta.

Jean probó a leer un poco de su P. D. James pero no consiguió meterse. Nunca le habían gustado las salas de espera de los médicos. Todo el mundo tenía siempre mala pinta. Como si no se hubiesen cuidado lo suficiente, lo que probablemente era cierto. Los hospitales no eran tan malos. Siempre y cuando estuviesen limpios. Pintura blanca y contornos bien definidos. Gente adecuadamente enferma.

No podía dejar a George. Lo que sintiera era irrelevante. Tenía que pensar en George. Tenía que pensar en Katie. Tenía que pensar en Jamie.

Y sin embargo cuando imaginaba que no iba a dejarlo, cuando se imaginaba diciéndole no a David, era como si se apagara una luz al final de un túnel oscuro.

Cogió la revista *OK* de George y leyó un artículo sobre el centenario de la reina madre.

Diez minutos después reapareció George.

—¿Y bien? —le preguntó.

—¿Podemos ir al coche?

Fueron al coche.

El doctor Barghoutian le había dado una receta de antidepresivos y le había pedido hora en un psicólogo clínico la semana siguiente. Fuera de lo que fuese que hubieran hablado, lo había dejado claramente agotado. Jean decidió no entrometerse.

Fueron a la farmacia. Él no quiso entrar, musitando algo que Jean no consiguió captar acerca de «libros sobre enfermedades», de manera que entró ella y aprovechó para comprar unas coles de Bruselas y unas zanahorias al lado mientras le preparaban la receta.

George abrió la bolsa cuando volvían a casa y se pasó mucho tiempo examinando el frasco. Ella no supo muy bien si lo horrorizaba o lo aliviaba. De vuelta en la cocina Jean se hizo cargo de las píldoras, le observó tragarse la primera con un vaso de agua y luego dejó el resto en el armario de encima de la tostadora. George dijo:

—Gracias —y se retiró a su habitación.

Jean tendió la colada, preparó café, rellenó el cheque y la solicitud de pedido para la gente de la carpa y luego dijo que tenía que salir un momento a hablar con la floristería.

Condujo hasta casa de David y trató de explicarle hasta qué punto era imposible tomar la decisión. Él se disculpó por haber hecho la propuesta en un momento tan difícil. Ella le dijo que no se disculpara. Él le dijo que nada había cambiado y que esperaría todo el tiempo que a ella le hiciese falta.

La rodeó con los brazos y permanecieron aferrados el uno al otro y fue como volver a casa después de un viaje largo y difícil y Jean se dio cuenta de que nunca podría renunciar a eso.

56

Jamie estaba tomándose un capuchino en Greek Street mientras esperaba a Ryan.

No estaba portándose de forma muy honrosa, pues Ryan era el ex de Tony. Ya lo sabía. Pero Ryan había accedido a verlo, así que él tampoco se estaba portando de forma muy honrosa.

A la mierda. Además, ¿qué era el honor? La única persona con verdadera integridad que conocía era Maggie, y ella se había pasado la vida desde la universidad pillando desagradables enfermedades en rincones de mala muerte del oeste de África. Ni siquiera tenían muebles.

Además, Tony lo había dejado. Si pasaba algo con Ryan, ¿qué tenía eso de malo?

Un cuarto de hora tarde.

Jamie pidió un segundo café y volvió a abrir *La conciencia explicada* de Daniel Dennett, que había comprado en uno de sus periódicos ataques de superarse como persona (como la pelota gigante para hacer ejercicio, el estúpido disco compacto de ópera...). En casa estaba leyendo *Cementerio de animales,* pero leerlo en público era como salir de casa en calzoncillos.

Eso no significa que el cerebro no utilice nunca «memorias intermedias» para amortiguar el interfaz entre los procesos internos del cerebro y el asincrónico mundo exterior. La «memoria resonante» con que preservamos brevemente las pautas del estímulo mientras el cerebro empieza a procesarlas es un claro ejemplo (Sperling, 1960; Neisser, 1967; ver también Newell, Rosenbloom y Laird, 1989, p. 1067).

Había una crítica en la contraportada del *New York Review of Books* que lo describía como «claro y divertido».

Por otra parte, no quería parecer alguien que tenía dificultades a la hora de leer *La conciencia explicada*. De manera que dejó vagar la vista por las páginas y las fue pasando cada par de minutos.

Pensó en la nueva página web y se preguntó si la música de fondo habría sido un error. Recordó el viaje del año anterior a Edimburgo. El ronroneo de los neumáticos sobre los adoquines en la calle del hotel. Se preguntó por qué no se utilizaban ya. Por las ambulancias y sillas de ruedas, probablemente. Imaginó a Ryan poniéndole la mano brevemente sobre el muslo y diciéndole: «Cómo me alegra que te hayas puesto en contacto conmigo».

Veinticinco minutos tarde. Jamie empezaba a mosquearse.

Recogió sus cosas y compró un *Telegraph* en el quiosco de la esquina. Pidió una pinta de cerveza en el pub que había más arriba y después encontró una mesa en la acera desde la que podía vigilar el café.

Tres minutos después un hombre vestido con pantalones de cuero y camiseta blanca se deslizó en el banco al otro lado de su mesa. Dejó un casco de motociclista encima, imitó una pistola con la mano derecha, apuntó a la cabeza de Jamie, dobló el pulgar, chasqueó la lengua y dijo:

—Agente inmobiliario.

Aquello inquietó un poco a Jamie.

—En Lowe y Carter —añadió el tipo.

—Esto... sí —admitió Jamie.

—Soy mensajero. Estamos en el edificio de enfrente. Recogemos cosas en tu oficina de vez en cuando. Tienes un escritorio en el rincón del fondo junto a la ventana grande —tendió una mano para que se la estrechara—. Mike.

Jamie se la estrechó.

—Jamie.

Mike cogió *La conciencia explicada,* que Jamie había dejado sobre la mesa, donde diese una impresión general sin necesidad de leerlo físicamente. En el brazo de Mike había tatuada una ancha franja celta. Examinó brevemente el libro y volvió a dejarlo.

—Un tapiz magistral de profunda perspicacia.

Jamie se preguntó si el tipo tendría algún problema psiquiátrico.

Mike rió suavemente.

—Lo he leído en la contraportada.

Jamie le dio la vuelta al libro para verificarlo.

Mike le dio un sorbo a su bebida.

—A mí me gustan los dramas judiciales.

Durante unos instantes Jamie se preguntó si quería decir que le gustaba hacer cosas que acabaran llevándolo ante los tribunales.

—John Grisham, esa clase de cosas.

Jamie se relajó un poco.

—Para serte franco, yo mismo estoy teniendo algún problemilla con el libro.

—¿Te han dado plantón? —preguntó Mike.

—No.

—Te he visto sentado ahí enfrente.

—Bueno... Ajá.

—¿Tu novio? —quiso saber Mike.

—El ex novio de mi ex novio.

—Qué lío.

—Probablemente tienes razón —repuso Jamie.

Al mirar por encima del hombro de Mike, vio a Ryan de pie ante el café mirando calle arriba y calle abajo. Parecía más calvo de lo que Jamie recordaba. Llevaba una gabardina beige y una pequeña mochila azul.

Jamie apartó la vista.

—Cuéntame un secreto —pidió Mike—. Algo que no le hayas contado nunca a nadie.

—Cuando tenía seis años mi amigo Matthew apostó conmigo a que no me mearía en el florero de la habitación de mi hermana.

—Y measte en el florero.

—Meé en el florero —por el rabillo del ojo, Jamie vio a Ryan negar con la cabeza y echar a andar hacia Soho Square—. Supongo que no es un secreto, técnicamente hablando, porque ella lo descubrió. Me refiero a que al cabo de unos días olía realmente mal —Ryan se había ido—. Tenía una guitarra de plástico que me regalaron durante unas vacaciones en Portugal. Mi hermana la quemó. En el jardín. Bueno, fue asombroso lo bien que ardió. Es probable que en Portugal aún no tuvieran normas para el comercio en 1980. Recuerdo un grito y el ruido de las cuerdas al romperse. Mi hermana todavía tiene una cicatriz en el brazo.

Sus padres verían a Mike y asumirían que robaba coches. El corte de pelo a navaja, los cinco pendientes. Pero eso... eso que discurría entre ambos... ese magnetismo que podías sentir en el aire... hacía parecer todo lo demás superficial y estúpido.

Mike lo miró a los ojos y preguntó:

—¿Tienes hambre? —y pareció querer decir al menos tres cosas.

Fueron a un pequeño restaurante tailandés Greek Street abajo.

—Antes me dedicaba a embaldosar. Cosas de categoría. Barro cocido. Mármol. Pizarra. Cocinas. Chimeneas. Lo de la moto es por dinero. Para sacarme el título en Técnica Alexander y los cursos de masajes. Entonces me lo montaré por mi cuenta. Haré algo de dinero para volverme al norte y así poder permitirme un local con una sala de consulta.

En la calle caía una fina llovizna. Jamie se había tomado ya tres pintas y las luces que reflejaban los vehículos mojados eran estrellas minúsculas.

—En realidad —dijo Jamie—, lo que más me gusta de Ámsterdam... bueno, de Holanda entera, en realidad, es...

esos edificios tan asombrosamente modernos que hay por todas partes. Aquí la gente sólo construye lo más barato posible.

Jamie se mostró un poco distraído con lo de la Técnica Alexander. En realidad no se imaginaba a Mike haciendo cualquier clase de terapia. Demasiada fanfarronería. Pero de vez en cuando Mike le tocaba la mano con un par de dedos o lo miraba y sonreía sin decir nada y había una dulzura en él que parecía aún más sexy por lo bien oculta que quedaba el resto del tiempo.

Tenía unos buenos brazos, además. Con pequeñas montañitas de carne sobre las venas pero sin resultar nervudo. Y manos fuertes.

El masaje. Eso sí podía imaginárselo.

Mike sugirió que fuesen a un club nocturno. Pero Jamie no quería compartirlo. Miró el salero, se armó de valor y le preguntó a Mike si quería ir a su casa y sintió, como siempre, esa pequeña sacudida que era de emoción y de pánico a medias. Como el salto en paracaídas. Pero mejor.

—¿Qué es, la casa ideal de un agente inmobiliario? ¿Con balcón de acero? ¿Cocina en isla con encimera de granito? ¿Sillas de Arne Jacobsen?

—Terraza victoriana con sofá blanco y mesa de café de Habitat —contestó Jamie—. ¿Cómo es que conoces las sillas de Arne Jacobsen?

—En mis tiempos estuve en algunas casas muy bonitas, gracias.

—¿Por negocio o por placer? —quiso saber Jamie.

—Un poquito de ambas cosas.

—Así pues, ¿eso ha sido un sí o me dejas con el suspense?

—Cojamos el metro —repuso Mike.

Observaron sus reflejos en el cristal negro de enfrente cuando el vagón pasó con estruendo por Tufnell Park y Archway, con las piernas tocándose y la electricidad fluyendo entre ambos, otros pasajeros entrando y saliendo ajenos a todo, Jamie anhelando que lo abrazara y deseando a un tiempo que el trayecto durase horas por si lo que venía después no concordaba con lo que aparecía en su mente.

Dos mormones subieron al tren y se instalaron en los asientos frente a ellos. Trajes negros. Cortes de pelo prácticos. Esas chapitas con sus nombres.

Mike se acercó a la oreja de Jamie para decirle:

—Quiero follarte la boca.

Aún se estaban riendo cuando entraron a trompicones en el piso de Jamie.

Mike lo empujó contra la pared y lo besó. Jamie sintió la polla de Mike endurecérsele bajo los pantalones. Deslizó las manos por debajo de la camiseta de Mike y vio, a través de la puerta de la salita, una lucecita roja que parpadeaba.

—Espera.

—¿Qué?

—El contestador automático.

Mike rió.

—Treinta segundos. Luego iré a por ti.

—Hay cerveza en la nevera —dijo Jamie—. El vodka y esas cosas están en el armario junto a la ventana.

Mike se despegó de él.

—¿Te apetece un canuto?

—Claro.

Jamie entró en la salita de estar y oprimió el botón.

«Jamie. Hola. Soy Katie —estaba borracha. ¿O le parecía borracha porque el propio Jamie lo estaba?—. Mierda. No estás, ¿no? Mierda».

No estaba borracha. Estaba llorando. Joder.

«En cualquier caso... las excitantes noticias de hoy son que la boda se ha cancelado. Porque Ray no cree que debamos casarnos.»

¿Era eso bueno o malo? Fue como ver empezar a moverse el tren de al lado. Lo hizo tambalearse un poco.

«Ah, y hemos ido a casa a pasar el fin de semana y papá está en cama porque tiene una crisis nerviosa. Me refiero a una de verdad, de esas con ataques de pánico y pesadillas sobre que vas a morirte y todo lo demás. Y mamá está pensando en dejarlo por aquel tío de la oficina.»

223

Lo primero que pensó Jamie fue que la propia Katie pasaba por alguna clase de crisis nerviosa.

«O sea que he pensado que más me valía llamarte porque tal como están yendo las cosas estos últimos días probablemente te has visto envuelto en algún espantoso accidente de carretera y la razón de que no contestes al teléfono es que estás en el hospital, o muerto, o te has ido del país o algo así... Llámame, ¿de acuerdo?»

Pip.

Jamie se quedó sentado un momento para asimilar aquello o para quitárselo de la cabeza o lo que fuera a hacer. Entonces se levantó y fue a la cocina.

Mike estaba encendiendo un porro en el fogón de la cocina. Se incorporó, dio una calada y aguantó el humo con la consabida expresión de sorpresa. Tenía aspecto de sentirse más o menos como Jamie.

Mike exhaló una bocanada.

—¿Quieres un poco?

Se iba a producir alguna escena horrorosa, ¿no? Arrastras a alguien hasta la otra punta de la línea de metro para un encuentro sexual que no tiene lugar y de repente tienes a un extraño decepcionado y musculoso en tu casa que ya no tiene motivos para mostrarse agradable contigo.

Se preguntó si Mike habría robado alguna vez un coche.

—¿Qué ocurre? —preguntó Mike.

—Un problema familiar.

—¿Gordo?

—Ajá.

—¿Algún muerto? —Mike cogió un platillo del escurridor y apoyó el porro en el borde.

—No —Jamie se sentó—. No a menos que mi hermana mate a su prometido. O que mi padre se suicide. O que mi padre mate al amante de mi madre.

Mike se inclinó para asir el brazo de Jamie. Jamie tenía razón. Eran unas manos sorprendentemente fuertes.

Mike puso a Jamie en pie.

—En mi opinión profesional... necesitas algo para distraer tu mente —Mike lo atrajo hacia sí. Su polla seguía dura.

Por un breve instante Jamie imaginó que la desquiciada profecía de su hermana se convertía en realidad. Un forcejeo indecoroso. Jamie resbalando y partiéndose el cráneo contra la esquina de la mesa de la cocina.

Se apartó.

—Espera. Éste no es buen momento.

Mike le rodeó la nuca con una mano.

—Confía en mí. Te sentará bien.

Jamie hizo presión hacia atrás contra la mano de Mike, pero no cedió.

Entonces los ojos de Mike esbozaron aquella dulzura.

—¿Qué vas a hacer si me marcho? ¿Quedarte ahí sentado y preocuparte? Es demasiado tarde para llamar a nadie. Vamos. Un par de minutos más y no pensarás en nada fuera de esta habitación. Te lo garantizo.

Y una vez más fue como el salto en paracaídas. Pero todavía más intenso. La bruma del alcohol se disipó brevemente y a Jamie se le ocurrió que era por eso por lo que Tony lo había dejado. Porque Jamie siempre quería controlarse. Porque le daba miedo cualquier cosa distinta o indecorosa. Y cuando la bruma volvió a cernirse, a Jamie le pareció que tenía que acostarse con ese hombre para probarle a Tony que podía cambiar.

Dejó que Mike lo atrajera hacia sí.

Volvieron a besarse.

Rodeó con las manos la espalda de Mike.

Qué agradable era que lo abrazaran a uno.

Sintió que algo se derretía y resquebrajaba, algo que lo había tenido preso demasiado tiempo. Mike tenía razón. Podía dejarse ir, dejar que los demás resolvieran sus propios problemas. Por una vez en su vida podía vivir el momento.

Mike deslizó una mano hacia la entrepierna de Jamie y éste sintió que se le ponía dura. Mike desabrochó el botón

225

y empujó hacia abajo la cinturilla de sus calzoncillos para rodear con la mano la polla de Jamie.

—¿Te sientes mejor? —preguntó Mike.

—Ajá.

Con la mano libre, Mike le ofreció a Jamie el canuto. Dieron una calada cada uno y Mike volvió a dejarlo en el platillo.

—Chúpamela —dijo Mike.

Y fue en ese instante cuando los ojos de Mike hicieron algo del todo distinto. Soltó la polla de Jamie y pareció mirar fijamente un objeto a kilómetros de distancia tras la cabeza de Jamie.

—Mierda —soltó.

—¿Qué? —preguntó Jamie.

—Mis ojos.

—¿Qué les pasa a tus ojos?

Mike negó con la cabeza. Gotitas de sudor empezaban a perlarle la frente, los brazos.

—Mierda. No veo nada como es debido.

—¿Qué quieres decir?

—Quiero decir que no veo nada como es debido —Mike se tambaleó hacia un lado y se dejó caer en una silla.

Katie tenía razón. Sólo que iba a pasar de una forma distinta. Era Mike quien iba a tener el ataque. Vendría una ambulancia. Él no tendría ni idea del nombre o la dirección de Mike...

Jesús. El porro. ¿Estaba bien enterrar un porro en el jardín mientras alguien tenía un ataque? ¿Y si Mike se ahogaba con su propia lengua mientras Jamie estaba fuera?

Mike se dobló por la cintura.

—Me he quedado ciego. Por Dios. Mi estómago.

¿Cómo que el estómago?

—Esos malditos langostinos.

—¿Qué? —exclamó Jamie, que empezaba a preguntarse, por segunda vez aquella noche, si Mike tendría algún problema mental.

—No te preocupes —dijo Mike—. Me ha pasado antes.

—¿El qué?

—Tráeme una palangana.

Jamie tenía el cerebro tan embotado que tardó un par de segundos en comprender a qué clase de palangana se refería Mike. Para cuando lo hubo comprendido, Mike había vomitado en el suelo delante de la silla.

—Oh, joder —dijo Mike.

Jamie se vio a sí mismo de pie en su cocina contemplando una gran tortilla de vómito con el pene sobresaliéndole de la cinturilla de los calzoncillos, y de repente se sintió fatal por haberse marchado del café antes de que llegara Ryan, incluso aunque Ryan llevara una mochila horrible y se estuviera quedando calvo, y supo que ése era su castigo. Y estar tenso y controlarse era malo, claramente malo, pero también tenía su lado bueno porque de haber estado tenso y haberse controlado todo eso no habría ocurrido.

Volvió a guardarse el pene en los calzoncillos.

—Lo siento muchísimo —dijo Mike.

Jamie abrió el cajón y le tendió el trapo con el dibujo del autobús de Londres que nunca le había gustado mucho.

Mike se enjugó la cara.

—Necesito ir al lavabo.

—Al final de las escaleras —indicó Jamie.

—¿Dónde están las escaleras? —quiso saber Mike.

Dios santo, si el tipo no veía nada.

Jamie ayudó a Mike a subir por las escaleras y volvió a la cocina para no tener que oler u oír lo que estaba a punto de pasar en el baño.

Deseó que Mike se fuera de su casa. Pero también le hacía falta ser buena persona. Y ser buena persona significaba no desear que Mike se fuera de su casa. Ser buena persona significaba cuidar de Mike. Porque cuando a una buena persona le pasaba una putada podía decir que se trataba de un accidente o de mala suerte. Pero cuando a una persona horrible le pasaba una putada sabía que era culpa suya y eso hacía la putada mucho mayor.

Se puso los guantes de goma que había debajo del fregadero. Sacó dos bolsas de Tesco del armario y metió una dentro de la otra. Extrajo la pala para servir postres del cajón de los cachivaches y se arrodilló para empezar a rascar el vómito del suelo y meterlo en la bolsa. No era una tarea agradable (la de arriba sería sin duda peor). Pero era bueno tener una tarea desagradable que llevar a cabo.

Penitencia. Ésa era la palabra que estaba buscando.

Oh, por Dios. El vómito se estaba metiendo en las ranuras entre los tablones.

Limpió el suelo con un par de trozos de papel de cocina y los tiró a las bolsas de Tesco. Llenó una jarra de agua jabonosa, frotó las ranuras con el cepillo de las verduras y luego tiró el cepillo de las verduras en las bolsas de Tesco.

Se oyó un ruido muy feo procedente del baño.

Vertió un poco de lejía en el suelo, frotó toda la zona con una bayeta y luego metió la bayeta en las bolsas junto con el cepillo de las verduras. Limpió la pala con una segunda bayeta y consideró, por unos instantes, dejarla toda la noche en remojo en una solución de lejía, pero se dio cuenta entonces de que probablemente no volvería a utilizarla y la tiró a las bolsas de Tesco con todo lo demás. Ató las asas de la bolsa de dentro, y luego las asas de la bolsa de fuera. Las metió entonces en una tercera bolsa por si perdían, ató las asas de esa tercera, se la llevó pasillo abajo, abrió la puerta principal y la tiró al cubo de basura.

Le llegó otro ruido feo del baño.

Quería a Tony. Le quedó de pronto dolorosamente claro. Aquellas estúpidas peleas suyas. Sobre la boda. Sobre los prismáticos. Sobre el ketchup. No significaban nada.

Iba a ir a casa de Tony. En cuanto resolviera todo eso. No importaba qué hora fuera. Le diría que lo sentía. Se lo contaría todo.

Irían a la boda juntos. No. Mejor incluso. Se llevaría a Tony a Peterborough la semana siguiente.

Sólo que papá tenía alguna clase de crisis nerviosa. Debería indagar un poco primero al respecto.

En cualquier caso, llevaría a Tony a Peterborough tan pronto como fuera posible.

Subió hasta el cuarto de baño y llamó suavemente a la puerta.

—¿Estás bien?

—No mucho —contestó Mike.

Incluso a través de la puerta no olía nada bien. Le preguntó a Mike si necesitaba ayuda con cierto temor, y sintió un alivio considerable al oírle decir:

—No.

—Imodium —dijo Jamie—. Tengo Imodium en el dormitorio.

Mike no dijo nada.

Varios minutos más tarde Jamie estaba sentado a la mesa de la cocina con una selección de medicamentos sin receta desparramados ante él, como si fuera un comerciante nativo esperando a los hombres del barco grande.

Imodium. Pastillas antiácidas. Paracetamol. Ibuprofeno. Aspirina. Antihistamínicos. (¿Estaban indicados los antihistamínicos en esa clase de reacción alérgica? No estaba seguro.)

Puso la tetera y comprobó que tuviese a mano todos los tés y cafés necesarios. Había su buen medio litro de leche semidescremada en la nevera. No tenía batido de chocolate, pero sí una lata sin abrir de cacao de un proyecto de bizcocho fracasado.

Estaba totalmente equipado.

Al cabo de unos diez minutos oyó el chasquido de la puerta del baño al abrirse y luego las pisadas de Mike en los peldaños. Quedó claro que descendía con cierta cautela.

Una mano asomó en el marco de la puerta y luego Mike apareció trabajosamente ante su vista. No se le veía muy sano.

Jamie estaba a punto de preguntarle qué podía ofrecerle en cuanto a medicamentos y bebidas calientes cuando Mike dijo «Lo siento muchísimo» y se dirigió pasillo abajo hacia la puerta.

Para cuando Jamie se hubo puesto en pie Mike había cerrado la puerta del piso tras él. Jamie se detuvo. Ser buena persona significaba cuidar de la gente. No significaba tenerlos prisioneros. Y era obvio que Mike ya veía. O no se habría marchado.

¿O sí?

Jamie se acercó a la ventana y levantó el borde de la cortina para echar un vistazo a la calle. Estaba desierta. Era casi seguro que los ciegos no se movían con aquella rapidez.

Fue al piso de arriba. El cuarto de baño estaba impecable.

Todavía estaba demasiado borracho para conducir. Cogió las llaves y la chaqueta, salió del piso y cerró la puerta con llave.

Podría haber llamado a un taxi por teléfono, pero no quería esperar. Le llevaría media hora llegar hasta casa de Tony, pero necesitaba aire fresco. Y si despertaba a Tony... Bueno, eso era más importante que el sueño.

Emprendió el camino por los jardines de Wood Vale y cruzó Park Road delante del hospital. Había parado de llover y la mayoría de las luces estaban apagadas en las casas. En las calles había un turbio resplandor naranja y las sombras bajo los coches eran densas y negras.

Tony tenía razón. Había sido un egoísta. Uno tenía que llegar a algunos compromisos si quería compartir su vida con otra persona.

Cruzó Priory Road.

Llamaría a Katie a la mañana siguiente. Probablemente estaba exagerando las cosas. Lo cual era comprensible si ella y Ray pasaban por un mal momento. ¿Que su padre se estaba volviendo loco? ¿Que su madre se largaba? No sabía cuál de las dos cosas era más difícil de imaginar.

Un ciclista borracho pasó zigzagueando.

Que su padre se preocupara demasiado y su madre dijera que no podía soportar mucho más. Eso sí podía imaginarlo. Eso suponía una situación bastante normal.

Todo saldría bien. Todo tenía que salir bien. Iba a ir a esa boda con Tony pasara lo que pase.

Estaba recorriendo Allison Road cuando un perro pequeño salió de la verja de un jardín. No, no era un perro. Un zorro. Ese trote ligero. Esa cola peluda.

Se oyó arrancar el motor de un coche y el zorro se deslizó en un callejón.

Llegó a Vale Road a las doce y media.

Su humor había mejorado con el paseo. Pensó en tratar de parecer triste, pero se dio cuenta de que era una idea estúpida. No quería que Tony volviera porque hubiese pasado una noche espantosa. Era la noche espantosa la que le hacía comprender que quería a Tony de vuelta. Para siempre. Y ésa era una idea alegre.

Llamó al timbre y esperó treinta segundos.

Volvió a llamar al timbre.

Pasaron otros treinta segundos antes de que oyese pisadas. Tony abrió la puerta en calzoncillos. La expresión de sus ojos era dura.

—¿Jamie...?

—Lo siento —dijo Jamie.

—Tranquilo. ¿Qué ha pasado?

—No. Quiero decir que lo siento por todo. Todo lo demás.

—¿A qué te refieres?

Jamie se armó de valor. Debería haberlo planeado con un poco más de cuidado.

—Por hacer que te fueras. Por... mira, Tony, acabo de pasar una noche de mierda y me ha hecho comprender montones de cosas...

—Jamie, son las tantas de la noche. Mañana tengo que ir a trabajar. ¿De qué va todo esto?

231

Inspiración profunda.

—Te echo de menos —dijo Jamie—. Y quiero que vuelvas.

—Estás mosqueado, ¿no?

—No. Bueno, lo estaba. Pero ya no lo estoy... Oye, Tony. Lo digo en serio.

La expresión de Tony no cambió.

—Voy a volverme a la cama. Probablemente será buena idea que tú también te vuelvas a la cama.

—Tienes a alguien contigo ahí dentro, ¿no? —Jamie estaba empezando a llorar—. Por eso no me dejas entrar.

—Crece de una vez, Jamie.

—Joder.

Tony empezó a cerrar la puerta.

Jamie había asumido que Tony como mínimo lo dejaría entrar. Para que pudiesen hablar. Volvía a tratarse de ese egoísmo suyo. Pensando que todo el mundo estaría de acuerdo con su plan. Ahora lo veía. Pero se hacía muy difícil decir eso en medio segundo.

—Espera —cruzó el umbral para impedir que Tony cerrase la puerta.

Tony retrocedió un poco.

—Por Dios. Hueles a vómito.

—Ya lo sé —repuso Jamie—. Pero no es mi vómito.

Tony apoyó la palma de la mano en el pecho de Jamie y lo empujó de nuevo fuera del umbral.

—Buenas noches, Jamie.

La puerta se cerró.

Jamie permaneció allí de pie unos minutos. Deseó tenderse en la pequeña franja de cemento junto a los cubos de basura y dormir hasta la mañana para que Tony lo viese al salir y sintiera lástima. Pero se percató de inmediato de que eso era tan estúpido, autocompasivo e infantil como el resto de su plan estúpido, autocompasivo e infantil.

Se sentó en el bordillo y lloró.

57

Jean iba a tener que organizar la boda ella sola. Estaba claro que no iba a obtener mucha ayuda del resto de la familia.

Francamente. Quería a su hija. Pero pese a toda la cháchara de Katie sobre que las mujeres eran tan buenas como los hombres, en ocasiones podía llegar a ser colosalmente desordenada.

Despreocupada era el término que usaba Katie.

Volvió a casa de la universidad con toda la ropa en bolsas negras de plástico que dejó en el garaje abierto, de manera que los de la recogida de basuras se las llevaron. Derramó pintura sobre aquel gato. Perdió el pasaporte en Malta.

Pobre George. Desde luego Katie había jugado con él. Eran como dos criaturas de planetas distintos.

Doce años discutiendo por la pasta de dientes. George asumía que lo hacía a propósito para irritarlo. Katie la escupía en el lavabo y se negaba a quitarla con agua, de manera que se endurecía y formaba grumos. Ella era incapaz de creer que nadie en su sano juicio pudiera enfadarse por algo tan trivial.

Todavía lo hacía, de hecho. Lo había hecho esa misma mañana. Jean la había limpiado. Como en los viejos tiempos.

En realidad, Jean estaba secretamente orgullosa de la forma en que Katie se negaba a recibir órdenes de nadie. Por supuesto que había veces en que se preocupaba. De que Katie nunca consiguiera un empleo decente. O de que se quedara embarazada por accidente. O de que nunca encontrara marido. O de que se metiera en alguna clase de problema (en cierta ocasión la habían amonestado por ser grosera con una policía).

Pero a Jean le gustaba el hecho de haber traído al mundo a un espíritu tan libre. A veces miraba a su hija y veía gestos o expresiones que reconocía como propios, y se preguntaba si se habría parecido más a Katie de haber nacido treinta años después.

Qué ironía que Jamie resultara ser gay. Pues si se casara tendría la lista de invitados y las invitaciones impresas con varios años de antelación.

No importaba.

La primera vez que una organizaba una boda se parecía a planear los desembarcos del Día D. Pero después de trabajar en la librería y ayudar en el colegio se daba cuenta de que no era más difícil que comprar una casa o hacer reservas para unas vacaciones: sólo se trataba de una serie de tareas cada una de las cuales debía hacerse en un momento preciso. Escribías una lista de cosas que hacer. Las hacías. Las tachabas.

Dispuso las flores. Reservó la discoteca que Claudia había utilizado para la boda de Chloë. Acabó de hacer el menú con los encargados del servicio de comidas y bebidas. Contrató al fotógrafo.

Iba a salir a la perfección. Por su bien al menos. Todo iba a ir como la seda y todo el mundo lo pasaría bien. Ella pondría los pies encima de la mesa al final de la jornada y experimentaría una sensación de logro personal.

Le escribió una carta a Katie en que detalló todas las cosas que aún era preciso hacer (música grabada para el registro civil, el traje de Ray, regalo para el padrino, anillos...). Haría que Katie se subiera por las paredes, pero a juzgar por la actuación de su hija el fin de semana parecía enteramente posible que Katie pudiera llegar a olvidar que iba a casarse.

Encargó las tarjetas para los comensales en las mesas. Se compró un vestido nuevo y llevó el traje de George a lavar en seco. Encargó una tarta. Reservó tres coches para traer hasta el pueblo a los parientes más cercanos. Escribió los nombres en las invitaciones de ella y George y escribió las direcciones en los sobres.

Consideró brevemente tachar a David de la lista. George había insistido en invitarlo después de aquella cena. Había dicho algo sobre aumentar sus filas para evitar verse «abrumados por el clan de Ray». Pero no quería que George hiciera preguntas incómodas. De manera que le envió una invitación. No significaba que tuviese que venir.

58

Había sido casi agradable, lo de ver al doctor Barghoutian.

Como es obvio, el listón de lo que consideraba o no agradable había bajado bastante en las últimas semanas. Aun así, hablar sobre sus problemas con alguien a quien le pagaban por escuchar resultaba extrañamente tranquilizador. Más tranquilizador que ver *Volcano* o *El pacificador,* durante las que siempre oía una especie de nota baja de temor, como si estuviesen haciendo obras enfrente.

Qué extraño descubrir que describir sus temores en voz alta diera menos miedo que intentar no pensar en ellos. Tenía algo que ver con lo de enfrentarse a un enemigo en campo abierto.

Las píldoras no eran tan buenas. Tuvo problemas para dormir aquella primera noche y problemas aún más evidentes la segunda noche. Lloraba mucho y tenía que contener las ansias de salir a dar largos paseos a primerísima hora de la mañana.

Se estaba tomando ahora un par de pastillas de codeína con el desayuno y luego se bebía un buen whisky a media mañana, pero después se lavaba los dientes con energía para no despertar las sospechas de Jean.

La idea de acudir a un hospital psiquiátrico empezaba a parecerle más y más atractiva. Pero ¿cómo hacía uno para ir a un hospital psiquiátrico? ¿Y si te metías con el coche en el jardín de un vecino? ¿Y si le prendías fuego a la cama? ¿Y si te tendías en medio de la carretera?

¿Contaba que uno hiciera esa clase de cosas deliberadamente? ¿O era el hecho de fingir demencia en sí mismo un síntoma de demencia?

¿Y si la cama era más inflamable de lo que esperaba?

Quizá podía verterse agua en un gran círculo de moqueta alrededor de la cama para que actuase como una especie de barrera.

La tercera noche fue bastante más insoportable.

Aun así, continuó tomando obstinadamente las píldoras. El doctor Barghoutian había dicho que podían tener efectos secundarios y, en general, George prefería tratamientos que entrañaran dolor. Después de caerse de la escalera de mano había ido a ver a una quiropráctica que hacía poco más que darle palmadas en la nuca. Transcurridas varias semanas más de molestias acudió a un osteópata que lo agarró con firmeza desde atrás y lo levantó violentamente, haciéndole crujir las vértebras. Al cabo de un par de días volvía a caminar con normalidad.

De todas formas se sintió agradecido cuando llegó su cita con el psicólogo clínico el sexto día de medicación.

Nunca había conocido a un psicólogo clínico, fuera o no profesionalmente. En su opinión no estaban muy lejos de esas personas que leían las cartas del Tarot. Era del todo posible que le preguntara si había visto a su madre desnuda y si sufría acoso en el colegio (se preguntó qué habría sido de los infames gemelos Gladwell). ¿O eso era psicoterapia? No tenía muy claras esas distinciones.

Al final, su cita con la señora Endicott no implicó ninguna de las tonterías sensibleras que esperaba. De hecho no recordaba la última vez que había mantenido una conversación tan interesante.

Hablaron sobre su trabajo. Hablaron sobre su jubilación. Hablaron de sus planes para el futuro. Hablaron de Jean y Jamie y Katie. Hablaron sobre la boda.

La doctora le preguntó por los ataques de pánico: cuándo ocurrían, qué le hacían sentir, cuánto duraban. Le preguntó si había considerado el suicidio. Le preguntó qué le daba miedo exactamente y mostró una paciencia infinita mientras él trataba de expresar con palabras cosas que costaba expresar

237

con palabras (los orcos, por ejemplo, o la forma en que el suelo parecía ceder). Y aunque algunas de esas cosas lo avergonzaban, la atención de ella fue seria e inquebrantable.

Le preguntó por la lesión y dijo que el doctor Barghoutian podía mandarlo a un dermatólogo si eso lo ayudaba. Él dijo que no y explicó que, en el fondo, sabía que era sólo un eczema.

Le preguntó si tenía amigos con quienes hubiese hablado de esas cosas. George explicó que él no hablaba de esas cosas con los amigos. Y desde luego no desearía que cualquiera de sus amigos le viniese con problemas similares. Era impropio. Ella asintió para mostrar que estaba de acuerdo.

Salió de la consulta sin tareas que llevar a cabo o ejercicios que realizar, sólo con la promesa de una segunda cita al cabo de una semana. De pie en el aparcamiento recordó que no había mencionado los efectos secundarios de la medicación. Entonces se le ocurrió que no era la persona que había subido al autobús esa mañana. Era más fuerte, más estable, estaba menos asustado. Podía apañárselas con los efectos secundarios de unas cuantas píldoras.

Esa tarde estaba tumbado en la cama viendo un campeonato de golf en la BBC2. Ese deporte nunca lo había atraído en realidad. Pero había algo tranquilizador en aquellos jerséis tan cómodos y en todo aquel verde que se extendía hacia lo lejos.

Le pareció injusto que todos sus esfuerzos por solucionar los aspectos mentales del problema nada hubiesen hecho por solucionar los aspectos físicos del problema.

Se le ocurrió entonces que de haber estado la lesión en un dedo de la mano o el pie podría habérsela quitado y santas pascuas. Así no tendría que hacer nada a excepción de tomarse las pastillas y volver a la consulta cada semana hasta que todo volviese a la normalidad.

En su cabeza se estaba formando un plan.

Un plan que, por lo que le pareció, era bastante bueno.

59

Katie echó al buzón las invitaciones, le dejó un mensaje a Jamie y volvió a sentarse a la mesa.

Tenía deseos de romper algo. Pero no le estaba permitido romper cosas. No después de la bronca que le había echado a Jacob por darle una patada al aparato de vídeo.

Cogió el cuchillo grande y apuñaló la tabla del pan siete veces. Cuando lo hizo por octava vez la hoja se rompió y se cortó el borde de la mano con el extremo partido que sobresalía de la tabla del pan. Había sangre por todas partes.

Se envolvió la mano en papel de cocina, sacó la lata del botiquín, pegó un par de tiritas grandes sobre el corte y luego limpió un poco y tiró el cuchillo roto.

Era obvio que no iba a poder dormir. La cama significaba acostarse junto a Ray. Y el sofá significaba admitir la derrota.

¿Quería a Ray?

¿O no lo quería?

No había comido nada desde las cuatro. Puso la tetera. Sacó un paquete de galletas Maryland con trocitos de chocolate, se comió seis de pie, se mareó un poco y volvió a dejar el resto en el armario.

¿Cómo podía Ray dormir en momentos como ése?

¿Lo había querido alguna vez? ¿O era sólo gratitud? Porque se llevaba tan bien con Jacob. Porque tenía dinero. Porque podía arreglar cualquier máquina bajo el sol. Porque la necesitaba.

Pero, mierda, ésas eran cosas reales. Hasta el dinero. Por Dios, podías amar a alguien que fuera pobre e incompetente y compartir con él una vida que se tambaleara de un desastre al siguiente. Pero eso no era amor, era masoquismo. Como Trish. Si elegías ese camino acababas viviendo en una choza en Snowdonia mientras Mister Vibroterapia tallaba dragones a partir de troncos.

A ella le importaban un carajo los libros y las películas. No le importaba lo que pensara su familia.

Así pues, ¿por qué se le hacía tan difícil decirle que lo quería?

Quizá era porque había entrado en aquella cafetería como Clint Eastwood y había tirado un cubo de basura en la calle.

En realidad, ahora que lo pensaba, Ray tenía más cara que espalda. Desaparecía tres días. Ni siquiera le hacía saber que seguía vivo. Entonces se plantaba en casa, se disculpaba un par de veces, decía que ya no había boda y esperaba que ella dijese que lo quería.

Tres días. Por Dios.

Si querías ser padre, tenías que mostrarte bastante más responsable, joder.

A lo mejor no debían casarse. A lo mejor era una idea ridícula, pero si él iba a intentarlo y a culparla a ella...

Dios. Eso le hacía sentirse mejor. Le hacía sentirse mucho mejor.

Dejó la taza y marchó escaleras arriba para despertarlo y cantarle las cuarenta.

60

George decidió hacerlo el miércoles.

Jean iba a marcharse, como tenía planeado desde hacía tiempo, a ver a su hermana. Había insinuado poder cancelarlo si George necesitaba compañía, pero él había insistido en que fuera.

Cuando por fin llamó desde Northampton para decir que había llegado sana y salva y comprobar que George estuviese bien, él reunió lo necesario para equiparse. No dispondría de mucha energía o mucho tiempo una vez hubiese empezado, de manera que todo tenía que estar en su sitio.

Tragó dos pastillas de codeína con un buen vaso de whisky. Amontonó tres viejas toallas azules en el baño. Dejó el teléfono inalámbrico sobre la mesa de la cocina, llenó el cajetín de la lavadora de jabón y dejó la puerta abierta.

Sacó un envase de helado de dos litros vacío del fondo de la despensa, se aseguró de que la tapa encajase y se lo llevó al piso de arriba con un par de bolsas de basura. Dispuso las bolsas en el suelo y equilibró el envase de helado sobre los grifos de la bañera. Abrió el botiquín y lo dejó en el estante del baño.

El whisky y la codeína empezaban a hacerle efecto.

Bajó de nuevo, sacó las tijeras del cajón y las afiló con la pequeña piedra de afilar que utilizaban para el cuchillo de trinchar. Por si acaso afiló también el cuchillo de trinchar y se llevó ambos utensilios arriba, para dejarlos en el borde de la bañera opuesto a los grifos.

Estaba asustado, como era natural. Pero las sustancias químicas empezaban a embotar el miedo, y la certeza de que sus problemas no tardarían en solucionarse lo animaba a seguir.

Corrió las cortinas del baño y cerró las puertas del pasillo. Apagó todas las luces y esperó a que sus ojos se acostumbraran a la oscuridad. Se quitó la ropa, la dobló y la dejó en un ordenado montón en lo alto de las escaleras.

Entraba de nuevo en el baño cuando se dio cuenta de que no quería que lo encontraran inconsciente en el suelo de su propio baño sin nada puesto. Volvió a ponerse los calzoncillos.

Abrió el agua caliente de la ducha, torció el grifo de teléfono en su soporte de forma que el agua diera contra la pared del fondo de la bañera y corrió la mampara de plástico.

La alfombrilla era gruesa y peluda. ¿Podría lavarse? No estaba del todo seguro. La movió hasta el otro extremo de la habitación por si acaso.

Metió un pie en la bañera para comprobar la temperatura del agua. Perfecta. Se metió dentro.

Ya estaba. Una vez que había empezado ya no había vuelta atrás.

Comprobó por última vez que todo estuviese en su sitio. Las tijeras, el envase de helado, las bolsas de basura...

Sabía que la primera parte sería la más dura. Pero no duraría mucho. Inspiró profundamente.

Cogió las tijeras con la mano derecha y deslizó entonces los dedos de la izquierda por la cadera, en busca de la lesión. Agarró la carne en torno a ella, y el picor mareante que se le extendió por los dedos y el brazo (como si estuviera cogiendo una araña o una caca de perro) no hizo sino confirmar la necesidad de lo que estaba haciendo.

Tiró para apartar la lesión de su cuerpo.

Bajó la vista y luego miró hacia otro lado.

Su carne se había estirado para formar una cumbre blanca, como queso caliente en una pizza.

Abrió las fauces de las tijeras.

«Inspire profundamente, y espire cuando llegue el dolor.» Eso era lo que había dicho el osteópata.

Colocó las hojas de las tijeras afiladas en torno a la piel estirada y cortó en seco.

No le hizo falta acordarse de espirar. Ocurrió espontáneamente.

El dolor fue tanto más intenso que cualquiera que hubiese experimentado antes, fue como si un avión a reacción le hubiese aterrizado a medio metro de la cabeza.

Volvió a bajar la vista. No había esperado un volumen semejante de sangre. Parecía algo salido de una película. Era más densa y oscura de lo previsto, casi aceitosa, y estaba sorprendentemente caliente.

La otra cosa que notó al bajar la vista fue que no había conseguido cortar del todo la carne en torno a la lesión. Bien al contrario, ahora le colgaba de la cadera como un pequeño bistec muy crudo.

Volvió a cogerla, abrió de nuevo las tijeras y trató de hacer una segunda incisión. Pero la sangre ponía difícil agarrarla bien y la grasa parecía más dura esta vez.

Se inclinó, dejó las tijeras en el borde de la bañera y cogió el cuchillo de trinchar.

Cuando se incorporó, sin embargo, un enjambre de lucecitas blancas apareció en su campo de visión y su cuerpo pareció más lejos de lo que debía. Tendió una mano para apoyarse en la pared alicatada. Por desgracia, todavía sujetaba en ella el cuchillo de trinchar. Soltó el cuchillo y apoyó la mano contra la pared. El cuchillo cayó en la bañera y vino a aterrizar con la punta incrustada en el empeine del pie de George.

En ese momento la habitación entera empezó a girar. El techo apareció ante su vista, seguido de un vívido primer plano del artilugio magnético de color aguacate en que reposaba el jabón, y luego se dio en la nuca con el grifo del agua caliente.

Se quedó tumbado de costado mirando la longitud de la bañera. Parecía que alguien hubiese matado un cerdo en ella.

La lesión seguía adherida a su cuerpo.

Virgen santa. Las células cancerígenas traumatizadas estaban sin duda fluyendo a través del istmo de carne entre el colgajo y la cadera, para establecer pequeñas colonias en sus pulmones, su médula, su cerebro...

Supo entonces que no tendría fuerzas para arrancárselo.

Tenía que ir al hospital. Allí lo cortarían por él. Quizá se lo cortarían en la ambulancia si explicaba la situación con el suficiente cuidado.

Se puso muy despacio a cuatro patas.

Sus endorfinas no funcionaban demasiado bien.

Iba a tener que bajar por las escaleras.

Maldición.

Debería haberlo hecho todo en la cocina. Podría haberse puesto de pie en esa vieja piscina de plástico que los niños usaban en verano. ¿O era ése uno de los objetos que había sacado del fondo del garaje en 1985?

Era muy posible.

Se inclinó sobre el borde de la bañera y cogió una toalla.

Se detuvo. ¿De veras quería oprimirse el tejido de rizo contra una herida abierta?

Se puso en pie con cautela. Las lucecitas blancas iban y venían otra vez.

Bajó la vista. Se hacía difícil saber qué había en la zona general de la herida, y mirarla lo hacía marearse un poco. Giró la cabeza y posó brevemente la vista en los azulejos salpicados.

Inspira. Aguanta. Espira. Tres. Dos. Uno.

Bajó la vista otra vez. Asió el colgajo rebanado por el lado de fuera y lo puso de nuevo en su sitio haciendo presión. No encajaba muy bien. De hecho, en cuanto lo soltó se deslizó de la herida para mecerse de forma desagradable de su bisagra húmeda y roja.

Realmente había algo que latía dentro de la herida. No fue un espectáculo tranquilizador.

Volvió a coger el colgajo de carne, lo sostuvo en su sitio y luego aplicó la toalla encima.

Esperó un minuto, y entonces se puso de pie.

Si llamaba enseguida para pedir una ambulancia podía llegar demasiado pronto. Primero recogería un poco, luego llamaría.

Lo primero que tenía que hacer era limpiar la ducha.

Cuando tendió la mano para coger el teléfono de la ducha del soporte, sin embargo, pareció más alto de lo que recordaba y a su torso no lo entusiasmó que lo estirasen.

Lo dejaría estar e inventaría alguna historia para Jean cuando volviese de Sainsbury's.

¿Había ido a Sainsbury's? Todo estaba un poco brumoso.

Decidió en cambio vestirse.

Se dio cuenta de que eso tampoco iba a ser fácil. Llevaba un par de calzoncillos empapados en sangre. Había calzoncillos limpios en la cómoda del dormitorio, pero estaba en el otro extremo de diez metros de moqueta color crema, y había un considerable volumen de sangre corriéndole por la pierna.

Podía haberlo planeado mejor.

Oprimió con un poco más de firmeza la toalla contra la herida y enjugó la sangre del suelo pisando las otras dos toallas y arrastrando los pies lentamente por el baño durante un par de minutos. Trató de inclinarse a recoger las dos toallas para tirarlas a la bañera, pero a su cuerpo inclinarse no lo entusiasmó más que estirarse.

Decidió cortar por lo sano. Fue tambaleándose hasta el dormitorio y llamó al 999.

Cuando miró de nuevo hacia el umbral, sin embargo, vio que había dejado huellas en la moqueta crema. Jean iba a disgustarse mucho.

—¿Policía, bomberos o ambulancia?

—Policía —contestó George sin pensar—. No. Espere. Ambulancia.

—Ahora le paso...

—Habla usted con el servicio de ambulancias. ¿Puede darme su número?

¿Cuál era su número de teléfono? Parecía habérsele ido de la cabeza. Lo marcaba muy rara vez.

—¿Hola, sigue ahí? —preguntó la mujer al otro lado de la línea.

—Lo siento —dijo George—. No consigo acordarme del número.

—No pasa nada. Dígame.

—Bueno, sí. Por lo visto me he cortado. Con un formón grande. Hay mucha sangre.

El número de Katie, por ejemplo. De ése sí se acordaba sin el menor problema. ¿Se acordaba? A decir verdad, ese número también parecía habérsele ido de la cabeza.

La mujer al otro lado de la línea dijo:

—¿Puede darme su dirección?

También le costó cierto esfuerzo recordar eso.

Después de colgar el teléfono se dio cuenta, por supuesto, de que había olvidado ir en busca del formón antes de meterse en la bañera. Jean ya iba a enfadarse bastante. Si descubría que había hecho todo aquel desastre cortándose el cáncer con sus tijeras favoritas se pondría como una moto.

El formón, sin embargo, estaba en el sótano, y el sótano estaba muy lejos.

Se preguntó si se habría acordado de colgar el teléfono.

Luego se preguntó si habría llegado a acordarse de la dirección antes de colgar el teléfono. Asumiendo que en efecto lo hubiese colgado.

Podían averiguar de dónde provenían las llamadas.

Al menos podían hacerlo en las películas.

Pero en las películas uno podía hacer que alguien perdiera el conocimiento con sólo apretarle el hombro.

Se vio en el espejo del recibidor y se preguntó qué haría un viejo loco, desnudo y sangrando de pie junto a la mesilla del teléfono.

Las escaleras del sótano fueron realmente difíciles.

Antes de que él y Jean envejecieran mucho más sería buena idea colocar una escalera nueva menos empinada. Una barandilla tampoco estaría de más.

Cuando cruzaba el sótano pisó algo muy parecido a esas pequeñas piezas de Lego que Jacob dejaba a veces por todas partes, las de un solo taquito. Trastabilló y dejó caer la toalla. Recogió otra vez la toalla. Estaba llena de serrín y una variedad de insectos muertos. Se preguntó por qué tenía una toalla en la mano. La dejó sobre la tapa del congelador. Por alguna razón la toalla parecía empapada en sangre. Tendría que contarle eso a alguien.

El formón.

Hurgó en el pequeño cesto verde y lo sacó de debajo del martillo de orejas y la cinta métrica retráctil.

Se dio la vuelta para irse, se le doblaron las rodillas y cayó de lado dentro de la piscina de plástico que mantenían hinchada a medias para impedir que se formara moho en las superficies interiores.

Estaba viendo la imagen de un pez desde muy cerca. De la parte de arriba de la cabeza le salía un chorrito de agua, lo que sugería que se trataba de una ballena. Pero también era rojo, lo que sugería que podía tratarse de una clase de pez completamente distinto.

Olió a goma y oyó el chapoteo del agua y vio pequeñas vieiras de luz de sol bailar ante sus ojos, y luego a aquella atractiva joven del hotel en Portugal con su biquini verde lima.

Si la memoria no le fallaba, fue el sitio en que sirvieron aquel postre venenoso en piñas vaciadas.

Parecía estar sintiendo un dolor tremendo, aunque se hacía difícil decir por qué exactamente.

También se sentía muy cansado.

Podría dormir un ratito.

Sí, le pareció buena idea.

61

Katie iba a salvar su relación.

Llamó a la oficina a las ocho. Tenía previsto dejar un mensaje y la pilló desprevenida que Aidan contestara al teléfono (de no haber sonado tan alegre habría sospechado que había dormido en la oficina; no conseguía imaginarlo haciendo horas extras si nadie más lo veía).

—Déjame adivinarlo —comentó Aidan con sarcasmo—. Estás enferma.

Habría sido más simple decir «Sí», pero ése era un día para mostrarse franca. Y, en cualquier caso, nunca le había gustado darle la razón a Aidan. En nada.

—Me encuentro bien, en realidad. Pero necesito el día libre.

—No puede ser.

Se oyó un borboteo de fondo. ¿Era posible que estuviese orinando mientras hablaba por el inalámbrico?

—Puedes vivir sin mí por un día.

—El oficial del cuerpo de bomberos pasó a ver el Henley. Su permiso para el salón de baile se ha revocado. De manera que tenemos trabajo que hacer.

—¿Aidan? —dijo Katie con ese tono seco y gruñón que utilizabas para que un niño malo dejara de hacer lo que estaba haciendo.

—¿Qué? —preguntó él con ese tono algo tembloroso que utilizaba el niño malo cuando tú acababas de usar el seco y gruñón.

—Me quedo en casa. Te lo explicaré después. Mañana te encontraré un nuevo local.

Aidan reafirmó su autoridad.

—Katie, si no estás aquí a las diez en punto...

Ella colgó el teléfono. Era muy posible que ya no tuviese un empleo. No le pareció terriblemente importante.

Ray apareció justo pasadas las nueve, después de haber dejado a Jacob en la guardería. Llamó a la oficina y habló con unas cuantas personas para asegurarse de que no estallara y ardiera todo en su ausencia. Luego dijo:

—Y ahora ¿qué?

Katie le lanzó el abrigo.

—Cogemos el metro a Londres. Tú eliges qué hacemos esta mañana. Yo elijo qué hacemos esta tarde.

—Vale —repuso Ray.

Iban a empezar de nuevo. Pero esta vez ella no estaría sola y desesperada. Averiguaría si Ray le gustaba y no era sólo que lo necesitase.

Podían ocuparse más adelante de la cuestión de la ira de Ray y cómo controlarla. Además, si la boda se cancelaba, sería tarea de otra.

Ray quiso ir a la Noria del Milenio. Compraron dos entradas anticipadas y luego se tomaron un helado sentados en un banco viendo alejarse la corriente hacia el Mar del Norte.

—¿Te acuerdas de los cortes? —preguntó Katie—. Te daban ese ladrillo fino de helado entre las dos galletas con dibujo de entramado. A lo mejor aún pueden conseguirse...

Ray no la escuchaba en realidad.

—Es como estar de vacaciones.

—Estupendo —dijo Katie.

—El único problema con las vacaciones —añadió Ray— es que luego tienes que volver a casa.

—Por lo visto, irse de vacaciones es la cuarta cosa más estresante que puede pasarte —dijo Katie—. Después de la muerte de un cónyuge y de cambiar de trabajo. Y de mudarte de casa. Si no recuerdo mal.

—¿La cuarta? —preguntó Ray mirando el agua—. ¿Y si se te muere un hijo?

—Vale. Quizá no sea la cuarta.

—Muerte de la esposa. Hijo disminuido —dijo Ray.

—Enfermedad terminal —añadió Katie—. Pérdida de un miembro. Accidente de coche.

—La casa arde hasta los cimientos —dijo Ray.

—Declaración de guerra —propuso Katie.

—Ver cómo atropellan un perro.

—Ver cómo atropellan a una persona.

—Atropellar a una persona.

—Atropellar un perro.

—Atropellar a una familia entera.

Estaban riéndose otra vez.

A Ray lo decepcionó la noria. Demasiada ingeniería, dijo. Quería que el viento le agitara el pelo y una barandilla oxidada y la leve posibilidad de que la estructura entera se viniera abajo.

Katie estaba pensando que debería haber incluido una norma sobre la altura en sus planes para el día. Se sentía enferma. Marble Arch, la central eléctrica de Battersea, la torre Gherkin, unas colinas verdes más allá que parecían estar en el maldito Nepal. Miró fijamente la madera clara del banco ovalado central y trató de imaginar que estaba en una sauna. Ray dijo:

—Cuando éramos pequeños teníamos unos primos que vivían en una vieja granja. Podías salir por la ventana del dormitorio y encaramarte al tejado. Bueno, de haberlo sabido mamá o papá se habrían puesto como motos. Pero aún recuerdo, incluso ahora, la sensación de estar allí por encima de todo. Tejados, campos, coches... Era como ser Dios.

—¿Cuánto rato nos queda aún? —quiso saber Katie.

Ray pareció divertido. Consultó el reloj.

—Uy, más o menos otro cuarto de hora.

62

Sólo que no era una piscina porque su trasero verde lima (se llamaba Marianna, ahora se acordaba) se deslizó hacia la derecha y se oyó el rítmico golpeteo que era el sonido de unos remos hendiendo el agua porque estaba viendo una regata en la televisión (pensándolo bien podía haber sido Marlena), pero quizá no fuera la televisión porque estaba apoyado contra una robusta balaustrada de granito, aunque también sentía una moqueta contra la mejilla, lo cual sugería que, después de todo, igual no estaba al aire libre, y el comentarista estaba diciendo algo sobre la cocina, y una forma de dibujar un ficus sería fotografiarlo y luego proyectar una diapositiva sobre una gran hoja de papel sujeta con cinta adhesiva a la pared y trazarlo, lo que a algunos podría parecerles un engaño, aunque Rembrandt usaba lentes, o eso decían en un artículo en la revista del *Sunday Times,* o quizá era Leonardo da Vinci, y nadie los acusaba de engaño porque lo que importaba era cómo quedaba el cuadro, e iban vestidos de blanco y lo estaban levantando en el aire y no era un círculo de luz, sino más bien un rectángulo puesto de pie en lo alto de un tramo de escaleras, aunque ahora que lo pensaba igual había tirado el proyector de diapositivas en 1985 junto con la piscina de plástico, y alguien estaba diciendo «¿George...? ¿George...? ¿George...?», y entonces entró en el rectángulo de luz brillante y le pusieron algo en la boca y las puertas se cerraron y estaba subiendo ahora por una especie de hueco de ascensor de cristal directamente sobre la casa, y cuando miró abajo vio el estudio sin acabar y el canalón obstruido encima de la ventana del baño que en realidad tendría que haber llegado a despejar, y un tren de vapor en la vía del Nene Valley y los

251

tres lagos del parque natural y el cubrecama de campos y aquel pequeño restaurante en Agrigento y las mariposas en los Pirineos y las entramadas estelas de aviones a reacción y el azul del cielo volviéndose lentamente negro y las pequeñas y duras hogueras que eran las estrellas.

63

Jean siempre había considerado que su hermana era dura de pelar. Incluso antes de que volviera a nacer. Para ser franca, había mejorado un poco después de volver a nacer. Porque entonces había un motivo para que Eileen fuera dura de pelar. Sabías que nunca ibas a llevarte bien porque ella iba a ir al cielo y tú no, de manera que podías dejar de intentarlo.

Pero por Dios que esa mujer podía hacerte sentir avara y egocéntrica sólo por la forma en que llevaba aquel cárdigan beige sin forma.

Sintió la enorme tentación, en el almuerzo, de mencionar a David. Sólo para ver la cara que ponía su hermana. Pero Eileen consideraría probablemente un deber moral compartir semejante información con George.

Ahora ya no importaba. El suplicio había concluido hasta el año siguiente.

Para cuando llegó a casa estaba deseando tener una conversación con George. Sobre lo que fuera.

Hurgaba en busca de las llaves, sin embargo, cuando comprendió que algo andaba mal. Vio, a través del pequeño cuadrado de cristal esmerilado, que la mesilla del teléfono estaba torcida. Y había algo oscuro al pie de las escaleras. La cosa oscura tenía brazos. Le rogó a Dios que se tratara de un abrigo.

Abrió la puerta.

Era un abrigo.

Entonces vio la sangre. En las escaleras. En la alfombra del recibidor. La huella sangrienta de una mano en la pared junto a la puerta de la salita.

Llamó a gritos a George, pero no hubo respuesta.

Deseó darse la vuelta y echar a correr y llamar a la policía desde casa de un vecino. Entonces imaginó la conversación por teléfono. Incapaz de decir dónde estaba George, o qué le había ocurrido. Tenía que ser la primera en verlo.

Entró en la casa, con todo el vello del cuerpo erizado. Dejó la puerta entreabierta. Para mantener la conexión. Con el cielo. Con el aire. Con el mundo normal.

La salita estaba exactamente como la había dejado por la mañana.

Entró en la cocina. Había sangre por todo el suelo de linóleo. George había estado a punto de lavar algo de ropa. La puerta de la lavadora estaba abierta y había una caja de pastillas de Persil sobre la encimera.

La puerta del sótano estaba abierta. Bajó lentamente por las escaleras. Más sangre. Grandes manchones de ella por todo el interior de la piscina de plástico, y líneas recorriendo el costado del congelador. Pero no había ningún cuerpo.

Estaba haciendo un esfuerzo muy, muy grande por no pensar qué habría ocurrido ahí.

Entró en el comedor. Fue al piso de arriba. Entró en las habitaciones. Luego entró en el baño.

Ahí era donde lo habían hecho. En la ducha. Vio el cuchillo y apartó la mirada. Retrocedió tambaleándose, se dejó caer en la silla del pasillo y dio rienda suelta a los sollozos.

Se lo habían llevado a algún sitio, después.

Tenía que llamar a alguien. Trastabilló por el rellano hasta el dormitorio. Levantó el auricular del teléfono. Le pareció extraño de pronto. Como si nunca hubiese visto uno. Las dos piezas que se separaban. El ruidito que hacía. Los botones con números negros en ellos.

No quería llamar a la policía. No quería hablar con extraños. Todavía no.

Llamó a Jamie al trabajo. Estaba fuera de la oficina. Llamó al número de su casa y dejó un mensaje.

Llamó a Katie. No estaba. Dejó un mensaje.

No consiguió acordarse de los números de sus móviles.

Llamó a David. Dijo que estaría ahí en un cuarto de hora.

Hacía un frío insoportable en la casa y estaba temblando.

Fue al piso de abajo, cogió el abrigo de invierno y se sentó en el muro del jardín.

64

Jamie se detuvo en una estación de servicio que abría las veinticuatro horas de vuelta de casa de Tony y compró un paquete de Silk Cut, un Twix, una barrita Cadbury y una Yorkie. Para cuando se quedó dormido se había comido todo el chocolate y se había fumado once cigarrillos.

Al despertar a la mañana siguiente alguien le había metido una percha de alambre doblada en el espacio entre el cerebro y el cráneo. Era tarde, además, y no le daba tiempo a ducharse. Se vistió, se echó al gaznate un café instantáneo con dos Nurofen y salió corriendo a coger el metro.

Estaba sentado en el vagón cuando se acordó de que no le había devuelto la llamada a Katie. Cuando salió al final de la línea sacó el móvil del bolsillo pero fue incapaz de llamar. Lo haría por la tarde.

Entró en la oficina y se dio cuenta de que tendría que haber hecho la llamada.

No podía seguir así.

La cosa iba más allá de Tony. Estaba en una encrucijada. Lo que hiciera en los días siguientes determinaría el curso de su vida entera.

Quería gustarle a la gente. Y le gustaba a la gente. O al menos así era antes. Pero ya no resultaba tan fácil. No era automático. Empezaba a perder el beneficio de la duda de todo el mundo. El suyo incluido.

Si no se andaba con cuidado se convertiría en uno de esos hombres que se preocupaban más por los muebles que por los seres humanos. Acabaría viviendo con algún otro que se preocupase más por los muebles que por los seres humanos y llevarían una vida que parecería perfectamente normal desde fuera pero que sería, en realidad, una especie de muerte en vida que le dejaba a uno el corazón con el aspecto de una pasa.

O peor incluso, daría bandazos de una relación sórdida a la siguiente, se pondría inmensamente gordo porque a nadie le importaría una mierda su aspecto, y entonces pillaría alguna enfermedad espantosa como resultado de la gordura y tendría una muerte larga y persistente en una sala de hospital llena de viejos chochos que olerían a orina y repollo y aullarían por las noches.

Se metió de lleno a redactar los detalles de las tres casas de Jack Riley recién construidas en West Hampstead. Sin duda estaba incluyendo algún error de mecanografía o una fotografía con el pie mal puesto para que Riley pudiese entrar como una fiera en el despacho preguntando a quién tenía que darle una patada en el culo.

En la última ocasión Jamie había añadido la frase «Se garantiza que la propiedad se vendrá abajo entre la transacción y la finalización de las obras», imprimió los detalles para divertir a Shona, y entonces tuvo que arrancárselos de la mano al ver a Riley de pie en recepción hablando con Stuart.

«Dormitorio Uno, 4,88m (16,0”) máx. x 3,40m (11,2”) máx. Dos ventanas de guillotina deslizantes a la fachada. Suelo de tablones de madera. Toma de teléfono...»

A veces se preguntaba por qué demonios haría ese trabajo.

Se frotó los ojos.

Tenía que dejar de quejarse. Iba a ser una buena persona. Y las buenas personas no se quejaban. Los niños se morían en África. Jack Riley no tenía importancia en el orden del universo. Había gente que ni siquiera tenía un empleo.

Se puso a trabajar en serio.

Pegó las fotografías del interior.

Giles estaba haciendo lo del bolígrafo en el escritorio de enfrente. Lo hacía rebotar entre el pulgar y el índice para luego lanzarlo al aire y dejarlo girar una serie de veces antes de cogerlo por el extremo correcto. Tal como Jamie solía hacer con las navajas. Cuando tenía nueve años.

Y quizá si hubiese sido otro, Josh, o Shona, o Michael, no habría importado. Pero era Giles. Que llevaba un fular. Y que le quitaba el papel de plata a una Penguin, lo doblaba en dos, y volvía a envolver entonces la mitad inferior de la barrita con el papel de plata ahora el doble de grueso, formando una especie de cucurucho para impedir que se le mancharan de chocolate los dedos, de modo que daban ganas de pegarle un tiro en la cabeza. Y estaba haciendo aquel ruido, además, cada vez que el bolígrafo le caía en la mano. Aquel pequeño chasquido con la lengua. *Cloc.* Como cuando imitabas a un caballo para los niños. Pero sólo un *cloc* cada vez.

Jamie rellenó un par de Condiciones de Venta e imprimió tres Características de la Propiedad.

No culpaba a Tony. Por Dios, si él había quedado como un tonto del culo. Tony tenía razón al cerrarle la puerta en las narices.

¿Cómo demonios podías pedirle a alguien que te quisiera cuando ni siquiera te gustabas a ti mismo?

Tecleó las cartas anexas, lo metió todo en sobres y devolvió una serie de llamadas telefónicas del día anterior.

A las doce y media salió, se compró un sándwich para almorzar y se lo comió sentado en el parque bajo la lluvia con el paraguas de Karen, agradecido por la relativa calma y tranquilidad.

Aún le dolía la cabeza. De vuelta en la oficina le gorroneó dos Nurofen a Shona y luego pasó buena parte de la tarde cautivado por la interesante forma en que se movían las nubes al otro lado de la pequeña ventana sobre las escaleras, deseando desesperadamente estar en el sofá de casa con una buena taza de té como Dios mandaba y un paquete de galletas.

Giles empezó a hacer otra vez lo del bolígrafo a las 2.39 y aún seguía haciéndolo a las 2.47.

¿Tenía Tony a alguien con él? Bueno, en realidad Jamie no podía quejarse. Sólo los langostinos envenenados le habían impedido follarse a Mike. ¿Por qué coño no iba a tener Tony a alguien con él?

Eso era lo que significaba, ¿no? Lo de ser bueno. No había que cavar pozos en Burkina Faso. No hacía falta regalar la mesita de café. Sólo era necesario ver las cosas desde el punto de vista de los demás. Recordar que eran humanos.

Algo que no hacía ese jodido Giles Mynott.

Cloc. Cloc. Cloc.

Jamie necesitaba echar una meada.

Se levantó de la silla y se dio la vuelta y chocó contra Josh, que llevaba una taza de café sorprendentemente caliente a su mesa.

Jamie se oyó decir, muy alto:

—Tú, especie de jodido imbécil.

En la oficina se hizo el silencio.

Stuart se acercó. Fue como ver al director cruzar el patio del colegio después de que le rompiera la chaqueta a Sharon Parker.

—¿Te encuentras bien, Jamie?

—Lo siento. Lo siento muchísimo.

Stuart estaba haciendo su papel de Mister Spock, sin revelar el más mínimo indicio de lo que pensaba.

—Mi hermana acaba de cancelar su boda —explicó Jamie—. Mi padre tiene una crisis nerviosa y mi madre va a dejarlo por otro.

Stuart se ablandó.

—Quizá deberías cogerte el resto de la tarde libre.

—Sí. Gracias. Lo haré. Gracias. Lo siento.

Se sentó en el metro sabiendo que iba al infierno. La única forma de reducir el efecto de los tridentes calientes cuando llegase era llamar a Katie y a su madre en cuanto entrara en casa.

Un viejo con la mano atrofiada estaba sentado frente a él. Llevaba un impermeable amarillo y una grasienta cartera y miraba directamente a Jamie musitando para sí. Jamie se sintió muy aliviado cuando se bajó en Swiss Cottage.

Llamar a mamá iba a ser peliagudo. ¿Se suponía que debía saber lo de que iba a dejar a papá? ¿Se suponía que debía saberlo Katie siquiera? Podía haber oído una conversación y haberse precipitado al sacar conclusiones. Algo que era proclive a hacer.

Llamaría a Katie primero.

Cuando llegó a casa, sin embargo, había un mensaje en el contestador.

Oprimió el botón y se quitó la chaqueta.

Pensó, al principio, que era una broma. O un lunático que había marcado un número equivocado. Se oyó a una mujer hiperventilar en el teléfono.

Y de pronto esa mujer estaba diciendo su nombre: «¿Jamie...? ¿Jamie...?», y comprendió que era su madre y tuvo que sentarse muy rápido en el brazo del sofá.

«¿Jamie...? ¿Estás ahí...? A tu padre le ha ocurrido algo espantoso. ¿Jamie...? Oh, mierda, mierda, mierda.»

La máquina se desconectó con un chasquido.

Todo se quedó muy silencioso y muy quieto. Entonces Jamie se lanzó a través de la habitación, tirando el teléfono a la alfombra.

El número de sus padres. Joder, ¿cuál era el número? Por Dios, debía de haberlo marcado siete mil veces. Cero uno siete tres tres... ¿Dos cuatro dos...? ¿Dos dos cuatro...? ¿Dos cuatro cuatro...? Jesús.

Estaba llamando a información cuando se acordó del número. Lo marcó. Contó las veces que sonaba. Cuarenta. No hubo respuesta.

Llamó a Katie.

El contestador automático.

—Katie. Soy Jamie. Mierda. No estás. Joder. Oye, acabo de oír una llamada de mamá que da miedo. Llámame, ¿vale? No. No me llames. Me voy a Peterborough. De hecho, a lo mejor tú ya estás allí. Hablamos luego. Ahora me voy.

¿Algo espantoso? Joder, ¿por qué eran los viejos siempre tan imprecisos?

Corrió al piso de arriba y cogió las llaves del coche y volvió a bajar corriendo y tuvo que apoyarse contra la pared del pasillo durante unos segundos para no desmayarse, y se le ocurrió que de alguna extraña forma él había provocado eso, al no llamar a Katie, al darle plantón a Ryan, al no amar a Tony, al no decirle a Stuart toda la verdad.

Para cuando cruzó la M25, sin embargo, se sentía sorprendentemente bien.

Siempre le habían gustado las urgencias. Las de los demás, en cualquier caso. Te hacían ver la verdadera dimensión de tus problemas. Era como estar en un ferry. No había que pensar en lo que tenías que hacer o adónde ir en las horas siguientes. Estaba todo ahí, pasándote por delante.

Como decían, nadie se suicidaba en tiempos de guerra.

Iba a hablar con su padre. Como era debido. Acerca de todo.

Jamie siempre lo había culpado a él por la falta de comunicación. Siempre había pensado en su padre como en un tipo viejo y marchito. Era cobardía. Ahora lo veía. Y pereza. Sólo había querido ver confirmados sus propios prejuicios.

Baldock, Biggleswade, Sandy...

Cuarenta minutos más y estaría allí.

65

Katie y Ray estaban ante una escultura llamada *Relámpago iluminando un ciervo*. Básicamente era una viga que sobresalía de la pared con un pincho de metal negro y dentado colgando de ella, y unos cachivaches en el suelo que supuestamente representaban al ciervo y una cabra y unas «criaturas primitivas», aunque desde donde Katie estaba bien podrían haber representado la crucifixión o la receta para el conejo galés.

El ciervo de aluminio había formado parte originalmente de una tabla de planchar. Katie lo sabía porque se había fijado en la tarjetita explicativa con cierto detalle. Llevaba ya leídas muchas tarjetitas explicativas y había mirado por muchas ventanas e imaginado las posibles vidas de muchos de los otros visitantes porque Ray se estaba pasando un montón de tiempo examinando las obras de arte. Y eso la estaba mosqueando.

Todas las razones para acudir a ese sitio resultaban equivocadas. Había querido sentirse en su elemento, pero no era así. Y había querido que él se sintiera fuera de su elemento, pero no era así.

Una podía decir lo que quisiera sobre Ray, pero podía dejarlo en medio de Turkmenistán y para cuando cayera la noche estaría en el pueblo más cercano comiendo caballo y fumando lo que fuera que fumasen ahí abajo.

Ray estaba ganando. Y eso no era una competición. Era infantil pensar que fuera una competición. Pero aun así estaba ganando. Y se suponía que tenía que ganar ella.

Por fin llegaron a la cafetería.

Ray sujetaba un terrón de azúcar de forma que la esquina inferior tocaba apenas la superficie del té y una marea marrón iba subiendo poco a poco por el terrón. Estaba diciendo:

—La mayor parte es claramente basura. Pero... pasa como con las iglesias antiguas y esas cosas. Te hace ir más despacio y mirar... ¿Qué pasa, pequeña?

—Nada.

Ahora lo veía. El problema no era lo de tirar cubos de basura. Era lo de no ganar.

A Katie le gustaba el hecho de ser más inteligente que Ray. Le gustaba el hecho de que ella supiera francés y él no. Le gustaba el hecho de que ella tuviera opiniones sobre la cría intensiva y él no.

Pero eso no contaba. Él era mejor persona que ella. En todos los aspectos que importaban. Excepto en lo de tirar cubos de basura. Y, la verdad, ella habría tirado unos cuantos cubos de basura en sus tiempos de haber sido un poco más fuerte.

Diez minutos después estaban sentados en la ladera contemplando a sus pies el espacio enorme que era la turbina de la entrada.

—Sé que lo estás intentando de verdad, cariño —dijo Ray.

Katie no dijo nada.

—No tienes que hacer esto —hizo una pausa—. No tienes que casarte conmigo por Jacob y la casa y el dinero y todo lo demás. No voy a echarte a la calle. Sea lo que sea lo que quieras hacer, trataré de conseguir que funcione.

66

Jamie cruzaba la sala de espera cuando un hombre atildado de sesenta y tantos años saltó de una de las sillas de plástico verde y le cerró el paso de forma ligeramente inquietante.

—¿Jamie?

—¿Sí?

El tipo llevaba una chaqueta de lino y un cuello alto gris marengo. No tenía pinta de médico.

—David Symmonds. Soy amigo de tu madre. La conozco de la librería en que trabaja. En la ciudad.

—Vale.

—La he traído hasta aquí —explicó el hombre—. Me llamó.

Jamie no estaba seguro de qué debía hacer. ¿Darle las gracias? ¿Pagarle algo?

—Creo que debo buscar a mi madre —había algo en aquel hombre que le resultaba familiar, y eso lo desconcertaba. Parecía un locutor de noticias, o alguien de un anuncio de la tele.

El tipo dijo:

—Tu madre ha llegado a casa y se ha encontrado con que tu padre estaba en el hospital. Creemos que alguien ha entrado por la fuerza en la casa.

Jamie no estaba escuchando. Después de sus llamadas presas del pánico ante la puerta cerrada de casa de sus padres no estaba de humor para interrupciones. El hombre continuó:

—Y creemos que tu padre los ha sorprendido. Pero está bien... Lo siento, ésa es una palabra ridícula. Está vivo, en cualquier caso.

Jamie se sintió de pronto muy débil.

—Había un montón de sangre.

—¿Qué?

—En la cocina. En el sótano. En el baño.

—¿De qué está hablando?

El hombre dio un paso atrás.

—Están en el cubículo cuatro. Mira..., probablemente será mejor que me vaya, ahora que estás tú aquí para cuidar de tu madre —el hombre tenía las manos unidas como un párroco. Llevaba los pantalones de loneta planchados con raya.

Alguien había intentado asesinar al padre de Jamie.

El hombre continuó:

—Dale muchos recuerdos a tu madre de mi parte. Y dile que estoy pensando en ella.

—Vale.

El hombre se hizo a un lado y Jamie entró en el cubículo cuatro. Se detuvo ante la cortina y se armó de valor para lo que estaba a punto de ver.

Cuando descorrió la cortina, sin embargo, sus padres se estaban riendo. Bueno, su madre se estaba riendo y su padre parecía divertido. Era algo que Jamie no había visto en mucho tiempo.

Su padre no tenía heridas visibles, y cuando los dos se volvieron para mirar a Jamie tuvo la surrealista impresión de estar importunando en un raro momento romántico.

—¿Papá? —dijo.

—Hola, Jamie —contestó su padre.

—Siento lo del mensaje en el teléfono —intervino su madre—. Tu padre ha tenido un accidente.

—Con un formón —explicó su padre.

—¿Un formón? —preguntó Jamie. ¿Era el hombre de la sala de espera un lunático?

Su padre rió con cautela.

—Me temo que he dejado un desastre en casa. Tratando de limpiar.

—Pero ya está todo solucionado —dijo su madre.

Jamie tuvo la impresión de que podía disculparse por haber interrumpido y marcharse y nadie se ofendería o se sorprendería en lo más mínimo. Le preguntó a su padre cómo se encontraba.

—Un poco dolorido —contestó él.

A Jamie no se le ocurrió nada que responderle, de manera que se volvió hacia su madre y dijo:

—Había un tipo en la sala de espera. Dice que te ha traído hasta aquí.

Iba a decirle que le mandaba recuerdos, pero su madre se puso en pie con una expresión de sorpresa en la cara y dijo:

—Oh. ¿Sigue aquí?

—Se estaba yendo. Ahora que ya no lo necesitas.

—Voy a ver si lo alcanzo —repuso su madre, y desapareció hacia la sala de espera.

Jamie se acercó a la silla junto a la cama de su padre y cuando se estaba sentando se acordó de quién era David Symmonds. Y de lo que había dicho Katie en el mensaje del contestador. Y en su mente apareció la imagen de su madre cruzando a la carrera la zona de espera para salir del hospital, subirse en el asiento del pasajero de un coche deportivo rojo y cerrar de un portazo antes de que el motor se pusiera en marcha y los dos desaparecieran en una nube de humo del tubo de escape.

Así pues, cuando su padre dijo:

—En realidad ha sido un accidente —Jamie pensó que se refería a la aventura de su madre y estuvo a punto de decir algo bien estúpido—. Tengo cáncer —soltó su padre.

—¿Perdona? —dijo Jamie, porque en realidad no creía lo que acababa de oír.

—O al menos lo tenía —añadió su padre.

—¿Cáncer? —preguntó Jamie.

—El doctor Barghoutian dijo que era un eczema —continuó su padre—. Pero yo no estaba seguro.

¿Quién era el doctor Barghoutian?

—Así que me lo he quitado —dijo su padre.

266

—¿Con un formón? —Jamie se dio cuenta de que Katie tenía razón. En todo. A su padre le pasaba algo muy serio.

—No, con unas tijeras —lo que estaba diciendo no parecía perturbarlo en lo más mínimo—. Parecía tener sentido cuando lo estaba haciendo —hizo una pausa—. De hecho, para serte franco, no he conseguido cortármelo del todo. Es mucho más difícil de lo que imaginaba. Por un momento he pensado que volverían a coserme esa maldita cosa. Pero se ve que es mejor tirarla y dejar que la herida vaya formando gránulos desde el fondo. Es lo que me ha explicado esa joven doctora. Hindú, me parece —volvió a hacer una pausa—. Probablemente más vale no decírselo a tu madre.

—Vale —repuso Jamie sin saber del todo con qué se mostraba de acuerdo.

—Bueno —dijo su padre—, ¿qué tal estás?

—Estoy bien —contestó Jamie.

Permanecieron en silencio unos instantes. Entonces su padre dijo:

—Últimamente he tenido algún pequeño inconveniente.

—Katie me lo contó —repuso Jamie.

—Pero ahora está todo resuelto —empezaban a cerrársele los ojos—. Si no te importa, voy a echarme un sueñecito. Ha sido un día agotador.

Jamie experimentó un instante de pánico al pensar que su padre iba a morirse de forma inesperada delante de sus narices. Nunca había visto a nadie morirse y no conocía muy bien los indicios. Pero cuando examinó el rostro de su padre le pareció exactamente igual que cuando dormitaba en el sofá de casa.

Al cabo de unos segundos su padre estaba roncando.

Jamie le agarró la mano. Le pareció lo adecuado. Entonces se sintió raro haciendo eso, de forma que se la soltó.

Una mujer gemía en un cubículo cercano, como si estuviera de parto. Aunque seguro que eso pasaría en otro sitio, ¿no?

¿Qué parte del cuerpo había tratado de arrancarse su padre?

¿Importaba acaso? No iba a haber una respuesta a esa pregunta que la hiciera parecer normal.

Por Dios. Era su padre el que había hecho eso. El que ponía los libros por orden alfabético y daba cuerda a los relojes.

Quizá ése fuera el principio de la demencia.

Jamie le rogó al cielo que su madre no hubiese puesto pies en polvorosa. O que él y Katie no tuvieran que ocuparse de su padre en su inicio del lento descenso hasta alguna espantosa residencia en algún sitio.

Fue un pensamiento poco caritativo.

Se estaba esforzando en dejar de tener pensamientos poco caritativos.

Quizá eso era lo que necesitaba. Algo que apareciera e hiciera pedazos su vida. Volver al pueblo. Cuidar de su padre. Aprender a ser adecuadamente humano otra vez. Una especie de rollo espiritual.

Su madre reapareció con un frufrú de cortina.

—Perdona. Lo he pillado justo cuando se iba. Es alguien del trabajo. David. Me trajo hasta aquí.

—Papá se ha dormido —dijo Jamie, aunque era bastante evidente por los ronquidos.

¿Estaban teniendo ella y ese hombre relaciones sexuales? Ése era un día de revelaciones.

Su madre se sentó.

Jamie inspiró profundamente.

—Papá dice que tenía cáncer.

—Oh, sí... eso —repuso su madre.

—¿O sea que no tenía cáncer?

—Según el doctor Barghoutian, no.

—Vale.

Jamie deseó contarle lo de las tijeras. Pero cuando formó la frase en su mente le pareció demasiado estrambótica para decirla en voz alta. Una fantasía enfermiza que lamentaría compartir con tanto entusiasmo.

Su madre dijo:

—Lo siento, debería habértelo contado antes de que vinieras.

Una vez más, Jamie no supo muy bien a qué se refería.

—Tu padre no ha estado del todo bien últimamente.

—Ya lo sé.

—Confiamos en que se resuelva por sí solo con el tiempo —dijo su madre.

O sea, que no iba a largarse con aquel tipo. No en un futuro inmediato. Jamie dijo:

—Por Dios. Siempre pasa todo a la vez, ¿verdad?

—¿A qué te refieres? —su madre tenía una expresión preocupada en la cara.

—A lo de que se haya cancelado la boda y todo eso —repuso Jamie.

La expresión de su madre cambió de una clase de preocupación a otra clase de preocupación y Jamie se percató, al instante, de que ella no sabía que se hubiese cancelado la boda, y de que lo había jodido todo, y de que Katie iba a matarlo, y de que su madre tampoco estaría muy contenta, y de que debería haberle devuelto aquella llamada a Katie de inmediato.

—¿Qué quieres decir con que se ha cancelado la boda?

—Bueno... —empezó Jamie con pies de plomo—. Mencionó algo por teléfono... Me dejó un mensaje... No he hablado con ella desde que lo dejó. Es posible que se haya cruzado algún cable.

Su madre sacudió la cabeza con tristeza y exhaló un profundo suspiro.

—Bueno, supongo que es una cosa menos de la que preocuparse.

67

Katie y Ray volvieron a casa pasando por la guardería.

Jacob se mostró excesivamente interesado en por qué lo recogían los dos juntos. Captaba que algo no andaba bien. Pero Katie consiguió distraerlo diciéndole que había visto un piano de cola colgando del techo (*Concierto por la anarquía*, 1990, de Rebecca Horn; por Dios, probablemente podía conseguir un empleo en ese sitio) y Jacob y Ray no tardaron en estar hablando de que Australia estaba cabeza abajo, pero sólo más o menos, y de que los hombres de las cavernas venían después de los dinosaurios pero antes que los coches de caballos.

Cuando llegaron a casa Katie comprobó el contestador y oyó decir a una voz rara que a su padre le había ocurrido algo espantoso. Una voz tan rara que asumió que el padre en cuestión era el padre de otro. Entonces la mujer dijo que iba a llamar a Jamie y Katie se dio cuenta de que era su madre y se asustó muchísimo. De forma que volvió a oír el mensaje. Y la segunda vez dijo lo mismo. Y entonces empezó a sentirse presa del pánico.

Pero había otro mensaje. De Jamie.

«... Oye, acabo de oír una llamada de mamá que da miedo. Llámame, ¿vale? No. No me llames. Me voy a Peterborough. De hecho, a lo mejor tú ya estás allí. Hablamos luego...»

Jamie tampoco decía qué le había pasado a su padre. Mierda.

Le dijo a Ray que se llevaba el coche. Ray dijo que él la llevaría a Peterborough. Ella dijo que tenía que quedarse a cuidar de Jacob. Ray dijo que se llevarían a Jacob. Katie le dijo que no fuera ridículo. Ray le dijo que no pensaba dejarla conducir con lo alterada que estaba.

Jacob oyó la última parte de ese intercambio.

Ray se agachó ante él y le dijo:

—El abuelito está enfermo. Así pues, ¿qué te parece que corramos una aventura y vayamos a verle para asegurarnos de que esté bien?

—¿Querrá un poco de chocolate? —quiso saber Jacob.

—Es posible —repuso Ray.

—Puede tomarse el resto de mis pastillas de chocolate.

—Yo iré a buscar las pastillas de chocolate —dijo—. Tú ve a buscar tu pijama y el cepillo de dientes y unos calzoncillos limpios para mañana, ¿de acuerdo?

—De acuerdo —Jacob subió tranquilamente por las escaleras.

Su padre había intentado suicidarse. A Katie no se le ocurría otra explicación.

Ray dijo:

—Coge tus cosas. Yo me ocupo de mí y de Jacob.

¿Qué otra cosa podía haberle pasado, encerrado en aquel dormitorio? ¿Pastillas? ¿Hojas de afeitar? ¿Una cuerda? Necesitaba saberlo, aunque sólo fuera por detener las imágenes en su mente.

Quizá había salido de la casa y lo había atropellado un coche.

Era culpa suya. Le había pedido ayuda y ella le había pasado el muerto a mamá, sabiendo lo poco que sabía su madre de esas cosas.

Mierda, mierda, mierda.

Cogió un jersey del cajón y la mochila pequeña del armario.

¿Estaba vivo siquiera?

Ojalá hubiese hablado con él un poco más. Ojalá se hubiese saltado el trabajo para pasarse la semana con sus padres. Ojalá hubiese presionado un poco más a su madre. Por Dios, ni siquiera sabía si ya lo habían llevado al médico. Du rante los dos últimos días ni siquiera había pensado en él. Ni una sola vez.

En el coche la cosa fue un poco más fácil. Y Ray tenía razón. Para entonces se habría estrellado contra alguien. Se dirigieron hacia el norte a través de las últimas colas de la hora punta, atasco tras atasco, semáforo rojo tras semáforo rojo, con Ray y Jacob cantando varios miles de estrofas de «Un elefante se balanceaba».

Para cuando llegaron a Peterborough Jacob se había dormido.

Ray detuvo el coche delante de la casa y dijo:

—Quédate aquí —y se bajó.

Katie quiso protestar. No era ninguna cría. Y era su padre. Pero estaba agotada y le alegró que otro tomara las decisiones.

Ray llamó a la puerta y esperó mucho rato. No hubo respuesta. Rodeó la casa hacia la parte de atrás.

Al final de la calle, tres niños se turnaban para montar en una bici sobre una pequeña rampa hecha con un tablón y una caja de madera, como solían hacer Juliet y ella cuando tenían nueve años.

Ray estaba tardando mucho. Katie bajó del coche y estaba a medio camino del sendero que discurría a un lado de la casa cuando él reapareció.

Levantó una mano.

—No, no vayas ahí atrás.

—¿Por qué?

—No hay nadie.

—¿Cómo lo sabes? —preguntó ella.

—He entrado por una ventana trasera —le dio la vuelta a Katie y emprendió la marcha hacia el coche.

—¿Que has hecho qué?

—Ya lo hablaremos más tarde. Tengo que llamar al hospital.

—¿Por qué no puedo mirar dentro de la casa? —quiso saber Katie.

Ray la tomó de los hombros y la miró a la cara.

—Confía en mí.

Abrió la puerta del conductor, sacó el móvil de la guantera y marcó un número.

—George Hall —dijo—. Exacto.

Esperaron.

—Gracias —dijo Ray en el teléfono.

—¿Y bien? —preguntó Katie.

—Está en el hospital —repuso él—. Entra.

—Y ¿qué te han dicho de él?

—No me han dicho nada.

—¿Por qué no? —quiso saber Katie.

—No lo he preguntado.

—Por Dios, Ray.

—No te dicen nada si no eres de la familia.

—Yo soy de la familia, joder —le recordó Katie.

—Lo siento —dijo Ray—. Pero, por favor, entra en el coche.

Katie subió al coche y Ray arrancó.

—¿Por qué no me has dejado entrar en la casa? —preguntó Katie—. ¿Qué había ahí dentro?

—Había mucha sangre —contestó Ray en voz baja.

68

Poco después de que Jean mandara a Jamie en busca de algo de comer a la cafetería del hospital apareció un médico. Llevaba un jersey de pico azul oscuro e iba sin corbata, como hacían últimamente los médicos.

—¿Señora Hall? —preguntó.

—¿Sí?

—Soy el doctor Parris.

Jean le estrechó la mano. Era bastante atractivo. Tenía un poco de aspecto de jugador de rugby.

—¿Podemos salir ahí fuera un momento? —preguntó, y lo hizo con tanta educación que a Jean no se le ocurrió preocuparse. Salieron del cubículo.

—¿Y bien? —preguntó ella.

El doctor hizo una pausa.

—Nos gustaría dejar aquí a su marido esta noche.

—De acuerdo —le pareció una idea muy sensata.

—Nos gustaría hacer una evaluación psiquiátrica —añadió el doctor.

—Bueno —repuso Jean—, sí, últimamente se ha venido sintiendo un poco alicaído —le impresionaba que el hospital fuera tan concienzudo, pero no entendía cómo lo sabían. Quizá el doctor Barghoutian lo había puesto en el historial médico de George. Lo cual era un poco alarmante.

El doctor Parris dijo:

—Cuando alguien se hace daño a sí mismo nos gusta saber por qué. Si lo ha hecho antes. Si es probable que vuelva a hacerlo.

Jean explicó:

—Se rompió el codo hace un par de años. Normalmente es muy cuidadoso con esa clase de cosas —en realidad no entendía adónde quería llegar el doctor Parris. Sonrió.

El doctor Parris sonrió a su vez, pero no fue una sonrisa muy franca.

—¿Y se rompió el codo...?

—Al caerse de una escalera de mano.

—No le han dicho lo de las tijeras, ¿verdad?

—¿Qué tijeras? —quiso saber ella.

De modo que el médico le contó lo de las tijeras.

Jean quiso decirle al doctor Parris que habían confundido a George con algún otro. Pero el doctor sabía lo de la sangre y el baño y el eczema. Se sintió estúpida por creer en la absurda historia de George sobre el formón. Y tuvo miedo por él.

George estaba perdiendo la cabeza.

Quiso preguntarle al doctor Parris qué le pasaba exactamente a George, si se pondría peor, si se trataba de algo permanente. Pero ésas eran preguntas egoístas y no quería quedar como una estúpida por segunda vez. De manera que le dio las gracias por hablar con ella, y volvió a la silla junto a la cama de George y esperó a que el doctor Parris saliera de la sala y lloró un poco cuando nadie miraba.

69

Jamie estaba sentado tomándose un café y una empanada de queso y cebolla en el restaurante Kenco (*¡Recomendaciones del chef, asador entre semana, cocina internacional y mucho más!*).

Menuda mierda monumental en la que estaba metido. Lo ideal sería quedarse ahí hasta que Katie llegara y ella y su madre se enzarzaran a mordiscos y llegaran a alguna clase de tregua antes de aventurarse a volver a urgencias.

Le gustaba bastante el restaurante Kenco. Al igual que le gustaban las estaciones de servicio de autopista y las salas de aeropuerto. Al igual que otros preferían visitar catedrales o pasear por el campo.

Las bandejas de plástico negro, las plantas artificiales y los pequeños enrejados que habían añadido para dar un toque de centro de jardinería... Uno podía pensar en sitios como ése. Nadie sabía dónde estabas. No se te iban a acercar colegas o amigos. Estabas solo pero no lo estabas.

En las fiestas de adolescentes siempre acababa por salir al jardín, sentarse en un banco en la oscuridad, fumarse unos cigarrillos Camel, con las ventanas iluminadas a sus espaldas y los débiles compases de «Hi, Ho, Silver Lining» resonando machacones, contemplar las constelaciones en lo alto y hacerse todas aquellas grandes preguntas sobre la existencia de Dios y la naturaleza del mal y el misterio de la muerte, preguntas que parecían más importantes que cualquier otra cosa en el mundo hasta que pasaban unos años y te encontrabas con algunas preguntas reales entre manos, como qué hacer para ganarte la vida y por qué la gente andaba enamorándose y desenamorándose y cuánto tiempo podías pasarte fumando y después dejarlo sin pillar un cáncer de pulmón.

Quizá las respuestas no eran importantes. Quizá lo que importaba era plantear las preguntas. No dar nada por sentado. Quizá era eso lo que te impedía envejecer.

Y quizá podías enfrentarte a cualquier cosa siempre y cuando dispusieras de media hora al día para sentarte en un sitio como ése y dejar vagar tus pensamientos.

Un viejo con piel de lagarto y un cuadrado de gasa pegado a la nuez se sentó con una taza de té en la mesa de enfrente. Tenía los dedos de la mano derecha tan amarillos de nicotina que parecían barnizados.

Jamie consultó el reloj. Llevaba fuera cuarenta minutos. Se sintió culpable de pronto.

Apuró el café lleno de posos, se levantó y recorrió de vuelta el pasillo principal.

70

Jean observaba a George dormir.

Estaba pensando en el día en que habían visitado al tío de George en aquel espantoso hospital en Nottingham, justo antes de que se muriera. En aquellos tristes ancianos sentados ante el televisor fumando y arrastrando los pies por los pasillos. ¿Iba a pasarle eso a George?

Oyó pisadas y Katie apareció entre las cortinas, colorada y jadeando. Tenía muy mal aspecto.

—¿Cómo está papá?

—Tu padre está bien. No hay que preocuparse.

—Qué susto hemos pasado —Katie estaba sin aliento—. ¿Qué ha ocurrido?

Jean se lo explicó. Lo del accidente con el formón. Y ahora que sabía que no era verdad, le sonó ridículo y se preguntó por qué se lo habría creído. Pero Katie pareció demasiado aliviada para hacer preguntas.

—Gracias a Dios... Pensaba que... —Katie se contuvo y bajó la voz, no fuera a oír George lo que estaba diciendo—. Más vale ni hablar de ello —se frotó la cara.

—¿Hablar de qué? —quiso saber Jean.

—Pensaba que podía haber intentado... Bueno, ya sabes —susurró Katie—. Estaba deprimido. Le preocupaba morirse. No se me ocurría otra explicación para que tú estuvieses en ese estado.

Suicidio. De eso era de lo que le había estado hablando el médico, ¿no? De hacerse daño a uno mismo.

Katie le tocó el hombro y preguntó:

—¿Estás bien, mamá?

—Estoy bien —contestó Jean—. Bueno, si te soy franca, no estoy bien. Ha sido difícil, por decir poco. Pero me alegro de que tú y Jamie estéis aquí.

—Ahora que lo dices...

—Ha ido a la cafetería —explicó Jean—. Tu padre estaba dormido y él no había comido. De manera que lo he mandado para allá.

—Ray dice que la casa estaba hecha un desastre.

—La casa —dijo Jean—. Dios santo, no me acordaba de la casa.

—Lo siento.

—Volveréis conmigo, ¿verdad? —preguntó Jean—. Se quedan aquí a tu padre esta noche.

—Por supuesto —repuso Katie—. Haremos lo que te vaya mejor a ti.

—Gracias.

Katie miró a George.

—Bueno, no parece que le duela nada.

—No.

—¿Dónde se ha hecho el corte?

—En la cadera —dijo Jean—. Supongo que debe de haberse caído sobre el formón cuando lo sujetaba —se inclinó y levantó un poco la manta para enseñarle a Katie la herida vendada, pero le habían bajado demasiado el pantalón del pijama y se le veía el vello púbico, de manera que volvió a taparlo rápidamente con la manta.

Katie tomó la mano de su padre.

—¿Papá? Soy Katie —su padre musitó algo incomprensible—. Eres un maldito idiota. Pero te queremos.

—Entonces, ¿está aquí Jacob? —preguntó Jean.

Pero Katie no la estaba escuchando. Se sentó en la otra silla y se echó a llorar.

—¿Katie?

—Lo siento.

Jean la dejó llorar un poco y luego dijo:

—Jamie me ha contado lo de la boda.

Katie alzó la vista.

—¿Qué?

—Lo de que querías anular la boda.

Katie pareció afligida.

—Tranquila —continuó Jean—. Ya sé que probablemente te preocupaba sacar el tema. Con lo del accidente de tu padre. Y lo de que todo estuviese organizado ya. Pero lo peor de todo sería seguir adelante sólo porque no quieres armar un follón.

—Cierto —repuso Katie asintiendo con la cabeza, pero se lo decía a sí misma.

—Lo más importante de todo es que seas feliz —Jean hizo una pausa—. Si te hace sentir un poco mejor, nosotros también teníamos nuestras dudas.

—¿Nosotros?

—Tu padre y yo. Es obvio que Ray es un hombre decente. Y a Jacob claramente le gusta. Pero siempre hemos sentido que no era el hombre adecuado para ti.

Katie no dijo nada durante un rato preocupantemente largo.

—Te queremos muchísimo —dijo Jean.

Katie la interrumpió.

—¿Y ha sido Jamie quien te ha dicho eso?

—Ha dicho que lo llamaste —estaba claro que algo andaba mal, pero Jean no supo muy bien qué.

Katie se levantó. Su mirada era dura como el acero.

—Ahora vuelvo —dijo, y desapareció entre las cortinas.

Desde luego parecía muy enfadada.

Jamie estaba en un buen lío. Eso sí lo sabía Jean. Se reclinó en la silla, cerró los ojos y exhaló un profundo suspiro. No tenía energías para esas cosas. Ahora no.

Los hijos nunca crecían del todo. Pasaban de los treinta años y seguían comportándose como si tuvieran cinco. En un momento dado eran tus mejores amigos. Entonces decías algo que no debías y estallaban como petardos.

Se inclinó y le agarró la mano a George. Podían decir lo que fuera de su marido, pero al menos era predecible.

O lo era antes.

Le oprimió los dedos y se dio cuenta de que no tenía la más mínima idea de qué le pasaba por la cabeza a George.

Cuando Jamie entró en la sala de espera vio a Ray y Jacob sentados uno frente al otro al final de los asientos de plástico verde. Ray estaba haciendo el truco de magia de la moneda. El que los padres venían haciéndoles a sus hijos en el mundo entero desde el principio de los tiempos.

Jamie se sentó al lado de Jacob y dijo:

—Hola, chicos.

—Ray sabe hacer magia —dijo Jacob.

Ray miró a Jamie y le preguntó:

—¿Y bien...?

Por un momento Jamie no supo de qué podía estar hablando Ray. Entonces se acordó.

—Oh, sí. Papá. Perdona. He estado en la cafetería. Está bien. Bueno, en realidad no está bien. Me refiero a que hay otros problemas, pero físicamente está bien. Mamá llamó a todo el mundo porque... —no había forma de explicarle por qué mamá había llamado a todo el mundo sin provocarle pesadillas a Jacob—. Te lo explicaré después.

—¿Está muerto el abuelito? —quiso saber Jacob.

—Está vivo y coleando —repuso Jamie—. Así que no tienes de qué preocuparte.

—Bien —dijo Ray—. Bien —espiró despacio, como alguien que hiciera de aliviado en una obra de teatro.

Entonces Jamie se acordó de lo de la boda y se sintió incómodo al no mencionarlo. De manera que dijo:

—¿Cómo estás? —con tono significativo para dar a entender que era preocupación genuina, no mera educación.

Y Ray contestó:

—Estoy bien —con tono significativo para dar a entender que sabía exactamente de qué hablaba Jamie.

—Haz magia —pidió Jacob—. Haz que aparezca. Que me aparezca en la oreja.

—Vale —Ray se volvió hacia Jamie con la sombra de una sonrisa y Jamie se permitió considerar la posibilidad de que Ray fuese un ser humano razonablemente agradable.

La moneda era de veinte peniques. Jamie llevaba una moneda de veinte peniques en el bolsillo de atrás de los pantalones de pana. La sacó con sigilo y la sostuvo en la mano derecha sin que lo vieran.

—Esta vez —propuso—, Ray va a hacerla aparecer en mi mano —tendió el puño derecho.

Ray miró a Jamie y quedó claro que pensó que Jamie trataba de organizar algún toqueteo entre hombres, a juzgar por su entrecejo fruncido. Pero entonces lo entendió y esbozó una sonrisa, en toda regla esta vez, y dijo:

—Vamos a intentarlo.

Ray se puso teatralmente la moneda entre el índice y el pulgar.

—Tengo que tirar los polvitos —dijo Jacob claramente aterrorizado por que alguien tirase los polvitos antes que él.

—Adelante, pues —dijo Ray.

Jacob tiró unos invisibles polvitos mágicos sobre la moneda.

Ray hizo una floritura con la mano libre, la puso sobre la moneda como si fuera un pañuelo, la cerró en un puño y la apartó. La moneda había desaparecido.

—La mano —dijo Jacob—. Enséñame la mano mágica.

Ray abrió lentamente el puño.

La moneda no estaba.

Jacob tenía los ojos muy abiertos por la sorpresa.

—Y ahora —intervino Jamie levantando el puño—. ¡Tachán!

Estaba a punto de abrir el puño y revelar la moneda cuando Ray dijo:

—¿Katie? —y la expresión de su rostro no fue nada buena. Y Jamie se volvió en redondo y vio a Katie marchar hacia él, y la expresión en su rostro tampoco era nada buena.

—Katie, hola —dijo él, y Katie le dio un puñetazo en un lado de la cabeza de forma que cayó del asiento al suelo y se encontró viendo, en primer plano, los zapatos de Jacob.

Oyó a una persona ligeramente trastornada aplaudir desde el otro extremo de la sala y a Ray decir:

—Katie... ¿qué coño...? —y a Jacob exclamar con tono de asombro:

—¡Le has pegado al tío Jamie! —y el ruido de pisadas que corrían.

Para cuando se hubo incorporado y sentado, un guardia de seguridad se acercaba a ellos diciendo:

—Eh, eh, eh, vamos a calmarnos todos un poco, ¿vale?

Katie le dijo a Jamie:

—¿Qué coño le dijiste a mamá?

Jamie le dijo al guardia de seguridad:

—No pasa nada, es mi hermana.

Ray le dijo a Jacob:

—Creo que tú y yo vamos a ir a ver a los abuelitos.

El guardia de seguridad dijo:

—Una tontería más de este estilo y hago que los echen a todos de aquí —pero en realidad nadie le estaba escuchando.

Cinco minutos después, Jean oyó una segunda serie de pisadas, más pesadas que las de Katie. Al principio pensó que era otro médico. Se armó de valor.

Pero cuando las cortinas se abrieron era Ray, con Jacob a hombros.

Comprendió al instante qué había pasado. Katie se lo había dicho a Ray. Lo de que ella y George tenían sus dudas. Lo de que Ray no era lo bastante bueno para su hija.

Ray dejó a Jacob en el suelo.

Jacob dijo:

—Hola, abuela. Tengo... tengo algunas... pastillas de chocolate. Para el abuelito.

Jean no tenía ni idea de qué podía hacer un hombre como Ray cuando estaba enfadado.

Se levantó de la silla y dijo:

—Ray. Lo siento muchísimo. No es que tú no nos gustes. Ni mucho menos. Es sólo que... lo siento, lo siento muchísimo.

Deseó que la tierra la tragase, pero no lo hizo, de manera que se agachó para pasar bajo las cortinas y echó a correr.

Katie observó a Jamie incorporarse y se le ocurrieron tres cosas en rápida sucesión.

En primer lugar, iba a tener que darle una buena explicación a Jacob. En segundo, había perdido su último vestigio de superioridad moral sobre Ray. Y en tercero, era la primera vez que le daba un puñetazo en toda regla a alguien desde aquella pelea sobre las sandalias rojas con Zoë Canter en la escuela primaria, y la sensación había sido genial.

Se sentó junto a su hermano. Ninguno de los dos habló durante unos instantes.

—Lo siento —dijo Katie, aunque no era verdad. No del todo—. Estas últimas semanas han sido tremendas.

—Ya somos dos.

—¿Qué quieres decir?

—Tony me ha plantado.

—Mierda. Lo siento mucho —dijo Katie, y por encima del hombro de Jamie vio a una mujer que se parecía mucho a su madre correr hacia el pasillo principal del hospital como si la persiguiera un perro invisible.

—Y no era un formón —añadió Jamie—; se estaba cortando el cáncer, por lo visto. Con unas tijeras.

—Bueno, eso tiene un poco más de sentido —repuso Katie.

Jamie pareció algo decepcionado.

—Pensé que conseguiría una reacción mejor por tu parte.

De manera que Katie le explicó lo de su visita a casa y los ataques de pánico y *Arma letal*.

—Oh, se me olvidaba —dijo Jamie—. Ha estado aquí.

—¿Quién?

—El amiguito de mamá.

—¿Qué quieres decir con que ha estado aquí? —preguntó Katie.

—La ha traído él, por lo visto. Estaba intentando pasar inadvertido. Por razones obvias. Me he encontrado con él al llegar.

—Bueno, y ¿cómo es?

Jamie se encogió de hombros.

—¿Te lo tirarías?

Jamie arqueó las cejas y Katie se dio cuenta de que los acontecimientos recientes la estaban volviendo un poco chiflada.

—Compartir a un viejo amante bisexual con mi madre —ironizó Jamie—. Me parece que la vida ya es bastante difícil —hizo una pausa—. Atildado. Bronceado. Jersey de cuello alto. Se le va un poco la mano con la loción para después del afeitado.

Katie se inclinó hacia él y le agarró ambas manos.

—¿Estás bien?

Jamie rió.

—Ajá. Por sorprendente que parezca, estoy bien.

Katie sabía a qué se refería exactamente. Y en ese momento tuvo la sensación de que todo estaba bien. Los dos allí sentados, juntos y tranquilos. El ojo del huracán.

—Así pues, ¿vas a casarte? —quiso saber Jamie.

—Dios sabe. Mamá está como loca, por supuesto. Naturalmente, una parte de mí quiere casarse con Ray sólo para hacerla enfadar —permaneció en silencio unos instantes—. Debería ser simple, ¿no? Quiero decir, o quieres a alguien o no lo quieres. No es exactamente teoría cuántica. Pero no tengo ni idea, Jamie. Ni idea.

Un joven asiático de traje azul oscuro entró por la puerta de doble hoja y se dirigió al mostrador. Parecía sobrio pero tenía la camisa empapada de sangre.

Katie se acordó de aquellos dibujos animados de niños sentados en hospitales con cacerolas en las cabezas, y se

287

preguntó si era posible en realidad que te encasquetaran una cacerola en la cabeza.

Cortarse el cáncer con tijeras. Era totalmente lógico cuando te ponías a pensarlo. Un tratamiento un poco agresivo para el eczema, sin embargo.

El hombre asiático se cayó. Pero no se desplomó. Cayó rígido, como un rastrillo o la manecilla grande de un reloj muy rápido. Hizo mucho ruido al golpear contra el suelo. Fue divertido y nada divertido al mismo tiempo.

Se lo llevaron en camilla.

Entonces aparecieron Ray y Jacob.

—Estaba... Había un... El abuelito estaba roncando.

—No habréis visto a vuestra madre, ¿no? —preguntó Ray.

—¿Por qué? —quiso saber Jamie.

—Se ha puesto un poco rara, y luego ha salido pitando. Jacob miró a Jamie.

—Haz aparecer la moneda.

—Más tarde, ¿vale? —se levantó y le revolvió el cabello a Jacob—. Iré a buscarla.

Diez minutos más tarde iban de vuelta al pueblo.

Llevaron a mamá en su coche. Katie se sentó detrás con Jacob. Quedó claro que a su madre no la entusiasmaba ir delante con Ray pero a Katie le supuso una perversa distracción verlos a los dos tratar de mantener una conversación educada.

Además, le gustaba ir detrás con Jacob. Los niños. Cero responsabilidades. Los adultos resolviéndolo todo. Como aquel verano en Italia cuando el motor del Alfa Romeo reventó a las afueras de Reggio Emilia y pararon en el arcén y el hombre del bigote increíble llegó y dijo que estaba *completamente morte* o algo así y papá vomitó en la hierba, aunque en aquel momento no fue más que otro ejemplo de extraña conducta paterna y un mal olor, y ella y Jamie se sentaron en el arcén a jugar con los prismáticos y aquel pequeño rompecabezas de madera del copo de nieve, bebiendo naranjada con gas sin la más mínima preocupación en el mundo.

74

Jamie estaba arrodillado en las escaleras con una palangana de agua jabonosa, limpiando la sangre de su padre de la moqueta.

Ése era el problema con los libros y las películas. Cuando pasaban cosas tremendas había música orquestal y todo el mundo sabía dónde hacer un torniquete y por delante de la casa nunca pasaba una furgoneta de helados. Entonces las cosas tremendas pasaban en la vida real y te dolían las rodillas y se te desintegraba la esponja en las manos y era obvio que iba a quedar alguna clase de mancha permanente.

Jamie llegó primero y cuando Katie y Ray detuvieron el coche junto al suyo, mamá salió pitando por la puerta del pasajero como si hubiera un incendio en la casa, lo cual fue un poco raro. Y entonces cundió el pánico porque era obvio que Jacob no podía entrar por culpa de la sangre (la descripción de Ray hizo que más pareciera un cambio en la decoración que sangre derramada). Pero el pánico se estaba transmitiendo de forma totalmente gestual para que Jacob no captara qué estaba ocurriendo.

Y Jamie vio a qué se refería Katie con lo de que Ray era un tipo capaz. Porque sacó una tienda del maletero y le dijo a Jacob que ellos dos iban a dormir fuera porque había un cocodrilo en la casa y que si Jacob tenía suerte no tendría que entrar a lavarse y podría hacer pipí en las flores.

Pero eso no era un trabajo. No te casabas con alguien porque fuera capaz. Te casabas con alguien porque estabas enamorado. Y había algo muy poco sexy en lo de ser demasiado capaz. Ser capaz era algo propio de un padre.

Aunque, obviamente, de haber sido Ray su padre habría acudido al médico. O habría utilizado las herramientas adecuadas y no habría dejado nada medio colgando.

Jamie todavía estaba enjabonando las escaleras cuando Katie se materializó ante su vista.

—No crees que fuera a conservarlo, ¿no? —blandía un envase vacío de helado.

—¿A qué parte correspondía, por cierto? —quiso saber Jamie.

—A la cadera izquierda —repuso Katie imitando con la mano unas tijeras junto al bolsillo de sus tejanos.

—¿De qué tamaño era?

—Como una hamburguesa grande —contestó Katie—. Por lo que parece. No he llegado a ver la herida en sí. Bueno... el baño ya está. Mamá ha acabado con la cocina. Dame eso y puedes salir a ver qué tal les va a Ray y Jacob.

—¿Prefieres limpiar sangre de una moqueta a ir a hablar con tu prometido?

—Si vas a ponerte odioso puedes hacerlo tú mismo.

—Lo siento —repuso Jamie—. Oferta aceptada.

—Además —añadió Katie—, por mucho que me duela decirlo, las mujeres sencillamente limpiamos mejor.

El cielo estaba nublado y el jardín estaba muy oscuro. Jamie tuvo que permanecer treinta segundos de pie en el patio antes de conseguir ver algo.

Ray había plantado la tienda lo más lejos posible de la familia de Katie. Cuando Jamie llegó a ella, una voz incorpórea dijo:

—Hola, Jamie.

Ray estaba sentado de espaldas a la casa. Su cabeza era una silueta y su expresión, indescifrable.

—Te he traído un café —Jamie se lo tendió.

—Gracias.

Ray estaba sentado en una esterilla de camping. Se echó hacia atrás y le ofreció a Jamie el otro extremo.

Jamie se sentó. La esterilla estaba ligeramente caliente. Se oían pequeños ronquidos procedentes de la tienda.

—Bueno, ¿qué fue lo que se hizo George? —preguntó Ray.

—Mierda —repuso Jamie—. Nadie te lo ha contado, ¿no? Lo siento.

Jamie le contó la historia y Ray dejó escapar un largo silbido.

—Vaya chalado.

Pareció impresionado, y durante un par de segundos Jamie se sintió extrañamente orgulloso de su padre.

Permanecieron sentados en silencio.

Era como la fiesta de adolescentes. Pero sin «Hi, Ho, Silver Lining». Y Jamie no estaba solo en el jardín. Pero le parecía bien. A Ray lo habían desterrado de algún extraño modo y eso lo convertía también en alguien ajeno. Además, Jamie no lo veía, de manera que no ocupaba tanto espacio como de costumbre.

Ray dijo:

—Salí corriendo.

—¿Perdona?

—Katie fue a tomar un café con Graham. Los seguí.

—Oh, vaya, eso no está bien, ¿no?

—Quería matarlo, para serte franco —explicó Ray—. Tiré un cubo de basura. Supe que la había cagado. Así que me largué. Dormí en casa de un tipo del trabajo —hizo una pausa—. Por supuesto, eso fue peor que seguirla a ella al café.

Jamie no supo qué decir. Hablar con Ray ya era bastante difícil a plena luz del día. Sin lenguaje corporal se hacía prácticamente imposible.

—En realidad —prosiguió Ray—, todo eso no iba sobre Graham. Graham era sólo un...

—¿Catalizador? —propuso Jamie, contento de poder hacer una contribución.

—Un síntoma —repuso educadamente Ray—. Katie no me quiere. No creo que lo haya hecho nunca. Pero lo está intentando en serio. Porque le da miedo que yo la eche de la casa.

—Vaya —dijo Jamie.

—No voy a echarla de la casa.

—Gracias —sonó extraño. Pero corregirlo habría sonado más extraño aún.

—Pero no te casas con alguien si no lo quieres, ¿verdad? —dijo Ray.

—No —repuso Jamie, aunque era obvio que la gente lo hacía.

Se quedaron un rato callados, escuchando un tren en la distancia (qué raro que sólo se oyeran por la noche). Era extrañamente agradable. Lo de que Ray estuviera un poco alicaído. Y Jamie no fuera capaz de verlo. Así que Jamie dijo:

—Por Dios, el famoso Graham —con tono desenfadado, como si hablase con un amigo.

Sintió a Ray estremecerse. Incluso en la oscuridad.

—Ya lo conoces —añadió Jamie—. Ya sabes cómo es.

—Trato de no llamar la atención —explicó Ray.

Jamie dio un sorbo al café.

—Bueno, está claro que es un tío guapísimo —probablemente no era eso lo que debería estar diciendo—. Pero es eso y nada más. Es aburrido. Y superficial. Y débil. Y en realidad no es muy inteligente. Sólo que al principio no te das cuenta. Porque es mono, y despreocupado, y tiene confianza en sí mismo. O sea que asumes de alguna manera que tiene grandes planes —miró atrás, hacia la casa, y advirtió un cristal roto en la cocina que se había tapado cuidadosamente con un rectángulo de madera—. Trabaja para una compañía de seguros... No pasa con frecuencia que alguien tenga un empleo que haga parecer excitante el mío.

Jamie estaba disfrutando al hablar con Ray en la oscuridad de esa manera. Por lo extraño y furtivo que resultaba. Por la forma en que hacía más fácil decir las cosas. Tanto fue así que Jamie bajó la guardia y se encontró teniendo una breve pero muy específica fantasía sexual sobre Ray y sólo se dio cuenta de lo que estaba haciendo al cabo de unos tres segundos, y fue como pisar una babosa en la cocina por la noche, porque estaba mal en muchos sentidos.

—Tu madre no está muy contenta con la idea de tenerme en la familia, ¿verdad? —dijo Ray.

Y Jamie pensó «Y qué coño importa» y dijo:

—No mucho. Pero pensaba que el culo de Graham irradiaba la luz del sol. Así que difícilmente es la mejor del mundo al juzgar la personalidad de alguien —¿era sensato decir eso? Le habría gustado ver la cara de Ray en ese momento—. Por supuesto, cuando Graham dejó a Katie y a Jacob, mi madre decidió que era un servidor de Satán.

Ray no decía nada.

Una luz se encendió en el piso de arriba y su madre apareció brevemente en la ventana del dormitorio y miró hacia el jardín a oscuras. Se la veía menuda y triste.

—Ten paciencia y aguanta —dijo Jamie, y se dio cuenta de que quería que Ray y Katie estuvieran juntos y no supo del todo por qué. ¿Porque necesitaba que algo saliera bien cuando todo lo demás estaba saliendo mal? ¿O empezaba a gustarle aquel tipo?

—Gracias, colega —repuso Ray.

Y Jamie hizo una pausa y luego dijo:

—Tony me ha plantado —tampoco tuvo muy claro por qué había dicho eso.

—Y tú quieres volver con él...

Jamie trató de decir que sí, pero sólo pensar en hacerlo le provocó un nudo de emoción en la garganta y no sentía la suficiente confianza con Ray para eso.

—Ajá.

—¿Culpa tuya o de él?

Jamie decidió lanzarse. Era una especie de penitencia. Como zambullirse en una piscina de agua fría. Sería edificante. Si lloraba, a la mierda. Ya había quedado en ridículo bastantes veces esa semana.

—Deseaba estar con alguien. Y quería permanecer soltero al mismo tiempo.

—¿Para así poder..., bueno, tirarte a otros tíos?

—No, ni siquiera eso —por extraño que fuera, no sentía ganas de llorar. Todo lo contrario, de hecho. Quizá era por la oscuridad, pero se le hacía más fácil hablar de eso con Ray que con cualquiera de su familia, incluida Katie—. No quería comprometerme. No quería compartir las cosas. No quería tener que hacer sacrificios. Lo cual es una estupidez. Ahora lo veo —hizo una pausa—. Si quieres a alguien tienes que poner algo de tu parte.

—Has dado en el clavo.

—La cagué —concluyó Jamie—. Y no sé muy bien cómo arreglarlo.

—Ten paciencia y aguanta tú también —dijo Ray.

Jamie se quitó un insecto de la cara.

—Lo más estúpido... —añadió Ray.

—¿Qué es lo más estúpido? —preguntó Jamie.

—Que la quiero. Es dura de pelar, joder, pero la quiero. Y ya sé que no soy muy listo. Y sé que hago algunas idioteces. Pero ella me importa. Me importa de verdad.

Justo en aquel momento se abrió la puerta de la cocina y apareció Katie llevando un plato.

—¿Dónde estáis? —cruzó con cautela el césped y pisó algo—. Mierda —se inclinó para recoger un tenedor.

—Estamos aquí —dijo Jamie.

Katie fue hasta ellos.

—Ahí dentro hay cena. ¿Por qué no entráis los dos a comer algo y yo me siento aquí con Jacob?

—Dame eso —le dijo Ray—. Me quedaré aquí fuera.

—Muy bien —repuso Katie. Su tono pareció revelar que ya había tenido bastantes desacuerdos por un día. Le dio el plato a Ray—. Espaguetis a la boloñesa. ¿Estás seguro de que no quieres una ración de hombre?

—Con esto está bien —repuso Ray.

Katie se puso a cuatro patas y metió la cabeza en la tienda. Se acurrucó junto a Jacob y lo besó en la mejilla.

—Que duermas bien, banana —luego salió otra vez y se volvió hacia Jamie.

—Ven. Será mejor que vayamos a hacerle compañía a mamá.

Echó a andar de vuelta a la casa.

Jamie se puso en pie. Le dio unas suaves palmaditas a Ray en el hombro. Ray no reaccionó.

Anduvo sobre la hierba húmeda hacia la casa iluminada.

75

Katie supo que iban a pelearse durante la cena. Se respiraba en el ambiente. Si las cosas iban especialmente mal podían acabar discutiendo sobre su propia boda, la salud mental de papá y el amante de mamá al mismo tiempo.

Cuando daban cuenta de los espaguetis a la boloñesa mamá dijo que esperaba sinceramente que papá no tuviera más accidentes estúpidos. Su expresión era un poco atormentada, y a Katie le pareció bastante obvio que sabía que la historia del formón era una gilipollez pero quería asegurarse de que ninguno de los dos lo supiera. Hubo uno de esos violentos silencios en que se oye masticar a todo el mundo y el ruido de los cubiertos y Jamie salvó la situación al decir:

—Y si lo hace, confiemos en que sea en el jardín —lo cual les permitió distenderse un poco con unas risas forzadas.

Estaban recogiendo los platos cuando mamá dejó caer la bomba.

—Bueno, ¿va a haber boda o no?

Katie apretó los dientes.

—Sencillamente no lo sé, ¿vale?

—Bueno, pues vamos a tener que saberlo pronto. Quiero decir que está muy bien lo de ser comprensivos, pero voy a tener que hacer unas llamadas bastante difíciles y prefiero no postergarlas más tiempo del necesario.

Katie apoyó las palmas de las manos en la mesa para calmarse.

—¿Qué quieres que te diga? No lo sé. La cosa está difícil en este momento.

Jamie se detuvo en el umbral con los platos.

—Bueno, ¿le amas o no? —quiso saber su madre.

Y fue entonces cuando Katie perdió los estribos.

—¿Qué coño sabes tú del amor?

Mamá puso la misma cara que si la hubiesen abofeteado.

Jamie intervino:

—Un momento. Un momento. Nada de pelearse a gritos. Por favor.

—Tú no te metas —espetó Katie.

Mamá se sentó otra vez, cerró los ojos y dijo:

—Bueno, si eso es lo que sientes entonces supongo que podemos asumir que no habrá boda.

A Jamie le temblaron las manos. Dejó los platos otra vez sobre la mesa.

—Katie. Mamá. Dejémoslo ya, ¿de acuerdo? Creo que ya hemos pasado bastante.

—¿Qué coño tiene que ver esto contigo? —exclamó Katie, y supo que estaba siendo infantil y maliciosa pero necesitaba comprensión, no un maldito sermón.

Entonces Jamie perdió los estribos, algo que no le había visto hacer en mucho tiempo.

—Por supuesto que tiene que ver conmigo. Tú eres mi hermana. Y tú eres mi madre. Y entre las dos estáis jodiéndolo todo.

—Jamie... —dijo mamá como si él tuviera seis años.

Jamie la ignoró y se volvió hacia Katie.

—Me he pasado los últimos veinte minutos sentado ahí fuera con Ray y es realmente un buen tipo y se está rompiendo los cuernos para ponértelo fácil.

—Vaya, has cambiado de parecer —dijo Katie.

—Cállate y escúchame —espetó Jamie—. Está aguantando toda esta mierda. Y va a darte un sitio en que vivir todo el tiempo que desees incluso si tú no le quieres, porque tú le importas y Jacob le importa. Conduce hasta aquí y se sienta ahí fuera porque es perfectamente consciente de que no les gusta a mamá y papá...

—Yo nunca he dicho eso —intervino mamá con un hilo de voz.

—Y hoy me he sentado con papá y he hablado con él y le pasa algo malo de verdad y no ha tenido un accidente con un ridículo y jodido formón. Estaba rebanándose a sí mismo con unas tijeras y vosotras dos pretendéis olvidarlo como si no hubiese pasado nada. Bueno, pues sí que ha pasado. Necesita a alguien que lo escuche o va a meter la cabeza en el horno y todos acabaremos sintiéndonos hechos mierda porque fingimos que no pasaba nada malo.

Katie estaba tan perpleja por el súbito cambio de personalidad de Jamie que no oyó lo que decía. Nadie habló durante unos segundos y entonces mamá se echó a llorar muy suavemente.

Jamie dijo:

—Voy a llevar un poco de pudin al jardín —y salió, dejando los platos sobre la mesa.

Jean subió a su cuarto y se tendió en la cama y lloró hasta que se quedó sin lágrimas.

Se sentía desesperadamente sola.

Por culpa de Jamie, sobre todo. Lo de Katie podía entenderlo. Katie estaba pasando por un momento muy difícil. Y Katie discutía con todo el mundo, por lo que fuese. Pero ¿qué mosca le había picado a Jamie? ¿Sospechaba siquiera por lo que ella había tenido que pasar ese día?

Ya no entendía a los hombres de su familia.

Se incorporó hasta sentarse y se sonó la nariz con un pañuelo de papel de la caja sobre la mesita de noche.

Aunque, para ser franca, no estaba segura de haberlo hecho nunca.

Se acordó de Jamie a los cinco años. Se iba a su habitación para «tener intimidad». Incluso ahora hablaban con él y a veces era como estar hablando con alguien en España. Captabas lo básico. Qué hora del día era. Cómo se llegaba a la playa. Pero había un nivel entero al que no accedías porque no hablabas el idioma como era debido.

Y quizá todo habría salido bien si le hubiese podido hacer un arrumaco de cuando en cuando. Pero no era de los que se dejaban hacer arrumacos. No más que George.

Se acercó a la ventana y apartó las cortinas y miró hacia el jardín a oscuras. Había una tienda en alguna parte en las sombras bajo los árboles del fondo.

La idea de cambiarse el sitio con Ray le pareció de pronto muy atractiva: estar ahí abajo en un saco de dormir con Jacob.

Lejos de su casa. Lejos de su familia. Lejos de todo.

Cuando George se despertó se habían ido. Jean, Katie, Jamie, Jacob, Ray. Se sintió bastante aliviado, francamente. Estaba cansadísimo, y su familia podía resultar dura de pelar. En particular en masa.

Empezaba a pensar que le iría bien leer un poco, y se estaba preguntando cómo podía hacerse con una revista decente cuando se abrieron las cortinas y apareció un hombre grandullón con una raída chaqueta de lona. Era completamente calvo y llevaba una tablilla con sujetapapeles.

—¿Señor Hall? —se subió unas gafas de montura metálica a la reluciente calva.

—Sí.

—Soy Joel Foreman. Psiquiatra.

—Pensaba que los tipos como usted se iban para casa a las cinco en punto —dijo George.

—Eso sería genial, ¿verdad? —rebuscó en unos papeles en su tablilla—. La lástima es que, por experiencia, la gente no hace sino volverse más loca a medida que avanza el día. Por automedicarse, normalmente. Aunque estoy seguro de que eso no puede aplicársele a usted.

—Desde luego que no —repuso George—. Aunque he estado tomando unos antidepresivos —decidió no mencionar la codeína y el whisky.

—¿Con sabor a qué?

—¿Sabor?

—¿Cómo se llaman?

—Lustral —contestó George—. Me hacen sentir absolutamente fatal, para serle franco.

El doctor Foreman era uno de esos hombres que son graciosos sin sonreír. Parecía el malo de una película de James Bond. Era desconcertante.

—Llanto, insomnio y ansiedad —dijo el doctor Foreman—. Siempre me hace reír cuando lo leo en los posibles efectos secundarios. Yo que usted los tiraría, sinceramente.

—Vale —repuso George.

—He oído decir que ha estado haciendo prácticas de cirugía.

George explicó, con lentitud y cautela y con un tono comedido salpicado de cierto humor autocrítico, cómo había acabado en el hospital.

—Tijeras. Un enfoque práctico —opinó el doctor Foreman—. ¿Y cómo se encuentra ahora?

—Me siento mejor de lo que me he sentido en mucho tiempo —contestó George.

—Bien —dijo el doctor—. Pero seguirá viendo al psicólogo de su médico de cabecera, ¿verdad? —no formuló la frase como una pregunta.

—Así es.

—Bien —repitió el doctor Foreman hendiendo el papel en la tablilla con una floritura circular con la punta del bolígrafo—. Bien.

George se relajó un poco. El examen había concluido y, si no se equivocaba, había aprobado.

—Hace sólo una semana estaba pensando que no me vendría mal una estancia en alguna clase de institución. Para descansar del mundo. Esa clase de cosa.

El doctor Foreman no reaccionó al principio y George se preguntó si había revelado una información que iba a cambiar la evaluación del psiquiatra. Como quien da marcha atrás y le pisa el pie al examinador tras el examen de conducir.

El doctor Foreman volvió a ponerse la tablilla bajo el brazo.

—Yo que usted me mantendría alejado de los hospitales psiquiátricos —hizo entrechocar los tacones. Fue un gesto a medio camino entre un desfile militar y *El Mago de Oz*. George se preguntó si el propio doctor Foreman no estaría un poco desquiciado—. Hable con su psicólogo. Coma como es debido. Váyase a la cama temprano. Haga ejercicio de forma regular.

—Lo cual me recuerda... —dijo George—. ¿Sabe usted dónde puedo conseguir algo para leer?

—Veré qué puedo hacer —repuso el doctor Foreman, y antes de que George pudiese especificar qué clase de material de lectura le gustaría, el psiquiatra le había estrechado la mano y había desaparecido a través de la cortina.

Media hora después llegó un camillero para llevarlo a una sala. George se sintió un poco insultado por la silla de ruedas hasta que intentó ponerse de pie. No era dolor en sí, sino la sensación de que algo andaba muy mal en la región abdominal y la sospecha de que si se ponía de pie las entrañas podían salírsele por el agujero que había hecho esa mañana. Cuando volvió a sentarse, el sudor le corría por la cara y los brazos.

—¿Va a comportarse ahora? —preguntó el camillero.

Aparecieron dos enfermeras y fue instalado en la silla.

Lo llevaron hasta una cama vacía en una sala abierta. Un minúsculo y arrugado asiático dormía en la cama a su izquierda en un entramado de tubos y cables. A su derecha, un adolescente escuchaba música a través de unos auriculares. Tenía la pierna sujeta a una polea y se había traído al hospital la mayoría de sus pertenencias: un montón de discos compactos, una cámara, un frasco de salsa HP, un pequeño robot, unos cuantos libros, un gran martillo hinchable...

George yació en la cama mirando el techo. Habría dado lo que fuera por una taza de té y una galleta.

Estaba a punto de captar la atención del adolescente para averiguar si coincidían en algún punto en sus gustos literarios cuando el doctor Foreman apareció a los pies de su cama. Le tendió a George dos ejemplares en rústica y dijo:

—Déjeselos a las enfermeras cuando los haya acabado, ¿eh? O le seguiré el rastro como un perro —esbozó una breve sonrisa y luego se volvió y se fue, intercambiando por el camino unas palabras con una enfermera en un idioma que no era inglés ni ningún otro que George reconociera.

George les dio la vuelta a los libros. *El puerto de la traición* y *La goleta Nutmeg* de Patrick O'Brian.

Lo acertado de la elección fue casi escalofriante. George había leído *Capitán de mar y guerra* el año anterior y tenía la intención de leer alguna más. Se preguntó si habría dicho algo mientras estaba inconsciente.

Leyó unas ochenta páginas de *El puerto de la traición,* se tomó una insípida cena institucional a base de estofado de ternera, verdura hervida y melocotón con crema, y luego se durmió sin soñar y sólo se despertó para una larga y complicada visita al lavabo a las tres de la madrugada.

Por la mañana le dieron un cuenco de cereales, una taza de té y una breve clase sobre cómo ocuparse de la herida. La enfermera de guardia le preguntó si estaba en posesión de un lavabo en una planta baja y una esposa que pudiese moverlo por la casa. Se vio obsequiado con una silla de ruedas, se le dijo que la devolviera cuando pudiese caminar sin ayuda y le fueron presentados sus papeles de desmovilización.

Llamó a Jean y dijo que podía irse a casa. Pareció poco impresionada por la noticia, y George se sintió un poco irritado hasta que recordó lo que le había hecho a la moqueta.

Le pidió que le trajera algo de ropa.

Ella le dijo que intentaría recogerlo lo antes posible.

George se sentó y leyó otras setenta páginas de *El puerto de la traición.*

El capitán Aubrey estaba escribiendo una carta a casa sobre la afortunada caja de rapé de Byrne cuando George alzó la vista y vio a Ray recorrer la sala. Lo primero que pensó fue que le había pasado algo horroroso al resto de su familia. Y, de hecho, la conducta campechana habitual de Ray había dado paso a algo más bien adusto.

—Ray.

—George.

—¿Va todo bien? —quiso saber George.

Ray dejó caer una bolsa de viaje sobre la cama.

—Tu ropa.

—Sólo estoy sorprendido de verte, eso es todo. Quiero decir en lugar de Jean. O de Jamie. No pretendo ser grosero. Tan sólo me da un poco de vergüenza que te hagan hacer esto —trató de sentarse. Dolía. Mucho.

Ray le ofreció la mano y tiró suavemente de George hasta que quedó sentado en el borde de la cama.

—Va todo bien, ¿verdad? —repitió George.

Ray exhaló un suspiro de hastío.

—¿Bien? —dijo—. Yo no iría tan lejos. Es un maldito desastre. Eso probablemente se le acerca más.

¿Estaría borracho Ray? ¿A las diez de la mañana? George no olía a alcohol, pero Ray no parecía controlarse del todo. Y ése era el hombre que iba a llevarlo a casa.

—¿Sabes qué? —preguntó Ray sentándose en el borde de la cama junto a George.

—¿Qué? —repitió George en voz baja, sin deseos en realidad de saber la respuesta.

—Creo que bien puedes ser el miembro más cuerdo de esta familia —respondió Ray—. Aparte de Jamie. Parece tener la cabeza en su sitio. Y es homosexual.

El asiático menudo los miraba fijamente. George cruzó los dedos y confió en que no entendiese bien el inglés.

—¿Ha ocurrido algo en casa? —preguntó George con cautela.

—Jean y Katie se han estado chillando sobre la mesa del desayuno. He sugerido que todo el mundo se calmara un poco y me han dicho que me fuera a la comillas puta mierda comillas.

—¿Te lo ha dicho Jean? —preguntó George sin ser del todo capaz de creerlo.

—Katie —contestó Ray.

—¿Y por qué ha sido la pelea? —quiso saber George. Empezaba a lamentar haber pasado el examen del doctor Foreman. Unos días más en el hospital parecían de pronto tentadores.

—Katie no quiere casarse —explicó Ray—. Lo cual probablemente es un alivio para ti.

George no tenía ni idea de cómo responder a eso. Jugó con la posibilidad de caerse de la cama para que algún otro viniera a rescatarlo, pero decidió no hacerlo.

—De manera que he dicho que te recogería yo. Me ha parecido mucho más fácil que quedarme en la casa —Ray inspiró profundamente—. Perdona. No debería desahogarme contigo. Las cosas están siendo un poco estresantes últimamente.

Se quedaron sentados uno al lado del otro durante unos instantes, como un par de caballeros ancianos en un banco del parque.

—Bueno —dijo Ray—. Será mejor que te lleve a casa, o van a preguntarse dónde andamos —se levantó—. ¿Vas a necesitar que te ayude a ponerte esa ropa?

Durante una fracción de segundo George pensó que Ray estaba a punto de quitarle los pantalones del pijama de hospital, y la perspectiva fue tan desconcertante que se encontró emitiendo un chillido audible. Pero Ray simplemente echó las cortinas en torno a la cama de George y se fue en busca de una enfermera.

78

Katie se sentía como si la hubiesen estrujado.

Una esperaba que las crisis resolvieran las cosas, que revelaran su verdadera dimensión. Pero no era así. Cuando habían llegado a Peterborough había imaginado que se quedarían unos días, una semana quizá, sólo ella y Jacob. Que tendría vigilado a papá y se aseguraría de que no planeaba rebanarse algo más. Que le echaría una mano a mamá. Que sería una buena hija y expiaría la culpa por haber desaparecido la última vez.

Pero cuando papá volvió con Ray y les dijo a todos que podían irse a casa, se sintió aliviada. Un día más en aquella casa e iban a matarse unos a otros.

La silla de ruedas la impresionó, pero a su padre se lo veía extrañamente optimista. Hasta mamá parecía más interesada en cuidar de él por sí sola que en compartir la casa con sus hijos.

Cuando se iban, Katie se armó de valor y se disculpó. Su madre dijo:

—Olvidémoslo y ya está, ¿de acuerdo?

Y su padre sobrecompensó la cosa diciendo:

—Gracias por venir. Ha sido estupendo veros —pese a que era la primera vez que había estado realmente despierto en su presencia.

Lo cual le recordó a Jacob que no le había dado al abuelito sus pastillas de chocolate. De manera que Ray salió y sacó el envase de la guantera y su padre hizo el gran alarde de abrirlas y comerse un par y declarar que estaban deliciosas pese al hecho de que la calefacción del coche parecía haberlas convertido en una especie de gachas marrones.

Se dirigieron a sus coches y se marcharon y Ray y Jacob jugaron a veo-veo durante media hora y Katie se encontró con que deseaba de verdad volver a la casa de la que tan desesperadamente deseara salir hacía sólo unos días.

Cuando llegaron, Ray y Jacob montaron el tren en el suelo de la sala de estar mientras ella preparaba la cena. Luego bañó a Jacob y Ray lo acostó.

Ninguno de los dos tuvo fuerzas para discutir y se pasaron los días siguientes interpretando el papel de padres conscientes de sus deberes para no inquietar a Jacob. Y Katie vio cómo se convertían poco a poco en las personas que fingían ser, y cómo el problema que se suponía debían resolver iba quedando relegado al fondo, con los dos convertidos en un equipo cuya tarea era criar a un niño y llevar una casa pese al hecho de que no tuviesen nada en común, conversando sobre lo que hacía falta comprar en Tesco y qué iban a hacer el fin de semana, yéndose a la cama y apagando la luz y volviéndose de costado de espaldas al otro y tratando de no soñar con las vidas que podrían haber llevado.

Jean dejó de trabajar.

En realidad no había sabido muy bien qué esperar cuando George llegó del hospital. Resultó que parecía sorprendentemente normal. Se disculpó por todo el trastorno que había causado y dijo que se sentía muchísimo mejor de lo que se había sentido en mucho tiempo.

Jean le preguntó si quería hablar de lo ocurrido, pero él le dijo que no hacía falta preocuparse. Ella le dijo que si empezaba a sentir alguna vez lo mismo debía contárselo y él la tranquilizó diciéndole que nunca más volvería a sentir lo mismo. No tardó en quedar claro que el doctor Parris había exagerado las cosas y que las más paranoicas imaginaciones de Jean habían sido infundadas.

George aún sentía mucho dolor, claramente. Pero estaba decidido a no utilizar la silla de ruedas. De manera que Jean se pasó la mayor parte de esa semana ayudándolo a levantarse de la cama y a entrar y salir de sus baños con sales y agarrándolo de la mano cuando bajaba por las escaleras, y luego llevándolo a la consulta para que le cambiaran el vendaje y volviéndolo a traer.

Al cabo de tres o cuatro días ya se movía solo por ahí, y para principios de la segunda semana era capaz de conducir el coche, de forma que Jean volvió al trabajo diciéndole que la llamara en cualquier momento si necesitaba ayuda.

Llamó a la floristería y al servicio de comidas y a la compañía de coches de alquiler y lo canceló todo. Los de la floristería fueron de lo más grosero, así que se encontró diciéndoles a los del servicio de comidas y a la compañía de coches que su hija había caído gravemente enferma, y fueron tan comprensivos que se sintió peor que cuando le habían gritado.

No se sentía capaz de llamar a los invitados y decirles que la boda se había anulado, de modo que decidió dejarlo estar unos días.

Y todo marchaba bien. Claramente bien. Sólo unos días antes había pensado que sus vidas se hacían pedazos. Y ahora las cosas estaban volviendo lentamente a la normalidad. No podría haber pedido más.

Pero se sentaba a la mesa de la cocina algunas noches y pensaba en lavar y en cocinar y en limpiar y sentía algo oscuro y pesado que la agobiaba, y tan sólo levantarse a poner la tetera era como adentrarse en aguas profundas.

Estaba deprimida. Y no era algo que estuviese acostumbrada a sentir. Se preocupaba. Hacía frente a las cosas. Se enfadaba. Pero nunca se sentía abatida durante más de unas horas.

Era poco caritativo, pero no podía evitar desear que George anduviese algo peor. Que la necesitara un poco más. Pero no tardó nada en estar trabajando de nuevo en el estudio, poniendo ladrillos y serrando madera.

Se sentía como si estuviese perdida en el mar. George estaba allí en su isla. Y David estaba en otra isla. Y Katie. Y Jamie. Todos ellos con tierra sólida bajo los pies. Y ella iba a la deriva entre ellos, con la corriente llevándosela más y más lejos.

Condujo hasta casa de David la semana siguiente y aparcó en la esquina. Estaba a punto de salir del coche cuando se dio cuenta de que no podía hacerlo. Cuando estuvieron juntos por primera vez había parecido el principio de una nueva vida, algo diferente y excitante, una fuga. Pero ahora lo veía tal como era: una aventura como cualquier otra, escabrosa y rastrera, una compensación egoísta por el desastre en que se había convertido su vida real.

Se imaginó sentada en la sala de profesores del Saint John, tomando té y galletas de pasas con Sally y Bea y la señorita Cottingham, y se sintió, por primera vez, como si llevase alguna clase de mancha, como si fuesen capaces de mirarla y saber lo que estaba haciendo.

Estaba siendo una tonta. Lo sabía. No eran diferentes de otras personas. Sabía a ciencia cierta que el hijo de Bea tenía alguna clase de problema con las drogas. Pero le parecía mal estar haciendo el amor con David una tarde y enseñando a niños a leer a la mañana siguiente. Y si tuviera que elegir entre los dos habría elegido a David sin titubear, pero eso le parecía aún peor.

Se fue de allí y llamó a David más tarde para disculparse. Se mostró encantador y comprensivo y dijo que entendía por lo que debía de estar pasando. Pero no era así. Se lo notó en la voz.

80

George estaba tendido en la cama sin los pantalones, dejando que le cambiaran el vendaje.

La enfermera en prácticas era bastante atractiva, aunque tiraba a regordeta. Siempre le habían gustado las mujeres de uniforme. Samantha, así se llamaba. Era alegre, además, sin llegar a parlanchina.

Lo cierto era que iba a echar de menos esas sesiones cuando llegaran a su fin al cabo de un par de semanas. Era como cuando a uno le cortaban el pelo. Sólo que a él siempre le había cortado el pelo un anciano chipriota y era mucho menos doloroso.

La enfermera arrancó despacio el gran esparadrapo sobre la herida.

—Bueno, señor Hall. Llegó el momento de apretar los dientes.

George se agarró a los bordes de la cama.

La enfermera tiró del extremo del vendaje. El primer par de palmos de cinta rosa salió con suavidad. Entonces se enganchó. George hizo anagramas mentales con la palabra *vendaje*. La enfermera dio un suave tirón y el resto del vendaje se separó de la herida, haciéndole decir algo que nunca habría dicho normalmente en presencia de una mujer.

—Perdóneme.

—No hace falta que se disculpe.

La enfermera sostuvo en alto el vendaje usado. Parecía una gran castaña que se hubiese empapado en sangre y crema de limón. Lo dejó caer en la pequeña papelera de tapa de vaivén junto al costado de la cama.

—Vamos a ponerle uno limpio.

George se tumbó de nuevo y cerró los ojos.

Casi le gustaba el dolor ahora que se había acostumbrado a él. Sabía cómo iba a ser y cuánto iba a durar. Y cuando remitía, su mente permanecía increíblemente despejada durante cinco o diez minutos, como si le hubiesen lavado el cerebro a manguerazos.

Oyó decir a alguien en una habitación cercana:

—Escoliosis de columna.

Se sentía aliviado por lo de la boda. Era triste para Katie. O quizá para ella también fuera un alivio. No habían podido hablar mucho durante su visita. Y a decir verdad, rara vez hablaban de esa clase de cosas. Aunque Ray había parecido un poco raro en el hospital, lo que no hacía sino confirmar su intranquilidad con respecto a la relación.

En cualquier caso, George estaba contento de que la casa no fuera a verse invadida por una carpa llena de invitados. Todavía se sentía un poco frágil como para disfrutar con la perspectiva de ponerse en pie y soltar un discurso.

Jean también parecía sentir cierto alivio.

Pobre Jean. Realmente la había dejado hecha polvo. No había parecido la misma esos últimos días. Era obvio que seguía preocupada por él. Ver esa moqueta a diario probablemente no ayudaba.

Pero él ya había salido del dormitorio, mantenían conversaciones, y George ya era capaz de ocuparse de un par de tareas domésticas. Cuando estuviese un poco más en forma la sacaría a cenar. Había oído buenas recomendaciones de aquel nuevo restaurante en Oundle. Excelente pescado, al parecer.

—Ya está —dijo Samantha—. Listo.

—Gracias —repuso George.

—Venga, vamos a sentarle.

Le compraría unas flores a Jean de camino a casa, algo que no había hecho en muchísimo tiempo. Eso le levantaría el ánimo.

Después llamaría a los instaladores de moquetas.

Jamie estaba esperando a un posible comprador en el piso de Princes Avenue, el piso en que había conocido a Tony.

Los dueños iban a mudarse a Kuala Lumpur. Eran ordenados y no tenían niños, gracias a Dios. Nada de expresionismo abstracto a bolígrafo en los zócalos, ni un pedregal de juguetes en el suelo del comedor (Shona le estaba enseñando a una pareja el piso de cuatro habitaciones de Finchley cuando la mujer se torció el tobillo al pisar una Dino-Bici Power Ranger). Trabajaban en la City y apenas tocaban nada en la casa por lo que él veía. Se podrían lamer los fogones. Muebles de Ikea. Grabados insulsos con marcos de acero batido. Frío e impersonal pero vendible.

Entró en la cocina, tocó la pintura con las yemas de los dedos y recordó haber visto a Tony con una brocha en la mano, antes de que hubiesen cruzado palabra, cuando aún era un atractivo extraño.

Jamie veía ahora, con absoluta claridad, lo que había hecho.

Había esperado el momento oportuno. Se había marchado. Había erigido un pequeño mundo en que sentirse a salvo. Y estaba describiendo una órbita muy lejos, desconectado de todos. Era frío y era oscuro y no tenía ni idea de cómo hacer que volviera a acercarse al sol.

Hubo un momento, en Peterborough, poco después del puñetazo de Katie, en que se había dado cuenta de que necesitaba a aquella gente. A Katie, a su madre, a su padre, a Jacob. A veces lo sacaban de quicio. Pero habían estado con él todo el trayecto. Formaban parte de él.

Ahora había perdido a Tony e iba a la deriva. Necesitaba un sitio al que acudir cuando tuviese problemas. Necesitaba a alguien a quien llamar a altas horas de la noche.

La había cagado. Aquellas horribles escenas en el comedor. Su madre diciendo: «No tienes ni idea». Tenía razón. Eran extraños. Los había convertido en extraños. Deliberadamente. ¿Qué derecho tenía a decirles cómo llevar sus vidas? Se había asegurado bien de que ellos no tuvieran derecho a decirle cómo llevar la suya.

Sonó el timbre.

Mierda.

Inspiró profundamente, contó hasta diez, se puso el chip de vendedor y le abrió la puerta a un hombre con un clarísimo peluquín.

82

Katie acababa de lavar los platos.

Jacob se había ido a la cama. Y Ray estaba sentado a la mesa de la cocina poniéndole pilas nuevas al teléfono inalámbrico. Katie se dio la vuelta y se apoyó contra el fregadero, secándose las manos en un trapo.

Ray colocó la parte trasera del teléfono en su sitio con un chasquido.

—Tenemos que hacer algo.

—Ya lo sé —contestó ella, y la hizo sentir bien estar por fin hablando del tema en lugar de criticando los turnos en la guardería y la falta de bolsitas de té.

—No me importa cómo lo solucionemos —balanceó la silla sobre las patas de atrás e insertó el teléfono en su soporte—. Siempre y cuando no implique acercarse a tu familia.

Durante una fracción de segundo Katie se preguntó si debería ofenderse. Pero no pudo hacerlo porque Ray tenía razón: se habían comportado de forma horrible. De repente le pareció divertido y se percató de que se estaba riendo.

—Siento haberte hecho pasar por todo eso.

—Fue... educativo —admitió Ray.

Katie no supo por su expresión si le divertía o no, de manera que dejó de reír.

—Le dije a tu padre que me parecía la persona más cuerda de la familia entera —Ray puso de pie una de las pilas usadas—. Creo que lo asusté un poco —colocó la otra pila de pie junto a la primera—. Confío en que esté bien.

—Crucemos los dedos.

—Jamie es un tipo decente —opinó Ray.

—Ajá.

—Tuvimos una buena charla. En el jardín.

—¿Sobre qué? —quiso saber Katie.

—Sobre tú y yo. Sobre él y Tony.

—Uyuyuy —le pareció un poco arriesgado pedirle detalles.

—Siempre había pensado, ya sabes, que siendo gay sería más raro.

—Probablemente vale más que no le digas eso a Jamie.

Ray alzó la vista para mirarla.

—Puede que sea estúpido. Pero no soy tan estúpido.

—Lo siento. No pretendía...

—Tú, ven aquí —dijo Ray. Empujó la silla hacia atrás.

Katie fue y se sentó en su regazo y él la rodeó con los brazos y con eso bastó. Fue como si el mundo se hubiese puesto del revés.

Era ahí donde se suponía que debía estar.

Sintió relajarse todos los músculos de su cuerpo. Le tocó la cara a Ray.

—Me he portado fatal contigo.

—Has estado horrible —dijo Ray—. Pero te sigo queriendo.

—Tan sólo abrázame.

Ray la atrajo hacia sí y ella enterró la cara en su hombro y lloró.

—No pasa nada —la consoló él, frotándole suavemente la espalda—. No pasa nada.

¿Cómo había podido estar tan ciega? Ray había visto a su familia en su peor momento y se lo había tomado de buen talante. Incluso cuando se había anulado la boda.

Pero él no había cambiado. Era la misma persona que había sido siempre. La persona más amable, digna de confianza y más honesta que había conocido en su vida.

Ésa era su familia. Ray y Jacob.

316

Se sintió estúpida y aliviada y culpable y feliz y triste y un poco temblorosa por sentir tantas cosas al mismo
tiempo.

—Te quiero.

—Tranquila —dijo Ray—. No hace falta que lo digas.

—No. Lo digo en serio. De verdad te quiero.

—No digamos nada durante un rato, ¿vale? Todo se
complica demasiado cuando discutimos.

—Yo no estoy discutiendo —soltó Katie.

Él le levantó la cabeza y le puso un dedo en los labios
para impedir que hablara y la besó. Era la primera vez que se
besaban de verdad en semanas.

Ray la hizo subir e hicieron el amor hasta que Jacob
tuvo una pesadilla sobre un perro azul furioso y tuvieron que
parar con cierta precipitación.

Cuando Jamie llegó a casa del trabajo llamó a Tony. No hubo respuesta. Llamó al móvil y dejó un mensaje pidiéndole que lo llamara.

Recogió la cocina y cenó viendo una película sobre un caimán gigante en un lago en Maine. Tony no lo llamó.

Llamó a casa de Tony a primera hora de la mañana siguiente. No hubo respuesta. Lo llamó al móvil a la hora de comer y dejó otro mensaje, tan simple y directo como le fue posible.

Fue a nadar después del trabajo para no estar esperando la llamada de Tony. Hizo sesenta largos y salió para sentirse agotado y relajado durante cinco minutos enteros.

Probó a llamar otra vez a su casa cuando volvió, pero sin éxito.

Estaba tentado de acercarse hasta allí y llamar a la puerta. Pero empezaba a pensar que Tony lo estaba evitando y no quería otra escena.

No era tristeza. O no se parecía a ninguna tristeza que hubiese sentido antes. Era como si alguien se hubiese muerto. No era más que algo que había de vivirse con la esperanza de que fuera volviéndose poco a poco menos doloroso.

Continuó llamando, cada mañana y cada noche. Pero ya no esperaba respuesta. Era un ritual. Algo que le daba forma al día.

Se había refugiado en una pequeña habitación en algún recóndito lugar de su mente y funcionaba con piloto automático. Se levantaba. Iba a trabajar. Volvía a casa.

Imaginaba que cruzaba la calle sin mirar y lo atropellaba un coche y no sentía dolor alguno, ni sorpresa, ni nada, de hecho, sólo una especie de interés distante en lo que le estaba ocurriendo a esa persona que en realidad ya no era él.

Al día siguiente recibió una llamada sorpresa de Ian y quedó con él para tomar una copa. Se habían conocido diez años atrás en una playa de Cornualles y se percataron de que vivían a cuatro manzanas uno del otro en Londres. Estudiaba para ser veterinario. El pobre tipo salió del armario a los veinticinco, dio positivo tras cuatro años de monogamia, cayó en picado y empezó a cometer un lento y caro suicidio a base de cigarrillos, alcohol, cocaína y sexo caótico hasta que perdió un pie en un accidente de motocicleta, se pasó un mes en el hospital y desapareció en Australia.

Jamie había recibido una postal de un wombat unos meses después en que le decía que las cosas iban mejorando, y luego nada durante dos años. Ahora había vuelto.

Estaría pasándolo mucho peor que Jamie. O lo estaría llevando con estoicismo. Fuera como fuese, un par de horas en su compañía prometían hacer que los problemas de Jamie pareciesen manejables en comparación.

Jamie llegó tarde y se sintió aliviado al descubrir que era el primero. Estaba en el proceso de conseguir una cerveza, sin embargo, cuando un hombre esbelto y bronceado de apretada camiseta negra y sin cojera apreciable dijo «Jamie» y lo envolvió en un abrazo de oso.

Y durante quince o veinte minutos todo fue a las mil maravillas. Estuvo bien enterarse de cómo Ian le había dado la vuelta a todo. Y sus historias sobre estrafalarias enfermedades equinas y grandes arañas eran verdaderamente divertidas. Entonces Jamie le habló de Tony, e Ian sacó el tema de Jesús, algo que no pasaba con mucha frecuencia en los bares. No estaba completamente majareta con la cuestión. Lo hacía sonar más bien como si fuera alguna nueva dieta asombrosa. Pero asociado con el cuerpo nuevo resultaba desconcertante. Y cuando Ian se fue a mear, Jamie se encontró mirando a dos hombres en el otro extremo de la barra, uno vestido de demonio (malla entera de velvetón rojo, cuernos, tridente) y el otro de ángel (alas, túnica blanca, falda abombada), que iban sin duda de camino a una fiesta de disfraces con el cowboy de la barra (zahones, espuelas), pero que hicieron sentir a Jamie como si se hubiese tomado alguna droga poco recomendable, o como si lo hubiesen hecho todos los demás. Y se dio cuenta de que se suponía que tenía que sentirse como en casa en ese sitio, pero no era así.

Entonces Ian volvió a la mesa y captó la inquietud de Jamie y cambió de tema para hablar de su vida amorosa más bien activa, que parecía contraria a la mayor parte de la doctrina cristiana hasta la fecha tal como la entendía Jamie. Jamie empezaba a sentirse ofuscadamente incomprendido, como le pasaba a la gente mayor cuando se les hablaba de Internet y se preguntó si sería sólo que no estaba al día de lo que pasaba últimamente en las iglesias.

Se fue a casa tras una despedida un poco violenta de Ian en la que le prometió considerar en serio la posibilidad de acudir a una reunión evangélica en King's Cross, e Ian le dio otro abrazo de oso y Jamie se dio cuenta de que era un abrazo cristiano, no uno real.

Varias horas después tuvo un sueño en que perseguía a Tony por una serie interminable de habitaciones interconectadas, algunas de su antigua escuela, otras de propiedades que había vendido a lo largo de los últimos años, y gritaba pero Tony no lo oía y Jamie no podía correr por culpa de las minúsculas criaturas en el suelo, como crías de pájaro con caras humanas, que maullaban y chillaban cuando las pisaba.

Cuando por fin se despertó a las siete se encontró yendo derecho al teléfono para llamar a Tony. Se contuvo justo a tiempo.

Iba a solucionarlo. Se acercaría a casa de Tony después del trabajo. Daría su opinión. Le cantaría las cuarenta por no contestar al teléfono. Averiguaría si se había mudado. Lo que fuera. Sólo por ponerle fin a toda esa espera.

84

A David le estaban instalando una nueva caldera, de modo que Jean estaba sentada con él en el jardín del Fox and Hounds. La idea la puso nerviosa al principio, pero David tenía razón. El sitio estaba desierto y no había más que unos metros hasta el coche si tenían que escabullirse.

Ella se estaba tomando un gin-tonic, algo que no hacía normalmente de camino a casa desde el colegio. Si George le hacía preguntas siempre podía culpar a Ursula. Necesitaba un poco del valor que proporcionaba el alcohol. Su vida era un lío de mil demonios en ese momento y tenía que volverla más simple.

—No sé muy bien cuánto tiempo podremos seguir haciendo esto —dijo.

—¿Te refieres a que quieres dejarlo? —preguntó David.

—Quizá. Sí —qué duro sonaba ahora que lo decía en voz alta—. Oh, no lo sé. Sencillamente no lo sé.

—¿Qué ha cambiado?

—George —contestó ella—. Que George esté enfermo —¿no era obvio acaso?

—¿Y eso es todo? —quiso saber David.

No parecía preocupado, y a Jean empezaba a irritarla su confianza. ¿Cómo podía pasar como si nada por todo aquello?

—No es ninguna tontería, David.

Él le agarró la mano. Jean dijo:

—Ahora todo me parece distinto. Me parece mal.

—Tú no has cambiado —repuso David—. Yo no he cambiado.

Eso la exasperaba a veces. La forma en que los hombres podían estar tan seguros de sí mismos. Montaban palabras como cobertizos o estantes y podías subirte en ellas de tan sólidas que eran. Y esos sentimientos que te abrumaban de madrugada se convertían en humo.

—No estoy tratando de acosarte —dijo David.

—Ya lo sé —pero no estaba muy segura.

—Si estuvieras enferma, si estuvieras gravemente enferma, yo seguiría queriéndote. Si yo estuviera gravemente enfermo, confío en que me seguirías queriendo —David la miró a los ojos. Por primera vez a Jean le pareció triste y eso la tranquilizó un poco—. Te quiero, Jean. No son sólo palabras. Lo digo en serio. Esperaré si tengo que hacerlo. Soportaré lo que sea. Porque eso es lo que significa el amor. Y sé que George está enfermo. Y sé que eso te complica la vida. Pero es algo con lo que tenemos que vivir y que solucionaremos. No sé cómo, pero lo haremos.

Jean se encontró riendo.

—¿Qué es tan divertido?

—Yo —repuso ella—. Tienes toda la razón. Y me saca de quicio. Pero sigues teniendo razón.

David le oprimió la mano.

Permanecieron en silencio unos instantes. David pescó algo en su cerveza con limonada y un gran vehículo agrícola pasó con estruendo por el otro lado del seto.

—Me siento fatal —dijo Jean.

—¿Por qué? —preguntó él.

—Por la boda.

David pareció aliviado.

—Estaba tan desconcertada por lo que le estaba pasando a George que no... Katie debe de estar pasando por un momento espantoso. Hacer planes para casarte. Y luego anular la boda. Ellos dos viviendo juntos. Debería haberme mostrado comprensiva. Pero tan sólo nos peleamos.

—Ya tenías bastantes problemas.

—Ya lo sé, pero...

—Al menos la boda no va a celebrarse —añadió David.

A Jean le pareció cruel que dijera eso.

—Pero es muy triste.

—No tan triste como casarte con alguien a quien no quieres —concluyó David.

85

Iban a casarse.

Katie sentía una excitación que no había experimentado antes. Esta vez sabía que estaba haciendo lo correcto. Iban a encargarse ellos de todo. Iba a ser realmente su boda. Y a una parte de ella le satisfacía en secreto que la noticia fuese a irritar a la gente.

Le había preocupado pedírselo a Ray. ¿La creería? ¿Querría correr el riesgo de que a ella la asaltaran las dudas por segunda vez?

Entonces pensó: «A la mierda». ¿Qué otra cosa se suponía que debías hacer cuando amabas a alguien y querías casarte con él? Y si las invitaciones ya se habían mandado... bueno, parecía sensato hacer la pregunta bastante rápido.

De manera que se armó de valor y se lo preguntó. Hincando una rodilla. Así podría convertirlo en una broma si todo salía terriblemente mal.

A Ray se le iluminó la cara.

—Por supuesto que quiero casarme contigo.

Katie se quedó tan sorprendida que se encontró tratando de hacerle cambiar de opinión.

—¿Estás absolutamente seguro?

—Eh —Ray la asió de los hombros.

—¿Qué?

—He dicho que sí. He dicho que quiero casarme contigo.

—Ya lo sé, pero...

—¿Sabes una cosa? —interrumpió Ray.

—¿Qué?

—Has vuelto.

—¿Qué quieres decir?

—Vuelves a ser tú —repuso él.

—¿O sea que de verdad quieres casarte? ¿Dentro de quince días?

—Sólo si me prometes no volver a pedírmelo.

—Te lo prometo.

Se miraron el uno al otro unos cinco segundos, asimilándolo. Entonces empezaron a dar saltos como niños.

Esperaba que su madre se enfadara. Visto el follón. Pero pareció extrañamente resignada. Por lo visto, no había llegado a decirles a los invitados que se había cancelado. Quizá sospechaba que iba a pasar eso desde el principio.

Katie dijo que lo organizarían todo ellos. Todo cuanto Katie necesitaba eran los números de teléfono. Mamá no tenía que hacer nada.

—Y vamos a pagar Ray y yo. Nos parece justo, después de todo por lo que os hemos hecho pasar.

—Bueno, si insistís —repuso su madre—. Aunque no sé muy bien qué va a opinar tu padre.

—Será más rico —bromeó Katie, pero su madre no rió—. ¿Cómo está papá, por cierto?

—Bien, por lo que parece —no pareció muy contenta de que así fuera.

—Estupendo —dijo Katie. Quizá su madre sólo tenía un mal día—. Eso sí que son buenas noticias.

Los de la floristería fueron muy groseros. Aún podían colar la boda entre otros encargos, pero costaría más. Katie dijo que le encargaría las flores a alguien más simpático y colgó el teléfono, llena de una indignación justificada que no había sentido en mucho tiempo y que la animó, y se dijo «Al carajo con las flores». Ray sugirió que cogieran flores para un ramo la mañana de la boda y a los dos les pareció muy divertido.

Los del servicio de comidas fueron más comprensivos. De hecho parecían creer que acababa de salir del hospital, lo cual implicó un rápido juego de piernas por parte de Katie, y cuando murmuró algo sobre que las pruebas habían salido negativas le llegaron auténticos vítores del otro lado de la línea.

—Será un honor para nosotros proporcionarles la comida.

Los de la tarta ni siquiera se habían enterado de que la boda se había anulado y claramente pensaron que Katie estaba chiflada.

86

Cuando George le dio las flores Jean se echó a llorar. No era la reacción que esperaba. Y no lloraba porque las flores fueran especialmente bonitas, era obvio (se había visto obligado a comprarlas en el pequeño supermercado junto a la parada del autobús y hasta él veía que no eran flores de primera calidad).

Quizá aún estaba molesta por su percance en el baño. O por la moqueta (los instaladores no acudirían hasta la semana siguiente). O por la pelea que había tenido con Katie y Jamie. O porque la boda se hubiese cancelado. O porque la boda volviera a celebrarse. O por el hecho de que Katie y Ray la organizaran ahora por su cuenta para que ella ya no tuviese el control del acontecimiento. Las posibilidades eran numerosas. Y, como sabía por experiencia, las mujeres podían molestarse por cosas que nunca se les ocurrían a los hombres.

Decidió no entrometerse.

Sus propios sentimientos con respecto a la boda consistían en una cansina aceptación. Esperaría a ver qué pasaba y se enfrentaría a ello cuando pasara. Si Katie y Ray hacían una chapuza, al menos la estarían pagando ellos.

La idea de pronunciar un discurso le parecía menos preocupante que antes. Ahora se sentía más fuerte y el problema no se le antojaba tan insalvable.

De haber sabido que el matrimonio de Katie con Graham no iba a durar, habría guardado una copia del discurso que había utilizado la primera vez.

Quizá podía empezar con una biografía resumida. Ilustrar cómo la pequeña granuja de treinta años atrás se había convertido en... ¿en qué? ¿En una joven de talento? ¿En una joven de talento y una madre maravillosa? ¿En la mujer que tenéis ante vuestros ojos? Ninguna de las frases acababa de sonarle bien.

¿En la mejor hija del mundo? Quizá eso era exagerar un poco las cosas.

En mi hija favorita. Eso era. Ligeramente gracioso. Elogioso sin resultar sentimental.

A lo mejor debía consultarlo con Jean. Para ser franco, el tono nunca había sido su fuerte. Adoptar un tono serio. Adoptar un tono irónico. Que era el motivo por el que siempre se había escabullido a la hora de pronunciar discursos en despedidas y fiestas navideñas. Siempre había hombres más desenvueltos que él ansiosos por llenar el hueco.

No mencionaría el primer matrimonio ni algunas de las fechorías de adolescente más serias. A nadie iba a divertirle que Katie derramara café en una estufa de infrarrojos y provocara una explosión que arrancó el papel pintado. ¿O sí? Se hacía difícil juzgar esas cosas.

Les hablaría de los planes de Katie de convertirse en piloto de carreras y de la mañana en que le cogió a él las llaves del coche, soltó el freno de mano del Vauxhall Chevette y rodó hasta chocar contra la puerta del garaje, evitando por los pelos partir en dos a Jamie.

Si algo no iba a hacer era ponerlo por escrito hasta un par de días antes del acontecimiento. No quería tentar a la suerte, y su hija era perfectamente capaz de cancelar la boda por segunda vez.

He ahí otro tema que debía evitar.

Llamó al restaurante en Oundle y reservó una mesa. Jean seguía sin andar muy fina y estaba claro que hacía falta un remedio más potente que las flores. Y las recomendaciones estaban en lo cierto. El pescado era en efecto muy bueno. George tomó pargo con espinacas y piñones y uno de esos charquitos de salsa *nouvelle cuisine*. Jean probó la trucha.

Hubo una pequeña nube negra sobre la cabeza de Jean durante los entrantes y el segundo plato. De manera que cuando llegó el postre George se lió la manta a la cabeza y le preguntó qué pasaba.

Jean tardó mucho rato en contestar. Algo que George entendió muy bien. Había sufrido unos cuantos bamboleos mentales últimamente que no se hacía fácil expresar con palabras.

Jean habló por fin.

—En el hospital.

—¿Sí?

—Le dije algo a Katie.

—¿Sí? —George se relajó un poco. Era algún rollo madre-hija. Temperatura alta, duración breve.

—Me comporté como una estúpida.

—Estoy seguro de que no hiciste eso.

—Le dije que me sentía aliviada —explicó Jean—. De que no se celebrara la boda.

—Bueno.

—Le dije que teníamos nuestras dudas con respecto a Ray desde el principio.

—Y en efecto las teníamos.

—Katie se lo contó a Ray. Estoy totalmente segura. Se lo vi a él en los ojos.

George rumió eso durante un par de minutos. Cuando los hombres tenían problemas querían que alguien les diese una respuesta, pero cuando las mujeres tenían problemas querían que dijeses que lo comprendías. Era algo que David le había contado en Shepherds, el verano en que el hijo de Pam se había unido a aquella secta.

—Te preocupa que Ray te odie —le dijo a Jean.

—Que nos odie a los dos, en realidad —el humor de Jean mejoró visiblemente.

—Bueno, sospecho que siempre ha sabido que no estamos muy de acuerdo con él.

—No es exactamente lo mismo que te lo expliquen con pelos y señales.

—Tienes razón. Y ahora que lo pienso, su conducta fue un poco extraña cuando vino a recogerme al hospital

—¿En qué sentido? —Jean pareció nerviosa otra vez.

—Bueno... —George rememoró rápidamente el encuentro para asegurarse de que no contuviera algo que pudiese molestar a Jean—. Dijo que en casa había un maldito lío.

—Bueno, en eso tenía razón.

—Dijo que yo era la persona más cuerda de la familia. Creo que se suponía que era algún chiste.

Fue obvio que era mejor chiste de lo que George creía porque Jean empezó a reír por lo bajo.

—Me pareció un poco cruel contigo por su parte, he de decir —le agarró la mano a Jean—. Qué bueno verte reír. No te he visto reír en mucho tiempo.

Jean se echó a llorar otra vez.

—Te diré qué vamos a hacer —George le soltó la mano—. Le daré un telefonazo a Ray. Veré si puedo arreglar las cosas.

—¿Seguro que será sensato?

—Confía en mí —repuso él.

George no sabía si era sensato. O si se podía confiar en él. A decir verdad, no sabía muy bien por qué había hecho una sugerencia tan imprudente. Pero no había forma de echarse atrás. Y si podía hacer algo por pequeño que fuese por poner más contenta a Jean, era lo mínimo que podía hacer.

87

Jamie llegó de trabajar para encontrarse un mensaje de Katie en que le decía que la boda volvía a celebrarse. Se la oía absolutamente radiante. Y su alegría le hizo sentirse más optimista de lo que lo había estado en una buena temporada. Quizá estaba volviendo la suerte de todos.

Se sintió tentado de llamarla de inmediato, pero necesitaba solucionar otra cosa primero.

Aparcó a la vuelta de la esquina de casa de Tony y puso en orden sus pensamientos, pues no quería cagarla esta vez.

Siete de la tarde de un lunes. Si Tony iba a estar en algún momento, era entonces.

¿Qué iba a decirle Jamie? Lo que sentía parecía muy obvio. Pero cuando trataba de expresarlo con palabras le sonaba torpe, nada convincente y sentimental. Ojalá uno pudiera abrirse una tapa en la coronilla y decir «Mira».

Eso no tenía sentido.

Llamó a la puerta y se preguntó si Tony se habría mudado en realidad de casa, porque le abrió una joven a la que nunca había visto. Tenía el pelo largo y oscuro y llevaba unos pantalones de pijama de hombre con un par de Doc Martens con los cordones sin abrochar. Sujetaba un cigarrillo encendido en una mano y un destrozado volumen en rústica en la otra.

—Estoy buscando a Tony.

—Ah —repuso ella—. Tú debes de ser el tristemente famoso Jamie.

—No estoy seguro de ser tristemente famoso.

—Me preguntaba cuándo ibas a aparecer por aquí.

—¿Nos conocemos? —preguntó Jamie tratando de que sonara literal y no estirado. Empezaba a tener la misma sensación que en el encuentro con Ian. La de no tener ni la más remota idea de qué estaba pasando.

La mujer se las apañó para coger el libro con la mano del cigarrillo y tendió la otra para que Jamie se la estrechara.

—Becky. La hermana de Tony.

—Hola —dijo Jamie estrechándole la mano. Y ahora que se fijaba reconocía su cara de fotografías y se sintió mal por no haberse interesado más en su momento.

—Soy esa que has estado evitando —dijo Becky.

—¿Eso he hecho? —preguntó Jamie. Aunque no se trataba tanto de haberla evitado como de no haber hecho un esfuerzo consciente—. En cualquier caso, pensaba que vivías en... —mierda. No debería haber empezado esa frase. Ella no hizo ademán de ayudarlo—. En algún sitio lejos.

—En Glasgow. Y luego en Sheffield. ¿Piensas entrar, o vamos a quedarnos hablando aquí fuera?

—¿Está Tony?

—¿Sólo vas a entrar si está él?

Jamie tuvo la clara sensación de que Tony no estaba y de que Becky iba a someterlo a alguna clase de interrogatorio, pero no le pareció buen momento para mostrarse descortés con un miembro de la familia de Tony.

—Entro.

—Bien —repuso Becky, cerrando la puerta tras él.

—Bueno, ¿está Tony?

Subieron por las escaleras hacia el piso.

—Está en Creta —contestó Becky—. Yo le cuido la casa. Estoy trabajando en el Battersea Arts Centre.

—¡Uf! —soltó Jamie, aliviado.

—¿A qué viene eso?

—Viene a que he estado llamándolo. Pensaba que estaba evitándome.

—Está evitándote.

—Oh.

Jamie se sentó a la mesa de la cocina, entonces se dio cuenta de que era la casa de Becky, temporalmente al menos, y de que Tony y él ya no salían y no debería sentirse como en casa de forma tan automática. Volvió a levantarse, Becky lo miró raro y se sentó por segunda vez.

—¿Una copa de vino? —Becky meneó una botella ante él.

—Vale —repuso Jamie sin querer mostrarse grosero.

Ella llenó una copa.

—No contesto al teléfono. Hace que la vida sea mucho más simple.

—Claro —Jamie aún tenía la cabeza llena de todas las cosas que quería decirle a Tony, y ninguna de ellas era muy apropiada en ese momento—. El Battersea Arts Centre. ¿Qué hacéis allí... pinturas, exposiciones...?

Becky le dirigió una mirada fulminante y se sirvió una copa para ella.

—Es un teatro. Trabajo en el teatro —dijo la palabra *teatro* muy despacio, como si le hablara a un niño pequeño—. Superviso a los acomodadores.

—Vale —repuso Jamie. Su experiencia en el teatro se limitaba a una visita obligada a *Miss Saigon* de la que no había disfrutado. Le pareció mejor no compartir eso con Becky.

—En realidad no prestabas mucha atención cuando Tony te hablaba de su familia, ¿verdad?

Jamie no conseguía recordar una conversación en que Tony le hubiese dicho a qué se dedicaba su hermana. Era posible que de hecho Tony nunca se lo hubiese contado. Eso también era mejor callárselo.

—Bueno... y ¿cuándo vuelve Tony?

—No estoy segura del todo. Creo que en un par de semanas más. Fue todo bastante improvisado.

Jamie hizo un rápido cálculo mental. Dos semanas.

—Mierda.

—¿Mierda por qué?

Jamie no supo muy bien si Becky era irritable en general o estaba siendo especialmente irritable con él. Más valía andarse con cuidado.

—Quería que viniese a algo. A una boda, de hecho. La boda de mi hermana. Va a casarse.

—Eso es lo que la gente suele hacer en las bodas.

Jamie empezaba a entender por qué Tony no se había esforzado más en presentarle a su hermana. Esa mujer podría hacer sudar a Katie.

—Nos peleamos.

—Ya lo sé.

—Y fue culpa mía.

—Eso me pareció —repuso Becky.

—En cualquier caso, estaba pensando que si consigo que venga a la boda...

—Creo que era la boda lo que trataba de evitar. Al irse a Creta.

—Ah.

Becky apagó el cigarrillo en el pequeño cenicero de cristal en el centro de la mesa y Jamie se concentró en la forma en que el humo ascendió y se quebró en pequeñas espirales para no pensar en el incómodo silencio.

—Él te quería —dijo Becky—. Lo sabes, ¿no?

—¿De verdad? —fue una pregunta estúpida. Pero estaba demasiado asombrado para que le importara cómo sonaba.

Tony lo quería. ¿Por qué coño no se lo había dicho nunca? Jamie siempre había asumido que Tony sentía exactamente lo mismo que él. Que no quería precipitarse y comprometerse.

Tony lo quería. Él quería a Tony. Por Dios, ¿cómo se las había apañado para joderlo todo de forma tan espectacular?

—No te habías dado cuenta, ¿verdad? —dijo Becky.

No había absolutamente nada que Jamie pudiese decir.

—Jesús. Los hombres sois a veces unos tarados.

Jamie estuvo a punto de decir que de habérselo dicho Tony nada de aquello habría pasado. Pero no le pareció una respuesta muy adulta. Además, sabía exactamente por qué Tony nunca se lo había dicho. Porque el propio Jamie nunca habría permitido que se lo dijera, porque no quería que Tony se lo dijera, porque le daba pánico que Tony se lo dijera.

—¿Cómo puedo ponerme en contacto con él?

—Dios sabe —respondió Becky—. Está en casa de un amigo suyo que tiene una multipropiedad allí.

—Gordon.

—Sí, me suena que sí. Tony pensaba que el móvil le funcionaría.

—No le funciona. Lo he probado.

—Ya somos dos —soltó Becky.

—Necesito un cigarrillo —dijo Jamie.

Becky sonrió por primera vez. Le dio un cigarrillo y después fuego.

—Estás de los nervios, ¿no?

—Mira —dijo Jamie—, si llama...

—No lo ha hecho.

—Pero si lo hace...

—Hablas en serio, ¿verdad? —dijo Becky.

Jamie se armó de valor.

—Le quiero. Es sólo que no me di cuenta hasta que... Bueno, por Dios, Tony me dejó. Después mi hermana anuló la boda. Luego mi padre tuvo una especie de crisis nerviosa y acabó en el hospital. Y fuimos todos a Peterborough y allí básicamente nos sacamos los ojos unos a otros. Y fue espantoso. Espantoso de verdad. Luego resultó que la boda vuelve a celebrarse.

—Va a ser un acontecimiento de lo más divertido, ¿eh?

—Y me di cuenta de que Tony era la única persona que...

—Oh, por Dios. No llores. Por favor. Los hombres que lloran me dejan descolocada. Bebe un poco más —le sirvió lo que quedaba del vino en la copa.

—Lo siento —Jamie se enjugó los ojos ligeramente húmedos y tragó saliva.

—Manda una invitación —propuso Becky—. Escribe algo sensiblero en ella. La pondré encima del montón de su correo. O en su almohada. Si vuelve a tiempo haré que vaya de una patada en el culo.

—¿De verdad?

—De verdad —encendió otro cigarrillo—. Conocí a sus antiguos novios. Unos imbéciles, en mi humilde opinión. Es obvio que tú y yo no nos conocemos desde hace mucho, pero créeme, tú pareces una mejora importante.

—Ryan parecía agradable —mentalmente, Jamie estaba presentando a Becky y Katie y preguntándose si se convertirían en amigas para toda la vida o serían víctimas de una combustión espontánea.

—Ryan. Dios santo. Vaya gilipollas. Odiaba a las mujeres. Ya sabes, decía que no se puede trabajar con ellas porque no son lo bastante duras y luego se largan a tener hijos. Probablemente ni siquiera era gay. No del todo. Ya conoces a esa clase de tío. Sólo son incapaces de soportar la idea del sexo con mujeres. Odiaba a los niños, además. Algo que siempre me sulfura. Me refiero a que de dónde creen que vienen los adultos, por el amor de Dios. ¿Quieres conductores de autobús y médicos? Te hacen falta niños. Me alegro de no haber sido la pobre maldita mujer que se pasó una parte de su vida limpiándole el culo. Tampoco le gustaban los perros. Ni los gatos. Nunca te fíes de un hombre al que no le gustan los animales. Ésa es mi norma. No te apetecerá compartir un curry de Tesco, ¿no?

88

Jean llamó a David. La caldera estaba ya instalada y volvía a disponer de la casa, de manera que pasó por allí a la vuelta de la librería.

Le contó lo de la boda y él se rió. Pero con cariño.

—Uyuyuy. Confiemos en que el día en sí no haya tantos incidentes como en los preparativos.

—¿Sigues pensando en venir?

—¿Quieres tú que vaya?

—Sí —repuso Jean—. Sí, me gustaría —no podría abrazarlo. Pero si Jamie y Ray se peleaban, o Katie cambiaba de opinión a media ceremonia, quería poder mirar hacia el otro extremo de la estancia y ver la cara de alguien que entendiera por lo que ella estaba pasando.

David la abrazó y le preparó una taza de té y la hizo sentarse en el invernadero y le habló del excéntrico fontanero que le había instalado la caldera («Polaco, por lo visto. Licenciado en Económicas. Dice que llegó andando hasta Gran Bretaña. Pasó por un monasterio alemán. Recogió fruta en Francia. Pero tenía un poco de pinta de pícaro. No estoy seguro de habérmelo creído del todo»).

Y por bueno que fuera estar hablando, Jean se dio cuenta de que quería que la llevara al único sitio que quedaba en que olvidaba, aunque fuera brevemente, quién era y qué estaba ocurriendo en el resto de su vida. Y le dio un poco de miedo, lo de desear tanto a alguien. Pero eso no detuvo el deseo.

Le agarró la mano a David y lo miró a los ojos y esperó a que comprendiera lo que estaba pensando sin tener que decírselo en voz alta.

David sonrió y arqueó una ceja y dijo:

—Vayámonos arriba.

89

George faltó a su segunda sesión de terapia porque estaba en el hospital. Como resultado temía un poco el siguiente encuentro con la señora Endicott, como temiera antaño que lo mandaran a explicarle al señor Love por qué había tirado la cartera de Jeffrey Brown a un tejado.

Pero ella escuchó respetuosamente la historia y le hizo varias preguntas muy específicas sobre qué había esperado lograr y qué había sentido en distintos puntos del proceso, y George tuvo la clara impresión de que podría haber anunciado que se había comido a su esposa en un pastel y la señora Endicott le habría preguntado con qué clase de salsa la había servido, y no supo muy bien si eso era bueno o no.

La cosa empezaba a irritarlo un poco. Le explicó a la señora Endicott que ahora se sentía mucho mejor y ella preguntó de qué manera precisa se encontraba mejor. Le describió sus sentimientos con respecto a la boda de Katie y la señora Endicott pidió una definición de «impasibilidad budista».

Cuando, al final de la sesión, la señora Endicott dijo que estaría deseando verlo la semana siguiente, George profirió un ambiguo «Ajá» porque no estaba seguro de si acudiría a la semana siguiente. Medio esperó que la señora Endicott se abalanzara sobre esa intencionada ambigüedad suya, pero sus cuarenta y cinco minutos habían pasado y claramente se les permitía volver a comportarse como seres humanos normales.

90

Jamie volvió tarde de casa de Tony. En cualquier caso, demasiado tarde para llamar a gente con niños. Así que decidió ir a casa de Katie y Ray al día siguiente, recoger una invitación y felicitarlos en persona.

Le gustaba Becky. Se había vuelto menos intransigente ante el curry para microondas, aunque sus opiniones sobre los agentes inmobiliarios no lo habían hecho. Le gustaban las mujeres insolentes. Por haber crecido con Katie, sin duda. Lo que de verdad no podía soportar era que ladearan la cabeza con gesto encantador y que la sacudieran para apartarse el pelo y que llevaran cosas de mohair rosa (por qué atraían a jugadores de rugby y albañiles era un misterio que nunca iba a resolver). Se preguntó brevemente si sería lesbiana. Entonces se acordó de una historia de Tony sobre que ella y un chico habían roto la taza del váter de sus padres durante una fiesta. Aunque la gente cambiaba, por supuesto.

Jamie habló sobre la relación de montaña rusa de Katie y Ray y se las apañó para convencer a Becky de que Ray era un candidato adecuado para la castración, y luego tuvo que dirigirla con cautela para que pensara que Ray era un tipo honorable, lo que le fue bastante más duro porque, puestos a pensarlo, no acertaba a saber precisamente qué había cambiado.

Becky le habló de Norwich, donde habían crecido. Los cinco perros. La alergia de su madre a las tareas domésticas. La devoción patológica de su padre por los trenes de vapor. El accidente de coche en Escocia («Salimos arrastrándonos y nos alejamos sin un rasguño, y cuando nos dimos la vuelta el coche estaba partido en dos y había, literalmente, medio perro en la carretera. Tuve unas cuantas pesadillas sobre eso. Aún las tengo»). El niño al que acogió su familia y que tenía obsesión por los cuchillos. La ocasión en que Tony y un amigo le prendieron fuego a un aeromodelo a motor, lo lanzaron desde la ventana del dormitorio y lo vieron ladearse lentamente al fondo del jardín, envuelto en espectaculares llamas, para entonces virar y colarse en la casa en obras de los vecinos...

Jamie había oído antes la mayoría de esas historias, de una forma u otra. Pero en esa ocasión las escuchó como era debido.

—Vaya desastre.

—En realidad no lo fue —explicó Becky—. Es sólo la forma en que Tony lo cuenta.

—Pensaba que tus padres lo habían echado. Después de aquello que pasó con él y...

—Carl. Carl Waller. Sí. Pero Tony quería que lo echaran.

—¿De verdad?

—Lo de ser gay era un regalo del cielo —Becky encendió un cigarrillo—. Quiero decir que podía ser un proscrito sin tener que chutarse heroína o robar coches.

Jamie digirió eso despacio. Más de mil quinientos kilómetros de distancia entre ambos y se sentía más cerca de Tony que nunca.

—Pero Tony y tú... estabais medio distanciados o algo así, ¿no? ¿Y ahora le cuidas el piso?

—Nos reencontramos cuando me mudé a Londres. Hace unas semanas. De pronto nos dimos cuenta de que nos gustábamos.

Jamie rió. De puro alivio, en realidad. De que Tony pudiese cometer los mismos errores que él.

—¿Qué te divierte tanto? —quiso saber Becky.

—Nada —contestó Jamie—. Es sólo que... es estupendo. Es realmente estupendo.

Desde luego parecía que la suerte de todos estaba cambiando. Quizá flotaba algo en el ambiente.

Cuando llegó a casa de Katie la tarde siguiente le abrieron la puerta ella y Ray juntos, lo que le pareció simbólico, y se encontró diciéndoles «Felicidades» con la sinceridad de que no había sido capaz la primera vez.

Le hicieron pasar a la cocina tras obtener sólo un minúsculo gruñido por parte de Jacob, que estaba profundamente concentrado en un vídeo de *Sam el Bombero* en la sala de estar.

Katie parecía un poco aturdida. Como esa gente que veías entrevistar en las noticias a la que el cable de un helicóptero había rescatado de algo escalofriante.

A Ray también se lo veía distinto, aunque se hacía difícil saber si era sólo porque los sentimientos de Jamie hacia él eran diferentes ahora. Desde luego él y Katie se llevaban mejor. Se tocaban, para empezar, algo que Jamie no había visto antes. De hecho, cuando *Sam el Bombero* acabó y Jacob entró en busca de un cartón de zumo de manzana, hubo una clara tensión edípica («Deja de abrazar a mamá...» «Quiero abrazar a mamá»). Y a Jamie se le ocurrió que Katie y Ray se habían enamorado sólo después de pasar por toda la mierda que la mayoría de la gente dejaba para el final de su relación. Lo que era otra forma de hacer las cosas.

Jamie pidió una invitación para Tony, y Ray pareció anormalmente excitado ante la perspectiva de que pudiese acudir.

—Es una posibilidad remota —explicó Jamie—. Está incomunicado en Grecia. Tan sólo confío en que vuelva a tiempo.

—Podríamos localizarlo —sugirió Ray con una dinámica alegría que no pareció del todo apropiada.

—Creo que tenemos que dejarlo en manos de los dioses —repuso Jamie.

—Es cosa tuya —dijo Ray.

En ese momento Katie exclamó:

—¡Jacob! —y todos se volvieron en redondo para verle vaciar a propósito el cartón de zumo de manzana en el suelo de la cocina.

Ray le hizo disculparse y luego se lo llevó a rastras a jugar al jardín, para mostrarle que los padrastros servían para algo más que para monopolizar a las madres.

Jamie y Katie llevaban diez minutos hablando de la boda cuando llamaron a Katie al teléfono de casa. Reapareció unos instantes después con aspecto de estar un poco preocupada.

—Era papá.

—¿Cómo está?

—Me ha parecido que bien. Pero quería hablar con Ray. No ha querido decirme para qué.

—Quizá quiere hacerse el hombre y pagarlo todo.

—Es probable que tengas razón. Bueno, lo averiguaremos cuando Ray lo llame.

—No creo que papá tenga muchas posibilidades —opinó Jamie.

—Bueno —dijo Katie—, ¿qué vas a escribirle a Tony?

91

El error de George fue plantarse desnudo ante el espejo.

Había hecho la última visita a la consulta. La herida había granulado y ya no precisaba restañarse cada día. Ahora sólo tenía que quitarse el vendaje del día anterior después de desayunar, deslizarse en un baño de agua caliente con sales durante diez minutos, salir, secarse con suavidad y aplicarse un nuevo vendaje.

Se estaba tomando las pastillas y esperaba casi con ilusión la llegada de la boda. Con Katie y Ray dirigiendo el espectáculo le quedaba bien poco por hacer a él. Pronunciar un breve discurso le parecía una contribución bien simple a todo el tinglado.

Lo del espejo fue en parte una ridícula bravuconada, una celebración del hecho de haber dejado atrás sus problemas y de que no iba a permitirles ya limitar su conducta.

Aunque la razón ya no importaba mucho.

Salió de la bañera, se secó con la toalla, metió barriga, echó atrás los hombros y se puso firme delante del lavabo.

Fue la nube de puntitos rojos lo primero que le llamó la atención, los que había visto en la habitación del hotel y había conseguido olvidar. Parecían mayores y más numerosos de lo que recordaba.

Se mareó.

Era obvio que lo que tenía que hacer era apartarse del espejo, vestirse, tomarse un par de pastillas de codeína y abrir una botella de vino. Pero fue incapaz de contenerse.

Empezó a examinarse la piel con detalle. En los brazos. En el pecho. En el vientre. Se dio la vuelta y miró por encima del hombro para verse la espalda.

No fue una buena decisión. Fue como ver un plato de Petri en un laboratorio. Cada centímetro cuadrado contenía algún nuevo espanto. Lunares marrón oscuro, arrugados como pasas; pecas apiñadas como archipiélagos de islas de color chocolate, unas flácidas y otras llenas de líquido.

Su piel se había convertido en un zoo de formas de vida alienígenas. Si las miraba muy de cerca sería capaz de verlas moverse y crecer. Trató de no mirarlas muy de cerca.

Debería haber vuelto al doctor Barghoutian. O a otro médico mejor que él.

Había creído con arrogancia que podía resolver sus problemas con largos paseos y crucigramas. Y todo ese tiempo la enfermedad se había reído y extendido y afianzado y provocado otras enfermedades.

Dejó de mirarse al espejo sólo cuando vio borroso y se le doblaron las rodillas, haciéndolo caer al suelo del baño.

En ese momento la imagen de su propia piel desnuda, todavía vívida en su mente, mutó para transformarse en la piel de las nalgas de aquel hombre que subían y bajaban entre las piernas de Jean en el dormitorio.

Volvió a oírlos. Los ruidos animales. La carne arrugada que se veía zarandeada. Las cosas que no había visto pero podía imaginar con excesiva claridad. El órgano del hombre entrando y saliendo de Jean. El succionar y el deslizarse. Los labios rosados.

En su casa. En su propia cama.

De hecho llegaba a olerlo. El hedor a váter. Íntimo y sucio.

Se estaba muriendo. Y nadie lo sabía.

Su mujer se estaba acostando con otro hombre.

Y él tenía que pronunciar un discurso en la boda de su hija.

Estaba aferrado al último travesaño del toallero caliente, como un hombre que tratara de que no se lo llevara una riada.

Era como antes. Pero peor. Debajo de él no había suelo. El baño, la casa, el pueblo, Peterborough... todo se había levantado como una corteza para verse hecho pedazos que el viento se había llevado, dejando tan sólo un espacio infinito, sólo él y el toallero. Como si hubiese salido de la nave espacial para encontrarse con que la Tierra había desaparecido.

Estaba loco otra vez. Y en esta ocasión no había esperanza. Pensaba que se había curado. Pero había fracasado. No había nadie más en quien poder confiar. Iba a seguir así hasta que se muriera.

Codeína. Necesitaba la codeína. No podía hacer nada con respecto al cáncer. O a Jean. O a la boda. Lo único que podía hacer era ahogarlo todo un poco.

Sujetándose bien al toallero, empezó a ponerse en pie. Pero al incorporarse quedó expuesta la suave piel de su vientre y la notó retorcerse y escocer. Cogió una toalla y se envolvió con ella el abdomen. Trasladó las manos al borde de la bañera y se incorporó del todo.

Podía hacer eso. Era simple. Tomar las píldoras y esperar. Eso era cuanto tenía que hacer.

Abrió el armario y cogió la caja. Se tragó cuatro pastillas con agua del grifo de la bañera para evitar el espejo sobre el lavabo. ¿Era peligroso tomar cuatro? No tenía ni idea y no le importaba.

Se tambaleó hacia el dormitorio. Dejó caer la toalla y se las arregló de algún modo para ponerse la ropa pese al temblor en las manos. Se subió a la cama y se tapó la cabeza con el edredón y empezó a entonar canciones infantiles hasta que se dio cuenta de que era allí donde había ocurrido, justo ahí, donde apoyaba la cabeza, y sintió ganas de vomitar y supo que tenía que hacer algo, lo que fuera, para seguir en movimiento y ocupado hasta que los fármacos hiciesen efecto.

Apartó el edredón y se puso en pie y respiró profundamente varias veces para tranquilizarse antes de dirigirse al piso de abajo.

Asumiendo que Jean andaba ocupada por ahí, planeaba hacerse con una botella de vino e ir derecho al estudio. Si la codeína no funcionaba se emborracharía. Ya no le importaba lo que pensara Jean.

Pero Jean no andaba ocupada por ahí. George estaba a medio camino de las escaleras cuando su mujer apareció rodeando la balaustrada, blandiendo el teléfono y diciendo con tono de exasperación:

—Aquí estás. Te he estado llamando. Ray quiere charlar contigo.

George se quedó helado, como un animal descubierto por un ave de presa, confiando en que si se quedaba inmóvil quizá se mimetizaría con el fondo.

—¿Vas a cogerlo o no? —insistió Jean meneando el teléfono.

Él vio levantarse su mano para asir el teléfono mientras bajaba los últimos peldaños. Jean llevaba puesto un guante de goma y sujetaba un paño de cocina. Le tendió el teléfono, negó con la cabeza y desapareció de vuelta a la cocina.

George se llevó el teléfono a la oreja.

En su cabeza se sucedían imágenes grotescas de forma mareante. La cara del vagabundo en el andén de la estación. Los muslos desnudos de Jean. Su propia piel enferma.

Ray dijo:

—Hola, George. Soy Ray. Katie me ha dicho que querías charlar conmigo.

Era como una de esas llamadas que te despertaban en plena noche. Se hacía difícil recordar qué se suponía que debías hacer.

No tenía ni la más remota idea de sobre qué quería charlar con Ray.

¿Estaba sucediendo eso de verdad o había entrado en alguna especie de delirio? ¿Seguía tumbado en la cama en el piso de arriba?

—¿George? —dijo Ray—. ¿Estás ahí?

Trató de decir algo. De su boca emergió un leve mau-llido. Se apartó el auricular de la cabeza y lo miró. La voz de Ray seguía saliendo por los agujeritos. George no quiso que aquello continuara.

Con cautela, volvió a dejar el teléfono en su base. Se dio la vuelta y entró en la cocina. Jean estaba llenando la lavadora y George no tenía energías para la discusión que seguiría si salía por la puerta con una botella de vino.

—Caray, qué rápido —dijo Jean.

—Se han equivocado de número —contestó George.

Había recorrido medio jardín en calcetines cuando comprendió por qué no le habría colado a Jean esa brillante muestra suya de subterfugio.

92

Jamie se sentó con una taza de té y su mejor pluma y un bloc de papel de escribir que había encontrado en el cajón de abajo del escritorio. Papel del bueno, como el que le hacían usar para cartas de agradecimiento cuando era niño.

Empezó a escribir.

Querido Tony:
Te amo y quiero que vengas a la boda.
Fui a Peterborough la semana pasada. Mi padre estaba en plena crisis nerviosa y acabó en el hospital después de rebanarse un trozo del cuerpo con unas tijeras (te lo explicaré más adelante). Cuando estaba en el hospital me topé con el hombre con el que mi madre tiene una aventura (también te explicaré eso). Katie y mamá tuvieron una pelea tremenda sobre la boda. Se anuló. Pero ahora va a volver a celebrarse (te explicaré eso...

Arrancó la hoja, la arrugó y empezó otra vez. Tony había invertido mucha energía en alejarse de su propia familia. Ése no era el momento para que Jamie alardeara de los defectos de la suya.

Querido Tony:
Te amo y quiero que vengas a la boda.
Fui a Peterborough la semana pasada y me di cuenta de que mi familia eres tú...

Demasiado empalagoso.

Querido Tony:

Te quiero.

La boda se anuló. Ahora va a volver a celebrarse.

Dios sabe qué va a pasar ese día, pero quiero que estés allí conmigo...

Por Dios. Ahora parecía que estuviese vendiéndolo como un acontecimiento con espectadores.

¿Por qué demonios le costaba tanto hacer eso?

Se llevó el té afuera, se sentó en el banco y encendió un cigarrillo. Había niños jugando en un jardín vecino. De siete u ocho años. Le recordaron su propia infancia. Piscinas hinchables y cañas de bambú a modo de obstáculos olímpicos. Carreras en bici y saltos desde los árboles. Un par de años más y estarían fumando cigarrillos o buscando una lata de gasolina. Pero por el momento hacían un ruido agradable. Como el zumbido de un cortacésped, o de gente que jugara al tenis.

Le costaba tanto porque no podía decírselo a Tony cara a cara. Cuando le decías algo a alguien cara a cara veías cómo reaccionaba y ajustabas un poco el timón. Era como vender una casa («Es una zona muy cosmopolita.» «Ya nos hemos dado cuenta.» «Lo siento. Es la forma de hablar del agente inmobiliario; me temo que la llevo integrada.»).

Y Tony había cambiado en su ausencia. Después de todo lo que Becky le había contado. Cuando imaginaba a Tony veía ahora a alguien menos perfecto, más vulnerable; alguien más parecido a él.

Jamie también había cambiado.

Por Dios, era como el ajedrez.

No. Estaba siendo ridículo.

Trataba de recuperar a Tony. Estaría bien que acudiese a la boda, pero si se la perdía, ¿qué más daba? Tarde o temprano regresaría de Grecia.

Puestos a pensarlo, si la boda era un desastre, que Tony se la perdiera podía ser un regalo del cielo.

Resuelto.

Apagó el cigarrillo y entró.

Querido Tony:

Por favor, ven a la boda. Habla con Becky. Ella lo sabe todo.

Te quiero.

Jamie

xxx

La metió en un sobre, añadió uno de los mapas foto-copiados, lo cerró, escribió la dirección a la atención de Becky, puso el sello y lo llevó a la oficina de correos antes de que cambiase de opinión.

93

En otras circunstancias George podría haberse suicidado. Llevaba dos noches soñando con lo de ahogarse en Peterborough, y en su sueño el río lo llamaba de la forma en que lo llamaría una inmensa cama de plumas, e incluso en el sueño daba miedo lo mucho que deseaba soltarse y hundirse en el frío y la oscuridad y que todo se acabara para siempre. Pero ahora sólo quedaban seis días para la boda y sería muy poco caballeroso hacerle algo así a su hija.

De modo que tenía que encontrar una manera de ir pasando los días hasta que llegara el momento en que fuera aceptable hacer algo drástico sin amargar el ambiente de celebración. Sería sin duda algún tiempo después de que Katie y Ray hubiesen vuelto de la luna de miel.

Asumió, después de examinarse en el espejo, que sufriría alguna clase de fallo en un órgano. Parecía inconcebible que el cuerpo humano pudiese sobrevivir a la presión creada por esa clase de pánico sostenido sin que algo se desgarrara o dejase de funcionar. Y al principio ése había sido otro miedo que añadir a sus demás miedos, al cáncer, a volverse loco sin remedio, o a desplomarse ante los invitados de la boda. Pero al cabo de veinticuatro horas estaba deseando que ocurriera. Un derrame cerebral. Un infarto. Lo que fuera. En realidad no le importaba si sobrevivía o no, siempre y cuando lo dejara inconsciente y lo eximiera de sus responsabilidades.

No podía dormir. En cuanto se tumbaba sentía cómo le mutaba la piel bajo la ropa. Yacía inmóvil, esperando a que Jean se hubiese dormido, y entonces se levantaba de la cama, tomaba más codeína y se servía un whisky. Veía los extraños programas que daban por la tele de madrugada. Documentales de la universidad a distancia sobre glaciares. Películas en blanco y negro de los años cuarenta. Noticias sobre agricultura. George lloraba y recorría en círculos la moqueta de la salita.

Al día siguiente salía al estudio e inventaba inútiles tareas con que cansarse y ocupar la mente (había dos hombres instalando la moqueta nueva en la casa). Lijar marcos de ventana. Barrer el suelo de cemento. Mover los ladrillos sobrantes, uno por uno, al otro extremo del estudio. Hacer una serie de pequeñas construcciones al estilo Stonehenge.

Comer le estaba suponiendo enormes problemas. Un par de cucharadas y sentía el estómago revuelto, como le pasaba en un ferry con mal tiempo. Se obligó a tragarse una tostada con un poco de mantequilla para tranquilizar a Jean y tuvo que subir a vomitar al baño.

Empezó a volverse loco a la mitad del segundo día. Se levantó de la mesa del comedor al acabar, dejando el postre intacto, y dijo que tenía que ir a algún sitio. No sabía con exactitud adónde tenía que ir. Recordaba haber salido de la casa por la puerta principal. Después no se acordaba de nada durante un espacio de tiempo considerable. Tenía la mente llena de ruido blanco, no muy distinto al ruido blanco de la televisión cuando no conseguía sintonizar un canal en particular, pero a mayor volumen y bastante más insistente. No era agradable, pero era mejor que inclinarse sobre la taza del váter mientras devolvía la tostada, o quedarse en la cama sintiendo cómo se multiplicaban y fusionaban las lesiones.

Es posible que cogiera un autobús. Aunque no tenía el recuerdo concreto de haber estado en un autobús.

Cuando volvió en sí estaba de pie en la consulta del médico, ante el mostrador de recepción. Una mujer sentada ante la pantalla de un ordenador estaba diciendo:

—¿En qué puedo ayudarlo? —su tono de voz sugería que lo había preguntado ya varias veces.

La mujer se inclinó y repitió la pregunta, pero más despacio y con mayor suavidad, como hace uno cuando se da cuenta de que la persona a la que se dirige no está haciéndole perder el tiempo sino que padece un auténtico problema mental.

—Quiero ver al doctor Barghoutian.

Sí, ahora que estaba ahí le parecía buena idea. A lo mejor era por eso por lo que había llegado hasta allí.

—¿Tiene usted hora con él?

—No lo creo —contestó George.

—Me temo que el doctor Barghoutian tiene todas las horas ocupadas hoy. Si es urgente podría ver usted a otro médico.

—Quiero ver al doctor Barghoutian.

—Lo siento. El doctor Barghoutian está viendo a otros pacientes.

George no consiguió recordar las palabras que se utilizaban para mostrar un educado desacuerdo con alguien.

—Quiero ver al doctor Barghoutian.

—Lo siento muchísimo, pero...

El trayecto hasta la consulta claramente había consumido las energías de George (quizá había ido andando). No tenía ni idea de qué pretendía decirle al doctor Barghoutian, pero su ser entero parecía haber estado concentrado en entrar en esa pequeña habitación. Ahora que eso resultaba imposible, simplemente no podía concebir qué debería hacer en su lugar. Se sentía muy solo y tenía mucho frío (tenía la ropa mojada; quizá ahí fuera llovía). Se agachó para hacerse un ovillo en el suelo, en el ángulo entre la moqueta y el panel de madera del mostrador de recepción, y llorar un poco.

Se abrazó las rodillas. No iba a volver a moverse. Iba a quedarse allí para siempre.

Alguien le puso una manta encima. O eso o soñó que alguien le ponía una manta encima.

Recordó haber leído, en algún sitio, que poco antes de morirte de frío te sentías calentito y cómodo y que ése era un indicio de que el fin estaba cerca.

Sólo que el fin no estaba cerca. Y no iba a quedarse en ese sitio para siempre porque alguien le estaba diciendo:

—¿Señor Hall...? ¿Señor Hall...? —y cuando abrió los ojos se encontró mirando al doctor Barghoutian, que estaba en cuclillas ante él, y George había estado tan lejos que tardó varios segundos en averiguar de quién se trataba, y el porqué de que el doctor Barghoutian estuviese allí también.

Lo ayudaron a ponerse de pie y a recorrer el pasillo hasta la consulta del doctor Barghoutian, donde lo sentaron en una silla.

Pasó varios minutos sin poder hablar. El doctor Barghoutian no pareció demasiado preocupado; simplemente se reclinó en su asiento y dijo:

—Cuando esté listo.

George se armó de valor y empezó a hablar. Cualquier otro día lo habría preocupado su incapacidad para formar frases, pero ya no le importaba nada. Sonó como un hombre que llegara arrastrándose a un oasis en unos dibujos animados.

—Tengo cáncer... Muriendo... Muy asustado... Boda de mi hija...

El doctor Barghoutian lo dejó seguir durante un tiempo. La presión en la cabeza de George cedió un poco y empezó a recuperar la sintaxis.

—Quiero ir a un hospital... Quiero ir a un hospital psiquiátrico... Por favor... Necesito que cuiden de mí... Un sitio en que esté a salvo...

El doctor Barghoutian permitió que se detuviera.

—Asumo que esa boda se celebra el sábado.

George asintió con la cabeza.

El doctor Barghoutian se dio un par de golpecitos con el lápiz contra los dientes.

—Bien. He aquí lo que vamos a hacer.

George se sintió mejor al oírle decir esas palabras.

—Va a venir a verme otra vez el lunes por la mañana.

George se sintió bastante peor.

—Le concertaré una cita con un dermatólogo. Y si todavía siente ansiedad nos ocuparemos de conseguirle ayuda psiquiátrica de más peso.

George volvió a sentirse un poco mejor.

—Entretanto, voy a recetarle un poco de Valium, ¿de acuerdo? Tómese los que necesite, aunque le sugiero que se mantenga alejado del champán durante la boda. A menos que quiera acabar debajo de una mesa.

El doctor Barghoutian le extendió la receta.

—Bueno. Tengo la profunda sospecha de que va a sentirse mucho más tranquilo la próxima vez que nos veamos. Si no es así, haremos algo al respecto.

No era la solución que George había esperado. Pero la idea de otro encuentro el lunes y la promesa de ayuda psiquiátrica de mayor peso lo dejaron más tranquilo.

Encontraría alguna forma de evitar al dermatólogo.

—Ahora, ¿qué le parece volver a casa? ¿Le gustaría que la recepcionista llamase a su esposa para que venga a buscarlo?

La idea de que llamaran a Jean para decirle que había sufrido un colapso en la consulta del médico le hizo recobrar el juicio con mayor brusquedad que todo lo demás.

—No. De verdad. Estaré bien.

Le dio las gracias al doctor Barghoutian y se levantó, y se percató de que en efecto estaba envuelto en una ligera manta verde.

—A las diez. El lunes por la mañana —dijo el doctor Barghoutian tendiéndole la receta—. Haré que la recepcionista lo anote en la agenda. Y asegúrese de pasar por la farmacia a buscar esto antes de llegar a casa.

Salió de la consulta y cruzó la calle para entrar en Boots, donde examinó el dibujo de las baldosas para evitar el contacto visual con los folletos. Hizo tres circuitos del parque, recogió su receta, se zampó dos Valium y cogió un taxi para ir a casa.

Se había preguntado qué le contaría a Jean sobre esa excursión no planeada, pero cuando entró en la casa vio una pequeña mochila de Spiderman en el recibidor y comprendió que Katie había llegado con Jacob para supervisar los últimos preparativos, y cuando los tres entraron procedentes del jardín Jean no pareció desconcertada ante la noticia de que había salido a dar un largo paseo y había perdido la noción del tiempo.

Jacob exclamó:

—Abuelito, abuelito, a ver si me pillas.

Pero George no estaba de humor para andar persiguiendo niños.

—Quizá podríamos jugar a algo más tranquilo después —propuso, y se dio cuenta de que lo decía en serio. Estaba claro que el Valium estaba haciendo efecto. Un hecho que se vio confirmado cuando se fue al piso de arriba y cayó en un sueño profundo en la cama.

94

Katie pidió hora en la peluquería.

En cuanto lo hubo hecho no lo tuvo claro. Su pelo no tenía nada que no pudiera solucionarse con un rápido recorte con las tijeras del baño y un suavizante decente. Era obvio que tenía puesto el piloto automático cuando lo había programado todo.

Gracias a Dios que no había organizado un desfile de damas de honor.

Le dijo a Ray que iba a anular la peluquería, él preguntó por qué y ella dijo que no le apetecía quedar emperifollada como alguien salido de un catálogo de novias. Ray dijo:

—Ve, mujer. Date ese gusto.

Y Katie pensó: «¿Por qué no? Vida nueva. Pelo nuevo». Y fue e hizo que se lo cortaran casi todo. A lo chico. Enseñando las orejas por primera vez en siete años.

Y Ray tenía razón. Fue más que un gusto. La persona en el espejo ya no era simplemente la madre de un niño pequeño. La persona en el espejo era una mujer que llevaba las riendas de su propio destino.

Su madre se sintió horrorizada.

No fue por el pelo de forma específica. Fue por la combinación del pelo y la anulación de las flores y la decisión de no llegar al registro civil en limusina.

—Sólo me preocupa que...

—¿Qué? —quiso saber Katie.

—Sólo me preocupa que no sea... que no sea una boda como es debido.

—¿Porque no tengo pelo suficiente?

—Estás siendo frívola.

Cierto, pero mamá estaba siendo... Qué extraño que no hubiese una palabra para describirlo, dada la frecuencia con que lo hacían los padres. Lo de traducir cada preocupación en una preocupación por que las cosas no se hicieran como era debido. Que no se comiera como era debido. Que no se vistiera como era debido. Que la gente no se comportara como era debido. Como si el mundo pudiera arreglarse mediante el decoro.

—Bueno, va a ser mucho más como es debido que la boda anterior.

—¿O sea que tú y Ray...?

—Nos llevamos mejor que nunca.

—No es lo que se dice una respuesta entusiasta.

—Nos queremos.

Mamá se estremeció ligeramente, y luego cambió de tema, como hacía Jacob siempre que decían que se querían.

—Tu padre y Ray, por cierto...

—¿Mi padre y Ray por cierto qué?

—No hablaron por fin, ¿no?

—¿Cuándo? —preguntó Katie.

—El otro día. Por teléfono —su madre parecía realmente inquieta ante semejante posibilidad.

Katie hurgó en su memoria y no encontró nada.

—Ray llamó para hablar con tu padre. Pero luego tu padre dijo que se habían equivocado de número. Y me preguntaba si habría habido alguna clase de malentendido.

Un hombre con barba apareció en la puerta y preguntó dónde podían colocar los vientos.

Katie se levantó.

—Mira, mamá, si hace que te sientas mejor, ¿por qué no llamas a alguna floristería? A ver si alguien puede hacer algo con poca antelación.

—Vale —repuso mamá.

—Pero que no sea Buller's.

—Vale.

—Les solté varios tacos —explicó Katie.

—Vale.

Katie salió al jardín con el tipo de la barba. El mástil central ya se había instalado en el fondo del jardín y otros cinco hombres con sudaderas verde botella izaban velas de lona crema. Jacob corría entre los rollos de cuerda y las sillas apiladas como un perrito chiflado, inmerso en alguna fantasía de superhéroe, y Katie recordó lo mágico que había sido antaño ver un espacio corriente transformarse de esa forma. Un sofá boca abajo. Una habitación llena de globos.

Entonces Jacob resbaló y volcó una mesa de caballete y se pilló el dedo en la bisagra de las patas y chilló mucho y Katie lo tomó en brazos y lo acunó y se lo llevó a la habitación y sacó el Savlon y las tiritas de Maisie Mouse y Jacob fue un valiente y dejó de llorar, y mamá subió y dijo que había resuelto lo de las flores.

Se sentaron una junto a otra en la cama mientras Jacob transformaba su robot rojo en un dinosaurio y de nuevo en un robot.

—Bueno, por fin vamos a conocer al novio de Jamie —dijo mamá, y la pausa que hizo antes de la palabra «novio» fue casi imperceptible.

Katie se miró las manos y dijo:

—Ajá —y se sintió muy mal por Jamie.

El día avanzaba. Ella y Jacob fueron en coche a la ciudad para recoger la tarta y dejar la cinta con la música en el registro civil. Katie había querido empezar con un poco de la *Música para los reales fuegos de artificio* y luego hacer una mezcla para que sonara sin interrupción *I Feel Good* en cuanto estuviesen casados, pero la mujer del teléfono dijo con aires de superioridad que allí «no hacían mezclas» y Katie comprendió que quizá era demasiado complicado en cualquier caso. Alguna tía abuela se desplomaría y tendrían que ponerla en la postura de recuperación con James Brown aullando como un perro cachondo. De manera que al final se decidieron por aquel concierto para dos violines de Bach del disco compacto recopilatorio que papá le había regalado a Katie por Navidad.

Entraron a toda prisa en Sandersons y en Sticky Fingers para recoger la jarra de cerveza personalizada y la caja de bombones tamaño industrial para Ed y Sarah y luego volvieron a casa, donde casi se les destrozó la tarta cuando un grupo de críos lanzó una pelota delante del coche.

Se sentaron a cenar los cuatro: mamá, papá, ella y Jacob, y estuvo muy bien. Nada de discusiones. Ni de mal humor. Ni de andar evitando temas difíciles.

Acostó a Jacob, ayudó a mamá a lavar los platos y los cielos se abrieron. Mamá se inquietó, como les pasa a los padres cuando hace mal tiempo. Pero Katie subió hasta el desván y abrió la ventana que daba al jardín y permaneció allí mientras la carpa crujía y se agitaba y el viento rugía como las olas entre los árboles negros.

Le encantaban las tormentas. Los truenos, los rayos, la lluvia que arreciaba. Tenía algo que ver con aquel sueño infantil sobre que vivía en un castillo.

Se acordó de la boda anterior. Graham con aquella extraña reacción alérgica al champú de Katie el día antes. Bolsas de hielo. Antihistamínicos. Aquella furgoneta arrancándole el guardabarros al Jaguar del tío Brian. La estrafalaria mujer con problemas mentales que apareció cantando en pleno banquete.

Se preguntó qué saldría mal esta vez, y se dio cuenta de que estaba siendo estúpida. Como mamá con la lluvia. El miedo de no tener nada de que quejarse.

Cerró la ventana, enjugó el agua del alféizar con la manga y bajó para ver si quedaba vino en la botella.

95

George se dio cuenta de que el doctor Barghoutian no era tan estúpido después de todo.

El Valium iba bien. El Valium iba pero que muy bien. Bajó, se preparó una taza de té y jugó un par de partidas de cartas con Jacob.

Después de que Katie se fuera a la ciudad se coló por detrás de la carpa para echarle un vistazo al estudio y se percató de que, con el paso al fondo del jardín cerrado, el estudio se había convertido en un lugar secreto de esos que les encantaban a los niños y que, a decir verdad, a él todavía le gustaban. Sacó la silla plegable y se sentó durante diez minutos muy agradables hasta que uno de los obreros se deslizó por el otro lado de la carpa y empezó a orinar en un arriate. George decidió que toser para que se percatara de su presencia era más educado que observar a alguien orinar en silencio, de manera que tosió y el hombre se disculpó y desapareció, pero George sintió que su espacio secreto se había violado en cierto sentido y volvió a la casa.

Entró y se preparó un sándwich de jamón y tomate y se lo tomó con un vaso de leche.

El único problema del Valium era que no favorecía el pensamiento racional. Fue sólo después de cenar, cuando los efectos de las dos pastillas que había tomado durante la tarde empezaron a remitir, cuando hizo los cálculos. Para empezar, había sólo diez pastillas en el frasco. Si seguía tomándoselas a ese ritmo se quedaría sin ellas antes de que llegara la boda.

Empezó a caer en la cuenta de que, si bien el doctor Barghoutian era listo, no había sido generoso.

Iba a tener que dejar de tomar las pastillas en ese momento. E iba a tener que evitar tomarlas al día siguiente.

La etiqueta en el pequeño frasco marrón advertía que no se ingiriese alcohol mientras se tomaban. A la mierda con eso. Cuando se sentara después del discurso, iba a apurar la primera copa que pillara. Si se sumía rápidamente en un coma, ya le estaba bien.

La dificultad residía en llegar al sábado.

Lo veía venir, incluso en ese momento, sentado como estaba en el sofá con Jacques Loussier en el equipo de música y el *Daily Telegraph* doblado en el regazo, al igual que había visto aquella tormenta venir del mar en Saint Ives unos años antes, un muro gris de luz densa a menos de un kilómetro de distancia, el agua oscura debajo de él, todo el mundo mirando sencillamente, sin caer en la cuenta de lo rápido que se movía hasta que fue demasiado tarde, y entonces corriendo y chillando cuando el granizo cayó sobre la playa en horizontal como disparos.

Su cuerpo empezaba a acelerarse y agitarse, con todos los indicadores moviéndose sin cesar hacia el rojo. El miedo volvía. Deseó rascarse la cadera. Pero si quedaba algo de cáncer, lo último que quería era perturbarlo.

Era muy tentador tomarse más Valium.

Virgen santa. Uno podía decir todo lo que quisiera sobre la razón y la lógica y el sentido común y la imaginación, pero a la hora de la verdad lo único que necesitaba era la capacidad de no pensar en nada en absoluto.

Se levantó y fue hacia el recibidor. Quedaba un poco de vino de la cena. Se acabaría la botella y luego se tomaría un par de codeínas.

Cuando entró en la cocina, sin embargo, las luces estaban apagadas, la puerta que daba al jardín estaba abierta y Katie observaba desde el umbral la lluvia torrencial mientras se bebía el resto del vino directamente de la botella.

—No te bebas eso —dijo George bastante más alto de lo que pretendía.

—Lo siento —repuso Katie—. Pensaba que estabas en la cama. En cualquier caso tengo intención de acabármelo. Para que no tengáis que compartir mis bacterias.

A George no se le ocurrió ninguna forma de decir «Dame la botella» sin parecer desquiciado.

Katie echó un trago de vino.

—Dios, cómo me gusta la lluvia.

George se quedó mirándola. Ella echó otro trago. Al cabo de un rato se volvió y lo vio observándola. George se dio cuenta de que su actitud era un poco rara. Pero necesitaba compañía.

—Scrabble —dijo.

—¿Qué? —preguntó Katie.

—Me preguntaba si querrías jugar una partida de Scrabble —¿de dónde había salido eso?

Katie meneó lentamente la cabeza, sopesando la idea.

—Vale.

—Genial —dijo George—. Ve a sacar la caja del armario. Tengo que subir un momento a por un poco de codeína. Para el dolor de cabeza.

George estaba a medio camino de las escaleras cuando se acordó de la última partida de Scrabble que habían jugado. Se había parado en seco durante una discusión muy acalorada sobre el uso totalmente lícito por parte de George de la palabra *zho,* un cruce entre vaca y yak.

Oh, bueno; así mantendría la mente ocupada.

Era todo un poco pesado.

Durante un tercio de las horas que pasaba despierto Jamie se las apañaba para no pensar en Tony en absoluto. Durante otro tercio imaginaba que Tony volvía a tiempo y que los dos se reconciliaban en distintas escenas melodramáticas. El tercio restante se dedicaba a pensamientos sensibleros sobre que iría a Peterborough solo y que sería objeto de demasiada compasión o ninguna en absoluto y que tendría que mostrarse alegre por el bien de Katie.

Tenía pensado salir para allá a primera hora de la tarde del viernes para ahorrarse el tráfico. El jueves por la noche tomó un plato de pasta al horno de Tesco y una ensalada de frutas ante un vídeo de *The Blair Witch Project,* que daba más miedo del que había previsto, de manera que tuvo que parar la cinta a la mitad y correr todas las cortinas y cerrar con llave la puerta principal.

Esperaba tener pesadillas. De forma que supuso cierta sorpresa encontrarse con que tenía un sueño sexual con Tony. No fue para quejarse. Un rollo como de ponerse las botas recién salido de la cárcel. Pero lo que fue ligeramente perturbador fue que la escena entera tenía lugar en la sala de estar de sus padres durante alguna clase de cóctel. Tony empujándolo boca abajo en el sofá, embutiéndole tres dedos en la boca y follándoselo sin el más mínimo preámbulo. Todos los detalles mucho más vívidos de lo que se suponía debían serlo en los sueños. La inclinación de la polla de Tony, las manchas de pintura en sus dedos, la intrincada enredadera del estampado en la funda del cojín contra la cara de Jamie en primerísimo plano, la charla, el tintineo de copas de vino.

De hecho fue tan vívido que en varias ocasiones durante la mañana siguiente recordó lo sucedido y se vio presa de un sudor frío durante una fracción de segundo antes de acordarse de que no era real.

Jean no se percató de lo grave que era hasta que bajó y cruzó el jardín bajo la llovizna en camisón.

Había agua estancada en la carpa. Se suponía que setenta personas tenían que comer ahí al día siguiente.

No pudo evitar tener la sensación de que si aún estuviera organizando ella la boda eso no habría pasado, aunque estaba claro que no tenía más control sobre el tiempo que Katie y Ray.

Se sentía... vieja. Así era como se sentía.

No era sólo por la lluvia. Era por George, también. Había parecido bien durante unas semanas. Entonces, después de cenar, todo había ido a peor. No quería hablar. No quería ayudarla. Y ella no tenía la más mínima idea de por qué.

Se suponía que debía estar preocupada, no enfadada. Ya lo sabía. Pero ¿cómo podía una andar preocupándose cuando no sabía cuál era el problema?

Volvió a la cocina y se preparó unas tostadas y un café.

Katie y Jacob aparecieron media hora más tarde. Le dijo a Katie lo de la carpa y le dio rabia que su hija se negara a ser presa del pánico.

Katie no lo entendía. No estaba pasando en su jardín. Si la gente se encontraba con barro hasta el tobillo iban a culpar a Jean. Y era egoísta pensar eso, pero era cierto.

Trató de quitárselo de la cabeza.

—Bueno, hombrecito... —le revolvió el pelo a Jacob—. ¿Qué te preparamos para desayunar?

—Quiero huevos —dijo Jacob.

—¿Quiero huevos qué más? —intervino Katie, que estaba metida de lleno en el periódico.

—Quiero huevos por favor —corrigió Jacob.

—¿Revueltos, fritos o duros? —quiso saber Jean.

—¿Cómo son fritos? —preguntó Jacob.

—Los quiere revueltos —aclaró Katie, distraída.

—Pues revueltos van a ser —Jean besó al niño en la coronilla. Al menos había algo que podía hacer por alguien.

Mamá tenía razón. Una boda sin desastres infringía claramente alguna regla tácita del universo. Como la nieve en Navidad. O el parto sin dolor.

Llamó a los de la carpa y no hubo problema. Pasarían más tarde por allí con bayetas y calentadores.

Luego la tía Eileen y el tío Ronnie aparecieron con su labrador a la zaga. Porque su canguro de perros estaba en el hospital. Por desgracia Jacob odiaba a los perros. De manera que lo dejaron fuera para tener contento a Jacob. En ese momento empezó a aullar y a tratar de entrar escarbando por la puerta de atrás.

Luego llamaron los del servicio de comidas para decir que hacía falta cambiar el menú después de que un corte de corriente dejara un congelador apagado toda la noche. Sadie llamó para decir que acababa de llegar de Nueva Zelanda para encontrarse la invitación en el correo y que si podía venir. Y Brian y Gail llamaron para decir que el hotel había perdido su reserva y claramente algún otro tenía que resolver el problema por ellos. Como la novia, por ejemplo. O los padres de la novia.

Katie decidió no contestar al teléfono y fue al piso de arriba para encontrarse a papá encerrado en el baño, posiblemente escondiéndose de Eileen y Ronnie, de modo que fue al váter de arriba del todo, hizo pis y tiró de la cadena y oyó borbotear el sifón y vio subir el agua hasta un centímetro del borde de la taza. En ese momento alguna clase de pulsión de muerte se apoderó de ella y en lugar de llamar al número de teléfono en la pegatina se dijo: «Probaré de nuevo», y tiró de la cadena por segunda vez con resultados previsibles.

Dos segundos después estaba arrodillada en el suelo conteniendo un lago de pis diluido con una presa de toallas color crema y diciendo:

—Coño, hostia, mierda... —cuando apareció Jacob tras ella y señaló que estaba diciendo palabrotas—. Jacob, ¿puedes decirle a la abuela que venga y que traiga bolsas de basura?

—Huele fatal.

—Jacob, por favor, ve a buscar a la abuela o no volveré a darte dinero para tus cosas.

Pero el labrador volvía a estar en la casa y Jacob se negó a acercarse siquiera a la planta baja, de modo que bajó ella misma y se encontró a sus padres en el pasillo en pleno altercado porque papá no ponía nada de su parte, pero en susurros febriles, presumiblemente para que no los oyeran Eileen y Ronnie. Katie dijo que el váter se había desbordado. Mamá le dijo a papá que lo arreglara. Papá rehusó. Y mamá le dijo algo muy impropio de una dama que Katie no consiguió pillar del todo porque Ray apareció en el otro extremo del pasillo diciendo:

—Espero que no os importe, la tía me ha dejado pasar.

Mamá reaccionó tarde, horrorizada, y se disculpó profusamente por discutir una vez más en presencia de Ray y le preguntó si podía prepararle una taza de café y Katie le recordó que el váter seguía desbordándose y se sintió sumamente mosqueada por el hecho de que Ray se hubiese pasado la noche en Londres organizando algo secreto, y papá escurrió el bulto aprovechando que nadie le prestaba atención y Ray subió corriendo las escaleras y mamá dijo que pondría la tetera y Katie fue en busca de bolsas de basura a la cocina para transportar las toallas empapadas de pis hasta la lavadora y advirtió por el camino unas embarradas huellas de pezuñas en la moqueta del comedor y le tiró una bayeta a Ronnie y le dijo que limpiara el rastro de su maldito perro, lo que él tuvo que hacer porque era cristiano.

El fontanero dijo que estaría ahí en una hora y Eileen y Ronnie se llevaron a *Rover* a dar un largo paseo a pesar de la lluvia y todo fue bien hasta que Katie sacó el vestido de la maleta para plancharlo y descubrió que un cuarto de litro de jabón líquido de coco se había derramado en todo el dobladillo y soltó palabrotas en voz tan alta que Eileen y Ronnie probablemente la oyeron a varios campos de distancia. De manera que Ray levantó las manos y dijo:

—Pégame —y Katie así lo hizo, repetidas veces y durante un tiempo considerable hasta que Ray añadió—: Vale, que ya empieza a dolerme.

Ray sugirió que fuera a la ciudad a comprar otro vestido y Katie estaba a punto de hacerle pasar un mal rato por pensar que todos los problemas femeninos podían resolverse yendo de compras cuando él añadió con tono tranquilo:

—Cómprate un vestido nuevo. Vete a una cafetería. Siéntate con un libro y una taza de café y vuelve en un par de horas, y yo me ocuparé de todo aquí —y Katie lo besó, cogió el bolso y echó a correr.

99

George había asumido ingenuamente que el hecho de que Katie y Ray dijeran que se ocuparían de todo significaba que él no tendría que hacer nada.

Jean no entendía que si iba con el coche a la ciudad a buscar flores bien podía continuar hasta llegar a Aberdeen. No entendía que necesitaba sentarse en algún sitio tranquilo haciendo bien poco.

Entonces el váter de arriba se desbordó y la cosa se puso pero que muy frenética, de manera que fue a echarse a su habitación. Pero Jean entró en busca de sábanas y toallas para Eileen y Ronnie y fue bastante grosera con él. De modo que se encerró en el baño, hasta que Jean lo hizo salir porque la gente necesitaba utilizar el váter. Entonces George tuvo claro que esas complicaciones no iban más que a multiplicarse a lo largo del día y que muy pronto no sería capaz de enfrentarse a ellas.

Había pecado tremendamente de poco realista. No había forma de que pudiese charlar con esa gente, no digamos ya ponerse en pie entre ellos y pronunciar un discurso.

No quería avergonzar a Katie.

Era obvio que no podía asistir a su boda.

Jean se había equivocado con Ray.

Un hora después de su llegada todo volvía a estar en marcha. Había mandado a Katie a la ciudad. Iba a ir un hombre a arreglar el lavabo y había enviado a Eileen y Ronnie en busca de las flores con su bendito perro de acompañante.

Y, por raro que fuera, sí parecía tener control sobre el clima. Jean le estaba preparando una taza de té justo después de su llegada cuando miró por la ventana y vio que había dejado de llover y había salido el sol. Al cabo de una hora aparecieron los hombres de la carpa para dejarla bien seca y Ray estaba en el jardín dando órdenes como si fuera el director de la empresa.

Cierto que a veces tenía demasiado desparpajo. No era uno de ellos, si se quería expresar así. Pero Jean empezaba a darse cuenta de que ser uno de ellos no era algo necesariamente bueno. Después de todo, era obvio que su familia estaba fracasando a la hora de organizar una boda. Quizá un poco de desparpajo era precisamente lo que hacía falta.

Empezó a entender que Katie bien podía ser más lista de lo que ella o George habían creído.

A media tarde el hermano de Jean y su esposa aparecieron y les ofrecieron llevarlos a cenar a ella y George.

Jean explicó que George no andaba muy fino.

—Bueno, si a George no le importa, puedes venirte tú —propuso Douglas.

Jean había empezado a articular una educada negativa cuando Ray intervino:

—Vete. Nos aseguraremos de que alguien monte guardia en el fuerte.

Y por primera vez Jean se alegró de que Katie fuera a casarse con ese hombre.

Jamie cogió el desvío para entrar al pueblo y sintió ese pequeño nudo en el estómago que siempre sentía al volver. El rollo familiar. Como cuando tenía catorce años. Aparcó enfrente de la casa, apagó el motor y se armó de valor.

El secreto era recordar que ahora eras un adulto, que ya no había necesidad de librar las batallas que librabas a los catorce.

Dios, cómo deseaba que Tony estuviese con él.

Echó un vistazo hacia la casa y vio salir al tío Douglas por la puerta lateral con su mujer. Mary. O Molly. Sería mejor que lo comprobara preguntándoselo a alguien antes de meter la pata.

Se deslizó hacia abajo en el asiento para que no lo vieran y esperó a que se hubiesen subido al coche.

Dios, detestaba a las tías. El lápiz de labios. El perfume de lavanda. Las divertidísimas historias sobre cómo te habías mojado los pantalones durante un villancico en la iglesia.

El coche se alejó.

¿Qué iba a decir con respecto a Tony?

Ése era el problema, ¿no? Te ibas de casa. Pero en realidad nunca te convertías en adulto. En realidad no. Tan sólo la cagabas de maneras distintas y más complicadas.

En ese momento apareció Katie y aparcó a su lado. Salieron de sus coches simultáneamente.

—Eh, hola —dijo Katie. Se abrazaron—. ¿Tony no viene?

—Tony no viene.

Katie le frotó los brazos.

—Lo siento mucho.

—Oye, iba a preguntarte por eso. Me refiero a qué le has dicho a mamá.

—No le he dicho nada.

—Vale.

—Sólo dile la verdad —sugirió Katie.

—Ajá.

Katie lo miró a los ojos.

—Se lo tomarán bien. Tienen que tomárselo bien. Yo soy la reina durante el fin de semana. Y nadie va a saltarse las reglas, ¿de acuerdo?

—De acuerdo —repuso Jamie—. Por cierto, un corte de pelo genial.

—Gracias.

Fueron hacia la casa.

102

Katie entró en la cocina con Jamie y se encontró a santa Eileen sentada a la mesa rodeada por una pequeña jungla.

—Te hemos traído tus flores —dijo Eileen poniéndose en pie.

Por un instante Katie pensó que se trataba de alguna clase de regalo personal.

—Hola, cariño —dijo mamá besando a Jamie.

Eileen se volvió hacia Jamie y dijo:

—No veíamos a este jovencito desde... bueno, ya ni sé desde cuándo.

—Hace mucho tiempo —repuso Jamie.

—Bueno... —intervino mamá ligeramente incómoda—. ¿Dónde está Tony?

Katie se dio cuenta de que mamá se preparaba para la inoportuna aparición del novio de su hijo ante su desprevenida y evangélica hermana. Lo cual le hizo sentir lástima tanto por Jamie como por mamá. Estaba claro que ser reina del fin de semana no le daba a una el poder de resolverlo todo.

—Me temo que no va a venir —explicó Jamie. Katie lo vio armarse de valor—. Hemos tenido ciertos problemas. En resumidas cuentas, se fue a Creta. Que al parecer es un sitio muy bonito en esta época del año.

Katie le dio una discreta palmadita a Jamie en la espalda.

—Lo siento —dijo mamá, y pareció que lo dijera en serio.

Entonces Eileen dijo:

—¿Quién es Tony? —con una expresión inocente de ojos muy abiertos que hizo que un escalofrío palpable recorriera la habitación.

—Bueno —intervino su madre ignorando por completo a su hermana y frotándose las manos—. Tenemos muchas cosas que hacer.

—Tony es mi novio —dijo Jamie.

Y Katie pensó que si todo salía mal, si el registro civil se quemaba hasta los cimientos o ella se rompía el tobillo de camino allí, habría valido la pena sólo por la expresión de la cara de Eileen en ese momento.

Pareció que estuviera recibiendo instrucciones de Dios de cómo proseguir.

Se hacía difícil saber qué estaría pensando mamá.

—Somos homosexuales —añadió Jamie.

Lo cual, se dijo Katie, fue pasarse un poco con los huevos del budín. Tiró de él hacia el pasillo.

—Venga, vamos.

Y en la puerta de la cocina apareció un hombre diciendo:

—Vengo a arreglar el lavabo.

103

Jamie y Katie entraron en la habitación y se desplomaron boca arriba sobre la cama. Se estaban riendo demasiado para explicarles el motivo a Ray o Jacob. Y realmente fue como tener catorce años otra vez. Pero en esa ocasión fue agradable.

Y entonces Jamie tuvo que ir a hacer pis, de manera que salió al rellano, y cuando emergía del lavabo apareció su padre y dijo:

—Jamie, necesito hablar contigo —ni saludos. Ni cortesías de rigor. Sólo un susurro cómplice y una mano en el codo de Jamie.

Siguió a George hasta la habitación de sus padres y se sentó en el brazo de la butaca.

—Jamie, verás...

Jamie aún estaba efervescente por el encuentro en la cocina y hubo algo tranquilizador en la voz suave y comedida de su padre.

—El cáncer —dijo George parpadeando, levemente avergonzado—. Ha vuelto, me temo.

Jamie cayó en la cuenta de que allí estaba pasando algo serio y se sentó un poco más tieso.

—¿El cáncer ha vuelto?

—Tengo miedo, Jamie. Mucho miedo. De morirme. De cáncer. Casi constantemente. No es agradable. No es agradable en absoluto. No puedo dormir. No puedo comer.

—¿Has hablado con mamá?

—Últimamente la saco un poco de quicio —repuso George—. No soy capaz de ayudar mucho. Necesito de veras sentarme en una habitación tranquila. Solo.

Jamie deseó inclinarse y acariciar a su padre, de la forma en que se acariciaría a un perro preocupado. Era un instinto peculiar, y probablemente no muy sensato.

—¿Puedo hacer algo para ayudarte?

—Bueno, pues sí —contestó George, animándose visiblemente—. Verás, lo que pasa es que en realidad no puedo ir a la boda.

—¿Qué?

—No puedo ir a la boda.

—Pero tienes que ir a la boda —dijo Jamie.

—¿De veras? —preguntó su padre con un hilo de voz.

—Por supuesto que sí —repuso Jamie—. Eres el padre de la novia.

George reflexionó sobre eso.

—Tienes toda la razón, por supuesto.

Hubo una breve pausa, y entonces George se echó a llorar.

Jamie nunca había visto llorar a su padre. Nunca había visto llorar a ningún hombre mayor. Excepto en la televisión, durante las guerras. Se sintió mareado y asustado y triste y tuvo que resistir la tentación de decirle a su padre que no hacía falta que asistiera a la boda. Porque si hacía eso Katie no volvería a hablarles a ninguno de los dos durante el resto de sus vidas naturales.

Jamie se levantó de la butaca y se puso en cuclillas delante de George.

—Papá. Mira —le frotó el antebrazo—. Estamos todos de tu parte. Y estaremos todos ahí para darte la mano. Cuando entres en la carpa puedes beberte unas cuantas copas de vino... Todo irá bien. Te lo prometo.

George asintió con la cabeza.

—Oh, y hablaré con mamá —añadió Jamie—. Le diré que necesitas un poco de paz y tranquilidad.

Se levantó. Su padre estaba en un mundo propio. Jamie le tocó el hombro.

—¿Estás bien?

George alzó la vista.

—Gracias.

—Pégame un grito si necesitas algo —dijo Jamie.

Salió de la habitación, cerró con cuidado la puerta y fue en busca de su madre.

Empezaba a bajar las escaleras, sin embargo, cuando echó un vistazo a su antigua habitación y vio unas maletas sobre la cama. Como estaba pensando en el bienestar de su padre, no consideró en realidad las implicaciones de las maletas hasta que se encontró a su madre en el recibidor con un montón de pantalones limpios.

—Oye, mamá. Vengo de hablar con papá y...

—¿Sí...?

Jamie hizo una pausa, calculando qué decir y cómo expresarlo. Y mientras hacía eso otra parte de su cerebro consideró las implicaciones de las maletas, y se oyó decir:

—Esas maletas que hay en mi habitación...

—¿Qué pasa con ellas?

—¿Quién va a quedarse ahí?

—Eileen y Ronnie —respondió su madre.

—¿Y yo me quedo...?

—Te hemos encontrado una bonita pensión en Yarwell.

Fue en ese momento cuando a Jamie le dio una inusitada pataleta. Y supo que no era el momento oportuno para que le diera una pataleta, pero no pudo hacer gran cosa por evitarlo.

104

Jean estaba buscando a Jamie. Para compensar un poco todo el follón de antes en la cocina. Para decirle que era una pena que Tony no pudiese asistir a la boda.

Se tropezó con él bajando las escaleras. Y quedó claro que nadie le había dicho que Eileen y Ronnie se alojaban en su habitación.

Jean iba a explicarle que se había pasado una larga mañana bastante violenta en la biblioteca de la ciudad buscando una pensión especial en la que él y Tony no se sintieran fuera de lugar. Estaba bastante orgullosa de haberlo hecho y esperaba que Jamie se sintiera agradecido. Pero no estaba de humor para mostrarse agradecido.

—Sencillamente no nos querías a Tony y a mí durmiendo en esta casa, ¿no?

—No es eso, Jamie.

—Soy tu hijo, por el amor de Dios.

—Por favor, Jamie, no hables tan alto. Y en cualquier caso, ahora que Tony no está...

—Sí, eso ha resuelto todos tus problemas, ¿verdad?

Una puerta se abrió en algún sitio cerca y los dos guardaron silencio.

Ray, Katie y Jacob aparecieron en lo alto de las escaleras. Por suerte no parecían haber oído la discusión.

—Ah, Jamie —dijo Ray—, justo el tipo que andábamos buscando.

—He pintado un Power Ranger —exclamó Jacob sosteniendo en alto una revista.

—Necesitamos que nos hagas un favor —dijo Katie.

—¿Qué clase de favor? —preguntó Jamie, claramente molesto por que lo hubiesen interrumpido en plena discusión.

Ray dijo:

—Katie y yo vamos a salir a cenar, y Jean ha quedado con su hermano. Nos preguntábamos si te importaría hacer de canguro de Jacob.

—Oh, me temo que yo no me quedo aquí esta noche —repuso Jamie volviéndose hacia Jean con una sonrisa sarcástica.

—A lo mejor vuestro padre puede cuidar de Jacob —propuso Jean tratando de desviar la atención de Jamie—. Creo que va siendo hora de que se arremangue y haga algo útil.

—Por el amor de Dios, no —soltó Jamie.

—Jamie —dijo Jean—. Ese lenguaje.

—Eres malo-malo —intervino Jacob.

—Me quedaré con Jacob —dijo Jamie—. Lo siento. Olvidad lo que he dicho antes de que no me quedo aquí. No estaba pensando con claridad. Vamos, hombrecito, echémosle un vistazo a ese Power Ranger tuyo.

—Es el Ranger Amarillo —explicó Jacob.

Y los dos se fueron escaleras arriba.

—¿De qué iba todo eso? —quiso saber Katie.

—Oh, de nada —repuso Jean—. Bueno, ¿adónde vais a cenar? ¿O es una gran sorpresa?

105

A media cena Ray empezó a echarle vistazos al reloj.

Katie señaló que un caballero no debería hacer eso durante una cena a la luz de las velas con su prometida. Ray se mostró arrepentido, pero no lo suficiente. Claramente le pareció divertido, y no lo era, y Katie se debatió entre enfadarse de verdad y las pocas ganas de tener una pelea en público la noche antes de la boda.

Unos minutos antes de las nueve, sin embargo, Ray se inclinó sobre la mesa, le tomó las dos manos y dijo:

—Te he traído un regalo.

—¿Ah, sí? —Katie se mostró un poco evasiva por los vistazos al reloj, pero también porque Ray no era brillante a la hora de hacer regalos.

Ray no dijo nada.

—¿Y...? —preguntó Katie.

Ray levantó el índice, indicándole que esperara o se quedara callada. Y eso también fue extraño.

—Vale —dijo Katie.

Ray miró por la ventana, de manera que Katie miró por la ventana, y Ray dijo:

—Cinco, cuatro, tres, dos, uno... —y no pasó absolutamente nada durante unos segundos, y Ray dijo «Mierda» en voz baja, y entonces hicieron explosión unos fuegos artificiales en el campo junto al restaurante: efervescentes serpientes blancas, erizos de mar violetas, ráfagas de estrellas, sauces llorones de luz verde incandescente. Y aquellos *pums* como si alguien golpease cajas de cartón con un palo de golf y que la llevaron de vuelta a las hogueras y las patatas asadas en papel de plata y el olor a humo de bengalas.

Todo el mundo en el restaurante estaba mirando, y cada explosión iba seguida de un pequeño «Oh» o «Ah» en algún lugar de la sala, y Katie dijo:

—Así pues, esto es...

—Ajá.

—Por Dios, Ray, es increíble.

—De nada —repuso Ray, que no miraba los fuegos artificiales, sino que observaba el rostro de Katie al mirar los fuegos—. Era esto o Chanel número cinco. Pensé que preferirías esto.

106

Jean rara vez veía a Douglas y Maureen. En parte porque vivían en Dundee. Y en parte porque... bueno, a decir verdad, porque Douglas era un poco como Ray. Sólo que aún más. Para empezar, dirigía una empresa de transportes. Era uno de esos hombres que se sienten demasiado orgullosos de no ser presuntuosos y afectados.

La opinión de Jean sobre la gente como Ray, sin embargo, había cambiado en las últimas veinticuatro horas, y esa noche estaba disfrutando de la compañía de Douglas.

Ya se había tomado un par de copas de vino cuando Maureen preguntó qué le pasaba a George, de manera que pensó «Al diablo» y les contó que sufría de estrés.

A lo que Maureen respondió:

—Doug pasó por eso hace un par de años.

Douglas se acabó el cóctel de gambas, encendió un cigarrillo, rodeó a Maureen con el brazo y dejó que hablase por él.

—Sufrió un desvanecimiento conduciendo la Transit al norte de Edimburgo. Cuando volvió en sí estaba raspando la barrera de protección en la mediana a ciento diez por hora. Escáner cerebral. Análisis de sangre. El médico dijo que fue la tensión.

—De modo que vendimos una de las obras de arte y nos largamos a Portugal tres semanas —añadió Douglas—. Dejé a Simon al mando de la oficina. Hay que saber cuándo soltar las riendas. Ésa es la cuestión.

Jean iba a decir «No lo sabía». Pero ya sabían que no lo sabía. Y todos sabían por qué. Porque nunca le había interesado. Y se sintió mal por ello.

—Lo siento de verdad —dijo—. Tendría que haberos pedido que os alojarais en casa.

—¿Con Eileen? —preguntó Maureen arqueando las cejas.

—En su lugar —contestó Jean.

—Confío en que no se traiga a ese maldito perro a la boda —comentó Douglas, y todos rieron.

Y Jean se preguntó brevemente si podía contarles lo de las tijeras antes de decidir que era llevar las cosas un poco lejos.

107

Jamie nunca había hecho de canguro. No debidamente.

Había cuidado de Jacob un par de veces cuando era un bebé. Durante una hora o dos. Mientras dormía, casi siempre. Hasta le había cambiado un pañal. En realidad no necesitaba cambiarse. Confundió el olor y cuando se lo quitó estaba vacío. Sencillamente no fue capaz de volverle a sujetar algo que contenía orina.

Pero no volvería a hacer de canguro nunca más. Hasta que Jacob tuviese al menos doce años.

Fue plenamente consciente de ello con considerable rapidez cuando Jacob lo llamó al baño al acabar de hacer caca, y Jamie lo vio deslizarse de la taza un poco antes de tiempo, arrastrando consigo la sección final por el asiento y dejándola colgando del borde como una húmeda estalactita de chocolate.

No era caca de bebé. Sino auténticas heces humanas. Con un toque de perro.

Jamie se armó con un rudimentario guante de horno a base de papel higiénico y se tapó la nariz.

Y era obvio que había trabajos peores en el mundo (exterminador de ratas, astronauta...), pero Jamie nunca había caído en la cuenta de que ser padre quedara tan abajo en la lista.

Jacob se sintió desmesuradamente orgulloso de su logro y el resto de actividades de la velada (tostada con huevo revuelto, *Mister Gumpy se va de excursión,* un baño con mucha, mucha espuma) se vieron interrumpidas por la narración de Jacob de su aventura en el baño al menos en veinte ocasiones.

Jamie nunca llegó a tener la oportunidad de hablar con su madre sobre el estado mental de su padre. Y quizá fuera mejor así. Una persona menos preocupándose. Cuando se fuera esa noche podía pedirle a Ray que lo vigilara.

Su padre se pasó el resto de la velada en su habitación. Por lo visto estaba bien.

Cuando Jacob se acostó por fin Jamie puso los pies sobre la mesa mientras veía *Misión imposible* (por alguna razón inexplicable, había un buen montón de películas de acción bajo el televisor).

A la mitad de la película Jamie pulsó el botón de pausa y fue a mear y a echarle un vistazo a su padre. Su padre no estaba en su habitación. Ni en el baño. Su padre no estaba en ninguna de las habitaciones, ni arriba ni abajo. Jamie volvió arriba y miró en los armarios y debajo de las camas, horrorizado de que su padre hubiera cometido alguna estupidez.

Estaba a punto de llamar a la policía cuando echó un vistazo hacia el jardín en penumbra y vio a su padre de pie en el centro del césped. Abrió la puerta y salió al exterior. Su padre se balanceaba un poco.

Jamie se acercó hasta ponerse a su lado.

—¿Qué tal van las cosas?

Su padre alzó la vista hacia el cielo.

—Qué increíble pensar que todo vaya a acabar.

Había bebido. Jamie lo olió. ¿Vino? ¿Whisky? Se hacía difícil saberlo.

—Música. Libros. Ciencia. Todo el mundo habla sobre el progreso, pero... —su padre seguía mirando hacia lo alto.

Jamie le puso una mano en el brazo para impedir que cayera hacia atrás.

—Unos cuantos millones de años y todo esto será una gran roca vacía. Sin pruebas de que hayamos existido siquiera. Sin nadie para advertir que no existen pruebas. Nadie que busque pruebas. Sólo... espacio. Y otras rocas grandes. Dando vueltas alrededor.

Jamie no había oído a nadie hablar así desde que se mataba a porros con Scunny en la universidad.

—Quizá deberíamos llevarte dentro otra vez.

—No sé si es terrorífico o tranquilizador —continuó su padre—. Ya sabes, que todo el mundo sea olvidado. Tú. Yo. Hitler. Mozart. Tu madre —bajó la vista y se frotó las manos—. ¿Qué hora es, por cierto?

Jamie consultó su reloj.

—Las diez y veinte.

—Será mejor volver.

Jamie guió con suavidad a su padre hacia la luz de la puerta de la cocina.

Él se detuvo en el umbral y se volvió hacia Jamie.

—Gracias.

—¿Por qué?

—Por escuchar. De no ser así no creo que pudiese soportarlo.

—De nada —repuso Jamie cerrando con llave mientras su padre se dirigía hacia las escaleras.

Cuando todos volvieron, Jamie se llevó a Ray aparte y le dijo que su padre se tambaleaba un poco. Le pidió a Ray que estuviese atento durante la noche y que no le dijera nada a Katie. Ray dijo que no habría problema.

Entonces se subió al coche y condujo hasta la pensión en Yarwell, donde le abrió la puerta a la que habían echado ya la llave una persona grandota y en caftán de género indeterminado que se mostró bastante irritable por que Jamie no hubiese llamado para decir que llegaría tan tarde.

108

A la mañana siguiente Jean se despertó, se lavó y volvió tranquilamente a la habitación.

George estaba sentado en el borde de la cama con la expresión abatida que había esbozado esos últimos días. Ella hizo cuanto pudo por ignorarlo. Si decía algo iba a perder los estribos.

Quizá era insensible, quizá era anticuada, pero le parecía que no había nada tan oneroso como para no poder dejarlo a un lado durante el día de la boda de su hija.

Estaba poniéndose la combinación cuando él dijo:

—Lo siento —y ella se volvió en redondo y vio que lo decía en serio—. Lo siento mucho, Jean.

Ella no supo muy bien qué decir. ¿Que no pasaba nada? Porque no era verdad que no pasara nada. Se daba perfecta cuenta.

Se sentó y le agarró una mano y se la sostuvo. Quizá eso fuera todo cuanto podía hacerse.

Se acordó de sus hijos de niños, de enseñarles a decir lo siento cuando se pegaban o rompían algo. Y para ellos no eran más que dos palabras. Una forma de tapar con papel las grietas. Entonces oías a alguien decir lo siento de verdad y te dabas cuenta de lo poderoso que era. Las palabras mágicas que abrían la puerta de la cueva.

—¿Qué puedo hacer yo? —preguntó Jean.

—No creo que haya nada que puedas hacer —contestó George.

Ella se sentó a su lado en la cama y lo rodeó con los brazos. Él no se movió.

—Vamos a hacer que superes esto —dijo Jean.

Unos segundos después Katie llamaba a la puerta.

—¿Mamá...? ¿Hay alguna posibilidad de que me eches una mano?

—Dame un minuto —acabó de vestirse, le dio un beso a George y dijo—: Todo va a salir bien. Te lo prometo.

Entonces bajó a ocuparse del resto de la familia.

Jamie se levantó de la cama y fue al baño.

Los rollos de papel de repuesto tenían fundas de ganchillo azul celeste y había un juego de platos pintados a mano de la Costa Brava.

Se había despertado varias veces durante la noche, perturbado por una serie de sueños en que no conseguía impedir cosas espeluznantes que le pasaban a su padre. En uno de ellos Jamie miraba desde una ventana alta para ver a su padre, encogido hasta más o menos la mitad de su tamaño y sangrando profusamente, ser arrastrado por el jardín por un lobo. En consecuencia Jamie estaba bastante cansado, y cuando imaginó la clase de desayuno que le esperaría abajo (bacon caliente con trocitos de cartílago blanco, té demasiado fuerte y con leche entera...) le pareció más de lo que podía soportar.

Esa noche dormiría en el sofá de casa de sus padres. O en la carpa.

Hizo la maleta, comprobó que no hubiese moros en la costa y bajó de puntillas las escaleras. Estaba abriendo la puerta cuando el corpulento hombre-mujer apareció imponente en el umbral de la cocina diciendo:

—¿Le gustaría desayunar algo...? —y Jamie salió corriendo.

110

Katie estaba tendida en una tumbona en la terraza. Veía Barcelona a sus pies. Pero la terraza era la de su habitación en aquel hotel de San Gimignano. Y veía el mar, que no se veía desde San Gimignano. El aire olía a algo a medio camino entre loción bronceadora y crema de vainilla muy buena. Jacob estaba dormido, o se había quedado con mamá y papá en Inglaterra, o estaba ausente en general de una forma que no la inquietaba. Y en realidad era una hamaca y no una tumbona.

Entonces Ray pisó el caballero de Playmobil y chilló, y Jacob chilló porque Ray le había roto el caballero de Playmobil, y Katie se despertó y ese día iba a casarse y era probablemente un momento que tenía que pararse a saborear, pero no le fue posible saborearlo en realidad porque para cuando se hubo lavado los dientes y la cara los del servicio de comidas ya estaban abajo preguntándose hasta qué punto podían colonizar la cocina, de manera que tuvo que poner en marcha a mamá, y entonces Jacob se enfadó porque Ronnie se había acabado los Bran Flakes y en lugar de disculparse o salir en busca de más a la tienda del pueblo le estaba dando a Jacob un pequeño sermón sobre que no siempre podías tener lo que querías, aunque el problema lo había causado Ronnie haciendo precisamente eso. Entonces apareció Ed y pisó el monumental montón de mierda que su maldito perro había dejado en medio del sendero y quedó claro que las cosas iban a seguir por el estilo hasta que acabara el día.

111

Jamie se alejó tan deprisa que los neumáticos chirriaron al emerger de la calle sin salida. Siguió sintiéndose avergonzado por su conducta hasta que llegó a la carretera principal, donde aminoró la marcha y recordó que era una verdadera pensión de mierda, que el propietario era grosero además de un extraño (Jamie apostaba a que era un transexual de mujer a hombre, aunque no sería una gran apuesta) y que él sólo se alojaba allí porque lo habían echado de forma ignominiosa de su propio dormitorio (se había olvidado de pagar, ¿no?; a la mierda, ya lo arreglaría más tarde). De modo que dejó de sentirse avergonzado y se sintió indignado, que era más sano.

Entonces se imaginó contándole a Katie toda la historia (completa con las fundas de ganchillo del papel higiénico y el chirriar de neumáticos) y preguntándose en voz alta cuántas guías habría consultado su madre en la biblioteca, y la indignación se convirtió en diversión, que era aún más sana.

Para cuando aparcó delante de casa de sus padres se sentía bastante satisfecho consigo mismo. Huir no era algo que soliera hacer. Ordenaba las habitaciones de hotel y veía las películas malas hasta el final y fingía en ocasiones ante los demás que Tony no era más que un buen amigo. Lo cual no era bueno para el alma.

Antes detestaba que Tony se quejara en los restaurantes o que le diera la mano a Jamie en sitios públicos. Pero ahora que Tony no estaba, Jamie veía lo importante que era eso. Y se le ocurrió que lo de ser mejor persona tenía dos partes. Una parte consistía en pensar en los demás. La otra, en que no te importara un carajo qué pensaran los demás. Devolver el pan rancio a la cocina. Besarse con lengua en Black-friars Bridge.

El hilo de pensamientos llegó a su punto culminante cuando entró en la cocina donde, como correspondía, Eileen y Ronnie estaban desayunando. En ese instante sintió a Tony a su lado, en espíritu si no en cuerpo, y Jamie se dio cuenta de que pensaran lo que pensasen Eileen y Ronnie (que había que salvarlo, o castrarlo, o meterlo entre rejas), en el fondo los aterrorizaba. Lo que le hacía sentirse un poco como Batman, que parecía malo cuando en realidad era bueno. De manera que dijo:

—Hola, Eileen. Hola, Ronnie —y les brindó una amplia sonrisa—. Espero que hayáis dormido bien.

Luego les dio unas palmaditas a los dos en el hombro y se volvió en redondo, y el aire de la cocina le hinchó la capa negra y cruzó majestuoso el comedor con sus botas negras y su calzón a juego para recorrer el pasillo y entrar en el lavabo de abajo.

Éste pareció actuar como una máquina del tiempo de corto alcance, porque cuando tiró de la cadena y volvió a salir al pasillo parecía la explanada de Euston, con Eileen yendo para un lado, su hermana y su madre para el otro, Jacob convertido en un avión de combate, el sabueso cristiano aullando y dos mujeres sorprendentemente pelirrojas a las que no reconoció de pie en el umbral de la cocina ataviadas con uniformes blancos.

Katie dijo:

—Hola, Jamie —y desapareció.

Ray bajó por las escaleras, se acercó a él y le susurró:

—Anoche tu padre no dijo ni pío.

—Gracias —repuso Jamie—. Voy a asomarme y decirle hola.

—¿Qué tal la pensión? —quiso saber Ray.

—Bastante mal —contestó Jamie.

—Katie me ha contado que esos botarates parlanchines te han mangado la habitación —dijo Ray—. Es posible que la hayan estado exorcizando.

Jamie llegó al rellano y se dio cuenta de que había estado un poco distraído y no había contestado a la broma de Ray, lo que probablemente había quedado grosero. No importaba. Su padre era más importante en ese momento.

Llamó a la puerta del dormitorio.

—Adelante —dijo su padre. Su tono fue optimista, menos mal.

Jamie entró y se lo encontró sentado totalmente vestido en el lateral de la cama.

—Aquí estás —dijo su padre—. Bien —apoyó las manos en las rodillas con sendas palmadas, como si estuviese listo para la acción.

—¿Cómo te encuentras? —quiso saber Jamie.

—He cambiado de opinión —respondió su padre.

—¿Sobre qué?

—En realidad no puedo asistir a la boda.

—Espera un segundo —dijo Jamie.

—A ver, podría irme a un hotel —continuó su padre—. Pero, la verdad, he acabado harto de hoteles últimamente.

Jamie no supo muy bien cómo responder a eso. Su padre tenía aspecto de estar completamente cuerdo. Sólo que era obvio que no lo estaba.

—Como es lógico no puedo llevarme el coche porque tu madre va a necesitarlo para llegar al registro civil. Y si sencillamente echo a andar desde aquí seguro que me ve alguien que me reconoce —su padre sacó un mapa del servicio oficial de cartografía de debajo del colchón—. Pero tú tienes coche —desdobló el mapa y señaló Folksworth—. Si pudieras dejarme en algún sitio más o menos por aquí podría ir por senderos durante quince o veinte kilómetros sin cruzar una carretera importante.

—Vale —dijo Jamie.

—Si pudieras meter mi impermeable grande y un termo de té en el maletero me vendría muy bien —su padre volvió a doblar el mapa y lo deslizó bajo el colchón—. Unas cuantas galletas también estarían bien, si es posible.

—Unas cuantas galletas —repitió Jamie.

—De las normales. Digestive. Esa clase de cosa. Nada que lleve demasiado chocolate.

—Digestive —dijo Jamie.

Su padre le agarró la mano.

—Gracias. Has hecho que me sienta mucho mejor.

—Qué bien —dijo Jamie.

—Será mejor que bajes y te mezcles con los demás —recomendó su padre—. No queremos que nadie sospeche nada de esto, ¿verdad?

—No —repuso Jamie.

Se levantó y fue hacia la puerta. Se volvió un momento. Su padre miraba por la ventana meciéndose de un pie al otro.

Jamie salió al rellano, cerró la puerta, corrió escaleras abajo, cogió su móvil, se encerró en el lavabo por segunda vez y llamó a la consulta del médico. Le pasaron con alguna clase de sala de control para los fines de semana. Explicó que su padre se estaba volviendo loco. Explicó lo de las tijeras y lo de la boda y el plan de huida y lo de los llantos. Le dijeron que acudiría un doctor a la casa en los próximos cuarenta y cinco minutos.

112

Jean encontró a Ray en la carpa, donde supervisaba unos cambios de última hora en la disposición de los asientos (uno de sus amigos había tropezado y se había roto los dientes contra un lavabo esa mañana).

—¿Ray? —preguntó.

—¿En qué puedo ayudarte?

—Siento molestarte —repuso Jean—, pero no sé a quién más decírselo.

—Adelante —dijo Ray.

—Se trata de George. Estoy preocupada por él. Me ha hablado de ello esta mañana. Realmente no parece el mismo.

—Ya lo sé —reveló Ray.

—¿Lo sabes?

—Jamie me dijo ayer que estaba pocho. Me pidió que lo tuviese vigilado.

—A mí no me dijo nada.

—Probablemente no quería preocuparte —explicó Ray—. En cualquier caso, Jamie ha ido a hablar con él esta mañana. Sólo por comprobar qué tal estaba.

Jean sintió que la recorría una oleada de alivio.

—Te lo agradezco mucho.

—Es a Jamie a quien deberías darle las gracias.

—Tienes razón —repuso Jean—. Se las daré.

Tuvo la oportunidad de hacerlo unos minutos después, cuando chocó contra Jamie en el pasillo al salir él del lavabo.

—De nada.

Se le veía como trastornado.

113

George se agarró al borde del lavabo y gimió.

Ya hacía veinte minutos que Jamie se había ido. Era tiempo más que de sobra para preparar té y coger unas galletas.

George empezó a comprender que su hijo no iba a ayudarlo.

Se mecía de delante atrás como los osos polares en aquel zoo al que fueron una vez con los niños. En Ámsterdam. O en Madrid, quizá.

¿Estaba asustando a la gente? Había tratado de hablar con Jean esa mañana pero había salido corriendo a planchar unos pantalones, o a limpiarle el trasero a alguien.

Se mordió con fuerza el antebrazo, justo encima de la muñeca. Tenía la piel sorprendentemente gruesa. Mordió más fuerte. Los dientes atravesaron la piel y luego algo más. No supo muy bien qué. Hizo un ruido parecido al apio.

Se puso en pie.

Iba a tener que hacer aquello él solo.

114

Las gemelas pelirrojas las habían desterrado de la cocina, de manera que Katie y Sarah estaban de pie en el porche de la carpa. Sarah se volvía para exhalar bocanadas de humo hacia el jardín y así no contaminar el ambiente nupcial.

Un adolescente estaba barriendo los tablones ya secos. Estaban poniendo ramos en jarrones sobre unos pies de hierro forjado retorcido. Un hombre estaba en cuclillas comprobando que las mesas estuviesen alineadas, como si se preparara para un tiro de billar particularmente difícil.

—¿Y Ray...? —preguntó Sarah.

—Está siendo genial, en realidad —repuso Katie.

Una mujer sacaba cubiertos de un cajón de plástico y los sostenía a la luz antes de ponerlos.

—Perdóname —dijo Sarah.

—¿Por qué?

—Por pensar que igual estabas cometiendo un error.

—Así que pensabas que cometía un error —dijo Katie.

—Vete a la mierda. Ya me siento bastante mal. Eres mi amiga. Sólo quería estar segura. Ahora ya estoy segura —Sarah hizo una pausa—. Es buen tipo.

—Lo es.

—Creo que hasta Ed puede ser buen tipo —se volvió para mirar hacia el césped—. Bueno, quizá no del todo. Pero está bien. Mejor que el borracho imbécil que conocí en vuestra casa.

Katie se volvió a su vez y vio a Ed jugar al avión con Jacob, dándole vueltas agarrado por los brazos.

—¡Mira! —gritó Jacob—. ¡Mira!

—Ed —exclamó Katie—, ten cuidado.

Ed la miró y se alarmó un poco y se le soltó la mano izquierda de Jacob, y Jacob cayó sobre la hierba húmeda con sus pantalones de ceremonia de Rupert Bear.

—Lo siento —exclamó Ed levantando a Jacob del suelo por una muñeca como un conejo al que hubiese disparado.

Jacob chilló y Ed trató de ponerlo en pie.

—Me cago en diez —musitó Katie caminando hacia ellos y preguntándose si las gemelas pelirrojas les permitirían utilizar la lavadora.

En ese instante alzó la mirada y vio a su padre dar brincos en el baño, lo cual le pareció bien raro.

115

Lo ideal habría sido que Jamie se hubiera sentado en la habitación con su padre, pero desde allí no se veía la calle. Y Jamie no quería que el médico llegara de forma imprevista.

Si el médico conseguía solucionar lo de su padre, quizá lograran pasar por aquello sin que todos acabaran con los nervios de punta.

De manera que Jamie se apoyó contra el alféizar de la ventana de la salita fingiendo leer el dominical del *Telegraph*. Y fue sólo entonces cuando empezó a preguntarse si su padre acabaría internado en un psiquiátrico, que era algo que no se le había ocurrido al hacer la llamada telefónica.

Por Dios, debería haberle contado eso a alguien más antes de decidir resolver el problema por sí solo.

Pero a uno no lo internaban a menos que intentara suicidarse, ¿verdad? O al menos que intentara matar a otro. Lo cierto era que el conocimiento que Jamie tenía de esas cosas procedía casi por entero de la televisión.

Era totalmente posible que el médico no fuera capaz de hacer nada en absoluto.

Muchos médicos resultaban inútiles, por supuesto. Nada mejor que pasarse tres años con estudiantes de medicina para perder la confianza en la profesión. Como aquel tal Markowicz, por ejemplo. Enyesado hasta el cuello y luego ahogándose con su propio vómito.

Un hombre se bajó de un Range Rover azul. Con un maletín negro. Mierda.

Jamie saltó por encima del sofá, corrió un eslalon en el pasillo y salió por la puerta principal para interceptarlo antes de que hiciera una gran entrada.

—¿Es usted el médico? —Jamie se sintió como alguien en una película espantosa. «¡Traiga toallas calientes!»

—Doctor Anderson —el tipo tendió la mano. Era uno de esos hombres largos y nervudos que olían a jabón.

—Se trata de mi padre —dijo Jamie.

—Bien —dijo el doctor Anderson.

—Está pasando por alguna clase de crisis.

—Quizá deberíamos ir a charlar un poco con él.

El doctor Anderson se volvió para cruzar la calle. Jamie lo detuvo.

—Antes de entrar, hay algo que debo explicarle. Mi hermana va a casarse hoy.

El doctor Anderson se dio golpecitos en la nariz y dijo:

—Ni pío.

Aquello no dejó del todo tranquilo a Jamie.

Subieron hasta la habitación de sus padres. Por desgracia, su padre no estaba en la habitación de sus padres. Jamie le dijo al doctor que se sentara en la cama y esperara.

Jamie estaba mirando en la sala de estar cuando cayó en la cuenta de que su madre podía entrar en su habitación y encontrarse a un desconocido sentado en la cama. En realidad debería haber encerrado al doctor Anderson en el lavabo de la planta baja.

Su padre no estaba en la casa. Le preguntó a Eileen. Les preguntó a las mujeres del servicio de comidas. Le preguntó al padrino, cuyo nombre había olvidado. Echó un vistazo detrás de la carpa y cuando volvió a salir se percató de que había mirado en todas partes, lo que significaba que su padre había huido, lo cual no era nada, nada bueno, y corrió de vuelta a través del césped diciéndose en voz alta «Joder, joder, joder, joder...» y chocó con Katie por el camino y no quiso preocuparla de manera que rió y dijo lo primero que se le ocurrió, que resultó ser «La paloma ha volado», una frase que Tony utilizaba en ocasiones y que Jamie nunca había entendido en realidad, y que Katie tampoco entendería, pero

Jamie ya había subido para entonces la mitad de las escaleras. E irrumpió en la habitación y el doctor Anderson saltó de la cama y adoptó una postura defensiva que recordó un poco a las fuerzas de asalto.

—Se ha ido —explicó Jamie—. No lo encuentro por ninguna parte —y entonces tuvo que sentarse en la cama y poner la cabeza entre las rodillas porque se mareó un poco.

—Vale —dijo el doctor Anderson.

—Quería que lo llevara al campo —dijo Jamie—. Para no tener que asistir a la boda —se incorporó, sintió que se tambaleaba y volvió a poner la cabeza entre las piernas. Al mirar hacia un lado, vio una tira de cartón rosa bajo el colchón. Tendió la mano y sacó el mapa del servicio cartográfico. Su padre se había ido sin él.

—¿Qué es eso? —quiso saber el doctor Anderson.

—Es a donde quería ir —explicó Jamie desdoblando el mapa y señalando Folksworth—. Quizá ha cogido un taxi. Voy a ir en su busca.

El doctor Anderson se sacó una pequeña tarjeta de la chaqueta y se la tendió a Jamie.

—En realidad se supone que no he de hacer esto. Pero si lo encuentra, llámeme, ¿de acuerdo?

—Gracias —Jamie se deslizó la tarjeta en el bolsillo del pantalón—. Será mejor que me vaya.

A medio camino de las escaleras se tropezaron con Ray.

El doctor Anderson sonrió y dijo:

—Soy el fotógrafo.

—Vale —repuso Ray con aspecto de estar un poco perplejo, posiblemente por el hecho de que Jamie y el fotógrafo hubiesen estado juntos en el piso de arriba.

Jamie se volvió hacia el doctor Anderson.

—Tranquilo, él lo sabe.

—En ese caso, soy médico —dijo el doctor Anderson.

—Papá ha desaparecido —dijo Jamie—. Voy a buscarlo. Te lo explicaré después —entonces se acordó de que también era el día de la boda de Ray—. Siento todo esto.

—Te llamaré si aparece —repuso Ray.

116

Jean estaba vistiéndose y preguntándose dónde demonios se habría metido George cuando alguien llamó a la puerta principal y fue obvio que nadie iba a abrirla, de manera que pescó los zapatos buenos del fondo del armario, bajó y abrió la puerta.

—Alan Phillips —dijo el hombre—. El padre de Ray. Ésta es mi esposa, Barbara. Usted debe de ser Jean.

—¿Cómo está? —saludó Barbara.

Jean les hizo pasar y cogió sus abrigos.

—Encantado de conocerla después de todo este tiempo —dijo Alan—. Siento que sea en el último momento.

Jean había esperado a un hombre más corpulento, alguien más bravucón. Entonces se acordó de que Katie había mencionado una fábrica de chocolate, que en su momento había parecido cómico, pero más apropiado ahora. Era la clase de hombre que podías imaginar jugando con trenes o cultivando claveles.

—Tomen asiento.

—Qué casa tan bonita —dijo Barbara, y pareció decirlo en serio, lo que a Jean le resultó enternecedor.

Los dos tenían cierto aire formal, y fue un alivio para ella (en sus momentos más pesimistas los había imaginado... bueno, ciertas cosas más valía olvidarlas). Por otra parte, no parecían de la clase de gente a la que pudiera aparcarse en la salita mientras hacías otras cosas.

¿Dónde estaba todo el mundo? George, Jamie, Eileen, Ronnie. Parecían haberse desvanecido en el aire.

—¿Les apetece un poco de té? —preguntó Jean. Sonó como si le hablara al señor Ledger, que hacía el mantenimiento de la caldera—. ¿O café? —podía sacar la cafetera exprés.

—Oh —exclamó Barbara—, no queremos causarle molestias.

—No es ninguna molestia —repuso Jean, aunque a decir verdad era un poco inconveniente en ese momento.

—En ese caso, dos tazas de té nos vendrían muy bien —dijo Barbara—. Alan lo toma con medio terrón de azúcar.

Jean fue rescatada, una vez más, por Ray, que entró procedente del coche llevando un muñequito transformable amarillo.

—Barbara. Papá —besó a Barbara en la mejilla y estrechó la mano de su padre.

—Justo iba a prepararles a tus padres una taza de té —comentó Jean.

—Ya me ocupo yo —dijo Ray.

—Es muy amable por tu parte —repuso Jean alegremente.

Ray estaba a punto de volverse para ir a la cocina cuando Jean añadió en voz baja:

—No sabrás dónde está George, ¿no? Por puro interés. O Jamie, ya puestos.

Ray hizo una pausa bastante larga, que la inquietó ligeramente. Estaba a punto de contestarle cuando Ed apareció procedente de la cocina comiéndose un panecillo y Ray lo llamó.

—Señores Phillips —saludó Ed a través del panecillo.

Alan y Barbara se levantaron.

—Ed Hobday —dijo Alan—. Dios santo, no te había reconocido.

Ed se quitó las migas de la boca y les estrechó las manos.

—Más gordo pero más sabio.

—Oh, no —exclamó Barbara—; sólo estás un poquito más lleno.

Ray tocó a Jean en el hombro y le dijo en voz baja:

—Ven a la cocina.

117

Para cuando George llegó al final del pueblo se sentía un poco más tranquilo.

Estaba a medio camino del campo junto a la vía del tren, sin embargo, cuando vio a Eileen y Ronnie caminar hacia él. Estaban levantando al perro para pasarlo sobre la cerca y tuvo la certeza de que no lo habían visto. Se agazapó con sigilo en la depresión junto a los espinos para salir de su campo de visión.

El perro estaba ladrando.

No podía volver sobre sus pasos sin que lo vieran, y un montón de zarzas le impedía cruzar la vía en sí. Sintió una presión en el pecho.

El brazo aún le sangraba donde se lo había mordido.

Los ladridos se tornaron más audibles.

Se tendió y rodó hacia la zanja de drenaje, donde la hierba descendía antes de pasar bajo la valla. Su abrigo era verde. Si se quedaba muy quieto a lo mejor no lo veían.

Se estaba a gusto en la zanja y sorprendentemente cómodo. Era interesante, además, verse contemplando la naturaleza desde un primer plano, algo que no había hecho desde que era niño. Debía de haber unas cuarenta o cincuenta especies de plantas a su alcance. Y no conocía el nombre de ninguna. Excepto las ortigas. Asumiendo que fueran ortigas. Y el perifollo. Asumiendo que fuera perifollo.

Seis años atrás Katie le había regalado un vale para libros por Navidad (un regalo perezoso, pero una mejora con respecto a aquellas ridículas copas de vino suecas que te colgabas del cuello con un cordel). Lo había utilizado para comprarse la *Guía de la flora y fauna inglesa del Reader's Digest* con la intención de aprenderse los nombres de los árboles al menos. El único dato que ahora recordaba del libro era que una colonia de ualabíes vivía salvaje en las montañas de Cotswold.

Se dio cuenta de que no tenía que ir caminando a ningún sitio para huir de la boda. De hecho, si caminaba era más probable que llamara la atención. Mejor simplemente quedarse ahí, o en algún sitio más internado en la maleza. Podía reaparecer por la noche.

Entonces Eileen estaba diciendo:

—¿George...? —y a él se le ocurrió que si no se movía, ella sencillamente se marcharía.

Pero no se marchó. Volvió a pronunciar su nombre, y entonces gritó ante la falta de respuesta.

—¡Ronnie! ¡Ven aquí!

George rodó sobre sí para demostrar que seguía vivo.

Eileen le preguntó a George qué había pasado. George le explicó que había salido a dar un paseo y se había torcido el tobillo.

Ronnie lo ayudó a ponerse en pie y George fingió que cojeaba y la cosa fue soportable durante unos minutos, porque aunque la zanja era cómoda la idea de pasarse las diez horas siguientes solo no lo era. Y, para ser franco, se sentía bastante aliviado al verse en compañía de otros seres humanos.

Pero Eileen y Ronnie lo estaban llevando de vuelta a la casa y eso no era bueno, y a medida que se acercaban se sintió como si alguien le pusiera una bolsa de basura negra en la cabeza.

Estuvo a punto de echar a correr cuando llegaron a la carretera principal. No le importaba que el perro estuviese adiestrado para atacar. No le importaba la vergüenza que suponía una carrera de liebre perseguida por sabueso con Ronnie a través del pueblo (una carrera que estaba casi seguro de que ganaría; tenía tanta adrenalina recorriéndole el sistema que podría haber dejado atrás a una cebra). Era simplemente la única opción que le quedaba.

Sólo que no lo era.

Había otra opción, y era tan obvia que no pudo creer que la hubiese olvidado. Se tomaría el Valium. Se tomaría todo el Valium que quedaba en cuanto volviese a casa.

Pero ¿y si alguien había tirado el frasco? ¿Y si alguien había arrojado las pastillas al váter y tirado de la cadena? ¿O las había escondido para impedir que un niño las ingiriera por accidente?

Echó a correr.

—George —exclamó Ronnie—. Tu tobillo.

No tenía ni la más remota idea de qué hablaba ese hombre.

Cuando Jean llegó a la cocina Ray se volvió hacia ella y dijo:

—Tenemos un pequeño problema.

—¿Qué clase de problema? —quiso saber Jean.

—George —repuso Ray.

—Oh, Dios santo —tuvo que sentarse de inmediato. ¿Qué daño se habría infligido George esta vez?

—Me temo que ha desaparecido —explicó Ray.

Jean iba a desmayarse. Delante de los del servicio de comidas. Delante de Ray. Inspiró profundamente y la cabeza de George pasó ante la ventana como alguna clase de aparición sobrenatural. Jean pensó que igual estaba perdiendo la razón.

La puerta se abrió de par en par y George irrumpió en la cocina. Jean soltó un grito pero él hizo caso omiso y sólo salió disparado al pasillo y subió como una flecha por las escaleras.

Jean y Ray se miraron durante unos segundos.

Jean oyó a Ed decir:

—Me parece que ése era el padre de Katie.

Ray dijo:

—Iré a ver qué anda tramando.

Jean se sentó un par de minutos para recuperarse un poco. Entonces la puerta volvió a abrirse de par en par y eran Eileen y Ronnie con su bendito labrador, y con lo de haber pensado que George podría estar muerto para que luego le pegara un susto de muerte el propio George, Jean espetó:

—Llevaos a ese maldito perro de mi cocina —lo cual no fue muy diplomático.

Katie se ocupó de maquillarse y dejó que Sarah negociara con Jacob.

—Me temo que realmente tienes que venir.

—Quiero quedarme aquí —dijo Jacob.

—Te quedarás solo —explicó Sarah.

—Quiero quedarme aquí —insistió Jacob.

Aún no era una pataleta, sólo reclamaba un poco de atención. Pero tenían que impedir que la cosa fuera a más. Y Sarah tenía probablemente más posibilidades que Katie. Una incógnita. Menos influencia.

—Quiero irme a casa —dijo Jacob.

—Va a haber una fiesta —explicó Sarah—. Va a haber tarta. Sólo tienes que aguantar un par de horas.

¿Un par de horas? Era obvio que Sarah no estaba muy al tanto de cómo medían el tiempo los niños. Jacob era prácticamente incapaz de distinguir entre la semana anterior y la extinción de los dinosaurios.

—Quiero una galleta.

—Jacob... —Sarah le agarró la manita y la acarició. De haber hecho eso Katie bien podía haberla mordido—. Ya sé que no tienes aquí tus juguetes y tus vídeos y a tus amigos. Y sé que todo el mundo está ocupado y no puede jugar contigo en este momento...

—Te odio —dijo Jacob.

—No, no me odias —repuso Sarah.

—Sí —insistió Jacob.

—No, no me odias —dijo Sarah.

—Sí —repitió Jacob.

—No, no me odias —volvió a decir Sarah, que parecía estar llegando al final de su repertorio.

Por suerte, la atención de Jacob se vio desviada porque entró Ray y se dejó caer sobre la cama.

—Dios nos pille confesados.

—¿Qué pasa? —preguntó Katie.

—No estoy seguro de que en realidad quieras saberlo.

—Cuéntamelo —pidió Katie—. No me vendría mal un poco de diversión.

—No estoy seguro de que esto cuente como diversión —repuso Ray con tono inquietantemente sombrío.

—Quizá deberías contármelo más tarde —dijo Katie—. Cuando no ronden por aquí ciertas personas.

Sarah se puso en pie.

—Bueno, jovencito. Vamos a jugar al escondite. Si consigues encontrarme en diez minutos te ganas veinte peniques.

Jacob salió de la habitación casi al instante. Estaba claro que Sarah sabía más sobre cómo manejar a los niños de lo que Katie le había reconocido.

—¿Y bien? —le preguntó a Ray.

—Supongo que vas a enterarte tarde o temprano —repuso Ray incorporándose hasta sentarse.

—¿Enterarme de qué?

—Tu padre se ha largado.

—¿Que se ha largado? —Katie dejó de maquillarse.

—Empezaba a tambalearse un poco. Ya sabes, como la última vez que estuvimos aquí. Supongo que está un poco tenso por la boda. Jamie ha llamado a un médico...

—¿A un médico...? —a Katie le dio vueltas la cabeza.

—Pero cuando llegó aquí tu padre había desaparecido. De manera que Jamie ha ido en su busca.

—Así pues, ¿dónde está ahora papá? —la propia Katie se tambaleaba un poco en ese momento.

—Oh, ha vuelto. Dice que sólo salió a dar un paseo y se encontró con Eileen y Ronnie. A lo mejor es verdad. Pero yo estaba en la cocina cuando volvió y pasó más o menos a Mach 3.

—¿Se encuentra bien? —quiso saber Katie.

—Eso parece. Su médico de cabecera le mandó unos Valium.

—No irá a tomarse una sobredosis o algo así...

—No lo creo —repuso Ray—. Se ha tomado un par. Parecía contento sólo con sostener el frasco.

—Por Dios —se lamentó Katie y respiró profundamente unas cuantas veces, esperando a que el corazón le latiera más despacio—. ¿Por qué no me lo ha contado nadie?

—Jamie no quería preocuparte.

—Debería ir a hablar con papá.

—Tú te quedas aquí —Ray se levantó, se acercó a Katie y se arrodilló ante ella—. Probablemente es mejor fingir que no sabes nada.

Katie le agarró la mano a Ray. No supo si reír o llorar.

—Dios. Se supone que es el día de nuestra boda.

Entonces Ray dijo algo muy acertado. Que la pilló desprevenida.

—Nosotros no somos más que las figuritas encima de la tarta. De lo que tratan las bodas es de las familias. Tú y yo tenemos el resto de nuestras vidas juntos.

Y entonces Katie sí que lloró un poco.

Y Ray soltó:

—Oh, mierda, Jamie. Todavía anda buscando a tu padre. ¿Tienes su número de móvil?

120

Cuando George llegó a su habitación experimentó una oleada tan tremenda de alivio que sintió que se le soltaban un poco las tripas.

Entonces de repente no se acordó de dónde había escondido el Valium y el pánico lo inundó como una riada, denso y frío y veloz, y tuvo que esforzarse en seguir respirando.

Era consciente de saber dónde estaba el frasco. O más bien era consciente de haber sabido dónde estaba diez minutos antes, pues ¿por qué iba a olvidar una cosa así? Y sabía que tenía que tratarse de un sitio totalmente lógico. Era simple cuestión de encontrar la casilla en su cabeza en que había almacenado esa información. Pero el interior de su cabeza estaba patas arriba y se sacudía violentamente y los contenidos de otras casillas se salían y se metían en medio.

Estaba de pie de cara a la ventana, un poco encorvado para ayudarse a respirar.

¿Bajo la cama...? No. ¿En la cómoda...? No. ¿Detrás del espejo...?

Estaba en el baño. No había escondido en absoluto el frasco. ¿Por qué iba a haberlo escondido? No había necesidad de esconderlo.

Corrió hacia el baño, con las tripas soltándosele un poco otra vez. Abrió el armario. Estaba en el estante de arriba, detrás de las tiritas y los mondadientes.

Giró la tapa y siguió girándola y sintió volver el pánico hasta que comprendió que era a prueba de niños y tenía que presionarse hacia abajo. La presionó hacia abajo y la giró y casi dejó caer el frasco al ver a Ray en el espejo, de pie tras él, a poco más de un metro y dentro del baño de hecho, que le decía:

—¿George? ¿Te encuentras bien? He llamado a la puerta pero no me has oído.

George estuvo a punto de echarse al gaznate el contenido entero del frasco y tragar por si Ray trataba de detenerlo.

—¿George? —repitió Ray.

—¿Qué?

—¿Te encuentras bien?

—Estoy bien. Perfectamente bien —contestó George.

—Parecías un poco nervioso cuando has entrado corriendo en la cocina.

—¿De veras? —George deseaba terriblemente tomarse las píldoras.

—Y Jamie estaba preocupado por ti.

George depositó con suavidad dos pastillas en la palma de la mano y las tragó como quien no quiere la cosa. Como hacía la gente con los cacahuetes en las fiestas.

—Me ha dicho que no te sentías el mismo.

—Son Valium —explicó George—. Me las ha mandado el médico. Me ayudan a sentirme un poco más tranquilo.

—Estupendo —repuso Ray—. Así pues, no planeas salir a dar más paseos, ¿no? Quiero decir hoy. Antes de la boda.

—No —respondió George, y se obligó a soltar una risita. ¿Se suponía que era divertido ese intercambio? No estaba muy seguro—. Lo siento si he causado problemas.

—No pasa nada —dijo Ray.

—Desde luego pienso asistir a la boda —dijo George. Estaba bastante desesperado por ir al lavabo.

—Bien —dijo Ray—. Eso está bien. Bueno, será mejor que vaya a vestirme y calzarme.

—Gracias —dijo George.

Ray se fue y George echó el pestillo y se bajó los pantalones y se sentó en la taza e hizo de vientre y se zampó las seis pastillas que quedaban, tragándolas con un poco de agua asquerosa del vaso de los cepillos de dientes sin detenerse a pensar en los posos en el fondo.

Jean le pidió disculpas a Eileen por su estallido y Eileen dijo:

—Te perdono —con un tono que hizo desear a Jean volver a ser grosera con ella.

—Espero que George se encuentre bien —intervino Ronnie.

Y Jean se dio cuenta de que era culpa suya. Había estado ahí sentado en la cama con un aspecto espantoso y deseando hablar, y Katie había asomado la cabeza y se había visto arrastrada por la vorágine de preparativos y no había vuelto a preguntarle qué lo inquietaba.

—Bajo en cinco minutos —dijo, y se dirigió escaleras arriba, sonriendo educadamente a Ed y Alan y Barbara al pasar ante la puerta de la sala de estar.

No les habían llevado el té, ¿no?

Oh, bueno, tenía cosas más importantes que hacer.

Cuando llegó a su habitación George se estaba poniendo los calcetines. Se sentó a su lado.

—Perdóname, George.

—¿Por qué?

—Por salir pitando esta mañana.

—Tenías cosas que hacer —repuso George.

—¿Qué tal te encuentras ahora?

—Mucho mejor —respondió George.

Desde luego parecía mucho mejor. Quizá Ray había exagerado un poco las cosas.

—Tu brazo.

—Oh, sí —George levantó el brazo. Tenía un buen tajo en la muñeca—. Debo de habérmelo pillado en esa alambrada de púas.

A primera vista parecía un mordisco. No lo habría atacado ese perro, ¿no?

—Deja que te lo cure antes de que te manches la ropa de sangre.

Jean entró en el baño y cogió el pequeño botiquín verde y le curó la herida mientras él permanecía sentado pacientemente. Jean deseó poder hacer más a menudo esa clase de cosas. Poder ayudarlo en sentido práctico.

Pegó una segunda tira de esparadrapo para sujetar en su sitio el pequeño vendaje.

—Ya está.

—Gracias —George puso la mano en la de Jean.

Jean se la tomó.

—Siento haber sido tan inútil.

—¿Lo has sido? —preguntó George.

—Sé que no te has sentido bien —repuso Jean—. Y sé que... a veces no presto la suficiente atención. Y eso no está bien. Es sólo que... se me hace difícil.

—Bueno, pues ya no tienes que preocuparte por mí —dijo George.

—¿Qué quieres decir? —preguntó Jean.

—Quiero decir que ya no tienes que preocuparte por mí hoy —corrigió George—. Ahora me siento mucho más contento.

—Me alegro —dijo Jean.

Y era verdad. George parecía en efecto muy relajado, más relajado de lo que Jean lo había visto en bastante tiempo.

—Pero si algo empieza a preocuparte, me lo harás saber, ¿verdad?

—Estaré bien.

—Lo digo en serio —insistió Jean—. Sólo tienes que decírmelo y dejaré lo que sea que esté haciendo. Te lo prometo.

—Gracias —contestó George.

Permanecieron unos instantes allí sentados, y entonces empezó a sonar un teléfono.

—Ése no es nuestro teléfono, ¿verdad? —preguntó George.

No lo era.

—Espera —Jean se levantó y salió al pasillo. El ruido procedía de un teléfono móvil en el alféizar de la ventana.

Jean lo cogió y oprimió el botón verde y se lo llevó a la oreja.

—¿Hola?

—¿Jamie? —preguntó una voz de hombre—. Lo siento. Creo que he marcado mal.

—¿Ray? —preguntó Jean.

—¿Jean? —preguntó Ray.

—Sí —dijo Jean—. ¿Eres Ray?

—¿Dónde estás? —quiso saber Ray.

—En el rellano —contestó Jean un poco perpleja.

—Estaba intentando llamar a Jamie —explicó Ray.

—Aquí no está —repuso Jean, a la que siempre habían desconcertado un poco los móviles.

—Lo siento —dijo Ray, y cortó la comunicación.

Jean consultó el reloj. Al cabo de veinte minutos tendrían que irse. Más le valía ocuparse de que George estuviese listo y luego de reunir a las tropas.

Volvió a dejar el teléfono y abrió el armario del pasillo para coger el pañuelo y casi le dio un infarto cuando vio a Sarah mirarla entre los abrigos.

—Jugamos al escondite —explicó Sarah.

122

Katie le explicó a su madre que Jamie seguía buscando a su padre. Mamá fue presa del pánico. Katie le aseguró que Jamie sabía dónde estaba el registro civil. Podía estar yendo para allá en ese preciso instante. Mamá dejó de ser presa del pánico.

Estaban todos de pie en el exterior de la casa. El aire estaba lleno de loción para después del afeitado y perfume y el humo del cigarrillo del tío Douglas y del olor a naftalina de los abrigos buenos. ¿Era triste o divertido que Jamie se perdiera la boda? Katie no supo decirlo.

Sarah y Jacob estaban sentados uno junto al otro en el muro. Él no había descubierto su escondite, pero ella le había dado de todas formas los veinte peniques. De haber sido Jacob mayor Katie habría dicho que era un flechazo.

—Caspa de culo de perro —dijo Sarah.

—Caca de caballo —añadió Jacob riéndose como un maníaco.

—Caspa de culo de perro y una gran jarra de pis de vieja —dijo Sarah.

Katie se acercó a George.

—¿Qué tal estás? —trató de que la pregunta sonara neutral para que él no se percatara de cuánto sabía.

George se volvió hacia ella y le agarró las manos y la miró a los ojos y pareció al borde de las lágrimas.

—Mi hija, mi maravillosa hija —dijo, lo que también la dejó a ella al borde de las lágrimas, y se abrazaron brevemente, algo que no habían hecho en bastante tiempo.

Entonces Jean consultó el reloj y dio oficialmente por concluida la espera de la llegada de su hijo y la tensión se relajó y todo el mundo fue hacia los coches.

123

Jamie debería haber estado volviendo para entonces a la casa. Pero ¿qué sentido tenía hacer eso? La boda no iba a celebrarse sin su padre. No había nada a lo que llegar tarde.

Estaba de pie en un camino embarrado en Washingley, después de haber corrido como un pollo sin cabeza por cada sendero al sur de Folksworth. Tenía los pantalones llenos de barro, se había desgarrado la manga de la chaqueta en una alambrada y se sentía hecho mierda.

Era la persona en la que había confiado su padre. Era la persona que había fracasado a la hora de impedir que su padre hiciera precisamente lo que había dicho que iba a hacer. Era la persona que había jodido la boda de su hermana.

Se daba cuenta ahora de la estupidez que había sido ir en busca de su padre de esa manera. Podía haberse largado en cualquier dirección.

Tenía que explicarle a todo el mundo lo que había pasado. Tenía que informar a la policía. Tenía que disculparse. Volvió al coche, puso una bolsa de plástico en el asiento, entró y condujo de vuelta a casa.

Supo que algo andaba mal en cuanto llegó. No había ningún coche. Aparcó y fue hasta la puerta principal. Estaba cerrada. Llamó al timbre. No hubo respuesta. Miró por las ventanas. La casa estaba desierta.

Quizá Ray les había contado lo ocurrido. Quizá estaban todos ahí fuera buscando a su padre. Quizá lo habían encontrado. Quizá estaba todo el mundo en el hospital.

Trató de no pensar en esas cosas.

Había perdido el móvil. Tenía que entrar en la casa. Aunque sólo fuera para conseguir un teléfono y unos pantalones secos. Probó por la puerta lateral. El perro de Eileen y Ronnie se arrojó contra ella desde el otro lado, ladrando y arañando la madera. Giró el pomo. Estaba cerrada con llave.

Oh, bueno, total ya tenía los pantalones hechos polvo...

Se agarró de la farola y metió el pie en una de las grietas del muro de piedra y se izó. Llevaba muchos años sin hacer algo así y le llevó tres intentos, pero finalmente consiguió encaramarse hasta quedar sentado a horcajadas, y bien incómodo, sobre la puerta del muro.

Estaba mirando hacia abajo, preguntándose cómo salvar mejor la considerable caída y el perro chiflado, cuando alguien dijo:

—¿Puedo ayudarlo?

Giró la cabeza y se encontró mirando a un hombre mayor al que reconocía vagamente. El hombre llevaba un jersey Shetland y unas tijeras de podar.

—Estoy bien, gracias —contestó Jamie, aunque su presencia encima de la puerta estaba poniendo frenético al perro.

—¿Eres Jamie? —preguntó el hombre de las tijeras.

—Sí —contestó Jamie. Empezaba a dolerle la entrepierna.

—Lo siento —dijo el tipo—. No te había reconocido. Hacía mucho que no te veía. Desde que eras un adolescente. Soy Derek West, de la casa de enfrente.

—Claro —repuso Jamie. Tenía que intentarlo, pese al riesgo de romperse un tobillo, pese al riesgo de aplastar al perro de su tía o ser devorado vivo. Cambió un poco el centro de gravedad.

—¿No se supone que has de estar en la boda? —preguntó el tipo.

—Sí —respondió Jamie. Estaba claro que el hombre era un idiota.

—Se han ido hará unos cinco minutos.

—¿Qué?

—Que se han ido hará unos cinco minutos.

Jamie tardó unos segundos en procesar esa información.

—¿Iban al registro civil?

—¿Adónde si no? —preguntó el tipo.

Jamie empezó a entender lo ocurrido.

—¿Con mi padre?

—Supongo.

—Pero ¿ha llegado a verlo?

—No los iba tachando de una lista, por así decirlo. No. Espera. Sí que lo he visto. Porque recuerdo que ha dado un pequeño traspiés en la acera. Y que tu madre lo ha hecho subirse en el asiento del pasajero para conducir ella. Y me he dado cuenta porque cuando van juntos en el coche es casi siempre tu padre quien conduce. Lo que me ha hecho preguntarme si le pasa algo malo. ¿Le pasa algo malo?

—Joder —soltó Jamie.

Eso hizo callar al señor West.

Jamie cambió el centro de gravedad hacia el otro lado y saltó del muro, desgarrándose la chaqueta por segunda vez. Corrió hacia el coche, se le cayeron las llaves, recogió las llaves, entró en el coche y se alejó a toda velocidad.

124

Jean se sentía fatal.

Lo de Jamie ya era el colmo. Todo se había estropeado. George. Eileen y Ronnie. Alan y Barbara. Era el día de la boda de Katie. Se suponía que tenía que ser especial. Se suponía que tenía que ir como la seda. Se suponía que tenía que ser romántico.

Entonces algo pasó en el coche.

Había obras en la calzada de dos direcciones y se habían detenido mientras el tráfico se canalizaba por un único carril. George dijo:

—Me temo que no he sido un gran marido.

—No seas ridículo —dijo Jean.

George miraba al frente, a través del parabrisas. Caía una lluvia fina contra el cristal.

—Soy un hombre más bien frío. Bastante rígido. Y siempre lo he sido. Ahora me doy cuenta.

Jean nunca lo había oído hablar así. ¿Estaría volviendo la demencia? No sabía qué pensar.

Conectó el limpiaparabrisas.

—Y me doy cuenta de que esa frialdad, esa rigidez han sido la causa fundamental de muchos de mis problemas recientes —George apartó una pelusilla de la puerta de la guantera.

El tráfico empezó a avanzar otra vez. Jean metió la marcha y arrancó.

George apoyó la mano sobre la de ella. Eso le puso un poco difícil cambiar de marcha.

—Te quiero —dijo George.

No se habían dicho eso desde hacía muchísimo tiempo. Jean sintió un nudo en la garganta.

Miró de soslayo y vio que George la miraba y sonreía.

—Te he puesto las cosas muy difíciles últimamente.

—No hace falta que te disculpes —repuso Jean.

—Pero voy a cambiar —aseguró George—. Estoy cansado de sentir miedo. Estoy cansado de sentirme solo.

Le apoyó una mano a Jean en el muslo, se reclinó en el asiento y cerró los ojos.

Y Jean se dio cuenta de que su aventura tocaba a su fin. De que ella y David nunca volverían a hacer el amor. Pero estaba bien que así fuera.

Su vida con George no era una vida excitante. Pero ¿no sería igual la vida con David al cabo de un tiempo?

Quizá el secreto estaba en dejar de buscar una hierba más verde. Quizá el secreto estaba en aprovechar al máximo lo que tenías. Si ella y George hablaban un poquito más... Si se iban más veces de vacaciones...

Había dejado de llover. Jean quitó el limpiaparabrisas y el registro civil apareció ante su vista a mano derecha de la carretera.

Puso el intermitente y entró en el aparcamiento.

125

George estaba pasando un rato pero que muy agradable.

Aparcaron el coche y caminó con Jean hacia el arco de piedra en la parte de atrás del registro civil donde todos se estaban reuniendo para hacerse fotografías.

—Ven, papá —Katie lo asió del otro brazo y lo guió por el estrecho sendero.

Era el padre de Katie. Le hacía sentirse bien ser el padre de Katie.

Iba a entregar a su hija en matrimonio. Y eso también le hacía sentirse bien. Porque iba a entregársela a un buen hombre. *Entregársela*. Qué extraña palabra. Un poco anticuada. *Compartirla*. Ésa sería una palabra mejor. Aunque también sonaba un poco rara.

Pero ¿dónde estaba Jamie?

Le preguntó a Katie.

—Estaba buscándote —explicó Katie con una sonrisa que se hizo difícil de interpretar.

¿Por qué estaba buscándolo Jamie? Estaba a punto de preguntarlo cuando el fotógrafo hizo avanzar a Katie y ella empezó a hablar con Ray. George tomó nota mentalmente de preguntárselo en algún momento.

El fotógrafo se parecía mucho al padrino de Ray. ¿Cómo se llamaba? A lo mejor se trataba en efecto del padrino de Ray. Quizá no tenían un fotógrafo oficial.

—Vamos, vamos —dijo el fotógrafo—. Intentad no parecer tan tristones.

Tenía una cámara muy pequeña. Probablemente no era un fotógrafo de verdad.

Ed. Así se llamaba.

George sonrió.

Ed tomó cuatro fotografías y luego les pidió a Katie y Ray que se pusieran delante del arco.

Cuando se hacían a un lado, el hombre que estaba de pie junto a George se presentó. George le estrechó la mano. El hombre se disculpó por no haberse presentado antes. George le dijo que no se preocupara. El hombre presentó a su esposa. George también le estrechó la mano. Parecían gente muy agradable.

Una mujer salió del registro civil. George pensó al principio que era una azafata de vuelo.

—Si quieren hacer el favor de ir pasando...

George se hizo a un lado para dejar pasar a las damas y luego entró en el registro con los hombres.

Era posible que la pareja agradable fuesen los padres de Ray. Eso explicaría por qué estaban todos de pie haciéndose fotografías juntos. Lo comprobaría con Jean cuando estuviesen sentados dentro.

126

Estaban en el coche a medio camino del registro cuando Katie miró por la ventana y vio a un vagabundo orinar contra una parada de autobús en Thorpe Road, algo que no se veía con mucha frecuencia, y le pareció una señal de Dios, que obviamente a) tenía sentido del humor, y b) estaba de acuerdo con Ray. Espera que el día transcurra con dignidad y eficacia y alguien lo fastidiará. Más valía estar juntos al cabo de veinte años y reírse de ese día que hacer que fuera como la seda y separarse un año después.

Pobre Jamie. Al menos tendría una buena historia que contar.

Quizá podían ir derechos a su casa después de Barcelona. Hacer sus votos otra vez. Conseguir un poco de confeti. Eso a Jacob le gustaría.

Una fina llovizna empezó a salpicar el parabrisas. No importaba. Nieve, granizo, lluvia torrencial. Ahora lo entendía. Una se casaba a pesar de su boda y no gracias a ella. Miró a Ray y él esbozó una sonrisa sin apartar la vista de la carretera.

Durante los minutos siguientes parecieron existir en una pequeña burbuja totalmente aislada del mundo que los rodeaba. Entonces el registro civil surgió ante su vista y entraron al recinto y los invitados recordaron a peces exóticos contra el edificio de ladrillo.

Fueron al aparcamiento y se apearon y había dejado de llover y mamá y papá se estaban bajando del coche junto a ellos. Y papá miraba hacia lo alto tan concentrado que Katie alzó la vista esperando ver un globo de aire caliente o una bandada de pájaros, pero ahí arriba no había nada de nada.

Mamá asió a papá del codo y lo guió hacia el arco de piedra en la parte de atrás del edificio.

Sarah estaba cantando:

—Navidad, Navidad, Batman huele mal, Robin pone un huevo y el Batmóvil va fatal —y meciendo a Jacob sobre un charco.

Ray la agarró del brazo y siguieron a mamá y papá y los vio llegar el tío Douglas que estaba fumando en la dirección del viento y todo el mundo empezó a proferir vítores.

Llegaron al arco y Sandra corrió hacia ella y la abrazó, y luego la abrazó Mona, y el tío Douglas mantuvo apartado el cigarrillo encendido y dijo:

—¿Estás segura de lo que haces, muchacha? —y Katie estuvo a punto de hacerle algún desaire ingenioso (el tío Doug era de los que andaban pellizcando nalgas) pero vio que lo decía en serio, de manera que no lo hizo.

Mona ya estaba monopolizando a Ray para someterlo a un rápido interrogatorio, pues no lo había conocido hasta entonces, y en ese instante la multitud se abrió y vio a Jenny en una silla de ruedas, lo que la impresionó mucho, y Katie se inclinó y la abrazó y Jenny dijo:

—Una pequeña recaída. Lo siento —y Katie comprendió de pronto por qué necesitaba aquella segunda invitación y Jenny añadió—: Éste es Craig —y Katie le estrechó la mano al joven de pie detrás de la silla y confió en que hubiese una relación entre ellos, porque sería genial, aunque ése no era momento para andar haciendo preguntas.

Luego Ed los fue reuniendo para hacerles fotografías y Katie se plantó allí con Ray mirando a todo el mundo y fue como estar delante de una barbacoa, con todo aquel calor dirigido hacia ellos, aunque a Eileen y Ronnie se les veía un poco avinagrados, lo que probablemente se debía a que no estaban en una iglesia y a que los demás se estaban divirtiendo.

Después apareció el juez ataviado con un traje azul marino ligeramente anticuado y una de esas pajaritas de chifón que todo el mundo había dejado de llevar a finales de la

Segunda Guerra Mundial, y les hicieron pasar al interior del edificio que se parecía un poco a la consulta de su médico en Londres. Todo era pintura color crema y prácticos folletos y moqueta muy resistente. Pero había un gran jarrón de flores y el juez era en realidad muy alegre y dijo:

—Si los novios hacen el favor de acompañarme, y los invitados son tan amables de seguir a mi colega...

El juez los ilustró rápidamente sobre la agenda de la ceremonia. Entonces oyeron empezar el concierto para dos violines de Bach y sonó como algo salido de la banda sonora de una película. Un carruaje de caballos, una gran mansión, levitas. Y Katie se dijo a la mierda con las mezclas, deberían haber optado por James Brown durante toda la ceremonia. Pero ya era demasiado tarde.

Volvieron la esquina hacia la gran sala del fondo y esperaron fuera mientras el juez entraba y decía:

—¿Puedo pedirles que se pongan todos en pie para la entrada de los novios? —y entraron en la sala donde pasó todo y era muy pulcra y muy rosa con cortinas de terciopelo. Y mamá le sonrió. Y Katie le devolvió la sonrisa. Y papá pareció estar estudiando un viejo billete de alguna clase que había encontrado en el bolsillo.

Y cuando llegaron al fondo Katie vio, encima de la mesa, un cojín de seda bordeado de brillantes falsos en pequeñas borlas. Para el anillo, presumiblemente.

—Por favor, siéntense —pidió el juez.

Todo el mundo se sentó.

—Buenas tardes, damas y caballeros. Quiero empezar por darles a todos la bienvenida al registro civil de Peterborough, para el matrimonio de Katie y Ray. El día de hoy señala un nuevo comienzo en sus vidas...

Katie cerró los ojos durante la lectura de Sarah y tarareó mentalmente algo para no tener que oírla («Tu amigo es la respuesta a tus necesidades. Él es el campo en que tú has arado con amor y cosechado tras la debida acción de gracias...»). Se preguntó si podrían hacer una pequeña tarta de bodas para la segunda ceremonia en la cocina de Jamie. Con relleno de dátiles y nueces y un pequeño Batman de azúcar encima para Jacob.

—Pues en el rocío de los detalles encuentra el corazón su amanecer y se ve reconfortado.

Sarah tomó asiento y el juez se levantó y dijo:

—Es uno de mis deberes informarles de que esta sala en que ahora nos encontramos cuenta con la debida sanción legal para la celebración de matrimonios. Están ustedes aquí para ser testigos de la unión en matrimonio de Ray Peter Jonathon Phillips y Katie Margaret Hall. Si alguno de los presentes conoce algún impedimento legal para que estas dos personas se unan en matrimonio debe declararlo ahora.

Y algo pasó entonces en el corazón de Katie, y se dio cuenta de que no eran sólo dos personas que se unían, ni siquiera dos familias. Se sintió como si estuviera dándole las manos a todo el mundo que había hecho eso antes que ella, tal como le había pasado después de dar a luz a Jacob, una sensación de que por fin pertenecía a algo, de que formaba parte de una empresa global, un ladrillo más en aquel arco inmenso que se elevaba de la oscuridad detrás de ti y se curvaba por encima de tu cabeza hacia el futuro, y ella contribuía a hacerlo fuerte y sólido, y contribuía a proteger a todos los que se hallaban debajo.

El juez les pidió a ella y a Ray que se pusieran en pie y se dieran la mano, y había lágrimas en los ojos de Katie, y el juez dijo:

—Antes de que os unáis en matrimonio hoy aquí he de recordaros a ambos el carácter solemne y vinculante de los votos que estáis a punto de pronunciar... —pero Katie ya no escuchaba en realidad. Estaba ahí en lo alto mirando hacia abajo, y la sala llena de gente era tan minúscula que le habría cabido en la palma de la mano.

127

Jean oyó un pequeño chirrido justo cuando Katie y Ray empezaban a pronunciar los votos. Se volvió en redondo y vio a Jamie deslizarse en la sala y situarse detrás de aquella encantadora joven de la silla de ruedas.

Ahora todo era perfecto.

—Por el que yo, Katie Margaret Hall —dijo Katie.

—No pueda unirme en matrimonio —entonó el juez.

—No pueda unirme en matrimonio —repitió Katie.

—Con Ray Peter Jonathon Phillips —dijo el juez.

Jean se volvió para mirar a Jamie por segunda vez. ¿Qué demonios le había pasado? Parecía que lo hubiesen arrastrado de los pies a través de un seto.

—Con Ray Peter Jonathon Phillips —repitió Katie.

Jean sintió una ligera desazón.

—Ahora ha llegado el solemne momento —anunció el juez— en que Ray y Katie contraerán matrimonio ante ustedes sus testigos, familiares y amigos.

Jean se acordó entonces de que no le estaba permitido sentir desazón. Ahora no. Jamie había estado haciendo una buena obra. Y esa gente de ahí era buena gente. Lo comprenderían.

—Voy a pedirles a todos que se pongan en pie —dijo el juez— y se unan a la celebración de este matrimonio.

Todo el mundo se puso en pie.

Llegarían a casa y Jamie podría cambiarse de ropa y todo volvería a ser perfecto.

—Ray —dijo el juez—, ¿quieres a Katie como tu legítima esposa, para compartir tu vida con ella, amarla, socorrerla y consolarla sea lo que sea que os depare el futuro?

—Sí, quiero —declaró Ray.

—Katie —dijo entonces el juez—, ¿quieres a Ray como tu legítimo esposo, para compartir tu vida con él, amarlo, socorrerlo y consolarlo sea lo que sea que os depare el futuro?

—Sí, quiero —contestó Katie.

Desde varias filas atrás, Jean oyó a Douglas decir:

—Allá vamos, muchacha.

George observó la sala a su alrededor y sintió un extraño cariño hacia toda esa gente.

No era algo que soliera sentir en las reuniones familiares.

Le oprimió la mano a Jean. Estaba enamorado de su esposa. Eso le hacía sentir una calidez interior.

Todo iba a ser distinto a partir de ahora.

En cualquier caso, ¿qué tenía de terrorífico la muerte? A todo el mundo le llegaba tarde o temprano. Era parte de la vida. Como irse a dormir, pero sin el despertar.

Y ahí estaba Jamie, que llegaba tarde como solían hacer los hijos.

Jamie era homosexual. ¿Y qué tenía eso de malo? Nada en absoluto. Siempre y cuando uno fuera higiénico.

Y ahí estaba su marido junto a él. Su novio. Su compañero. Como fuera que se dijese. Se lo preguntaría después a Jamie.

No. Ése era el hombre que empujaba la silla de ruedas de la muchacha lisiada, ¿no? Regordete. Despeinado. Con barba. Estaba claro que no era homosexual, ahora que George lo pensaba.

Hasta Douglas y Maureen estaban bien, en realidad. Un poco vulgares. Un poco llamativos. Pero todo el mundo tenía sus defectos.

Y mira por dónde, había luces fluorescentes en la habitación, lo que significaba que si extendías la mano y la agitabas de un lado a otro a la frecuencia correcta podías hacer que pareciera que tenías seis dedos. ¿A que era extraño? Como hacer girar una rueda de bicicleta para que diera la sensación de que no se movía.

Jamie le preguntó a la mujer detrás del mostrador dónde era la boda y la vio recorrer el mostrador en busca de un arma. Jamie bajó la mirada y vio que tenía sangre en las manos y trató de explicar que su padre había huido pero eso no hizo relajarse a la mujer. De manera que adoptó el tono que utilizaba con los clientes difíciles y dijo:

—Mi hermana, Katie Hall, se está casando en este preciso momento con Ray Phillips en este edificio y si no estoy ahí para presenciarlo tendrá usted noticias de mi abogado.

¿Su abogado? ¿Quién coño era ése?

La mujer o bien le creyó o estaba demasiado asustada para enfrentarse a él a solas, porque cuando se alejó a grandes zancadas en busca de la boda permaneció en su silla.

Se detuvo ante la puerta al fondo del pasillo y la abrió una rendija y vio a una mujer vagamente parecida a la tía Maureen y un escote que pertenecía sin duda a la mujer del tío Brian. De forma que se deslizó en el interior mientras el juez decía:

—... constituye una prenda formal y pública del amor que sentís el uno por el otro. Ahora voy a preguntaros a cada uno de vosotros...

Su padre estaba de pie junto a su madre esbozando una sonrisa benévola, y Jamie sintió una rara combinación de excitación y anticlímax tras haberse pasado el viaje imaginando que sería el centro de atención para descubrir que no lo era, de forma que en lugar de dar brincos y contarle a alguien su ridícula aventura tenía que callarse y quedarse quieto.

Probablemente fue ése el motivo de que le sonriera a Katie y la saludara con la mano sin pensar cuando miró hacia él, haciéndole poner el anillo en el dedo equivocado, aunque por suerte fue más divertido que otra cosa. Y cuando Jacob salió disparado a abrazarla, él no pudo resistirse a salir disparado a abrazarla, y el juez pareció un poco molesto pero hubo bastantes más que hicieron lo mismo, de modo que tuvo que aguantarse.

Salieron en tropel al aparcamiento y una amiga de Katie le preguntó qué había estado haciendo para acabar en ese estado y él explicó:

—El coche se me ha estropeado. He tenido que tomar un atajo —ambos rieron y Jamie consideró que probablemente podría decir que lo había atacado un leopardo y todo el mundo se lo tomaría con calma gracias al ambiente de carnaval, aunque su madre pareció preocupada por que se acicalara un poco en cuanto tuviese oportunidad.

—¿Cómo está papá? —preguntó.

—En excelente forma —respondió ella, lo cual alarmó un poco a Jamie, porque no recordaba haber oído decir a su madre nada tan positivo sobre su padre ni siquiera cuando estaba totalmente cuerdo.

De manera que se acercó a su padre y le preguntó qué tal se encontraba, y su padre dijo:

—Tienes un pelo muy raro —que era técnicamente correcto pero no la respuesta que Jamie esperaba.

Jamie le preguntó si había bebido.

—He tomado Valium —repuso su padre—. Me lo mandó el doctor Barghoutian. Perfectamente fiable.

—¿Cuánto?

—¿Cuánto qué? —dijo su padre.

—¿Cuánto Valium? —preguntó Jamie.

—Ocho, diez —repuso su padre—. El suficiente. Dejémoslo así.

—Oh, Dios mío —soltó Jamie.

—Me gustaría mucho conocer a tu novio —dijo George—. ¿Qué te parece eso?

—¿Tienes previsto dar un discurso en el banquete?

—¿Un discurso? —preguntó George.

—Estás sangrando —observó Jamie.

George levantó la mano. Le goteaba sangre de la manga.

—Qué cosa más rara.

130

George se sentó en la taza del váter de arriba mientras Jamie le aplicaba un vendaje nuevo en la muñeca y lo ayudaba a ponerse una camisa blanca limpia.

Ahora se acordaba. Jean le había puesto antes el primer vendaje. Se había hecho un tajo con una alambrada de púas. De qué forma precisa había entrado en contacto con una alambrada de púas no estaba muy claro.

—Bueno, así que no has redactado un discurso —dijo Jamie.

Por supuesto. Ahora se acordaba. Era el día de la boda de Katie.

—¿Papá?

—¿Qué?

—Un discurso —insistió Jamie—. ¿Has escrito un discurso?

—¿Para qué?

Jamie se frotó la cara.

—Vale. Mira, Katie se ha casado esta mañana...

George arqueó las cejas.

—No soy un absoluto tarado.

—Van a celebrar el banquete en el jardín —continuó Jamie—. Después de comer el padre de la novia suele pronunciar un breve discurso.

—Va a casarse con Ray, ¿no es eso? —dijo George.

—Eso es. Te diré qué vamos a hacer.

—¿Qué vamos a hacer?

—Voy a hablar con Ed —repuso Jamie.

—¿Quién es Ed? —preguntó George. El nombre no le sonaba de nada.

—Papá —dijo Jamie—, tú escúchame y ya está. Vale. Ed es el padrino. Después de comer anunciará que vas a pronunciar unas palabras. Entonces tú te levantas y propones un brindis. Y luego te sientas.

—Vale —repuso George, preguntándose por qué estaría Jamie armando tanto revuelo con el tema.

—¿Podrás proponer un brindis?

—Eso depende de por quién se suponga que esté brindando —contestó George sintiéndose bastante pagado de sí mismo por haber dado con la cuestión clave.

Jamie soltó grandes bocanadas de aire, como si estuviese a punto de levantar un peso pesado.

—Te levantas. Dices «Me gustaría proponer un brindis por Katie y Ray. Me gustaría dar la bienvenida a...». No. Demasiado complicado.

A George le pareció que el propio Jamie estaba un poco confundido.

—Te levantas —dijo Jamie—. Dices «Por Katie y Ray». Te sientas.

—No pronuncio un discurso —señaló George.

—No —repuso Jamie—. Sólo un brindis. «Por Katie y Ray.» Luego vuelves a sentarte.

—¿Por qué no pronuncio un discurso? —quiso saber George, que empezaba a preguntarse por qué debería seguir las instrucciones de una persona confundida.

Jamie volvió a frotarse la cara.

—Katie y Ray quieren que sea breve y simple.

George digirió eso.

—Muy bien.

—Te levantas —insistió Jamie—. Dices...

—«Por Katie y Ray» —dijo George.

—Te sientas.

—Me siento.

—Brillante —concluyó Jamie.

George permaneció unos minutos más sentado en la taza después de que Jamie se fuera. Le ofendía un poco que se le negara la oportunidad de hablar largo y tendido. Pero cuando trataba de imaginar qué cosas podía decir si se extendía sus pensamientos se volvían algo confusos. De manera que quizá era mejor seguir la línea de la mínima resistencia.

Salió del baño, esperó a que la cabeza se le despejara un poco y bajó por las escaleras.

Alguien le tendió una copa de champán.

¿Era sensato beber champán cuando ya había tomado Valium? Tenía poca experiencia con esas cosas. Quizá habría algún médico entre los invitados al que poder preguntárselo.

Gail apareció ante él.

—A Brian lo puso muy triste no tenerte con él en Cornualles.

Se hacía difícil no mirarle los pechos.

—Estaba deseando hacer un poco de boy scout —prosiguió Gail—. Hogueras. Sacos de dormir —se estremeció—. Yo iré para allá el mes que viene. Cuando funcione el termo para la ducha y hayan instalado la moqueta.

¿Qué diablos hacía allí ese hombre?

En el otro extremo de la habitación.

George se preguntó si tendría alucinaciones.

—¿Te encuentras bien, George? —preguntó Gail.

No estaba alucinando. Era él, sin duda. David Symmonds. El hombre al que había visto realizar el acto sexual con Jean en su dormitorio. Ahora se había colado en la boda de Katie. ¿Es que ese hombre no tenía decencia alguna?

Empezó a ver otra vez el mundo con claridad. Fue como aquella noche en Glasgow. Estaba demasiado borracho para hablar. Entonces había visto las llamas en el pasillo y se había sentido sobrio al instante.

—Pareces un poco trastornado —comentó Gail.

No iba a tolerar eso. Apartó a Gail hacia un lado y se abrió paso entre la multitud. Le diría al señor Symmonds que se marchara.

Confió en que no fuera necesario pegarle.

440

131

Jamie se acicaló y bajó, cruzando los dedos y confiando en que su padre recordara las instrucciones.

Tenía que hablar con Ed.

¿Qué podría decir Ed? ¿Que el padre de Katie no andaba muy fino? Quizá no hacía falta decir nada. «Al padre de Katie le gustaría proponer un brindis.» Cuanto menos se dijera, antes se resolvería. Más valía ser lo más leales posible a la verdad.

Se abrió paso por la casa buscando a Ed, pensando en cómo le habría gustado que Tony estuviera allí para poder hablar sin pensar en qué estaba diciendo o a quién se lo estaba diciendo. Y la imagen de Tony era tan vívida en su mente que cuando salió por la puerta y vio a Tony entrar por el portón al fondo del jardín le pareció lo más natural del mundo.

Se detuvo en seco. Tony se detuvo en seco.

Tony llevaba los Levi's y aquella camisa azul de flores tan bonita y una chaqueta de ante que Jamie no le había visto nunca. Estaba un poco más delgado y varios tonos más tostado. Estaba guapísimo, joder.

Y entonces lo asimiló. Tony estaba ahí. En la boda. Y la multitud pareció abrirse en dos como el Mar Rojo y Jamie y Tony se miraron a través de un largo pasillo de invitados. O quizá tan sólo le dio esa sensación.

Jamie deseó echar a correr. Pero Tony ya no era su novio. No se habían hablado desde aquel horrible encuentro nocturno en el portal de casa de Tony.

Pero estaba ahí. Lo que debía de significar...

Jamie estaba corriendo. O en cualquier caso caminando deprisa. E incluso mientras lo hacía advirtió que era un instante de culebrón, pero no le importó y sintió el corazón henchido de alegría en el pecho.

Y entonces estaban uno en brazos del otro y la boca de Tony sabía a chicle de menta y tabaco y Jamie vio la cámara girar hacia ellos y sintió los músculos de la espalda de Tony bajo la mano y olió el nuevo gel de baño que había empezado a usar y deseó verlo desnudo y fue como volver a casa después de mil años y en el silencio en torno a ellos oyó decir a una mujer:

—Bueno, esto sí que no me lo esperaba.

132

Jean estaba de pie en el pasillo escuchando a un joven que trabajaba para Ray. Pero sobre todo dejaba vagar la mirada entre la creciente multitud. Porque, a decir verdad, era uno de esos tipos que esperaban que te callaras y asintieras con la cabeza y profirieses un sonido apreciativo de cuando en cuando.

Y estaba bien lo de dejar vagar la mirada entre la multitud. Se sentía lo bastante responsable como para enorgullecerse del hecho de que todos parecieran estar pasándolo bien (Judy se reía; Kenneth estaba sobrio). Pero no tan responsable como para tener que imaginar todos los desastres posibles e impedirlos.

Y ahí estaba Jamie dirigiéndose a la cocina con un traje azul marino muy bonito y camisa blanca (el corte en la mejilla lo hacía parecer bastante viril).

Veía a David hablar con la madrina de boda de Katie y parecía un poco a la defensiva. Se sintió como si lo viera desde muy lejos.

—Hace cinco años —dijo el tipo que trabajaba con Ray—, su señal de televisión llegaba a través del aire y su señal de teléfono llegaba a través del suelo. Dentro de cinco años, su señal de televisión llegará a través del suelo y su señal de teléfono llegará a través del aire.

Jean se disculpó y salió al jardín.

Al hacerlo vio a un joven entrar por la puerta lateral con una bolsa de viaje verde oscuro. Chaqueta de ante, camisa floreada. Le pareció vagamente familiar.

Se estaba preguntando si sería un amigo de Katie y Ray cuando dejó caer la bolsa y alguien lo abrazó y empezaron a girar juntos y todo el mundo los miraba y Jean cayó en la cuenta de que era Jamie, lo que significaba que el hombre tenía que ser Tony, y se estaban besando delante de todo el mundo con las bocas abiertas.

Lo primero que pensó fue que tenía que impedir que la gente los viera, echándoles algo encima, como un mantel, por ejemplo, o gritándoles algo muy alto. Pero todo el mundo los había visto para entonces (Brian estaba literalmente boquiabierto) y nada que no fuera fuego de ametralladora iba a distraer la atención de la gente.

El tiempo transcurrió más despacio. Las únicas cosas que se movían en el jardín eran Jamie y Tony y la ceniza que caía del cigarrillo de Ed.

Jean tenía que hacer algo. Y tenía que hacerlo ya.

Fue hacia Jamie y Tony. Se separaron y Tony la miró. Jean sintió que el día se tambaleaba, como un coche al borde de un precipicio.

—Tú debes de ser Tony —dijo.

—Así es —repuso Tony manteniendo a propósito un brazo en torno a la cintura de Jamie—. Usted debe de ser la madre de Jamie.

—Así es.

Tony tendió la mano libre.

—Encantado de conocerla.

—Yo también estoy encantada de conocerte —Jean tendió las manos para abrazarlo, para demostrar que lo decía en serio, y para demostrarle a todo el mundo que había que darle la bienvenida. Y Tony soltó finalmente a Jamie y la rodeó con sus brazos.

Era mucho más alto de lo que parecía desde lejos, de manera que la cosa debió de ser bastante cómica. Pero Jean sintió que el ambiente en el jardín se volvía más cálido y relajado.

Tan sólo planeaba hacerlo durante unos segundos, pero tuvo que mantener la cara pegada a la camisa de Tony durante un buen rato porque estaba llorando, algo que la pilló totalmente desprevenida, y mientras que quería que todo el mundo supiera que le daba la bienvenida a Tony a la familia, no quiso en realidad que la vieran llorando indefensa en brazos de alguien a quien había conocido hacía diez segundos.

Entonces oyó a Katie chillar de alegría.

—¡Tony! Me cago en la leche. Has venido —lo que sí atrajo la atención de la gente.

George se detuvo delante de David al fondo del comedor y se plantó con las piernas separadas y los puños apretados.

Por desgracia, David miraba en dirección opuesta y no se percató de que tenía a George detrás. George no quiso pedirle que se volviera porque pedirle lo que fuera sugeriría que David era el animal dominante. Como con los perros. Y se suponía que George era el animal dominante.

Tampoco quería asir a David del hombro y obligarlo a volverse porque eso era lo que hacía la gente en las peleas en los bares y él quería que el encuentro concluyera con el menor revuelo posible.

De manera que se quedó ahí tenso durante unos segundos hasta que la mujer con quien David hablaba dijo «George» y David se volvió y dijo «George», y sonrió y se embutió el purito entre los dedos que sujetaban la copa y le tendió la otra mano a George para que se la estrechara.

George se encontró estrechando la mano de David y diciendo «David», lo cual no formaba en absoluto parte del plan.

—Debes de sentirte pero que muy orgulloso —dijo David.

—Ésa no es la cuestión —repuso George.

La mujer se escabulló.

—No —admitió David—. Tienes razón. Todo el mundo dice eso. Pero es una forma bastante egoísta de verlo. Que Katie sea feliz. Eso es lo que importa.

Por Dios, qué escurridizo era. George empezaba a entender cómo había conseguido ganarse el afecto de Jean.

Y pensar que había trabajado con ese hombre durante quince años.

David enarcó una ceja.

—Por cierto, me ha contado Sarah que son Katie y Ray quienes están pagando todo esto —indicó con un ademán la habitación como si fuera suya—. Pues vaya gesto tan ahorrativo, George.

Tenía que hacerlo en ese momento.

—Me temo que...

Pero David lo interrumpió diciendo:

—¿Qué tal va el resto de tu vida? —y a George empezaba a darle algunas vueltas la cabeza y David parecía hablar tan en serio y estar tan genuinamente preocupado que George tuvo que contener el impulso de confesarle que se había rebanado con unas tijeras y había acabado en el hospital después de encontrarse a su mujer realizando el acto sexual con otro hombre.

Se dio cuenta de que no iba a pedirle a David que se fuera. No tenía fuerzas para hacerlo. Ni morales ni físicas. Si trataba de echar a David probablemente causaría un revuelo y avergonzaría a Katie. Quizá lo mejor era no hacer nada. Y sin duda ese día concreto era un día en que tenía que dejar a un lado sus propios sentimientos.

—¿George? —preguntó David.

—¿Perdona?

—Te preguntaba qué tal te iban las cosas —dijo David.

—Bien —repuso George—. Van bien.

134

Katie apartó el salmón para no picar más.

Le gustaba la idea de acabar el día de su boda sin sentirse a punto de explotar, y quería dejar un poco de sitio para el tiramisú.

Ray le acariciaba distraídamente la pierna bajo la mesa. A su izquierda, mamá y Alan hablaban de eléboros y brassicas ornamentales. A su derecha, Barbara le cantaba a papá las maravillas de ir de camping en caravana. A papá se lo veía contentísimo, así que presumiblemente estaba pensando en otra cosa al mismo tiempo.

Estaban sentados unos quince centímetros por encima de todos los demás. Parecía algo salido de la tele. Las camareras con sus chaquetas blancas. El tintinear de la cubertería elegante. El leve murmullo de la lona.

Se hacía raro ver a David Symmonds sentado al fondo de la carpa, charlando con Mona y limpiándose las comisuras de la boca con una servilleta. Katie se lo había señalado a Ray y ahora iba a ignorarlo, al igual que iba a ignorar los ladridos del perro de Eileen y Ronnie, al que se había reasentado en un jardín cercano y que estaba sumamente mosqueado ante semejante hecho.

Se lamió los dedos y limpió de migas el platillo lateral.

Tony y Jamie seguían agarrados de la mano en la mesa, a la vista de todo el mundo. A Katie le pareció dulce. Incluso a mamá se lo pareció. Los padres de Ray parecían hacer caso omiso. Quizá su vista no daba la talla. O quizá todos los hombres se tomaban de la mano en Hartlepool.

Papá le tocó el brazo.

—¿Qué tal?

—Bien —repuso Katie—. Genial.

El tiramisú llegó y fue un pequeño anticlímax, francamente. Pero los bombones que sirvieron con el café eran fantásticos. Y cuando Jacob vino a acurrucársele en el regazo se quedó bastante decepcionado al descubrir que ella ya se había comido los que le tocaban (Barbara ofreció valientemente los suyos para mantener el orden).

Entonces se oyó un golpeteo en la mesa, la charla decreció y Ed se puso en pie.

—Damas y caballeros, es tradicional en las bodas que el padrino se ponga en pie y cuente historias groseras y chistes ofensivos y haga sentir a todo el mundo incómodo.

—Exactamente —exclamó el tío Douglas.

Hubo risas nerviosas por toda la carpa.

—Pero ésta es una boda moderna —continuó Ed—. De manera que voy a decir unas cuantas cosas agradables sobre Katie y unas cuantas cosas agradables sobre Ray. Y luego Sarah, la madrina de boda de Katie, va a ponerse en pie y a contaros historias groseras y chistes ofensivos y a hacer sentir incómodo a todo el mundo.

Más risas nerviosas recorrieron la carpa.

Jacob se chupaba el pulgar y jugueteaba con su anillo de casada, y Ray la rodeó con un brazo y dijo en voz baja:

—Te quiero, esposa.

135

George le dio un sorbito al vino dulce.

—En cualquier caso, dejó caer el lóbulo de la oreja —dijo Sarah—. Así que el policía tuvo que hurgar en su busca bajo el asiento. Y no sé cuántos de vosotros subisteis alguna vez a aquel Fiat Panda, pero uno podía perder, no sé, hasta un perro en el suelo de aquel coche. Corazones de manzana, paquetes de tabaco, migas de galleta.

Judy se tapaba la boca con una servilleta. George no supo muy bien si trataba de contener la risa o se disponía a vomitar.

La amiga de Katie era sorprendentemente buena hablando en público. Aunque a George le costaba creer la historia sobre Paul Harding. ¿De verdad era posible que un joven hubiese podido salir por la ventana de la habitación de Katie, caerse desde el techo de la cocina y romperse el tobillo sin que George se enterara? Quizá sí. Parecían haberle ocultado muchas cosas, o simplemente él no las había advertido.

Le dio otro sorbito al vino.

Jamie y Tony seguían agarrados de la mano. No tenía ni idea de cómo se suponía que tenía que reaccionar él. Unos meses antes habría impedido que sucediera para que otras personas no se sintieran ofendidas. Pero ahora estaba menos seguro de sus opiniones, y menos seguro de su capacidad para impedir que algo sucediera.

Estaba perdiendo el control sobre el mundo. Ahora pertenecía a los jóvenes. Katie, Ray, Jamie, Tony, Sarah, Ed. Como debía ser.

No le importaba envejecer. Era ridículo que a uno le importara envejecer. Le pasaba a todo el mundo. Pero eso no lo hacía menos doloroso.

Sólo deseaba inspirar un poco más de respeto. Quizá era culpa suya. Recordaba haberse pasado un rato esa mañana tumbado en una zanja. No le parecía una actividad muy digna. Y si uno no actuaba con dignidad, ¿cómo iba a inspirar respeto?

Se inclinó para agarrarle la mano a Jacob y darle un leve apretón, pensando en lo mucho que se parecían, los dos girando en alguna órbita exterior, a miles de kilómetros de distancia del brillante centro en que se tomaban las decisiones y se determinaba el futuro. Aunque iban en direcciones opuestas, por supuesto: Jacob hacia la luz y él alejándose de ella.

La mano de Jacob no respondió. Permaneció lánguida y sin vida. George se percató de que su nieto se había dormido.

Le soltó la mano y apuró la copa de vino.

La cruda verdad era que había fracasado. Prácticamente en todo. En el matrimonio. Como padre. En el trabajo.

Nunca había vuelto a empezar a pintar.

Entonces Sarah dijo:

—... unas palabras del padre de la novia —y lo pilló completamente desprevenido.

Por suerte hubo unos cuantos aplausos preliminares, durante los cuales fue capaz de poner en orden sus pensamientos. Al hacerlo se acordó de la conversación que había tenido con Jamie antes de comer.

Se puso en pie y observó a los invitados en torno a él. Se sentía bastante emotivo. Qué emociones precisas sentía se hacía difícil saberlo. Había una serie de emociones distintas, y eso en sí era confuso.

Levantó la copa.

—Me gustaría proponer un brindis. Por mi maravillosa hija, Katie. Y por su estupendo marido, Ray.

—Por Katie y Ray —resonó por toda la carpa.

Se disponía a sentarse otra vez, pero se detuvo. Se le ocurrió que estaba llevando a cabo una especie de actuación de despedida, que nunca volvería a tener a sesenta o setenta personas pendientes de cada palabra suya. Y no aprovechar esa oportunidad le pareció una admisión de la derrota.

Volvió a incorporarse.

—Nos pasamos la mayor parte de nuestro tiempo en el planeta pensando que vamos a vivir para siempre...

136

Jean se agarró al borde de la mesa.

De haber estado más cerca podría haber tendido la mano para coger de la manga a George y obligarlo a sentarse, pero estaban Katie y Ray en medio y todo el mundo los miraba y no vio forma de intervenir sin empeorar las cosas.

—Como algunos de vosotros quizá sabéis, últimamente no he estado muy bien...

Virgen santa, iba a hablar de lo de hacerse daño a sí mismo y del hospital y el psiquiatra, ¿no? E iba a hacerlo delante de prácticamente todas las personas que conocían. Desde luego iba a conseguir que lo de Jamie besando a Tony pareciera una bagatela.

—Todos estamos deseando jubilarnos. Cuidar del jardín como es debido. Leer todos esos libros que nos regalaron en Navidad y por el cumpleaños y que nunca llegamos a leer —un par de personas soltaron risas, Jean no supo decir por qué—. Poco después de jubilarme descubrí un pequeño tumor en mi cadera.

Wendy Carpenter estaba en pleno tratamiento de quimioterapia. Y a Kenneth habían tenido que quitarle aquel bulto de la garganta el pasado agosto. Sólo Dios sabía qué estarían pensando.

—Me di cuenta de que iba a morirme.

Jean se concentró en el azucarero y trató de imaginarse que estaba en aquel bonito hotel de París.

137

Jamie estaba viendo llorar a su padre delante de setenta personas y experimentando algo que se parecía mucho a una apendicitis.

—Yo. Jean. Alan. Barbara. Katie. Ray. Todos vamos a morir —una copa rodó hasta caer de una mesa y hacerse añicos hacia el fondo de la carpa—. Pero no queremos admitirlo.

Jamie miró de soslayo. Tony tenía la vista fija en su padre. Parecía que lo hubiesen electrocutado.

—No comprendemos lo importante que es. Esto... este sitio. Los árboles. La gente. Los pasteles. Entonces nos lo quitan todo. Y comprendemos nuestro error. Pero es demasiado tarde.

En un jardín cercano ladró el perro de Eileen.

138

George había perdido el hilo, por así decirlo.

El vino dulce no lo había espabilado. Se había mostrado mucho más emotivo de lo que pretendía. Había mencionado el cáncer, lo que no era muy alegre precisamente. ¿Era posible que hubiese hecho el ridículo?

Le pareció que más valía acabar el discurso tan rápido y con tanta elegancia como pudiese.

Se volvió hacia Katie y le agarró la mano. Jacob dormitaba en su regazo, de modo que el gesto fue más torpe de lo que había planeado. Tendría que servir.

—Mi adorable hija. Mi adorable y encantadora hija —¿qué trataba de decir exactamente?—. Tú, Ray y Jacob nunca, jamás dejéis de valoraros unos a otros.

Eso estaba mejor.

Soltó la mano de Katie y paseó una última mirada por la carpa antes de sentarse y vio a David Symmonds en el rincón del fondo. El tipo había estado de espaldas a él durante el banquete. En consecuencia, George se había ahorrado verlo mientras comía.

Se le ocurrió entonces que no sólo podía haber hecho el ridículo, sino que podía haberlo hecho con David Symmonds mirando.

—¿Papá? —dijo Katie tocándole el brazo.

George estaba paralizado a medio camino entre sentarse y quedarse de pie.

Demonios, qué satisfecho de sí mismo se lo veía, tan saludable y tan pulcro.

Las imágenes empezaron a volver. Las que llevaba tanto tiempo tratando de no visualizar. Las nalgas colgantes del hombre subiendo y bajando en la semipenumbra del dormitorio. Los tendones en sus piernas. Aquel escroto de carúncula de gallo.

—¿Papá? —repitió Katie.

George no pudo soportarlo más.

Jean gritó. En parte porque George estaba pasando por encima de la mesa. Y en parte porque había derribado una jarra de café y el líquido caliente y marrón se derramaba hacia ella. Dio un brinco hacia atrás y alguien más gritó. George bajó de un salto de la mesa y empezó a cruzar la carpa.

Jean se volvió hacia Ray.

—Por el amor de Dios, haz algo.

Ray se quedó paralizado un instante, y luego se levantó de la silla y se lanzó en pos de George.

Demasiado tarde.

Jean vio adónde se dirigía George.

George se detuvo delante de David.

Había muchísimo silencio en la carpa.

George apuntó y blandió el puño contra la cabeza de David. Por desgracia David se había movido en el último instante, y George falló y se vio obligado a agarrarle el hombro a alguien para impedir caerse.

Por suerte, cuando David se levantó con la intención de emprender la huida, se le enredó el pie en la silla y cayó con torpeza hacia atrás, haciendo aspavientos con los brazos como si tratara de nadar a espalda a través del mantel para huir del alcance de George.

Eso le dio a George una segunda oportunidad de darle un puñetazo. Pero darle un puñetazo a alguien era considerablemente más difícil de lo que parecía en las películas, y George tenía muy poca práctica en ese terreno. En consecuencia su segundo puñetazo alcanzó a David en el pecho, lo que no fue satisfactorio.

La silla estaba en medio. Ése era el problema. George la apartó de una patada. Se inclinó, agarró a David de las solapas de la chaqueta y le dio un buen cabezazo.

Después de eso no se supo muy bien quién le pegaba a quién. Pero había mucha sangre y George estuvo bastante seguro de que era de David, y eso estaba bien.

La imagen que se le quedó grabada a Jamie fue la de un tiramisú con su correspondiente cuchara dando volteretas a cámara lenta en el aire a la altura de su cabeza. Su padre y David Symmonds habían caído hacia atrás sobre la mesa. El extremo más cercano había cedido y el otro se había levantado como un balancín, disparando al aire una variedad de objetos (uno de los amigos de Katie estaba muy orgulloso de haber pillado al vuelo un tenedor).

Desde ese instante la cosa se pareció más a un accidente de carretera. Todo muy claro, distanciado y lento. Nada de más dolores abdominales. Sólo una serie de tareas que había que llevar a cabo para impedir daños mayores.

Ray se inclinó y empezó a separar al padre de Jamie de David Symmonds. La cara de David Symmonds estaba cubierta de sangre. A Jamie le impresionó un poco que un hombre de la edad de su padre fuera capaz de infligir esa clase de daño.

Jamie y Tony se miraron y tomaron una de esas tácitas e instantáneas decisiones y decidieron ir a ayudar. Se pusieron en pie y saltaron por encima de la mesa, lo que habría quedado bastante Starsky y Hutch de no ser porque a Jamie se le pegó un panecillo con mantequilla en la pernera del pantalón.

Llegaron juntos al otro extremo de la carpa. Tony se arrodilló junto a David porque había hecho un cursillo de primeros auxilios y David parecía haber salido peor parado. Jamie fue a hablar con su padre.

Justo cuando llegó, Ray estaba diciendo:

—Por el amor de Dios, ¿para qué has hecho eso? —y su padre estaba a punto de contestar cuando el cerebro de

Jamie cambió a la velocidad de curvatura y se le ocurrió entonces que nadie sabía por qué lo había hecho su padre. Sólo él y Katie, su madre y su padre. Y David, como era obvio. Y Tony, porque Jamie le había contado todos los cotilleos antes de la comida. Y la razón por la que su madre había salido corriendo de la carpa era que pensaba que todo el mundo iba a averiguarlo ahora. Aunque si Jamie actuaba con rapidez quizá fueran capaces de atribuir el incidente a una demencia inducida por los medicamentos. Porque después del discurso todo el mundo tenía bastante claro que su padre no estaba en su sano juicio.

De manera que cuando su padre dijo «Porque...», Jamie le tapó la boca con la mano para impedir que dijera nada más, y quizá se pasó un poco al hacerlo porque sonó como un bofetón y Ray y su padre alzaron la vista sorprendidos, pero al menos impidió que su padre hablara.

Jamie se inclinó hacia él y susurró:

—No digas nada.

Su padre contestó:

—Nnnnn.

Jamie se volvió hacia Ray y le dijo:

—Llévatelo a la casa. Al piso de arriba. A su habitación. Sólo... sólo para que se quede allí, ¿de acuerdo?

—De acuerdo —repuso Ray, como si Jamie le hubiese pedido que moviera un saco de patatas. Puso en pie al padre de Jamie y lo ayudó a salir de la carpa.

Jamie se acercó a Tony.

David estaba diciendo:

—Ese hombre es un maníaco.

—Siento mucho todo esto —le dijo Jamie. Se volvió entonces hacia Tony y añadió en voz baja—: Llévatelo a la sala de estar y llama a una ambulancia.

—No creo que necesite una ambulancia —observó Tony.

—Pues un taxi o lo que sea. Simplemente haz que se vaya de esta casa.

—Oh, vale, ya veo qué quieres decir —repuso Tony. Puso una mano bajo el brazo de David—. Vamos, amigo.

Jamie se incorporó y se dio la vuelta y se percató de que todo había pasado en cuestión de segundos y de que el resto de los invitados estaban sentados inmóviles y sin habla, incluido el tío Douglas, lo cual era una novedad. Y quedó claro que esperaban alguna clase de explicación o anuncio, y que Jamie era la persona de quien lo esperaban, pero tenía que hablar primero con su madre, de modo que dijo:

—Vuelvo en un momento —y salió corriendo de la carpa y la encontró de pie en el otro extremo del jardín recibiendo consuelo de una mujer que no reconoció, mientras Ray y Tony hacían entrar a su padre y a David en la casa, ambos sujetando con firmeza a los hombres a su cargo para impedir que trabaran contacto entre sí.

Su madre estaba llorando. La mujer mayor a la que no reconocía la abrazaba.

—Necesito hablar con mi madre a solas —dijo Jamie.

La mujer repuso:

—Soy Ursula. Una buena amiga.

—Vuelva a la carpa —ordenó Jamie. La mujer no se movió—. Perdone. He sido grosero. Y no pretendía ser grosero. Pero de verdad que tiene que irse, y rápido.

La mujer retrocedió.

—Vale —dijo con ese tono cauteloso que uno utiliza con un psicópata para que siga tranquilo.

Jamie asió a su madre por los brazos y la miró a la cara.

—Todo va a salir bien.

—Puedo explicarlo todo —dijo su madre. Todavía lloraba.

—No hace falta que lo hagas —repuso Jamie.

—No —dijo su madre—. Ese hombre, al que le ha pegado tu padre...

—Ya lo sé —interrumpió Jamie.

Su madre hizo una breve pausa y luego exclamó:

—Oh, Dios mío.

Las piernas le fallaron un poco y Jamie tuvo que mantenerla en pie durante un par de segundos.

—¿Mamá...?

Ella recobró el equilibrio apoyándole una mano en el brazo.

—¿Cómo lo has sabido?

—Te lo explicaré después —contestó Jamie—. Por suerte, nadie más lo sabe —no recordaba la última vez que se había sentido tan viril y competente. Tenía que actuar con rapidez antes de que se rompiera el hechizo—. Vamos a volver a entrar. Voy a dar un discurso.

—¿Un discurso? —su madre pareció muerta de miedo.

El propio Jamie estaba un poco nervioso.

—¿Un discurso sobre qué? —quiso saber su madre.

—Sobre papá —respondió Jamie—. Confía en mí.

Por suerte su madre pareció incapaz de discrepar y cuando le rodeó los hombros con un brazo y la guió de vuelta por el césped se dejó llevar.

Atravesaron el umbral de la carpa, la conversación se extinguió de inmediato y avanzaron lentamente a través de un silencio muy elocuente de vuelta a sus asientos, con los zapatos repiqueteando sobre los tablones bajo sus pies.

Katie tenía a Jacob en el regazo. Cuando Jamie y su madre llegaron a la mesa, el niño dijo:

—El abuelito se ha peleado —y Jamie oyó a alguien a sus espaldas reprimir una risita asustada.

Jamie acarició con suavidad la cabeza de Jacob, sentó a su madre y se volvió de cara a todo el mundo. El número de personas pareció haberse duplicado por arte de magia en los últimos minutos. Su mente se quedó en blanco y se preguntó si iba a quedar tan en ridículo como su padre.

Entonces su cerebro volvió a establecer la conexión y comprendió que, después de lo que había hecho su padre, le bastaba con coordinar un par de palabras y todo el mundo se sentiría tremendamente aliviado.

—Perdonad por todo esto —empezó—. No formaba parte del plan.

Nadie rió. Era comprensible. Tendría que mostrarse un poco más serio.

—Mi padre no se ha encontrado muy bien últimamente. Como es probable que hayáis supuesto.

¿Iba a tener que mencionar el cáncer? Sí. No había forma de evitarlo.

—Os aliviará saber que no tiene cáncer.

La cosa era más peliaguda de lo que había esperado. La atmósfera en la carpa era perceptiblemente fúnebre. Bajó la vista hacia su madre. Tenía la cabeza gacha y trataba de convertir la servilleta en una bola lo más pequeña posible en el regazo.

—Pero ha estado muy deprimido. Y ansioso. En particular con respecto a la boda. En particular por tener que pronunciar un discurso en la boda.

Ahora empezaba a coger el ritmo.

—Tiene un médico estupendo. Su médico le recetó Valium. Y esta mañana se ha tomado un puñado de ellos. Para estar más relajado. Creo que es probable que se haya pasado de la raya.

Una vez más nadie rió, pero en esta ocasión hubo una especie de murmullo por lo bajo que pareció prometedor.

—Es de esperar que ahora esté ahí arriba durmiendo la mona.

Y fue entonces cuando Jamie cayó en la cuenta de que iba a tener que ocuparse no sólo del discurso poco meditado de su padre sino también del hecho de que su padre le había dado un cabezazo al amante de su madre delante de todo el mundo. Y eso iba a ser mucho más difícil. Hizo una pausa. Bastante larga. Y el ambiente empezó a enfriarse otra vez.

—No tengo ni la más remota idea de por qué mi padre le ha pegado a David Symmonds. Para ser franco, no estoy del todo seguro de que mi padre supiera que era a David Symmonds a quien le estaba pegando.

Se sentía como si esquiara montaña abajo a velocidad peligrosa a través de un bosque de árboles demasiado cerca unos de otros.

—Trabajaron juntos en Shepherds hace unos años. No sé si se han visto desde entonces. Supongo que la moraleja es que si no te llevas bien con alguien del trabajo, entonces probablemente no es buena idea que lo invites a la boda de tu hija y te tomes grandes cantidades de medicamentos antes del banquete.

En ese momento, gracias a Dios, el murmullo por lo bajo se convirtió en risas reales. Por parte de la mayoría del público, al menos (Eileen y Ronnie parecían petrificados). Y Jamie se dio cuenta de que por fin estaba llegando a un terreno más firme.

Se volvió hacia Katie y vio a Jacob sentado en su regazo con los brazos de ella alrededor y la cara enterrada en su pecho. Pobrecito. Iba a necesitar un informe detallado y exhaustivo cuando todo hubiese acabado.

—Pero éste es el día especial de Katie y Ray —concluyó Jamie alzando la voz y tratando de sonar optimista.

—¡Bien dicho! —exclamó el tío Douglas levantando la copa.

Y fue obvio por la reacción general de leve sorpresa que muchos de los invitados habían olvidado que estaban en una boda.

—Por desgracia, el novio está ocupándose del padre de la novia en este momento...

Ray apareció en el umbral de la carpa.

—Desmiento lo dicho...

Todas las miradas se volvieron hacia Ray, que se detuvo en seco y pareció un poco sorprendido por ser el centro de atención.

—Así pues, por el bien de Katie y Ray, creo que deberíamos olvidar los acontecimientos de estos últimos diez minutos y ayudarles a celebrar su boda. Katie y Ray... —cogió una copa medio llena de la mesa ante él—. Os deseo a los dos un día muy feliz. Y confiemos en que el resto de vuestro matrimonio no esté tan lleno de incidentes.

Todo el mundo levantó su copa y hubo una serie de aclamaciones confusas y Jamie se sentó y todos los presentes guardaron silencio y Sarah empezó a aplaudir, y entonces toda la carpa empezó a aplaudir y Jamie no supo muy bien si era por Katie y Ray o si lo estaban felicitando por su actuación, de la que se sentía bastante orgulloso.

De hecho, se sintió tan arrastrado por la sensación general de alivio que se sorprendió al volverse hacia su madre y comprobar que aún lloraba.

Su madre miró a Katie y dijo:

—Lo siento mucho, muchísimo. Todo ha sido culpa mía —se enjugó los ojos con una servilleta, se levantó y añadió—: Tengo que ir a hablar con tu padre.

Y Katie dijo:

—¿Estás segura de...? —pero su madre ya se había ido.

Y Ray apareció a su lado y dijo con aspereza:

—Desde luego estoy deseando irme a Barcelona.

—El abuelito se ha peleado —intervino Jacob.

—Ya lo sé. Yo también estaba —dijo Ray.

—El hombre al que le ha pegado... Era... —dijo Katie.

—Ya lo sé —interrumpió Ray—. Tu padre me lo ha contado. Con algunos detalles bastante gráficos. Es una de las razones de que esté deseando irme a Barcelona. Está descansando un poco, por cierto. No creo que tenga previsto bajar aquí a toda prisa.

Y Jamie comprendió de pronto un hecho que saltaba a la vista y que de alguna forma le había pasado inadvertido hasta ese momento. Que su padre lo había sabido siempre. Lo de su madre y David Symmonds.

La cabeza le dio unas cuantas vueltas.

Se volvió hacia Katie.

—¿O sea que mamá sabía que papá sabía que ella y David Symmonds estaban...?

—No —dijo Katie con más aspereza aún que Ray—. Es obvio que papá ha elegido el día de nuestra boda para darle la feliz noticia.

—Jesús —soltó Jamie—. ¿Por qué invitaron al tipo?

—Ésa —dijo Katie— es una de varias preguntas que tengo intención de hacerles luego. Asumiendo que no se hayan matado uno al otro.

—¿Crees que deberíamos...? —Jamie se levantó de la silla.

—No, no lo creo —repuso Katie con cierta brusquedad—. Pueden resolverlo por sí solos.

Ray se acercó a comprobar que sus propios padres hubiesen sobrevivido a la dura experiencia y Tony apareció con una botella de champán abierta y un par de copas. Se sentó en la silla vacía de Jean y le dijo a Katie:

—Ésta es la primera boda a la que asisto. Y he de decir que son mucho más entretenidas de lo que esperaba.

Lo cual a Jamie le pareció bastante arriesgado dado el estado de ánimo de Katie. Pero quedó claro que Tony conocía el terreno, quizá por el hecho de tener a Becky por hermana, porque Katie le arrancó la botella de la mano a Tony, dio un sorbo tremendo y dijo:

—¿Sabes qué es lo mejor?

—¿Qué? —quiso saber Tony.

—Que estés tú aquí.

—Muy amable por tu parte —repuso Tony—. Aunque no me esperaba que mi entrada se orquestara de forma tan dramática.

—Dios santo —se lamentó Katie—. Necesito urgentemente bailar un poco.

—Una mujer con la que me identifico —dijo Tony.

—¿Y David...? —preguntó Jamie.

—Se ha ido hacia su coche —explicó Tony—. Creo que quería evitar un segundo encuentro. Lo cual ha sido probablemente sensato, dadas las circunstancias.

En ese momento, un hombre cargado con un altavoz en que se leían las palabras TOP SOUNDS apareció como un ángel con sobrepeso en el umbral de la carpa.

Pero Jamie estaba más preocupado por su padre que Katie, y no le entusiasmaba tanto que sus padres resolvieran la cuestión por sí solos, de manera que le pidió a Tony que lo disculpara y se dirigió hacia la casa, deteniéndose por el camino para asegurarles a varios amigos y familiares que su padre estaba bien, y confiando sinceramente en que lo estuviera.

Llamó a la puerta de la habitación de sus padres. Al otro lado, las débiles voces guardaron silencio. Jamie esperó, y luego volvió a llamar.

—¿Quién es? —preguntó su padre.

—Soy yo, Jamie. Sólo quería comprobar que estuvieseis bien —hubo una breve pausa. Era obvio que no estaban bien. Fue una estupidez decir eso—. Es sólo que la gente está preocupada. Como es natural.

—Me temo que he armado un absoluto desastre —dijo su padre.

Se hacía difícil saber cómo responder a eso a través de una puerta.

—¿Podrás decirles a Katie y a Ray que lamento terriblemente haberles hecho pasar tanta vergüenza?

—Lo haré —repuso Jamie.

Hubo un breve silencio.

—¿Está bien David? —quiso saber su padre.

—Sí —contestó Jamie—. Se ha marchado.

—Bien —repuso su padre.

Jamie cayó en la cuenta de que aún no había oído hablar a su madre. Y parecía improbable que le hubiese ocurrido algo espantoso, pero esta vez quería estar absolutamente seguro.

—¿Mamá?

No hubo respuesta.

—¿Mamá...?

—Estoy bien —contestó su madre. Hubo una nota de irritación en su voz, lo que resultó extrañamente tranquilizador.

Jamie estuvo a punto de decir que si necesitaban algo... Entonces se preguntó qué podría ser ese algo (¿vino?, ¿tarta de bodas?) y decidió poner fin a la conversación.

—Me vuelvo allá abajo.

No hubo respuesta.

De manera que volvió a bajar y cruzó el césped, tranquilizando a más gente con respecto a la salud de su padre mientras lo hacía. El baile había empezado y se deslizó en la carpa para sentarse junto a Tony, que estaba charlando sobre techos de listones y yeso con Ed.

Ed se escabulló y Jamie cogió un cigarrillo del paquete delante de Tony y lo encendió, y Tony le sirvió una copa de vino dulce y los dos observaron al tío Douglas bailar como un buey herido, y la música iba bien porque llenaba todos esos pequeños espacios en los que la gente tenía tentaciones de hacer preguntas sobre las repercusiones de lo que había pasado antes, aunque si uno sabía exactamente qué había pasado antes tenía que intentar no fijarse mucho en la letra de las canciones («Una clase genial de amor», «Enhorabuena», «Apoya a tu hombre»...).

Durante las dos semanas anteriores había deseado desesperadamente hablar con Tony. Ahora, tenía suficiente con estar sentado a su lado, con tocarlo y respirar el mismo aire. La última vez que habían estado juntos parecían dos divorciados. De algún modo, en el ínterin se habían convertido en... ¿qué? ¿Una pareja? Esa palabra le parecía inadecuada ahora que era él a quien le tocaba recibir.

Quizá no estaba mal lo de ser algo cuyo nombre no conocías.

Hablaron con Mona sobre los peligros de tirarse al jefe (cosa nada recomendable que ella había hecho). Hablaron con los padres de Ray, extrañamente imperturbables ante la naturaleza nada ortodoxa del banquete (el hermano de Ray estaba en la cárcel, por lo visto, algo que Katie no había mencionado, y al ex marido de Barbara lo había descubierto una vez la policía durmiendo en un contenedor). Hablaron con Craig, el gay que se ocupaba de Jenny, que técnicamente no tendría que estar hablando con la gente por su cuenta mientras estaba de servicio pero, a la mierda, Jenny estaba como una cuba y se lo estaba pasando divinamente bien con el tipo aburridísimo de la oficina de Ray.

Una media hora después su madre entró en la carpa. Y fue un poco como si la reina entrara en la habitación, pues todos dejaron de pronto de bailar y se quedaron callados y un poco presas del pánico por no saber muy bien cómo tenían que comportarse. Sólo que el tipo de Top Sounds no sabía qué había pasado antes, de manera que Kylie Minogue siguió cantando *The Locomotion* a voz en grito.

Jamie estuvo a punto de saltar de su silla y correr a salvarla de toda aquella atención no deseada, pero Ursula (que había estado bailando *The Locomotion* de una manera sorprendentemente atlética con un grupo de amigos de Katie y Ray) se acercó y la abrazó, y Jamie no quiso pasarle por encima por segunda vez. Y al cabo de unos segundos Douglas y Maureen se habían unido a ella y su madre no tardó en estar sentada en una mesa en un rincón con gente que se ocupaba de ella.

En consecuencia, cuando su padre entró en la carpa unos minutos después causó un poco menos de revuelo. Una vez más, Jamie se preguntó si debía acudir a ocuparse de él. Pero su padre fue derecho a Katie y Ray y presumiblemente les presentó alguna clase de disculpa directa por su comportamiento de antes que debió de salirle bastante bien, porque el encuentro acabó en un abrazo, después del cual su padre fue conducido de forma similar a una mesa por Ed, con quien pareció haber establecido una firme amistad intergeneracional (Jamie se enteró más tarde de que Ed había sufrido una crisis unos años antes y no había salido de su casa en varios meses). Y fue un poco raro, lo de que sus padres estuvieran sentados en mesas distintas. Pero aún habría sido más raro verlos de pie juntos, algo que no habían hecho nunca en ningún tipo de reunión, de modo que Jamie decidió posponer sus preocupaciones con respecto a ellos hasta el día siguiente.

Y cuando Jamie y Tony salieron de la carpa un poco más tarde, empezaba a oscurecer y alguien había encendido bengalas multicolores sobre cañas de bambú en torno al jardín, volviéndolo casi mágico. Y pareció por fin que el día se había arreglado todo lo bien que podía arreglarse.

Jugaron al escondite con Jacob y se encontraron a Judy con aspecto abatido en la cocina porque Kenneth estaba comatoso en el váter de la planta baja. De manera que encontraron un destornillador y forzaron la cerradura y dejaron a Kenneth en la postura de recuperación en el sofá de la salita tapado con una manta y con un cubo cerca en la moqueta, antes de arrastrar a Judy de vuelta al exterior y a la pista de baile.

Y después llegó la hora de acostarse de Jacob, de forma que Jamie le leyó *Sopa de calabaza* y *Jorge el Curioso va en tren* y luego bajó y bailó con Tony, y pusieron *Three Times a Lady* de Lionel Richie y Jamie rió y Tony preguntó por qué y Jamie tan sólo lo atrajo hacia sí y lo besuqueó en medio de la pista de baile durante los tres minutos enteros y tres minutos enteros de la polla de Tony presionando contra él fue más de lo que pudo soportar y para entonces ya estaba bastante borracho, de modo que se llevó a Tony arriba y le dijo que no hiciera ruido o lo mataba y fueron a su antigua habitación y Tony folló con él a la vista de la Gran Jirafa y el juego completo del Doctor Dolittle.

142

A Katie le hizo sentir alivio que Jacob estuviese sentado en su regazo cuando pasó aquello.

Ray, Jamie y Tony parecían estar ocupándose de todo y cuanto ella tenía que hacer era abrazar a Jacob y esperar que no lo afectara demasiado lo que estaba presenciando.

Al final, pareció extrañamente imperturbable. Nunca había visto a dos adultos pelearse en la vida real. Por lo visto, el abuelo y aquel tipo estaban siendo como Power Rangers. Aunque a Katie le costó recordar haber visto sangre en un vídeo de Power Rangers y papá no había hecho ninguna voltereta ni una patada de kárate.

De no haber estado Jacob en su regazo, Katie no tenía ni idea de qué habría hecho. Estaba claro que papá sufría terriblemente, y que tendrían que haber prestado mayor atención a que saliera corriendo y al consumo de Valium. Por otra parte, se diría que uno habría podido esperar al final de la comida y luego llevarse a quien fuera a la calle para pegarle, en lugar de joderle el banquete de boda a su hija, por muy mal que se sintiera.

Y estaba claro que mamá se había quedado horrorizada al descubrir que papá sabía lo de David Symmonds. Pero ¿por qué demonios había invitado a ese tipo a la boda, para empezar?

En general, Katie agradecía no haber tenido que averiguar qué sentía con respecto a todas esas cosas mientras consolaba a cualquiera de sus padres, o bien podría haberse vuelto ella también un poquito Power Ranger.

Fue Jamie quien salvó la situación (*La estrella del partido,* como bien dijo Ray). Katie no tenía ni remota idea de qué iba a decir su hermano cuando se puso en pie para pronunciar el discurso (Jamie confesó más tarde no haberla tenido tampoco) y estaba nerviosa, aunque no tan nerviosa como mamá, que se las apañó para desgarrar la servilleta de tela mientras Jamie hablaba, obviamente convencida de que su hijo estaba a punto de explicarle a todo el mundo por qué papá había hecho lo que había hecho.

Pero la historia de que no se llevaban bien en el trabajo fue un toque de genio. De hecho, a la gente le entusiasmó tanto la idea que más avanzada la fiesta Katie oyó varias explicaciones por completo distintas de por qué su padre le guardaba rencor a su antiguo colega. Según Mona, David había difundido rumores para impedir que le dieran el puesto de director. Según el tío Douglas, David era alcohólico. Katie decidió no llevar la contraria. Sin duda para cuando concluyera la velada David habría asesinado a uno de los trabajadores de la fábrica y enterrado el cadáver en un bosque cercano.

Sí pontificó un poco ante Ray sobre el comportamiento de sus padres, lo que no sirvió de mucho. Pero él no hizo sino reírse y rodearla con los brazos y decir:

—¿No podemos intentar divertirnos un poco a pesar de tu familia?

Como gesto de buena voluntad, puesto que se trataba de su boda, Katie decidió admitir que Ray tenía razón. No en voz alta, como es obvio. Sino no contestando.

Ray sugirió que se emborrachara, lo que resultó bastante buena idea, pues cuando su padre reapareció y se acercó para disculparse ya casi era incapaz de recordar lo que había pasado antes, no digamos ya de que le importara, y pudo darle un abrazo, que fue probablemente el más diplomático de los resultados.

Cuando dieron las once estaban sentados en un pequeño círculo en el extremo del césped. Ella, Ray, Jamie, Tony, Sarah, Mona. Estaban hablando de que el hermano de Ray estuviese en la cárcel. Y Jamie se quejó de que no le hubiesen revelado antes tan emocionante información. De forma que Ray le dirigió una mirada que recordó un poco a la de un padre porque ése no era en realidad un tema de cotilleo para entretenerse, y les contó a todos lo de las drogas y los coches robados, y el dinero y el tiempo y el dolor de corazón que sus padres habían invertido en tratar de hacerle volver al buen camino.

Sarah dijo:

—¡Caray!

Y Ray añadió:

—Al final acabas por darte cuenta de que los problemas de los demás son los problemas de los demás.

Katie lo envolvió en un abrazo ebrio y le dijo:

—No eres sólo una cara bonita, ¿eh?

—¿Bonita? —intervino Tony—. Creo que no llegaría tan lejos. De facciones duras, quizá. Decididamente machote.

Ray había bebido para entonces la suficiente cerveza para tomárselo como un cumplido.

Y a Katie le puso un poco triste que no fueran a llevarse consigo a Jamie y Tony a Barcelona.

143

Jean se detuvo a medio camino de las escaleras y se agarró a la barandilla. Se sentía atontada, como le pasaba a veces en lo alto de los rascacielos.

De pronto estaba todo muy claro.

Su relación con David había terminado. Cuando George le pegó, fue de George de quien se preocupó ella. De que se hubiese vuelto loco. De que hiciera el ridículo delante de todos los que conocían.

Ni siquiera sabía si David estaba aún en la casa.

Ojalá se hubiera dado cuenta el día anterior, o la semana anterior, o el mes anterior. Podría habérselo dicho a David. Él no habría asistido a la boda y nada de aquello habría ocurrido.

¿Cuánto hacía que George lo sabía? ¿Era saberlo la razón de su depresión? Esa cosa espantosa que se había hecho a sí mismo en la ducha. ¿Era culpa de ella?

Quizá su matrimonio se había acabado también.

Cruzó el rellano y llamó a la puerta de su habitación. Le llegó un gruñido del otro lado.

—¿George?

Se oyó otro gruñido.

Jean abrió la puerta y entró en la habitación. Estaba tumbado en la cama, medio dormido.

—Oh, eres tú —dijo, y se incorporó despacio hasta sentarse.

Jean se sentó en la butaca.

—George, mira...

—Lo siento —interrumpió él. Arrastraba un poco las palabras—. Ha sido imperdonable. Lo que he hecho en la carpa. A tu... a tu amigo. A David. No debería haberlo hecho.

—No —dijo Jean—. Soy yo la que no... —le estaba costando mucho hablar.

—Tenía miedo —George no parecía escucharla—. Miedo de... Para serte franco, no estoy seguro de saber de qué tenía miedo. De envejecer. De morirme. De morirme de cáncer. De morirme en general. De pronunciar el discurso. Las cosas se han vuelto un poco confusas. Casi olvidé que todos los demás estaban ahí.

—¿Cuánto hacía que lo sabías? —preguntó Jean.

—¿Que sabía qué?

—Que sabías... —no pudo decirlo.

—Oh, ya sé a qué te refieres —repuso George—. En realidad no importa.

—Necesito saberlo.

George reflexionó sobre eso durante un rato.

—El día que se suponía que me iba a Cornualles —George se balanceó un poco.

—¿Cómo? —preguntó Jean, perpleja.

—Volví aquí. Y os vi. Aquí dentro. En la cama. Se me quedó grabado en la retina, como suelen decir.

Jean se mareó.

—La verdad es que debería haber dicho algo en ese momento. Ya sabes, haberme desahogado.

—Lo siento, George. Lo siento mucho.

George apoyó las manos en las rodillas para calmarse.

—¿Qué va a pasar ahora? —preguntó ella.

—¿Qué quieres decir?

—Con nosotros.

—No estoy del todo seguro —repuso George—. No es una situación en la que haya estado muchas veces.

Jean no supo muy bien si George pretendía que eso fuese divertido.

Permanecieron sentados en silencio un rato.

Los había visto desnudos.

Haciendo el amor.

Realizando el acto sexual.

Fue como un carbón ardiendo en el interior de su cabeza, y la quemaba y escaldaba y no podía hacer absolutamente nada por evitarlo porque no podía decírselo a nadie. Ni a Katie. Ni a Ursula. Sencillamente iba a tener que vivir con eso.

Jamie llamó a la puerta. Mantuvieron una breve conversación con él y luego volvió a irse.

Jean se sintió mal por no haberle dado las gracias. Ahora veía lo bueno que había sido al pronunciar ese discurso. Tendría que decírselo más tarde.

Miró a George. Se hacía muy difícil saber qué estaba pensando. O si estaba pensando siquiera. Todavía se balanceaba un poco. No parecía sentirse muy bien.

—Quizá debería traerte un café —sugirió Jean—. Quizá debería traer café para los dos.

—Sí, me parece muy buena idea —respondió George.

Jean fue en busca de dos tazas de café a la cocina felizmente desierta.

George apuró su taza de un largo trago.

Jean necesitaba hablar sobre David. Necesitaba explicar que todo había acabado. Necesitaba explicar por qué había ocurrido. Pero estaba bastante segura de que George no quería hablar del tema.

Al cabo de unos minutos, George dijo:

—Me ha parecido que el salmón estaba bueno.

—Sí —convino Jean, aunque tuvo problemas para recordar qué tal estaba el salmón.

—Y los amigos de Katie me han parecido un grupo bien agradable. Sospecho que ya conocía a algunos de ellos de antes, pero no soy muy bueno recordando caras.

—Sí que parecen agradables —dijo Jean.

—Qué pena ver a esa joven en la silla de ruedas —comentó George—. Parecía muy guapa. Una pena horrible.

—Sí —repuso Jean.

—Bueno —dijo George. Se puso en pie.

Jean lo ayudó.

—Será mejor que bajemos. No ayuda que estemos aquí arriba sentados. Probablemente estamos haciendo que haya un ambiente raro.

—Vale —dijo Jean.

—Gracias por el café —añadió George—. Ahora me siento un poco más seguro —se detuvo en la puerta—. ¿Por qué no vas tú primero? Necesito hacer una visita al lavabo de chicos —y se fue.

De manera que Jean bajó y salió para dirigirse a la carpa y George tenía razón con lo del ambiente porque todo el mundo parecía haberla estado esperando, lo cual le hizo sentirse muy incómoda. Pero Ursula se acercó y la abrazó y Douglas y Maureen la llevaron a una mesa y le dieron un segundo café y más vino y unos minutos después bajó George y se sentó a otra mesa y Jean trató de concentrarse en lo que Ursula y Douglas y Maureen le decían pero le costó mucho. Porque se sentía como si acabara de salir de un edificio en llamas.

Observó a Jamie y Tony, y todo lo que pudo pensar fue cuánto había cambiado el mundo. Su propio padre se había acostado con la vecina de al lado durante veinte años. Ahora su hijo estaba bailando con otro hombre y era la vida de ella la que se hacía pedazos.

Se sentía como el hombre de aquella historia de fantasmas de la televisión, el que no se daba cuenta de que estaba muerto.

Se acercó a Katie y Ray para disculparse. Le dio las gracias a Jamie por su discurso. Le pidió perdón a Jacob, que en realidad no entendió por qué pedía perdón. Bailó con Douglas. Y consiguió tener una pequeña charla con Ursula ella sola.

El dolor remitió a medida que avanzaba la velada y el alcohol hacía su trabajo y poco después de medianoche, cuando el número de invitados se iba reduciendo, cayó en la cuenta de que George había desaparecido. Así que deseó buenas noches varias veces y se fue al piso de arriba y se encontró a George profundamente dormido en la cama.

Trató de hablarle pero estaba como un tronco. Se preguntó si le estaba permitido dormir en la misma cama. Pero no había otro sitio donde dormir. De modo que se desvistió y se puso el camisón y se lavó los dientes y se deslizó en la cama junto a él.

Miró fijamente el techo y lloró un poquito, sin hacer ruido para no despertar a George.

Perdió la noción del tiempo. El baile se interrumpió. Las voces se fueron apagando. Oyó pisadas yendo y viniendo por las escaleras. Luego silencio.

Miró el reloj despertador en la mesita de noche. Era la una y media.

Se levantó, se calzó las zapatillas, se puso la bata y bajó por las escaleras. La casa estaba desierta. Olía a tabaco y vino rancio y cerveza y pescado cocido. Abrió la puerta de la cocina y salió al jardín, pensando en quedarse de pie bajo el cielo nocturno y despejarse un poco. Pero hacía más frío del que esperaba. Empezaba a llover otra vez y no había estrellas.

Volvió a entrar, subió al piso de arriba y se metió en la cama y se quedó tumbada hasta que por fin la atrapó el sueño.

144

George se despertó tras dormir muchas horas, profundamente y sin soñar, sintiéndose satisfecho y relajado. Permaneció tendido unos instantes mirando el techo. Había una fina grieta en el yeso junto al aplique de la luz que parecía un pequeño mapa de Italia. Necesitaba ir al lavabo. Sacó las piernas de la cama, se calzó las zapatillas y salió de la habitación con paso enérgico.

A medio camino del rellano, sin embargo, se acordó de lo que había pasado el día anterior. Le hizo marearse y se vio obligado a cogerse a la barandilla unos segundos mientras recobraba la compostura.

Volvió a entrar en la habitación para hablar con Jean. Pero seguía profundamente dormida de cara a la pared, profiriendo suaves ronquidos. Se dio cuenta de que iba a ser un día difícil para ella y le pareció mejor que no lo empezara despertándose a la fuerza. Salió de nuevo al pasillo y cerró la puerta sin hacer ruido.

Olía a tostadas y bacon y café y a otras cosas menos agradables. Varias colillas flotaban en una taza medio llena de café en el alféizar de la ventana. Ahora que lo pensaba, estaba un poco grogui. Debía de ser por los efectos secundarios del Valium y el alcohol.

Tenía que hablar con Katie.

Fue al lavabo a orinar y luego bajó las escaleras.

A la primera persona que vio a través del umbral de la cocina, sin embargo, no fue a Katie sino a Tony. Eso lo desconcertó un poco. Se había olvidado de él.

Tony estaba construyendo una rudimentaria escultura en forma de perro a base de trozos de tostada para entretenimiento de Jacob. ¿Habían pasado él y Jamie la noche en la casa? En ese momento no importaba, George se daba cuenta. Y no estaba en posición de dar sermones sobre moralidad a nadie. Pero su mente se le antojaba pequeña y aquella pregunta la atiborraba de algún modo.

Cuando entró en la cocina la conversación se interrumpió y todo el mundo se volvió para mirarlo. Katie, Ray, Jamie, Tony, Jacob. Había planeado llevarse a Katie aparte. Quedó claro que no iba a ser posible hacerlo.

—Hola, papá —dijo Jamie.

—George —dijo Ray.

Le parecieron bastante tensos.

George se armó de valor.

—Katie. Ray. Quiero disculparme por mi comportamiento de ayer. Me avergüenzo de mí mismo y no debería haber ocurrido —nadie habló—. Si hay algo que pueda hacer para reparar el daño...

Todos miraban a Katie. George se dio cuenta de que su hija sujetaba un cuchillo del pan.

—No estarás pensando en acuchillar a tu padre, ¿verdad? —dijo Ray.

Nadie rió.

Katie miró el cuchillo.

—Oh, lo siento. No.

Dejó el cuchillo y se hizo un silencio incómodo.

Entonces Tony se levantó de la silla y la apartó para que George pudiera sentarse y se puso un trapo doblado sobre el brazo, al estilo camarero, y dijo:

—Tenemos café recién hecho, té, zumo de naranja, tostadas integrales, huevos revueltos, huevos duros...

George se preguntó si se trataba de alguna broma de homosexuales, pero ninguno de los demás se rió, de manera que se tomó el ofrecimiento en serio, se sentó, le dio las gracias a Tony y dijo que le gustaría tomar un poco de café solo y huevos revueltos si no era demasiada molestia.

—Tengo un perro hecho con tostadas —dijo Jacob.

Poco a poco volvió a haber conversación. Tony contó la historia de cómo se había caído de un ciclomotor en Creta. Ray explicó cómo había organizado la exhibición de fuegos artificiales para Katie. Jacob anunció que su perro de tostadas se llamaba *Tostadito,* y entonces le arrancó la cabeza de un mordisco y rió como un poseso.

Al cabo de unos veinte minutos los hombres se fueron a hacer las maletas y George se encontró a solas con su hija.

Katie se dio unos golpecitos en la frente y le preguntó qué tal le iba ahí arriba. George se dio unos golpecitos en la frente y contestó que todo iba bastante bien ahí arriba. Explicó que los acontecimientos del día anterior habían hecho desaparecer las telarañas. Era obvio que aún quedaban unos cuantos problemas por solucionar, pero el pánico había remitido. Lo que tenía era un eczema. Ahora veía que era así.

Katie hizo una pausa y le frotó el brazo y pareció de pronto muy seria. A George le preocupó que fuera a empezar a hablar de Jean y David Symmonds. No quería hablar de Jean y David Symmonds. Estaría más que encantado de evitar hablar del tema durante el resto de su vida.

Agarró la mano de Katie y le dio un breve apretón.

—Vamos. Será mejor que recojas tus cosas.

—Sí —repuso Katie—. Probablemente tienes razón.

—Vete —dijo George—. Yo lavaré los platos.

Media hora más tarde Jean se despertó por fin. Le pareció magullada y agotada, como alguien que se recupera de una operación. Habló muy poco. Él le preguntó si estaba bien. Ella dijo que sí. George decidió no interrogarla más.

A media mañana se reunieron en el recibidor para despedirse. Katie, Ray y Jacob se dirigían a Heathrow y Jamie y Tony conducían de vuelta a Londres. Fue una ocasión un poco sombría y la casa pareció anormalmente silenciosa cuando se hubieron marchado.

Por suerte los del servicio de comidas llegaron para retirar su parafernalia diez minutos después, seguidos por la señora Jackson y una joven con un pendiente en el labio que se dispusieron a limpiar la casa.

Cuando la salita estuvo aspirada, él y Jean se refugiaron en el sofá con una tetera y un plato con sándwiches mientras fregaban la cocina. George se disculpó una vez más por su conducta, y Jean le informó de que no volvería a ver a David.

George dijo:

—Gracias —le pareció lo más cortés que podía decir.

Jean se echó a llorar. George no supo muy bien qué hacer al respecto. Le apoyó la mano en el brazo. Le pareció que no obraba el más mínimo efecto, de modo que apartó la mano.

—No voy a dejarte —dijo.

Jean se sonó la nariz con un pañuelo de papel.

—Y no voy a pedirte que te vayas —añadió George, para que Jean supiera exactamente a qué atenerse.

En cualquier caso era una idea ridícula. ¿Qué haría él si se mudaba? ¿O si era Jean la que se iba? Era demasiado viejo para empezar una nueva vida. Los dos lo eran.

—Qué bien —repuso Jean.

George le ofreció otro sándwich.

Desmontaron la carpa durante la tarde y George pudo trabajar un par de horas en el estudio antes de cenar. Se percató de que iba a sentirse decepcionado cuando estuviese acabado. Obviamente, entonces tendría un sitio en que poder dibujar y pintar. Pero necesitaría otros proyectos con que ocupar el tiempo, y a juzgar por su encuentro con el ficus, transcurrirían varios meses antes de que dibujar y pintar se volvieran actividades plenamente satisfactorias.

Podía empezar a nadar un par de veces por semana en la piscina municipal. Parecía una idea sensata. Lo mantendría en forma y le ayudaría a dormir.

Ahora que lo pensaba, quizá a Jean le gustaría acompañarlo. Eso bien podía animarla un poco. Siempre le habían gustado las piscinas en las vacaciones familiares. Claro que hacía su buen puñado de años, y que igual la acomplejaba un poco llevar bañador en público. Sabía que a las mujeres esas cosas les preocupaban más que a los hombres. Pero le propondría la idea a ver qué le parecía.

O un fin de semana largo en Brujas. Ésa era otra posibilidad. Había leído algo al respecto en el periódico últimamente. Estaba en Bélgica, si no le fallaba la memoria, lo que significaba que podían llegar allí sin levantarse del suelo.

Se estremeció. Hacía frío y oscurecía. De manera que recogió con pulcritud los materiales de construcción y volvió hacia la casa. Se puso ropa limpia y bajó a la cocina.

Jean estaba cocinando una lasaña. George se preparó una taza de café, se sentó a la mesa y empezó a hojear la guía de televisión.

—¿Podrías pasarme el cazo de aluminio del cajón? —pidió Jean.

George se inclinó hacia atrás, cogió el cazo y se lo tendió. Al hacerlo, le llegó una leve vaharada del perfume floral que utilizaba Jean. O quizá se trataba del champú de naranja de Sainsbury's. Fue agradable.

Jean le dio las gracias y George bajó la vista hacia la guía. Se encontró viendo la fotografía de dos jóvenes que estaban unidas por la cabeza. No era una imagen agradable y no le hizo sentirse bien. Empezó a leer. Las mujeres iban a aparecer en un documental del canal cuatro. El documental acabaría con secuencias de una operación en que se las separaba quirúrgicamente. La operación era arriesgada, al parecer, y una o ambas muchachas podían morir como resultado. El artículo no revelaba cómo acababa la operación.

El suelo de la cocina se ladeó sólo un poco.

—¿Qué quieres con la lasaña? —preguntó Jean—. ¿Guisantes o brócoli?

—¿Perdona? —dijo George.

—¿Guisantes o brócoli? —insistió Jean.

—Brócoli —contestó George—. Y quizá deberíamos abrir una botella de vino.

—Marchando brócoli y vino —dijo Jean.

George bajó la vista hacia la guía de televisión.

Ya era hora de dejarse de esas tonterías.

Volvió la página y se levantó en busca de un saca-corchos.

Este libro
se terminó de imprimir
en los Talleres Gráficos
de Unigraf, S. L.
Móstoles, Madrid (España)
en el mes de octubre de 2007

Alfaguara es un sello editorial del Grupo Santillana

www.alfaguara.com

Argentina
Av. Leandro N. Alem, 720
C 1001 AAP Buenos Aires
Tel. (54 114) 119 50 00
Fax (54 114) 912 74 40

Bolivia
Avda. Arce, 2333
La Paz
Tel. (591 2) 44 11 22
Fax (591 2) 44 22 08

Chile
Dr. Aníbal Ariztía, 1444
Providencia
Santiago de Chile
Tel. (56 2) 384 30 00
Fax (56 2) 384 30 60

Colombia
Calle 80, 10-23
Bogotá
Tel. (57 1) 635 12 00
Fax (57 1) 236 93 82

Costa Rica
La Uruca
Del Edificio de Aviación Civil 200 m al Oeste
San José de Costa Rica
Tel. (506) 220 42 42 y 220 47 70
Fax (506) 220 13 20

Ecuador
Avda. Eloy Alfaro, 33-3470 y Avda. 6 de
Diciembre
Quito
Tel. (593 2) 244 66 56 y 244 21 54
Fax (593 2) 244 87 91

El Salvador
Siemens, 51
Zona Industrial Santa Elena
Antiguo Cuscatlan - La Libertad
Tel. (503) 2 505 89 y 2 289 89 20
Fax (503) 2 278 60 66

España
Torrelaguna, 60
28043 Madrid
Tel. (34 91) 744 90 60
Fax (34 91) 744 92 24

Estados Unidos
2105 N.W. 86th Avenue
Doral, F.L. 33122
Tel. (1 305) 591 95 22 y 591 22 32
Fax (1 305) 591 91 45

Guatemala
7ª Avda. 11-11
Zona 9
Guatemala C.A.
Tel. (502) 24 29 43 00
Fax (502) 24 29 43 43

Honduras
Colonia Tepeyac Contigua a Banco Cuscatlan
Boulevard Juan Pablo, frente al Templo
Adventista 7º Día, Casa 1626
Tegucigalpa
Tel. (504) 239 98 84

México
Avda. Universidad, 767
Colonia del Valle
03100 México D.F.
Tel. (52 5) 554 20 75 30
Fax (52 5) 556 01 10 67

Panamá
Avda. Juan Pablo II, nº15. Apartado Postal
863199, zona 7. Urbanización Industrial
La Locería - Ciudad de Panamá
Tel. (507) 260 09 45

Paraguay
Avda. Venezuela, 276,
entre Mariscal López y España
Asunción
Tel./fax (595 21) 213 294 y 214 983

Perú
Avda. Primavera 2160
Surco
Lima 33
Tel. (51 1) 313 4000
Fax. (51 1) 313 4001

Puerto Rico
Avda. Roosevelt, 1506
Guaynabo 00968
Puerto Rico
Tel. (1 787) 781 98 00
Fax (1 787) 782 61 49

República Dominicana
Juan Sánchez Ramírez, 9
Gazcue
Santo Domingo R.D.
Tel. (1809) 682 13 82 y 221 08 70
Fax (1809) 689 10 22

Uruguay
Constitución, 1889
11800 Montevideo
Tel. (598 2) 402 73 42 y 402 72 71
Fax (598 2) 401 51 86

Venezuela
Avda. Rómulo Gallegos
Edificio Zulia, 1º - Sector Monte Cristo
Boleita Norte
Caracas
Tel. (58 212) 235 30 33
Fax (58 212) 239 10 51